Jenny Eclair · Vorstadt-Schönheit

JENNY ECLAIR

Vorstadt-Schönheit

ROMAN

AUS DEM ENGLISCHEN
VON
JULIANE ZAUBITZER

GERD HAFFMANS
BEI ZWEITAUSENDEINS

Die englische Originalausgabe
»Camberwell Beauty« erschien 2000 bei
Little, Brown & Company in London.

Deutsche Erstausgabe.

Für Geof und Phoebe (die Frischlinge).
Mit Dank an Little, Brown, Julie Balloo, Richard Allen-Turner,
meinen iMac und die Eingeborenen von Camberwell. – Prost.

1. Auflage, August 2003

Umschlagfoto von Gill Orsman.
Produktion und Gestaltung von Urs Jakob.
Satz: Fotosatz Reinhard Amann, Aichstetten
Herstellung: Ebner & Spiegel, Ulm
Printed in Germany.

Dieses Buch gibt es nur bei Zweitausendeins im Versand,
Postfach, D-60381 Frankfurt am Main, Telefon 069-420 8000, Fax 069-415 003.
Internet www.Zweitausendeins.de, E-Mail info@Zweitausendeins.de.
Oder in den Zweitausendeins-Läden in Berlin, Düsseldorf, Essen,
Frankfurt am Main, Freiburg, 2 x in Hamburg, in Hannover, Köln,
Mannheim, München, Nürnberg und Stuttgart.

In der Schweiz über buch 2000, Postfach 89, CH-8910 Affoltern a. A.

ISBN 3-86150-511-8

Inhalt

1

Hallo

Willkommen im Süden Londons, in einer der schönsten Straßen in einem der übelsten Viertel des Landes: Lark Grove, SE5. Wie Müllcontainer und Lorbeerbäume verraten, eindeutig eine Oase des Mittelstands, wo Volvos einander an den Auspufflöchern schnüffeln und Männer namens Giles mit Frauen namens Samantha leben. Eine satellitenschüsselfreie Zone, wo große Häuser mit je fünf Stockwerken und großen Eingangstüren Schulter an Schulter stehen. Kommen Sie herein, schließen Sie die Tür und atmen Sie den Kaffeeduft ein. Fast meint man, in Kensington zu sein.

Hier wohnen Schauspieler, Schriftsteller und Medienmenschen, von hier aus werden täglich kleine Kinder in schmucken Uniformen und glühbirnenförmigen Schuhen in außerhalb liegende Schulen gekarrt. Eine Gegend, wo die Zehnjährigen mit ihren Fahrrädern nie weiter als bis zum Gartentor fahren dürfen und Kindermädchen mit Selbstverteidigungsspray bewaffnet sind.

Die Menschen in diesen Häusern lachen, weinen, essen, streiten, schlafen, machen sich Sorgen, werfen sich im Schlaf hin und her, masturbieren, penetrieren, gähnen und furzen.

Sie können hier ihre Einkäufe erledigen: Gleich um die

Ecke ist ein Supermarkt, wo verbeulte Dosen mit Gemüse und Corned Beef verkauft werden. Aber weiter bergauf und eine halbe Meile oder so entfernt, gibt es einen netten Sainsbury mit einer Feinkosttheke mit fetten, in Kräuter eingelegten Oliven, Käse, der wie die Kotze der Königin riecht, Schinken so rosa wie ein mit Nelken gespickter Babypopo und, natürlich, gibt es Regale über Regale mit buttergelbem Chardonnay für £ 3.99 die Flasche. Der Parkplatz steht voll mit den Zweitwagen der Mamis, zackige Knuddeldinger: Polos, Pintos und Puntos, mit Keksen auf dem Armaturenbrett und Puppen auf dem Rücksitz.

Lark Grove ist Schnittstelle einer Kunstschule, wo junge Leute mit Vogelkäfigstangen im Haar und Mappen unterm Arm die Stufen hochschlendern, und einer von Londons größten Irrenanstalten, deren plappernde Insassen Körbe weben und sie sich auf den Kopf setzen. Falls Sie da einen Unterschied sehen.

Es ist ein buntes Viertel, voller Mädchen mit rot gefärbten Strähnen und ungestümen Hunden an der Leine, wo Junkies hinfallen und Betrunkene über sie stolpern, ohne dass jemand die gepiercte Augenbraue lüpft. Kotze auf dem Gehweg, Spritzen im Rinnstein und alles voller Graffiti. Hier hat sich einst jemand die Mühe gemacht, in zwei Meter großen orangefarbenen Buchstaben »Sophie Dahl isst zuviel Daal« an irgendeine Mauer zu schreiben, und ein Mann hat mal einer Taube den Kopf abgebissen, und niemand wusste, ob man einen Krankenwagen oder Charles Saatchi rufen sollte. Hier wohnen die Verrückten, die Verruchten, die Möchtegern-Bohemiens und die Normalos. Man kann in dieser Gegend ein sehr nettes Haus für den Bruchteil dessen bekommen, was es anderswo kosten würde. Der Putz blättert, aber die Bausubstanz ist gut, und verstreute blaue Plaketten verweisen darauf, wo einst berühmte Music-Hall-Komiker lebten, tranken, wo ihnen die Witze ausgingen und wo sie Selbstmord begingen.

Am Ende der Lark Grove pendeln große rote Busse nach Norden Richtung Piccadilly Circus und John Lewis und dann zurück in die andere Richtung in den tiefsten Süden Londons, wo weder Engel noch Normalsterbliche oder Pit Bulls sich hintrauen. Nicht jeder kann schließlich in Islington wohnen, und hier kann man wenigstens parken – jedenfalls wenn man ans Lenkradschloss denkt und das Radio mitnimmt.

Die Leute stranden hier aus allen möglichen Gründen, selbst vornehme Leute, die Weihnachten Adventskränze an die Tür hängen und die Hundescheiße vom Gehweg schaufeln. Es sind gerade genug für eine eigene kleine Clique, eine letzte Bastion gebildeter, Flöte spielender, Pasta essender Gemeindesteuerzahler, die dem Pöbel der Dosenfleischfresser und Mietkasernenbewohner mit schlechtem Atem und grauem Star die Stirn bieten. Akademiker wie Anna und Chris und Nigel und Jo, erfolgreiche Mittelklassetypen, bei denen alles passt: Job, Kinder, Autos, Urlaub, Tennisschläger, Wäschetrockner, Schuhe für jede Gelegenheit und keinen Grund zu klagen oder mit den Zähnen zu knirschen oder sich aufzuregen oder alles zu verderben.

Stellen Sie sich vor, es ist ein herrlicher Tag und Sie fahren für ein Picknick aufs Land und finden irgendwie ein warmes (aber schattiges) Plätzchen mit Blick auf den See und legen Ihre Schottendecke aufs Gras (das nicht feucht ist) und essen Sandwiches (die nicht durchgeweicht sind) und köstliche Hähnchenschenkel – mariniert, gegrillt und kross – und der Weißwein ist kalt und alles ist ruhig und das Wasser ist still. Warum muss jemand vorbeikommen und einen großen Stein ins Wasser schmeißen, so dass alles patschnass wird, und die Sonne hinter einer Wolke verschwindet, und der ganze Tag ist im Eimer?

Schlafende Hund soll man nicht wecken.

Manche Menschen leben unfallfrei: Sie fallen nicht in die Brennnesseln, kein Vogel scheißt ihnen auf den Kopf, Blutgerinnsel in ihren Venen lösen sich auf und Wespen lassen sie in Ruhe. Andere ziehen das Unglück an. Sie zerreißen sich neue Hosen an rostigen Nägeln, schneiden sich mit scharfen Messern in den Finger, beißen in Salmonellenwurst und stoßen sich überall den Kopf. Das Leben kann eine einzige lange Bananenschale sein. Passen Sie also auf, wo Sie hintreten, und vergessen Sie um Himmels willen nicht: Vorsicht ist besser als Nachsicht.

Manche Menschen haben eben mehr Glück als andere. Aber Glück kann vergehen, und wer ist dann schuld? Das Schicksal hat fickrige Finger, und wenn man es am wenigsten erwartet, pikst es einem damit ins Auge.

Es war ein Unfall … War es das wirklich?

Tatütata … Hören Sie? Sogar die Sirenen klingen sarkastisch.

2

Darf ich vorstellen: Anna Cunningham, geb. Redfern

Juli 1999

Ich sollte wirklich nichts trinken. Es ist noch nicht mal Zeit fürs zweite Frühstück. Früher habe ich nie so viel getrunken, aber in letzter Zeit bin ich am liebsten die ganze Zeit voll. Früher habe ich nie harte Sachen getrunken, aber inzwischen trinke ich alles. Heutzutage bekomme ich schon beim Anblick von Nagellackentferner Durst.

Neulich morgen wollte ich *Kilroy* sehen, irgendetwas in der Richtung »Wenn Angewohnheiten ungesund werden« – ha – aber ich bin einfach auf dem Sofa liegen geblieben. Stellen Sie sich vor, ich konnte die Fernbedienung sehen – ich musste sie nicht mal suchen, sie lag auf dem Fernseher –, aber ich konnte mich nicht aufraffen, aufzustehen und sie zu holen. Ich blieb einfach liegen, bis die Straßenlaternen angingen, aß Pfefferkuchen, trank warmes Bier und dachte daran, wie mein Leben früher war.

Lassen Sie uns zurückgehen. Beginnen wir vor langer Zeit, nicht ganz am Anfang – das war vor einundvierzig Jahren, als das Leben aus einfachen Reflexen bestand: Essen, Schlafen, Scheißen, uaah, uaah. Beginnen wir vor dem Rosa Haus, vor den Kindern, vor Christopher, Jahre vorher. Beginnen wir, als ich ein kleines Mädchen war…

Es war einmal, vor langer langer Zeit, als ich ein kleines

Mädchen war, da wohnte ich mit meiner Mutter und meinem Vater, Sylvia und Brian Redfern, in einem hochmodernen Haus in einem schönen Teil von Birmingham (eigentlich ein Widerspruch in sich). Mein Name ist Anna. Ich bin in den Midlands geboren und aufgewachsen, aber ich möchte klarstellen, dass ich nie einen Akzent hatte.

Mein Dad hatte das Haus für gutes Geld und wider noch besseres Wissen entwerfen lassen: ganz aus Beton und Glas und alles auf einer Ebene, was, glaube ich, damals der letzte Schrei war. Es hatte eine Fußbodenheizung, die wegen der Panoramafenster immer an sein musste. Deshalb war das Glas beschlagen, und ich spielte auf dem Kondenswasser Ticktacktoo. Ich erinnere mich, dass wir ein Kaminzimmer hatten – das hatte man damals. Nur ein kleiner Raum mit Kiefernholz und Backsteinwänden und großen Schwarz-Weiß-Fotos à la »Kieselsteine am Strand«. Wenn meine Mutter im Kaminzimmer saß, hörte sie Joan-Baez-Platten. Mein Vater dagegen war nie über Elvis hinausgekommen.

Inzwischen ist das alles wieder in Mode gekommen: lange Ledersofas, Schaffellvorleger, Beanbags, und die Mädchen tragen wieder rückenfreie Trägertops und blauen Lidschatten.

Meine Eltern hatten Glamour, schätze ich. Na ja, so viel Glamour, wie man im Solihull der Siebziger haben konnte. Uns gegenüber wohnte sogar ein Popstar: dieser Typ von Slade, der mit dem zu kurz geschnittenen Pony und den vorstehenden Zähnen. Ich bin immer zu ihm rübergegangen und habe mir ein Autogramm geholt, das ich dann abgepaust und auf dem Spielplatz verkauft habe. Einmal, als ich klingelte, öffnete er die Tür mit einer Büchse Möbelpolitur und einem Staubtuch in der Hand, auf der Treppe hinter ihm lag ein Plateau-Schuh (für Damen) und eine verschrumpelte Strumpfhose.

Ich ging auf eine Mädchenschule. Deshalb war ich später verrückt nach Jungs – bis auf meinen Vater kannte ich keine! Ich hatte nicht mal Cousins. Ich wusste nicht, dass man Jungs als Freunde haben darf.

Mein Vater verdiente viel Geld, damals, als zehntausend im Jahr noch was wert waren. Er importierte skandinavische Möbel. Ich schätze, deshalb hatten wir so viele komische Sessel und deshalb kenne ich mich so gut mit dem Design des zwanzigsten Jahrhunderts aus. Ich erkenne einen Eames aus hundert Schritt Entfernung, wissen Sie.

Jeden Morgen, wenn mein Vater zur Arbeit gegangen war, setzte meine Mutter sich am Ende des Gartens in einen Schuppen, den sie ihr »Studio« nannte, und machte Silber- und Emaille-Schmuck, den sie an Boutiquen verkaufte. Sie hatte lange, braune, dünne Finger, flink und präzise. Ich erinnere mich, dass sie furchtbar gut Knoten aus feinen Silberketten lösen konnte. Wenn sie in ihrem »Studio« arbeitete, trug sie einen marineblauen Künstlerkittel aus Leinen und steckte ihr Haar mit einem Liberty-Seidenschal hoch. Sie war furchtbar anmutig, selbst ihre Füße waren entzückend. Ich schätze, deshalb wählte mein Vater, wenn es ums Vögeln ging, immer fette Blondinen mit dicken Titten, die wabbelten, wenn sie gackerten. Meine Mutter war weder besonders wabbelig noch gackerig. Sie war auch nicht gerade hausbacken. In der Schule hatte ich Freundinnen mit hausbackenen Müttern: stämmige Frauen mittleren Alters mit schlechten Dauerwellen und breiten Hintern in bequemen Hosen. Wenn man bei ihnen zu Besuch war, gab's weißen Toast mit Baked Beans aus der Dose und fertig gekauften Kuchen. Bei uns zu Hause gab's Essiggurken. Meine Mutter hatte nordeuropäische Geschmacksnerven. Sie war süchtig nach Smörgåsbord, bei uns gab es also Knäckebrot und

Pumpernickel, Emmentaler und Salami. Sylvia hielt nichts von Pommes. Ich glaube, sie war die Erste in Solihull, die ein Fondue-Set besaß. Ich weiß noch, dass es einmal Rentierfleisch gab, war ziemlich zäh.

Sie stritten viel, meine Eltern. Sehen Sie, genau das ist das Problem offen angelegter Häuser: Man kann jeden Aschenbecher hören, der gegen die Wand geschmissen wird. Laut meiner Mutter war mein Vater »ein versoffener Kerl, der viel versprach, aber noch weniger hielt«, während Mum, laut Dad, »eine verklemmte, frigide Zicke« war, die »einen Spaß nicht mal bemerken würde, wenn er sie in den Hintern kniff«. Krach, Bums. »Schhhh, du weckst Anna auf.« Aber ich war schon wach und baute Legohäuser mit Treppen, getrennten Stockwerken und Türen, die man schließen konnte. Manchmal trug meine Mutter eine Sonnenbrille, obwohl es regnete, und einmal musste mein Dad in die Notaufnahme, um seine geplatzte Lippe nähen zu lassen.

Im Sommer 1973 ließ mein Dad ein rosa Thunderbird Cabrio aus Amerika importieren, aber meine Mutter fuhr es zu Schrott, als sie versuchte, es in die Garage zu fahren, was eine idiotische Idee war, denn es war ganz offensichtlich zu groß dafür.

»Bist du total zurückgeblieben, Frau, oder bist du einfach blind?«

Sylvia war auf Valium. In den Siebzigern wurde es verteilt wie Bonbons. Ihr fehlte nicht wirklich etwas, sie sei nur »emotional labil«, sagte der Arzt. Brian ging oft auf Geschäftsreisen. Er war immer fort, normalerweise in Dänemark oder Schweden. Er war furchtbar untreu, man konnte es fast riechen: Stewardessen, Sekretärinnen, Kundinnen. Bei seiner starken Persönlichkeit und dem entsprechenden Geld war es schwer, ihm zu widerstehen. Noch als er älter wurde und seine Koteletten allmählich lächerlich aussahen, war er ein Weiberheld. Es störte mich nie, ich war damit aufgewachsen: Dads mitternächtliches Herumstochern mit dem Haustürschlüssel: »Tut mir Leid, dass ich zu spät komme, Sylvia«, und die giftige Antwort meiner Mutter: »Hast du wieder mit deiner kleinen Freundin gespielt, Brian?«

Diese Kräche eskalierten wie überkochende Milch. »Du bist eine einzige Lachnummer, Brian, hinter deinem Rücken lachen sie über dich.«

»Du bist eine abscheuliche Person, Sylvia, du hast kein Herz. Ist es da ein Wunder, dass ich woanders Trost suche? Du hast mich nie geliebt. Dazu bist du gar nicht fähig.«

Und dann blieben sie die ganze Nacht auf: Dad trank Brandy aus einem Ballon-förmigen Glas, Mum rauchte lange, weiße Mentholzigaretten, ihr Gesicht glitschig von Ponds Cold Creme.

»Du bist so leicht zu durchschauen, Brian, dass es peinlich ist. Gott weiß, warum ich mir das gefallen lasse.«

»Dito, blöde Kuh.«

»Arschloch.«

»Miststück.«

Manchmal fand ich Dad am nächstens Morgen unter seinem großen Ledermantel auf dem Schaffellvorleger vor dem Kaminfeuer. Meine Mutter wirkte nach einem Streit belebt und wirbelte an der Frühstückstheke herum, um Zimttoasts zu machen. »Jemand getrocknete Aprikosen?«

Die Beziehungen anderer Leute haben ihre eigenen Regeln. Ich persönlich machte meinem Vater eigentlich keinen Vorwurf. Meine Mutter war trotz ihrer sozialen Kompetenz, ihrer charmanten Fassade der perfekten Gastgeberin ziemlich humorlos. Sie fand die meisten Menschen und die meisten Dinge vulgär und gewöhnlich, und sie gehörte zu den Menschen, die nie eine Melone essen würden, ohne Messer und Gabel zu benutzen. Mein Dad dagegen war, trotz seiner melancholischen Seite, die Seele jeder Party, kam immer als Erster und ging als Letzter, und wenn er Melonen aß, hatte er hinterher klebrige Ohren. Mein Vater tat alles mit Gusto: Er trank zu viel, aß zu viel und furzte lange und heftig. Er ist tot, mein Vater. Er starb, während er ein Zimmermädchen in einem Hotel in Aberdeen entjungferte.

Meine Mutter hätte sich verkriechen und vor Scham sterben können, aber das tat sie nicht. Sie heiratete einen Schweizer Banker, zog mit ihm in ein Kuckucksuhr-Schloss mit Blick auf den Genfer See und ist, nach allem, was man hört, glücklich.

So also lebte ich, bevor ich erwachsen wurde, meinen Mann kennen lernte, ihn heiratete und zwei Kinder bekam.

Letzte Nacht träumte ich, wir wären wieder zusammen und alles wäre wieder wie früher. Alles war beim Alten, wir waren wieder im Rosa Haus und sogar Nibbles lebte noch.

3

Darf ich vorstellen: Josephine Alexandra Metcalf

Neben Anna kam ich mir immer vor wie ein Hockey-Schläger. Wenn ich mit ihr zusammen war, spürte ich förmlich, wie ich Laufmaschen bekam. Es war witzlos, neben ihr zu sitzen, sie war einfach zu reizend. Im Vergleich zu ihr fühlte ich mich noch fetter und verschwitzter und so sexy wie Tapioka: Stellen Sie sich vor, wie Elton John sich fühlen muss, wenn er neben Elizabeth Hurley sitzt – so war's bei mir und Anna Cunningham. Selbst an Tagen, an denen ich mich wohl in meiner Haut fühlte, kam ich mir vor wie ein Wäschekorb auf Beinen, wenn ich Anna zufällig traf. Es hat immer »Annas« in meinem Leben gegeben. Ich erinnere mich an Mädchen in der Schule, die die gleiche Aura weiblicher Überlegenheit verströmten, Mädchen, deren Knöpfe nicht am Blazer hinabbaumelten, Mädchen, die wussten, wie man sich richtig die Augenbrauen zupfte und die fantastisch aussahen, wenn sie rauchten.

Ich gehöre zu den Frauen, die Herrenuhren tragen, und es ist mir nie gelungen, eine Handtasche zu kaufen, die zu meinen Schuhen passt.

Ich habe keinen Glamour, ich bin nicht exotisch, aber ich bin intelligent und patent. Vielleicht, weil ich groß bin, vielleicht, weil ich die Tochter eines Offiziers bin, oder einfach deshalb, weil es vergleichsweise viele Trottel gibt.

Irgendwie fühlte ich mich wie Annas große Schwester, was wirklich idiotisch ist, denn eigentlich ist sie älter als ich. Früher hätte man das nie vermutet, aber inzwischen sieht man es. Es ist schon unheimlich, wie diese Frau zugrunde geht. Sie räufelt sich auf wie ein Wollpullover. Ich kann nicht glauben, dass ich je eifersüchtig auf sie war, sie hat sich so verändert. Manchmal muss ich mich richtig anstrengen, um mich zu erinnern, wie sie einmal war.

Anna mit den grauen Augen und den schwarzen Wimpern: die einzige Frau über dreißig, die es sich leisten konnte, einen Bikini zu tragen. Anna mit der dunklen Haut, den rubinroten Fußnägeln und dem tätowierten linken Schulterblatt, das sie zufällig-absichtlich zur Schau stellte, wenn sie Gäste hatte. Die schöne Anna, eine moderne Mona Lisa – lächelt oder grinst sie? Anna im Glück, Ehefrau und Mutter, nach Penhaligons Bluebell duftend, im Schneidersitz auf dem Boden, die nackten braunen Füße in toffeefarbenen Wildlederpumps Größe siebenunddreißig. Gott, da sieht man mal, wie zerbrechlich alles ist … die Sache mit dem Glück.

Inzwischen wiegt sie bestimmt fünfundsechzig Kilo. Okay, ich weiß, wer im Glashaus sitzt und so weiter, aber sie ist nur einszweiundsechzig und sie hat zarte Knochen. Ich wiege siebzig Kilo, aber ich bin einsachtundsiebzig, und ich war schon immer stämmig – von einer Frau mit Schuhgröße dreiundvierzig kann man nicht erwarten, dass sie zierlich ist. Ich gehöre zu den Blondinen, die sich gut auf dem Sportplatz machen: muskulöse Schultern, kräftiges Gesäß. Ich hätte ein herrliches Stück Fleisch abgegeben. Als ich jünger war, wäre ich dafür gestorben, so zu sein wie Anna. Es war für mich immer ziemlich mühsam auszugleichen, dass ich nicht süß oder sexy war, dass ich immer alles fallen ließ und zu den Frauen gehörte, die dazu bestimmt waren, mit einem Fuß im Rinnstein zu laufen, weil der Absatz mal wieder abgebrochen war. Schon als Teenager wurde mir klar, für mich heißt es »Friss oder stirb«, also machte ich mich daran, eine Persönlichkeit zu entwickeln. Wenn man fast einsachtzig ist und breit gebaut, hat man keine große Wahl: mit Angora-Pullis und Koketterie wirkt man nicht überzeugend, also wurde ich ein »guter Verlierer« und bin es seither geblieben. Bis jetzt. Jetzt sind meine Nerven so dünn wie die Fettschicht am Po eines Supermodels. Ich bin am Ende meiner Kräfte.

Ich wünschte, sie würde zu sich kommen. Ich ertrage es nicht, dass sie den ganzen Tag auf meinem Sofa herumlungert und nichts tut als zu essen und zu weinen und überall verrotzte Toilettenpapierbälle zu verteilen. Sie treibt Nigel in den Wahnsinn. Nicht dass ich kein Mitleid hätte, aber auf die Gefahr hin, wie ein drittklassiger Therapeut zu klingen: »Das Leben geht weiter.«

Gestern sagte ich zu ihr: »Komm schon, Anna, warum ziehst du dich nicht an? Es ist ein herrlicher Tag. Du könntest einen Spaziergang machen.« Soll heißen: »Würdest du bitte deinen Hintern bewegen und Milch holen?« Natürlich nicht. Die meiste Zeit stellt sie sich taub. Im Grunde tut sie einen Scheißdreck, rührt keinen Finger, kann keine Schale Frühstücksflocken in den Geschirrspüler stellen. Nicht weil sie körperlich nicht dazu in der Lage wäre – wenn sie einen Schlaganfall gehabt hätte, hätte ich vielleicht etwas mehr Verständnis – sie will einfach nicht.

Das Einzige, was sie mit Begeisterung tut, ist trinken. Sie trinkt, um zu vergessen. Also, nicht dass ich gegen einen gelegentlichen Drink etwas einzuwenden hätte, aber heute kenne ich meine Grenzen. Ich halte mich zurück. Ich versuche mich an die Richtlinien dieser Broschüren zu halten, die beim Arzt ausliegen, Sie wissen schon, Lösungsmittelmissbrauch bei Jugendlichen – Die Zeichen erkennen, Hirnhautentzündung – Die Fakten. Ich bin Mutter, es ist meine Pflicht, vorsichtig zu sein. Drei Einheiten am Tag halte ich für vertretbar. Jedenfalls bin ich mit meinem flusigen Haar und dem Ansatz eines Doppelkinns schon genug gestraft. Da brauche ich nicht auch noch eine große Säufernase.

Man macht sich nicht klar, wie stumpfsinnig Besoffene sind, bis man im nüchternen Zustand mit ihnen zu tun hat. Anna lallt und wiederholt sich und bekommt Schluckauf, und ehrlich, ich bin kein schlechter Mensch (ich fördere ein Kind in Afrika – als wären zwei eigene nicht genug), aber es regt mich auf, wenn sie wirklich gute Rotweinflaschen aufmacht – Sie wissen schon, die für £ 8 – und das meiste davon auf dem Teppich verschüttet. Und wenn ich noch ein halb aufgegessenes Sandwich auf der Treppe finde, ich schwör's, dann rutscht mir die Hand aus.

Psst, nun hör sich das einer an. Ich bin nicht immer so gehässig, aber meine Hormone sind leicht aus dem Gleichgewicht und ich bekomme meine Tage. Die Brüste sind schwer, mein Schlüpfer kneift, und nein, das verdammte Nachtkerzenöl hilft auch nicht.

Als sie mir zum ersten Mal alles erzählte, stand mir der Mund so weit offen, dass ich mir fast den Kiefer ausrenkte und ich buchstäblich sabberte. Aber wenn sie es zum x-ten Mal erzählt und ich schon weiß, dass sie am Ende – stockbesoffen – vor Selbstmitleid zerfließt und Zigarettenasche auf mein Conran-Samtsofa fallen lässt, nun, dann möchte ich schreien. Wie sie allen die Schuld gibt, nur nicht sich selbst, als hätte sie nichts damit zu tun gehabt! Allerdings habe ich einiges gelernt, unter anderem, dass eine Freundin in Not nervt.

Ich wünschte, all das wäre nicht mir passiert. Ich will nichts mehr damit zu tun haben. Ich will, dass alles so ist wie früher. Ich will, dass alles wieder normal ist. Ich bin so verdammt müde. Manchmal wünschte ich, dass ich sie nie kennen gelernt hätte, dass sie nie in das Rosa Haus gezogen wäre. Aber jetzt ist es zu spät. Wie meine Mutter sagen würde: »Wenn Wünsche Wünsche wären, könnten Schweine fliegen.«

4
Myrtle und Lady Edwina

1989

Tja, wenn Wände reden könnten …

Jedes Haus hat seine Geheimnisse, was für eine Erleichterung also, dass sie keine Geschichten erzählen können. Dass sie nicht ihr Plappermaul aufreißen und auspacken können. Das »Rosa Haus«, das so heißt, weil es seit Menschengedenken rosa ist, gehörte früher einer adligen Dame, die auf ihre alten Tage wunderlich wurde und ihre Gesellschafterin mit einem Elfenbeinkrückstock schlug.

»Myrtle, du nutzloses Miststück.«

Das sind keine netten Worte, egal über wessen Lippen sie kommen, doch wenn sie von einer Achtzigjährigen mit schütterem Haar gefaucht werden, die gerade mal vierzig Kilo wiegt, klingen sie noch schockierender.

»Hast du gehört, was ich gesagt habe, du taube Nuss?«

»Ja, Lady Edwina.«

Früher lebte Lady Edwina mit ihrem Mann, dem berühmten Wildjäger und Pokercrack Sir Elliot Morgan im Rosa Haus, bis er sich zu Tode zitterte, ganz gelb vor Malaria, und sie allein ließ, außer sich vor Gram und mit kistenweise handgefertigten Dessous. Sie hatten einen Sohn, aber der war im Zweiten Weltkrieg gefallen – und was nützt ein Sohn, dem man den Kopf weg geschossen hat?

Lady Edwina suchte per Inserat in *The Lady* eine Gesellschafterin: »muss gut Karten spielen können«, hob sie hervor, und dann stand Myrtle vor der Tür, umgeben von einem winzigen Hauch Elephant and Castle, aber ansonsten einwandfrei.

Myrtle sorgte lange Jahre für Edwina, schnitt sorgfältig die Rinden von Gurkensandwiches und verzichtete auf Teebeutel zugunsten von Assam-Blättern, die den Abfluss verstopften. Sie hatte ein Händchen für übellaunige Menschen. Schließlich war sie mit einem Wirt verheiratet gewesen, dessen Gesicht vor Wut regelmäßig marineblau anlief. Myrtle hatte keine Kinder, weil Tommy sie unfruchtbar geprügelt hatte. Myrtle wusch Edwinas edle Höschen mit der Hand, knöpfte ihr die kleinen Kinderhandschuhe zu, wenn sie gelegentlich spazieren gingen, und ließ sich im Großen und Ganzen alles gefallen.

»Diese Königinmutter, Myrtle, die ist eine Schlampe, ruft nie zurück. Ich sag dir, wenn ich ihr je gegenüberstehe, kratz ich ihr die Augen aus.«

Manchmal rief Myrtle den Doktor, aber Edwina weigerte sich, den »Niggersklaven« zu sehen.

Lady Edwina begann, beim Karten Spielen zu schummeln. Wenn Myrtle sich beschwerte, bekam sie mit dem Krückstock eins übergezogen. »Wenn ich nicht meine Klappe halte, kriege ich noch einen Gehirnschaden und bin am Ende genauso bekloppt wie sie«, dachte Myrtle und spielte gehorsam nach allen Regeln, die Lady Edwina gerade zu erfinden beliebte.

»Heute spielen wir nach den Regeln des Großherzogs von Marmoris: Dreien sind Sechsen, bis ich ›Zitterrochen‹ sage, dann sind sie Buben. Hast du kapiert, du stinkende alte Ziege?«

»Ja, meine Liebe.«

Es hätte schlimmer sein können. Lady Edwina wahrte bis zum Schluss die Kontinenz, und sie war immer gut gekleidet, im Gesicht Max Factor, aufgemalte Augenbrauen (ihr ursprüngliches Paar war dem Rasierwahn der Zwanziger zum Opfer gefallen) und geschwungene Lippen in leuchtendem Orange, »Tangerine Dream«.

»Kein Wunder, dass dein Mann so früh abgekratzt ist, Myrtle, du bist eine hässliche alte Qualle.«

»Ja, meine Liebe – au!«

Edwina gewöhnte sich an, Myrtle auf die Knöchel zu schlagen, so dass sie zu elastischen Bandagen und dicken Wandersocken greifen musste.

In jenem letzten Winter, als Lady Edwina einen heftigen Husten verschleppte, beschloss Myrtle, keinen Arzt zu rufen. Sie legte Edwina ja kein Kissen aufs Gesicht. Nachts musste sie sich Watte in die Ohren stopfen, damit sie die Alte nebenan nicht rasseln und röcheln hörte. Sie war schon seit Monaten unmöglich, versteckte wegen der Russen Käse unterm Bett, weigerte sich, die Nägel feilen zu lassen, bis sie spitz und gelb waren und grobe Kratzer auf Myrtles Gesicht hinterließen. »Ich bin ein Tiger, Myrtle, und ich zieh dir das Fleisch von deinen widerlichen alten Knochen, du Plitschplatsch.« Sie versteckte sich in Schränken und hinter Türen und kicherte, wenn Myrtle über die Dinge stolperte, die sie auf der Treppe liegen ließ. Myrtle war ziemlich kurzsichtig. Eines Tages flog sie hochkant die Treppe hinunter, und ihre Ladyschaft lachte, bis sie sich in ihren Seidenschlüpfer machte.

»Du bist ein ungezogenes Mädchen, Edwina. Dafür muss ich dir einen Klaps geben.«

Das gab ihr wohl den Rest, der Kampf auf dem Treppenabsatz: Lady Edwina zerkratzte Myrtle das Gesicht und kniff ihr in den Hintern, während Myrtle auf den kleinen Füßen ihrer Ladyschaft herumtrampelte und sie ohrfeigte. Am Ende fochten sie mit Messingtreppenstangen, wobei der Porzellanbuddha auf der Fensterbank geköpft wurde.

Edwina machte es nicht mehr lange. Nach dem Kampf war sie nicht mehr dieselbe, dann bekam sie den Husten, der zu einer Lungenentzündung wurde, und dann starb sie. An jenem Tag, als Myrtle Edwina ein wenig steif in ihrem Bett fand, zog sie einfach die Decke über das Gesicht ihrer Freundin und ging auf eine Tasse heiße Schokolade nach unten, bevor sie den Arzt rief.

Es gab noch eine Obduktion, weil ihre Ladyschaft zu Hause verstorben war, aber man befand, dass sie eines natürlichen Todes gestorben war, und was den gebrochenen Arm anging, nun, kleine alte Damen stoßen sich doch ständig ihre morschen alten Knochen. Hoppla, knacks.

Lady Edwina hinterließ ein Testament. Myrtle bekam den großen mit Perlmutt-Giraffen verzierten Mahagoni-Schrank und den Rest bekam ein Eselpark.

Das war pure Boshaftigkeit. Lady Edwina wusste, dass Myrtle sich vor dem Schrank fürchtete, und keine von ihnen konnte übrigens Esel leiden, aber als der nette Mann aus Peckham kam, um den Schrank zu schätzen, bot er Myrtle auf der Stelle fünfhundert Pfund dafür – in bar. Myrtle nahm sein freundliches Angebot an, ging schnurstracks zum nächsten Reisebüro und buchte zwei Wochen Vollpension in einem Nobelhotel auf Gran Canaria. Nach ihrer Rückkehr zog sie in ein nettes kleines Altersheim in einer Nebenstraße der Borough High Street und schlug die anderen reizenden alten Leute regelmäßig beim Rommé.

Hätte man einige Monate später zufällig einen Blick in

Sotheby's Auktionskatalog geworfen, hätte man dort den Giraffenschrank entdeckt – mit einem Mindestgebot von fünfzehntausend Pfund.

Mal gewinnt man, mal verliert man.

Das Rosa Haus war auf dem Markt: »Ein prächtiges Beispiel spätgeorgianischer Baukunst. Harmonisch aufgeteiltes Haus mit fünf Schlafzimmern, geringfügig renovierungsbedürftig. Großzügig angelegter Garten, Parkmöglichkeit auf dem Grundstück, frühzeitige Besichtigung empfohlen. 5 Zi. plus Esszi., 2 durch Doppeltür verb. Wohnzimmer, 2 Bd., 1 Kü., viele orig. Details.«

Leute besichtigen Häuser aus den verschiedensten Gründen. Manche sind einfach nur neugierig. Gelegentlich stehlen sie kleine Gegenstände – ein Ornament, einen Silberlöffel, vielleicht eine kleine Uhr – hinter dem Rücken des Maklers. Passiert immer wieder.

Drei Wochen nachdem man das Schild des Maklers vor dem Rosa Haus aufgestellt hatte, war es verkauft. Ein Ehepaar namens Cunningham schnappte es einem BBC-Radio-1-Produzenten vor der Nase weg.

»Meinen Glückwunsch, Herr und Frau Cunningham, ich hoffe, Sie werden hier glücklich.«

»Wetten, dass nicht«, flüsterten die Wände, aber niemand hörte sie.

5

Fish-and-Chips-Zungen und Ofenkartoffel-Popos

Sobald Anna ihren Fuß in das Rosa Haus gesetzt hatte, drehte sie sich zu dem Makler um und sagte: »Ich will es, ich will es wirklich.« Einen Moment lang dachte Adrian, heute sei sein Glückstag. Er hatte davon gehört, auf dem Wohnungsmarkt wimmelte es angeblich von ihnen. Schließlich haben Immobilienmakler Fensterputzern eines voraus. Sie haben keine rissigen Hände. Immobilienmakler haben manikürte Finger und können an einer 20-den-Strumpfhose entlangfahren, ohne einen verräterischen Ziehfaden zu hinterlassen. Adrian hatte darüber in den Zeitschriften gelesen, die er an der Tankstelle kaufte. Gelangweilte Hausfrauen in roten BHs, die am Nachmittag Zerstreuung suchten. Das war billiger, als sich bei Harvey Nichols herumzutreiben, und lustiger als die Bauch-Beine-Po-Kurse im Fitnessstudio. Offensichtlich trieben sie es wie die Kaninchen. Adrian betrachtete Anna: Obwohl sie mindestens im sechsten Monat schwanger war, würde er die nicht von der Bettkante stoßen. Aber wenn sie schwanger war, dann ... Er würde sie von hinten nehmen müssen, auf allen vieren. Er wollte schließlich nicht das Baby zerquetschen.

»Ich muss natürlich meinen Mann fragen.«

Herrje, die war ihm eine Nummer zu groß. Adrians Erektion zog sich zusammen wie ein altmodisches Bandmaß.

»Aber ich bin sicher, dass er interessiert ist. Er will, dass ich glücklich bin, und ich weiß, hier könnte ich glücklich sein.«

»Ah, ah, aha«, stotterte Adrian, bei dem der Groschen fast hörbar fiel. Na ja, war sowieso eine Erleichterung. Ihm fiel ein, dass er verlobt war. Adrians Verlobte war fünfundzwanzig, Geschäftsführerin einer Filiale von Russell and Bromley, und, seien wir ehrlich, fünfundzwanzig Prozent Rabatt auf anständige Lederschuhe sind es fast wert, treu zu sein.

Kauf und Verkauf sind eine stressige Angelegenheit. »Ich will« bekam nicht immer seinen Willen, aber die Cunninghams hatten Glück. Die Käufer der Wohnung ihres Mit-Konkurrenten um das Rosa Haus sprangen ab, als sie erfuhren, dass diese direkt neben einer Spritzentauschstelle lag, und zogen stattdessen in die Cotswolds.

Adrian rief Anna an. »Sie haben es, Mrs. Cunningham, Sie haben das Rosa Haus.« Anna lachte volle zehn Minuten, und das Baby in ihrer Gebärmutter führte einen Freudentanz auf. Adrian war zufrieden und mit einem Teil seiner Provision ließ er sich bei Joseph Lobb ein Paar Schuhe anfertigen, was seine Verlobte unendlich ankotzte.

Die Cunninghams zogen an einem Dienstag ein. Zwei Monate nachdem Lady Edwina eingeäschert worden war und einige Tage bevor Myrtle von den kanarischen Inseln zurückerwartet wurde. Es war April, kein schlechter Zeitpunkt umzuziehen – oder auf die kanarischen Inseln zu fahren.

»Passen Sie doch mit der Kiste auf.« Annas Mann Chris versuchte energisch zu klingen, aber seine Stimme überschlug sich zu einem Quieken.

Wirklich, konnte der Mann denn nicht lesen? Auf der Seite stand mit wasserfestem Stift in großen Buchstaben: PORZELLAN.

Chris Cunningham hätte am liebsten den ganzen Tag freigenommen. Auch weil seine Frau schwanger war. Es war einfach nicht fair.

»Ach, geh nur. Ich will nicht, dass du mir den ganzen Tag im Weg bist. Wenn du nicht gehst, verlierst du noch deinen Job, und was wird dann aus uns? Dann sitzen wir bis zum Hals in der Scheiße, so sieht's doch aus. Geh schon, verpiss dich!«

Chris mochte es nicht, wenn Anna so redete. Gerade jetzt, wo der Fötus mithörte. Er küsste seine Frau und hinterließ einen Rest hartgekochtes Ei auf ihrem dunklen Haar. »Wiedersehen, Anna, tschüß, Pandora, sei brav zu Mami.« Pandora heulte, als ihr Vater fort war, wie immer. Echt langweilig, erst drei Jahre alt und schon ein Gewohnheitstier.

Mit schief geknöpfter Strickjacke und Hundeleine in der Hand beobachtete Jo Metcalf (Nummer fünfundneunzig), wie die Cunninghams einzogen. Die Frau war äußerst hübsch und hochschwanger und der Mann neigte zur Korpulenz, während das Kind nur als »stämmig« bezeichnet werden konnte. Jo zögerte, der Mann küsste seine Frau – die reagierte, als wäre eine Fliege auf ihrem Hals gelandet – und das kleine Mädchen lief ihm durch den Vorgarten nach und winkte zum Abschied, als der BMW rückwärts aus der Einfahrt fuhr. Nicht viele Häuser in der Grove hatten eine Einfahrt – ein weiteres Privileg, wenn man im Rosa Haus wohnte. Jo gönnte sich einen kurzen Moment der Missgunst. Nachdem der Mann mit dem rötlichem Haar weggefahren war, schnappte Jo den Blick der Frau auf und lächelte ihr wärmstes »Ich bin auch Mutter, ich weiß wie das ist«-Lächeln, dieser Blick, den Frauen einander im Supermarkt zuwerfen, wenn ihre Kinder Wutanfälle bekommen und sich mit violett angelaufenem Gesicht auf dem Fußboden wälzen. Doch die Frau lächelte nicht zurück. Vielleicht war sie kurzsichtig, und die Vorstellung, dass sie eine Brille brauchte, munterte Jo auf.

Sie zerrte an der Leine. Zeit nach Hause zu gehen und zu frühstücken. Jo war auf Diät, die Begleiterscheinungen waren ständiger Heißhunger und Kopfschmerzen. Sie bekam schlechte Laune, wenn sie nichts aß. Georgina hatte sie bereits angefaucht, aber andererseits würde Georgina mit ihren vier Jahren selbst die Geduld von Mutter Teresa auf eine harte Probe stellen. Bei dem Gedanken an die Heilige von Kalkutta schnaubte Jo verächtlich. Die hatte keine Kinder, oder? Kein Wunder, dass sie so verdammt geduldig war, sie war schließlich nicht mit Schwangerschaftsstreifen überzogen. Eine Sekunde lang stellte sich Jo die Erhabene mit leckenden Brüsten und juckenden Hämorrhoiden vor. Ha, da würde ihr schnell das selbstgefällige Grinsen vergehen.

In diesem Moment setzte Gloria ein Geschäft auf den Gehsteig. Zum Glück war sie ein Hund. Jo schleifte den Westie an der Kehle weiter. Vielleicht würde sich Georgina mit dem kleinen Pummelchen anfreunden. Sie waren etwa im gleichen Alter, das wäre nett. Allerdings war Georgina nicht gerade das freundlichste Kind. Jos Kopf begann zu pochen, wenn sie an ihre Tochter dachte. Das Wort »Zicke« lag ihr auf der Zunge, aber sie schluckte es herunter. Man kann eine Vierjährige nicht als Zicke bezeichnen. Aber sie war… »schwierig«. Vor nicht mal zehn Minuten, als sie sie im Kindergarten abgesetzt hatte, hatte Mrs. Lomax um ein kurzes Gespräch gebeten.

»Es geht um Georgina: Sie klaut.«

»O nein.«

»Das ist leider nicht alles. Gestern habe ich sie erwischt, als sie beide Hände um Avrils Hals gelegt hatte. Dem armen kleinen Ding traten schon die Augen hervor.«

»Ich entschuldige mich natürlich bei der Mutter.«

»Darüber würde ich mir keine Sorgen machen, die ist tot.«

»Aber trotzdem ...«

»Avril ist unser Kindergarten-Kaninchen. Eigentlich sind Sie an der Reihe, es für das nächste Vierteljahr zu nehmen, aber angesichts der jüngsten Ereignisse halte ich es für besser, kein Risiko einzugehen.«

»Ja, natürlich. Was soll ich jetzt tun?«

»Wenn Sie mit ihr reden könnten ... Georgina mag erst vier sein, aber sie ist ziemlich aufgeweckt. Ich glaube, sie weiß, dass sie ungezogen ist.«

Na toll, dachte Jo gereizt, ich sehe schon ihr Zeugnis. »Georgina ist zwar gescheit, aber ein fieses, hinterhältiges kleines Luder.«

So etwas ist mir mit Henry nie passiert, dachte Jo. Henry war nie grausam ... vermutlich zu verweichlicht. Jo dachte ungern schlecht von ihren Kindern, aber es gab einen Ehrlichkeitsschalter in ihrem Kopf, der zur Hyperaktivität neigte.

Dieses Problem hat jede Mutter, sie muss zu ihren Kindern stehen. Mütter sprechen in Codes: »Sie ist sehr kreativ« – Übersetzung: Sie kann nicht lesen. »Sie hat sehr viel Fantasie« – Sie ist ein verlogenes, falsches Biest. »Er ist ein freundliches, sanftmütiges Kerlchen« – Er ist ein weinerlicher Hosenscheißer. »Sie ist ein glückliches Kind« – Sie ist fett. Heimlich können Mütter über ihre Kinder denken, was sie wollen, aber sie dürfen diese Gedanken niemals äußern. Die Wahrheit über seine Kinder auszusprechen ist das letzte intakte gesellschaftliche Tabu.

Jo stand jetzt vor ihrem Haus. Es war sehr groß, aber im Vergleich zum Rosa Haus ziemlich braun. Als trüge es eine praktische Schuluniform, das Rosa Haus aber ein extravagantes Ballkleid. Sie fischte in ihrer Tasche nach dem Schlüssel. Sie fand eine Tüte Schokolinsen, und bevor noch jemand »wenig Fett, viel Ballaststoffe« sagen konnte, leerte sie sie in ihren Rachen. Scheiß drauf, jetzt kann ich genauso gut auch Spiegeleier mit Speck essen.

In diesem Moment polterte Nigel die Treppe herunter. »Dieses Haus ist eine verdammte Müllhalde, Jo. Wann kommt das neue Aupair?«

»In zwei Wochen«, antwortete seine Frau und hoffte, ihr Mann kam nicht so nah, dass er ihren Schokoladen-Atem roch.

Die Metcalfs hatten Pech mit ihren Haushaltshilfen gehabt. Die Letzte mussten sie gehen lassen, als sich herausstellte, dass sie sich in der Herrentoilette im gegenüberliegenden Pub erbot, jedem für einen Zehner einen zu blasen. Sie hatten sie nach Liverpool zurückgeschickt. Außerdem wollte Nigel nicht, dass seine Kinder den Liverpooler Akzent aufschnappten: »Das verbale Äquivalent zu Kopfläusen«, sagte er. Tara Tamsin mit ihren goldblond gefärbten Haaren und Knutschflecken.

Nigel stopfte sein Hemd in die Hose. Er war nur ein paar Pfund schwerer als bei ihrer ersten Begegnung. Aber er hatte ja auch nicht zwei Kinder ausgetragen, oder? Außerdem trieb er Sport, es brachte ihm tatsächlich Spaß: Badminton, Squash, Schwimmen – er besaß von Natur aus sportlichen Ehrgeiz, was eine Sammlung von Silberpokalen belegte. Jo hatte einmal ein Fitnessvideo eingelegt, sich aber so den

Hals verrenkt, dass sie dreihundert Pfund ausgeben musste, um zwei Monate lang zweimal pro Woche zum Chiropraktiker zu gehen. »Und dabei hat sie es gerade mal geschafft, die Plastikfolie abzumachen«, scherzte Nigel immer. Er konnte manchmal ein bisschen gemein sein.

»Ins Rosa Haus sind neue Nachbarn eingezogen«, ächzte Jo. Sie hob die Leinenhose auf, die Georgina sich geweigert hatte zum Kindergarten anzuziehen. »Vielleicht sollten wir sie mal zum Essen einladen.«

»Und wozu soll das gut sein?«

Nigel sah keinen Grund, neue Freunde kennen zu lernen. Er hatte kaum genug Zeit für die, die er schon hatte. Nigels Freundeskreis bestand aus einer kleinen, handverlesenen Auswahl von Männern, die jeder für sich seine verschiedenen Launen befriedigten: Mit Roger spielte er Tennis, Bob war immer für ein paar Runden Golf zu haben, mit Sam diskutierte er über Fußball und Autos, und Keith, der einzige aus der Kindheit übrig gebliebene Freund, war die obligatorische Erinnerung an die alten Zeiten. Das reichte wohl, vor allem wenn man all die Leute bedachte, mit denen er beruflich verkehrte: Agenten, Produzenten, Autoren – allesamt Säufer. Nigel betrank sich gern mit diesen Leuten, aber bei ihm zu Hause hatten sie nichts verloren. Die meisten wären sehr überrascht gewesen zu erfahren, dass er Frau und Kinder hatte.

Fachmännisch band sich Nigel eine Paul-Smith-Krawatte um. Er war etwas zu klein, um richtig attraktiv zu sein, wie ein Filmstar im Taschenformat, aber immer gut gekleidet. Weil Nigel es mochte, wenn seine Hemden sehr weiß und sehr gestärkt waren, brachte er sie in die Reinigung. Jo gehörte zu den Frauen, denen zuzutrauen war, blaue Unterhosen zur weißen Wäsche zu schmeißen.

»Hör zu, Jo, ich kann hier nicht herumstehen und endlos plaudern, es gibt Leute, die arbeiten müssen. Wir sehen uns heute Abend. Könnte spät werden – ich ruf an.«

Nigel betrachtete Jos Job nicht als Arbeit. Seiner Meinung nach saß sie den ganzen Tag in einem Secondhand-Buchladen auf ihrem Hintern und wartete auf Kunden, die fünfzig Pence für einen vergriffenen Jilly Cooper zahlten.

»Bis irgendwann.«

Nigel war seiner Frau nicht treu. Das war keine Absicht, es passierte einfach – und passierte immer wieder. Sie sprachen nicht darüber.

Etwas weiter die Straße hoch umschwirrten Möbelpacker in braunen Overalls das Rosa Haus, die Eingangsstufen rauf und runter, und entluden den Umzugswagen. Anna fand, der eine sah ein bisschen aus wie Keanu Reeves, aber nur ein bisschen und nur aus einem bestimmten Winkel. Wenn Keanu Reeves in Deptford geboren und nie beim Kieferorthopäden gewesen wäre, hätte er wohl tatsächlich so ausgesehen. Aus einem anderen Winkel sah er allerdings aus wie ein Affe, der Selbstgedrehte rauchte. Als Keanu im Flur an Anna vorbeirauschte, sagte er: »Mach mal eine Tasse Tee, Schätzchen.«

»Bitte«, sagte Anna, und sie war sich nicht sicher, aber sie meinte, einen ganz leichten Klaps auf ihrem Hintern gespürt zu haben. »Frecher Kerl.«

Die Möbel aus dem alten Haus wirkten im Rosa Haus zu klein, und einige hätte Anna nur zu gern mit der Axt zerlegt. Gut, dass ihr Mann viel Geld verdiente und dass ihr Vater vor ein paar Jahren abgekratzt war und ihr einen anständigen Batzen hinterlassen hatte. Sie musste eine Menge Sachen anschaffen. Anna sperrte ihre Tochter zwischen den schweren Kisten in eine Esszimmer-Ecke und machte den Jungs eine Tasse Tee. Alle nahmen Zucker. Keanu nahm drei Stück. »Das macht dick«, sagte sie, und er lachte und streckte ihr die Zunge heraus. Auf ihrer Spitze klebten Tabakkrümel.

Mittags holte Anna Fish and Chips. Das war eine nette Geste und außerdem musste ihre Tochter sowieso etwas essen. Pandora war am Verhungern. Sie hatte sich bereits durch eine Packung Jaffa-Kekse gefuttert, und dann hatte sie sich an dem in Alufolie gewickelten Lunchpaket von einem der Männer vergriffen. Sie hatte das Käse-Zwiebel-Sandwich schon halb aufgegessen, als Anna sie entdeckte. Tränenüberströmt und Zwiebelfäden in den Mundwinkeln. Schlimmer als ein junger Hund.

Anna packte die Fish and Chips aus. Die Männer hatten sich alle in die Küche gesetzt, für Anna war kein Stuhl übrig. Affen-Keanu ertappte sie dabei, wie sie sich mit ihrem Teller Kabeljau zögernd umsah und bot ihr seinen Schoß an. »Bitte schön, gnädige Frau, setzen Sie sich doch.« Die anderen Männer lachten, Anna lief rosa an und Pandora stopfte sich ihre Pommes in den Mund so schnell sie nur konnte.

Nach dem Mittagessen – »Sehr lecker, Mrs. C.« – ließ Anna die Jungs Pandoras Zimmer einrichten, und als sie endlich Laken und eine Decke gefunden hatte, legte sie das Kind zum Mittagsschlaf hin. Eine Weile saß sie da und starrte ihre Tochter an, bis Pandora zu sabbern begann und bei jedem Atemzug eine Rotzblase aus ihrem linken Nasenloch quoll. Anna hoffte, sie würde einmal clever sein, das war ihre einzige Chance, nachdem es mit der Schönheit nicht geklappt hatte. Anna war plötzlich ziemlich müde und setzte sich hin, um etwas in der Zeitung zu lesen, die auf einer der x Umzugskisten lag. Diese Prinzessin Di sah so mager aus. Aber wenn man selbst im achten Monat schwanger ist, kommt einem jeder dürr vor. Anna ging zum Treppenabsatz, sie musste aufpassen, wo sie hintrat, einige Treppenstangen fehlten und der Teppich war lebensgefährlich.

»Aufgepasst, gnädige Frau«, sagte Keanu. Mit einer Kiste mit der Aufschrift BADEZIMMER kam er die Treppe herauf. Anna quetschte sich gegen die Wand. Dort wo sie stand, gleich hinter der Biegung nach unten, war die Treppe am breitesten. Ehe sie sich's versah, hatte er den Karton abgestellt, wobei er nur knapp ihren Fuß verfehlte, und presste ein Bein gegen die Kiste, damit sie nicht hinunterfiel. Er drückte sich an sie und schob ihr seine fischige, chipsige Raucherzunge in den Mund. Anna hatte schon lange nicht mehr etwas so Köstliches geschmeckt – besser als belgische Pralinen, besser als Tandoorihuhn, besser als ein mit brauner Soße getränktes Bacon-Sandwich. Da standen sie also und knutschten wie Teenager an der Bushaltestelle. Das schwere Metall seiner Gürtelschnalle grub sich in ihren riesigen Bauch, mmmhg, schmatz, mmmhg, dann: »Mamiii, Popo abwischen«, und die Stimmung war dahin. Anna zwängte sich an dem Kerl vorbei, der eigentlich Kevin hieß, und eilte ins Badezimmer, wo Pandora saß, die geblümten Unterhöschen um die dicken Knöchel. Pandora rutschte von der Toilette und beugte sich vornüber, so dass ihre Mutter sie abwischen konnte: Ihr Hintern sah aus wie eine riesengroße mit Chilis gefüllte Ofenkartoffel. Anna hielt eine Ladung stinkendes Klopapier in der Hand und kicherte. Das kleine Mädchen sah sie verängstigt an.

Die Jungs gingen um vier Uhr. »Bis dann«, sagte Keanu und zwinkerte ihr zu.

Annas Mann Chris kam kurz nach sechs. »Ich habe Fish

and Chips mitgebracht«, sagte er und erwartete, dass Anna dankbar war.

In der ersten Nacht, die die Cunninghams in ihrem neuen Haus schliefen, wachte Anna um drei Uhr auf und sah ihre Tochter in der Schlafzimmertür stehen.

»Um Himmels willen, Pandora, was ist los?«

»Ich hab Pipi gemacht«, antwortete das dicke Kind, und Anna wuchtete die Last ihrer zweiunddreißigwöchigen Schwangerschaft aus dem Bett und biss die Zähne zusammen.

»Bei Daddy schlafen«, sagte das Puddinggesicht und tapste zu ihrem Vater hinüber, der leicht durch die lange Nase pfiff.

»Mach was du willst, du kleiner Pisser.«

Das hatte ihr gerade noch gefehlt. Aufgedunsen von einem ungeborenen Kind, ein Haus voller Umzugskisten und eine Dreijährige, die plötzlich beschloss, dampfende, nasse Flecken abzusondern, die zum Himmel stanken, bevor sie auf den Laken zu dunkelgelben Ringen trockneten.

»Sie ist verwirrt«, sagte Chris. »Kinder mögen keine Veränderungen.«

Sie mögen es nicht, wenn ihre Mütter auf der Treppe mit fremden Männern knutschen. Anna fragte sich, ob Pandora sie gesehen hatte, aber sie redete sich ein, dass nicht. Sie hatte sich eigentlich schon fast eingeredet, dass überhaupt nichts vorgefallen war, dass sie sich alles nur eingebildet hatte. Aber in ihrem tiefsten Innern wusste sie, was sie getan hatte. Noch eine Woche später konnte sie seine Selbstgedrehten auf ihren Lippen schmecken. Böse Anna.

6

Blutige Flitterwochen

Das war mein erster Fehler. Als ich dreiundzwanzig war, heiratete ich Chris Cunningham.

Warum?

Weil er ein netter Kerl war und einen Vollzeitjob hatte wie ein Erwachsener. Ich glaube, er war der erste Mann, mit dem ich je ausgegangen war, der einen Mantel besaß, einen richtigen mit Seidenfutter und einer festen Schlaufe zum Aufhängen. Er hatte Geld und ich nicht. Seien wir ehrlich, ich konnte ja nicht wissen, dass mein Vater ein paar Jahre später den Löffel abgeben und mir einen Haufen Bargeld hinterlassen würde. Wenn ich das gewusst hätte ... Oh, hören Sie, wäre ich ein verdammter Hellseher, wäre ich jetzt nicht da, wo ich bin.

Ich bin nicht dafür geschaffen, kein Geld zu haben. Manchen Leuten gefällt es, sich von Tütensuppen zu ernähren und sich mit Kleidern der Wohlfahrt warm zu halten und ihre Zigaretten selbst zu drehen. Ich kann diesen ganzen Quatsch nicht ertragen. Nicht, dass ich ein besonderes Luxusweib bin. Ich gehöre nicht zu den Frauen, die jeden Morgen zum Friseur gehen und dann in einem Restaurant, wo Lady Di einst verkehrte, rohen Fisch oder Heuschrecken oder was auch immer diese Woche gerade Mode ist zu Mittag essen.

Vor Chris war ich mit vielen Männern zusammen und hatte mit noch mehr geschlafen. Früher war das normal. Damals in den Siebzigern durften sogar brave Mädchen mit guten Noten Schlampen sein. Einmal fragte er mich: »Wie viele Männer vor mir?« Ich log. Ich sagte: »Zwölf.« Er wirkte schockiert und lief rot an. Chris ist einer von diesen rotblonden, hellhäutigen Typen mit schütterem Haar, und wenn er rot wird, sieht er aus wie ein Riesenbaby, das kurz davor ist, in Tränen auszubrechen. Sein ewiges Rotwerden ging mir auf die Nerven. Als wir auf Hochzeitsreise in Antigua waren, bekam er einen Sonnenstich. Mit wie aufgezogen klappernden Zähnen lag er im Hotelzimmer. Ich konnte es nicht ertragen. Schließlich ging ich aus und trank Unmengen Cocktails. Irgendwo lief diese Tequila-Rapido-Sache, es war fantastisch, wie hackedicht mitten in eine Schießerei zu geraten. Ich habe das furchtbare Gefühl, dass ich mit einem Kellner geknutscht habe, was nicht die feine Art ist, wenn man gerade auf Hochzeitsreise ist, aber da sehen Sie mal. Ich war immer fürs Knutschen, und wenn ich mit Chris knutsche, habe ich das Gefühl, achtzig Kilo Fleisch zu küssen. Christophers zweiter Name ist Robin – ich bitte Sie!

Ich lernte Chris in einer Weinbar kennen – so lernte man sich in den Achtzigern kennen. Er trug eine alberne Krawatte und war nicht mein Typ: Er roch nach Wrights Coal Tar Seife und sah aus wie ein Mann, der sich die Ohren mit Wattestäbchen putzt. Wir schliefen in jener Nacht zusammen und am Morgen entschuldigte er sich, sagte, er täte das normalerweise nicht gleich am ersten Abend. Ich weiß noch, wie ich lachte und sagte: »Ach, wirklich? Ich tu's meistens schon auf dem Parkplatz.«

Daraufhin lachte er auch, weil er dachte, ich scherze, und

Chris ist sehr höflich. Er lacht über anderer Leute Witze, auch wenn er sie nicht komisch findet, er lacht, um peinliches Schweigen zu vermeiden. Ich hätte nicht gedacht, dass ich ihn wieder sehen will, aber dann wollte ich doch. Er war wirklich sehr nett. Er war ehrlich, solvent und kontinent – etwas, das nie unterschätzt werden sollte. Außerdem war er ein Gentleman. Er gab mir Feuer, obwohl er nicht rauchte, und am Anfang verließ er immer das Zimmer, wenn er furzen musste. Was will man mehr? Ich wünschte nur, ich hätte ihn anziehender gefunden.

Das Problem bei Christopher Robin ist, dass er einfach nicht besonders sexy ist. Er erzählte mir einmal, dass ihn als Teenager niemand mochte, und die einzigen Mädchen, die ihn je ranließen, standen kurz vor einem alkoholbedingten Koma. Mit Cidre voll gesogene Unschönheiten mit abgekauten Fingernägeln und Schamhaardauerwellen, die am Ende der Party in dunklen Ecken zusammensackten. Chris erinnert sich noch an seinen ersten Zungenkuss. Es war mit einer fetten Fünfklässlerin namens Jackie Trennerman. Ich habe sie nie kennen gelernt, aber ich sehe sie vor mir, mit runtergeklapptem Kiefer auf einem Sofa, mit hellblauem Lidschatten und verschmierter Wimperntusche. Randvoll mit Pernod, nicht in der Lage sich zu wehren. Arme alte besoffene Jackie Trennerman. 10CC spielten angeblich *I'm Not In Love,* als Chris ins Bild kam. Ihr Mund hing sowieso offen, also schob er ihr seine Zunge einfach in den Rachen, und unweigerlich kotzte sie ihn von oben bis unten voll. Abgang Christopher, triefend vor Pernod und Kartoffelchips. Er war nie ein guter Küsser. Seine Zunge fühlt sich an wie eine Albino-Schnecke und ich konnte mich immer nur mit Mühe beherrschen, sie nicht in der Mitte durchzubeißen.

Meinen ersten Zungenkuss hatte ich mit Janie Conways Cousin auf einem Beanbag mit William-Morris-Muster auf ihrer Glasveranda. Wir lungerten eigentlich nur so herum, stritten uns um einen Schokoriegel, als er anfing mich zu küssen, und Janie Conway fing an zu kreischen: »Hör auf, Clive, hör auf!« Ansonsten erinnere ich mich nur noch an die große Tiefkühltruhe in der Garage der Conways. Mrs. Conway war sehr stolz auf diese Tiefkühltruhe und erzählte jedem, der zuhörte, dass sie stets ein Schaf und ein Schwein darin aufbewahrte und einhundertfünfzig Fischstäbchen, »weil, man weiß ja nie«. Ach ja, und sie hatte so eine komische Harke, um die Fransenteppiche zu kämmen. Jahre später bekam sie Alzheimer, aber offensichtlich hielt sie das Haus immer noch sehr sauber. Konnte sich nicht erinnern, ob sie gerade die Küche geputzt hatte, verstehen Sie, also fing sie immer wieder von vorn an. Natürlich war sie blitzsauber.

Meine Mutter war ganz aufgeregt, als ich mit Chris zusammenkam, obwohl ich glaube, dass sie überrascht war. Bisher war ich nur mit Geistesgestörten ausgegangen: verrückte irische Dichter-Ärsche, australische Junkies, Biker mit Stahlnägeln in den Beinen, unartikulierte Grunzer und Schulterzucker, Typen mit mageren Ärschen an der Grenze zum Schwachsinn. Männer, deren Lebenstüchtigkeit kaum darüber hinausging, Joints zu drehen und sich arbeitslos zu melden. »Aber was macht sein Vater?« Um ehrlich zu sein, ich glaube, sie hatte aufgegeben, ich war verdorbene Ware.

Ich habe meinen Hochzeitstag nicht wirklich genossen, ich weiß noch, dass ich nach der Hälfte ziemlich gelangweilt war. Es war meine Schuld. Ich hatte extra wenig Aufhebens gemacht, weil ich nicht wollte, dass meine Mutter sich einmischt. Ich hatte keine Lust auf ein Zelt im Garten, und so ließen wir uns auf dem Standesamt trauen. Immerhin im Rathaus von Chelsea. Es regnete, und ich weiß noch, dass die Hochzeitsgesellschaft, die nach uns dran war, viel lustiger aussah. Ich trug ein cremefarbenes Satin-Kostüm, ein bisschen eng um die Hüften.

»Willst du, Anna Louise Redfern, Christopher Robin (kicher) Cunningham heiraten?«

»Ach, ich denke schon.«

Hinterher, auf der Treppe, schmiss einer von Chris' dämlichen Verwandten durchweichtes Konfetti nach mir, das Flecken auf meiner Jacke hinterließ. Nach den Fotos (schrecklich, auf einigen fletsche ich tatsächlich die Zähne) gingen wir alle in Chris' Junggesellenwohnung in Battersea, um Champagner zu trinken und etwas zu essen. Die Torte war eine schauderhafte zweistöckige Angelegenheit, die Chris' Mutter von einem Mädchen im Dorf hatte backen lassen. Sie war über und über mit diesen lebensgefährlichen Silberkugeln bedeckt, an denen man sich die Zähne ausbeißt, und der weiße Zuckerguß war an den Rändern angegilbt.

Ich weiß nicht mehr viel von den Reden, aber ich erinnere mich noch, dass Chris' Clan plötzlich einen grässlichen walisischen Gesang anstimmte, der den Gesichtsausdruck meiner Mutter fast wert war. Am nächsten Tag flogen wir in die Karibik, und ich bekam meine Periode zehn Tage zu früh, fünfunddreißigtausend Fuß über dem Meeresspiegel.

Waren Sie je in Antigua? Ein Drecksloch.

Auf dem Etikett dieser Weinflasche steht, es sei ein kräftiger Rotwein aus Syrah-Trauben, angebaut im Narbonne-Gebiet, und dass man ihn am besten bei Zimmertemperatur serviert. »Dieser Wein passt ideal zu Fleischgerichten, vor allem Rindfleisch, ebenso wie zu kräftigem Schnittkäse.«

Schwachsinn, ich trinke ihn aus der Flasche zu Nudelringen aus der Dose, und ich persönlich finde die Tomatenketchup-getränkten Ringelwürmer sind eine ideale Ergänzung zu dem reifen Johannisbeeraroma und der abgerundeten Gerbsäure dieses reifen Rotweins. Auf der Flasche steht außerdem, dass sich der Wein nach dem Öffnen bis zu zwei Tagen hält, wenn er wieder verkorkt und kühl gelagert wird. Ha, dass ich nicht lache.

7
Klatsch und Gloria

Zum ersten Mal traf ich Anna vor zehn Jahren, als sie das Rosa Haus kauften. Ich war ziemlich eifersüchtig, ich hätte es selbst gern gehabt. Nicht dass an unserem etwas auszusetzen wäre, es ist sogar größer. Ein rosa Haus zu besitzen, ist so schön extravagant, so absolut Schiaparelli.

Unseres ist stattlich und gediegen und hat fünf Stockwerke. Ich habe den Garten japanisch gestalten lassen, eine nette Sache, wenn man Teiche mag, auf deren Oberfläche tote Koi-Karpfen schwimmen, und viel Kies, damit die Katzen ihr Geschäft verrichten können, aber da haben wir's: Vornehme Lebensart hat ihren Preis.

Das Rosa Haus liegt auf halbem Weg den Berg hinauf, näher an den besetzten Häusern als wir. Kriminell, nicht wahr? Vornehme georgianische Häuser in einer der begehrtesten Straßen Südlondons, und man überlässt sie einem Haufen verlotterter New-Age-Traveller! Ziegen in den Vorgärten, weiße Kerle mit Rastalocken, Laken in den Fenstern und schrottreife Autos in Regenbogenfarben – immer die verdammten Regenbögen, nicht wahr? Jedenfalls hat man die Häuser jetzt geräumt und renoviert, so dass die Immobilienpreise blitzartig nach oben geschnellt sind. Pardon, wo war ich? Vor zehn Jahren wohnten da oben noch die Gammler, und ein Stück weiter bergab kamen die bunten Häuser, die wie wuchtige Mr.-Kipling-Fondant-Fancies aussahen: ein pastellgelbes, ein weißes, ein eisblaues und dann das in Rosa. Sie sind in der Gegend berühmt, eines diente sogar als Location für einen Film, und wir alle gewöhnten uns schnell daran, Nigel Havers zu begegnen. Lustiger kleiner Mann, sehr dünn. Sah aus, als wäre er aus Pfeifenreinigern.

Damals hatte ich einen kleinen Hund, einen Westie. Er gehörte nicht mir, er gehörte meinem Sohn Henry, aber natürlich musste am Ende *ich* mit dem blöden Ding Gassi gehen. Es gibt allerdings nichts Besseres als einen Hund, wenn man über die Nachbarschaft im Bilde sein will. Hundebesitzer sind furchtbare Klatschmäuler, und ich liebe Klatsch.

Das Tolle an Hunden ist, dass man keine drei Schritte gehen kann, ohne dass sie anhalten, um Pipi zu machen oder am Pipi eines anderen Köters zu schnuppern. Gloria war ganz groß im Pipi machen, ihre Blase kann nicht größer als eine Erdnuss gewesen sein. Wenn sie anhielt, blieb ich stehen und sah mich unauffällig um – zugegebenermaßen mit Brille –, und es ist unglaublich, was man so mitbekommt. Wir leben in einer ziemlich noblen Straße. Die Leute haben in der Regel keine Netzgardinen – wir zeigen dem vorbeiziehenden Pöbel gern unsere irdischen Güter. Wozu hat man ein ausgestopftes Krokodil, das die ganze Wohnzimmerwand ausfüllt, wenn niemand hereinsieht und sagt: »Ach du meine Güte, die haben ein ausgestopftes Krokodil!« Ich finde das alles sehr faszinierend, diese kleinen Einblicke in die Welt anderer Leute – ein Mann, dem das Hemd aus der Hose hängt und der nach einem harten Arbeitstag im Kühlschrank nach einer Flasche Bier greift, eine Frau, die mit einem zahnenden, rot angelaufenen Baby am Fenster steht.

Das Rosa Haus gehörte früher irgendeiner alten Schachtel, einer jener grauhaarigen vornehmen Damen, die um vier Uhr Tee aus altem Porzellan trinken, Überbleibsel des alten Empire. Sie wohnte dort mit einer Gesellschafterin – zwei kleine alte Damen, jede Menge geschnitzte Ebenholzmöbel und eine große Buddha-Sammlung. Es heißt, sie sei durchgedreht. Sie fing an zu pöbeln, wann immer sie den Mund aufmachte, der silberne Löffel verwandelte sich in Kloake, und sie ging auf ihre Gesellschafterin los – so etwas darf man doch nicht zulassen. Dann bekam sie eine Lungenentzündung und starb, und das Haus kam auf den Markt. Das alles weiß ich von dem Homosexuellen in Nummer siebenundsiebzig. Netter Mann, ist vor etwa drei Jahren an AIDS gestorben. Es war grässlich, er hatte diesen wunderschönen roten Setter und das ganze Gesicht voller Melanome. Als ich ihn das letzte Mal sah, kann er nicht mehr als fünfundvierzig Kilo gewogen haben. Er gab einem russischen Matrosen die Schuld. Ich habe keine Ahnung, was mit dem Hund passiert ist.

Es war nicht lange auf dem Markt, das Rosa Haus. Ich sah den Umzugswagen ankommen und ich sah eine Frau mit einem dicken Kind von etwa vier Jahren, und obwohl sie hochschwanger war, bewegte sie sich wie eine Tänzerin. Als ich *ihn* sah, war ich überrascht, und zunächst bin ich gar nicht darauf gekommen, dass dieser Typ im Anzug der Ehemann ist. Ein Popstar hätte besser zu ihr gepasst. Jemand mit Pferdeschwanz und spitzen Cowboystiefeln mit klackenden Absätzen! Aber andererseits passen viele Paare nicht zusammen – ich und Nigel zum Beispiel. Die Leute erwarten bei ihm immer eine jüngere, hübschere Frau, aber das Leben ist hart, er hat mich am Hals. Warum? Möglicherweise, weil ich bei seinen Seitensprüngen beide Augen zudrücke und den besten Banoffee Pie diesseits von Mailand mache. Armer Nigel, er denkt, ich weiß nichts von seinen außerehelichen Affären. Männer sind manchmal Idioten. Was zählt, ist, dass es mir nichts ausmacht. Ich bin kein eifersüchtiger Typ. Ich mache ihm noch nicht mal wirklich einen Vorwurf. Ich nehme an, er hat einen stärkeren Sextrieb als ich. Ich bin ziemlich faul, wenn es um Sex geht, ich bin immer überrascht, wenn es mir gefällt. Ich glaube, ich bin Nigel nicht verwegen genug. Ich komme mir in Strapsen albern vor. Meine Schenkel quellen wie Wackelpudding über die Strümpfe. Ich habe auch keine Fantasien. Um ganz ehrlich zu sein, ich glaube, Sex ist etwas für schöne Menschen. Ich sage ja nicht, dass es illegal sein sollte, wenn man kein Calvin-Klein-Model ist, aber wenn sich Paare mittleren Alters umherwälzen und laute Geräusche von sich geben, hat das etwas ziemlich Unästhetisches. Ich kann mir zum Beispiel vorstellen, dass Kate Moss im Eifer des Gefechts ziemlich toll aussieht, aber nicht Judy Finnegan. Bitte verstehen Sie mich nicht falsch, ich habe großen Respekt vor Judy…

Gelegentlich geht es mit mir durch, aber am nächsten Morgen ist es mir immer leicht peinlich, und Kinder im Haus sind für mich ein Stimmungskiller. Nigel versucht immer, mich dazu zu bewegen, ihm einen zu blasen, was an seinem Geburtstag in Ordnung ist, aber wenn er versucht, den Gefallen zu erwidern, starre ich an die Decke und überlege, was ich am Wochenende koche und ob ich die Kfz-Steuer überwiesen habe. Anna dagegen ist eine sexuelle Person. Sie ist wie eine Katze, während ich eher wie ein alter Labrador bin. Ich bevorzuge einen schönen Spaziergang und hinterher ein kleines Nickerchen.

Jetzt natürlich, wo sie sich so gehen lässt und das sexy Kätzchen sich in eine räudige streunende Katze verwandelt hat, dreht sich keiner mehr nach ihr um. Inzwischen sieht sie so aus wie wir anderen. Eine ganz normale Frau in mittleren Jahren. Man sieht Millionen von uns schwerfällig umherschlurfen. Gelegentlich entdecken wir uns selbst in Schaufenstern und wenden schnell den Blick ab, weil es uns deprimiert. Wir sind überall, greifen bei Marks and Spencer nach Größe 42, kaufen Makkaroni und Migralieve, halten die Zeit reif für eine Mammographie – nur für den Fall. Sie sieht schlimmer aus als ich, aber ich musste mir schon immer mehr Mühe geben. Ich habe schon immer Make-up und Mascara gebraucht. Anna ist früher mit einem Tupfer Vaseline auf den Wimpern, einem Klecks Lipgloss und einem Spritzer Parfüm davongekommen. Sie nahm ihre Schönheit als selbstverständlich hin. Sie ist das Hässliche Entlein im Rückwärtsgang.

Es ist, als hielte in unserem Haus eine Schildkröte ihren Winterschlaf, so viel schläft sie. Anna schnarcht wie ein Pressluftbohrer, und so wie die Wände des Gästezimmers beben, meint man manchmal, dort drinnen müsse ein Haufen Paddies die Straße aufreißen. Zunächst bemühte ich mich, keinen Krach zu machen, wenn sie schlief. Ich fauchte die Kinder an: »Seid ruhig, macht den verdammten Fernseher leiser, zieht eure Schuhe aus.« Das ist vorbei, jetzt lasse ich es knallen und krachen und schlage grundlos Türen zu wie ein Teenager.

Mein Kiefer schmerzt ständig. Mein Zahnarzt macht sich große Sorgen, er sagt, das ist innere Anspannung – ha, neulich bin ich mit einem Karton Eier in den Garten gegangen und habe jedes Einzelne gegen die Mauer geschmissen. Gelegentlich beiße ich ins Kissen und wippe vor und zurück wie eine Geistesgestörte. So weit hat sie mich gebracht.

8

Backe backe Kuchen und nasse Schlüpfer

»*Wie* viel Arbeit die ins Rosa Haus stecken. Kann nicht leicht für sie sein, sieht aus, als würde sie jeden Moment platzen.«

Brenda Donahue (Nummer dreiundsechzig) redete mit ihrem Sohn Raymond. Er hörte nicht hin, spielte lieber mit seinen Legos, das Hemd von oben bis unten mit Marmelade bekleckert.

»War allerdings auch nötig. Weißt du noch, wie es bei der alten Dame und Myrtle Tee gab?«

»Und Kuchen«, sagte Raymond.

»Genau, mein Schatz.«

»Kuchen mit Nüssen und Kirschen.«

Na bitte, er war doch nicht so beschränkt. Es war tatsächlich ein Kuchen mit Nüssen und Kirschen gewesen.

Brenda hatte sich an jenem Morgen bei Mrs. Cunningham vorgestellt. »Ich bin Brenda Donahue, ich wohne am anderen Ende der Straße. Eine Freundin von mir hat hier gewohnt, nicht die, die gestorben ist, nein, meine Freundin – Myrtle – war ihre Gesellschafterin. Jahrelang hat sie sich um die alte Dame gekümmert. Jetzt wohnt sie in der Borough High Street, sie sagt, was ihr nicht fehlt, sind die vielen Stufen. Mir geht es genauso – ich verbringe mein halbes Leben damit, wie ein Jojo die Treppen rauf- und runterzusteigen.

Wenn ich unten bin, fällt mir ein, dass ich oben etwas vergessen habe. Eigentlich müßte ich spindeldürr sein, ich begreif's nicht.« Brenda war bewusst, dass sie schnatterte.

Die Frau war hübsch. Als Brenda mit Raymond schwanger war, trug sie Umstandskleider. Jede tat das, man präsentierte doch nicht allen stolz seinen Bauch. Die hier trug ein T-Shirt, ein so enges T-Shirt, dass man den Bauchnabel durch den scharlachroten Stoff hervortreten sah.

»Ist wohl bald so weit?«

Die Frau lachte, als sei ihr der dicke Kloß, den sie vor sich hertrug, gerade erst wieder eingefallen. »Anfang Juni«, sagte sie, und dann: »Pardon, ich glaube, das Telefon klingelt«, und rannte einfach davon. Brenda hätte schwören können, dass sie kein Telefon gehört hatte. Ach was, die junge Frau hatte bestimmt eine Menge auf dem Zettel, konnte keine geschwätzige alte Schachtel gebrauchen, die ihr die Zeit stahl. Bevor sich die Tür schloss, erhaschte Brenda einen Blick in den Flur. Die alten Tapeten waren heruntergerissen und die Holzdielen abgeschliffen. Brenda für ihren Teil bevorzugte Teppichboden.

Nachdem Anna die große Haustür geschlossen hatte, lehnte sie sich mit dem Rücken dagegen und bat Gott innerlich, sie mit den weitschweifigen Ausführungen kleiner alter Damen zu verschonen, die noch im Mai Wintermäntel trugen. Das Baby trat gegen ihren Bauch. Chris würde sagen, weil es ein Junge ist und er Fußballer wird, aber es war nicht die Art Tritt. Er war rhythmischer, als würde, wer auch immer da drin war, Cha-Cha-Cha tanzen.

Anna saß auf der Treppe und dachte eine Weile über den Namen des Kindes nach: Orlando, Elvis, Paris, Delilah.

Sich Namen für das Kind auszudenken, war eine großartige Methode, ihren Mann zu quälen. Chris scheute Extravaganz und schlug zaghaft weniger grelle Alternativen wie Edward oder Victoria vor. Einmal hatte er zugegeben, den Namen Barbara zu mögen – der Beweis dafür (wenn es denn noch Beweise brauchte), dass er wirklich keine Ahnung hatte. Gute zwanzig Minuten betrachtete sie ihren Nabel, aber noch in diesem fortgeschrittenen Stadium, dem dritten Trimester ihrer zweiten Schwangerschaft, wenige Wochen vor dem irdischen Debüt des Babys, versuchte sie, nicht an die Geburt zu denken. Pandoras Geburt vor drei Jahren hatte eher einer vierundzwanzigstündigen Teufelsaustreibung geglichen als einem Naturwunder. Anna hatte nie LSD genommen, aber sie vermutete, dass ihre Erinnerung an das Ausscheiden von Pandora einem Acid-Horror-Flashback ähnelte. Man stelle sich einen Slasher-Movie in einem Schlachthof vor, inklusive Zangen und Männern in grünen Kitteln, blutverschmiert bis über die Ellbogen. Diesmal hoffte Mama Cunningham heimlich auf einen Kaiserschnitt in letzter Minute.

In der Zwischenzeit musste sie das Haus einrichten. »Ich will alles in Weiß«, hatte Anna zu Chris gesagt, »und die verdammte Anrichte deiner Mutter kannst du gleich als Erstes entsorgen.«

Der Mief von Alte-Damen-Einreibemitteln war bereits verflogen. Die vergilbte Raufasertapete war sang- und klanglos von der Wand gerissen worden. Jetzt war sie ziemlich nackt, und es stand ihr.

»Mein wunderschönes Haus«, dachte Anna.

Nachmittags lag Mrs. Cunningham meistens auf einer zartrosa Samt-Chaiselongue im Salon und blätterte sich durch diverse Exemplare von *Interiors* und *House and Garden,* während Pandora am anderen Ende des Zimmers Pingu-Videos sah und Monster Munch mit Barbecue-Geschmack futterte. Allein *wie* sie aß, irritierte ihre Mutter. Erst leckte sie die orangefarbenen Krümel von jedem Happen, dann lutschte sie jede einzelne Ausbuchtung zu matschigem Brei. Wenn die Packung leer war, verfinsterte sich ihr teigiges Gesicht vor Enttäuschung.

Anna war es nicht gewohnt, so viel Zeit in Gesellschaft ihrer Tochter zu verbringen. Es war für sie beide eine neue Erfahrung, und keiner von ihnen war sich über die Regeln klar. Pflichtbewusst führten sie die Abläufe aus: Anna saß gelangweilt auf einer Bank und schaute Pandora in der Sandkiste zu, zusammen spazierten sie zu Woolworth, stritten um die Bonbons an der Kasse und schlichen dann im Schneckentempo zurück nach Hause. Gähn. Anna vermisste die Welt der Erwachsenen. Wären die Männer, die gerade die Küche einbauten, attraktiver gewesen, hätten sie eine willkommene Ablenkung von Flecki-der-Hund-Puzzles und Mr.-Men-Geschichten geboten. Aber das waren sie nicht. Einer hatte eine Hasenscharte und der andere war sechzig – öde, öde, öde.

Bevor Chris sich auf seine stämmigen, behaarten, käsigen Hinterbeine gestellt hatte, hatte Anna zusammen mit ihrer Freundin Maggie im Keller von Maggies stattlichem Haus in Clapham eine Casting-Agentur betrieben. Es war so bequem gewesen. Da Maggie ein Kindermädchen für ihren Sohn Joseph hatte, musste Anna sich nie wirklich um Pandora kümmern. Sie übergab sie einfach der kompetenten Australierin, die dafür sorgte, dass beide Kinder gefüttert, getränkt und bewegt wurden. Anna war ziemlich entgeistert, als Pandora plötzlich keine Windeln mehr brauchte. Aussie Alison hatte bei der Abrichtung aufs Töpfchen ganze Arbeit geleistet – erst jetzt machte Pandora Rückschritte. Wenn das Problem sich verschlimmerte, musste Anna noch Windeln für inkontinente Erwachsene kaufen.

Anna spürte Zorn in sich aufsteigen, wenn sie an Alison dachte. Sie wusste, dass sie dem antipodischen Ackergaul dankbar sein sollte, doch neulich hatte die kraushaarige Haushaltshilfe die Bombe platzen lassen. Alison hatte Maggie gesagt, dass sie – jetzt, wo ihr Joseph im September in die Grundschule kam – nicht bereit war, Annas neues Baby zu übernehmen und nebenbei auch noch Joseph zur Schule zu fahren und abzuholen und auf Pandora aufzupassen. Egoistisches Trampel.

Maggie tat es unheimlich Leid, aber »man kann ihren Standpunkt verstehen, Anna«. Schwachsinn, dachte Anna: Nur weil diese Mädchen in der Lage sind, auf deine Kinder aufzupassen, ohne sie in Brand zu setzen, glauben sie, sie können über dein Leben bestimmen. Es war jedenfalls ein Dilemma.

Im Liegen beobachtete Anna ihre Tochter. Pandora war damit beschäftigt, die knusprigen Popelreste einer ihrer ständigen Erkältungen zu verspeisen. Wahrscheinlich langweilte sie sich. Nun, sie würde sich weiter langweilen müssen, bis Chris nach Hause kam. Er war unglaublich geduldig mit ihr, verbrachte Stunden damit, Kasperletheater oder einen großen, kläffenden Hund zu spielen. Letzteres führte dazu, dass Pandora sich gackernd auf dem Rücken wälzte, schwabbelnd wie ein Wackelpudding.

»Wau wau, Pandora, ich werde dich von oben bis unten abschlecken.«

»Hi hi hi hi.«

Anna lag so etwas nicht, und wenn sie sich verstellte, fühlten sich beide unbehaglich. Nicht dass Pandora ein schwieriges Kind war. Mit Schweinefleischpastetchen war sie jederzeit ruhig zu stellen. Aber sie war jetzt drei, es war Zeit, dass sie in den Kindergarten ging.

Angetrieben vom Anblick ihrer nasebohrenden Tochter, holte Anna die Gelben Seiten und sah unter KINDERGÄRTEN – PRIVAT nach. Es musste einen in der Nachbarschaft geben, denn Anna hatte eine Reihe von Kindern im Kindergartenalter registriert, die jeden Morgen den Berg hinaufwackelten, all die kleinen Jacks und Jills, Jaspers und Mollys, und dann ein paar Stunden später wieder zurückwackelten, ihre Kritzeleien auf buntem Packpapier und Skulpturen aus Klopapierrollen fest umklammernd. Vielleicht war es der in der Beechwood Road, »Backe backe Kuchen«. Anna wählte die Nummer.

Eine Mrs. Lomax nahm ab, sie war sehr liebenswürdig, wie es sich bei der Aussicht auf einen »Tausend-Pfund-pro-Halbjahr«-Neuzugang ja wohl auch gehörte.

»Kommen Sie uns doch einmal besuchen und bringen Sie die Kleine gleich mit. Es wird ihr gefallen. Wir haben hier prächtig Spaß, wie Sie hören.« Im Hintergrund sangen Kinder *»The wheels on the bus go round and round«*. Klang wie ein Totengesang. Gott, sie hasste dieses Lied.

Anna hatte eigentlich großes Glück: Hätten die Wilson-Zwillinge nicht gerade wegen einer familiären Tragödie den Kindergarten verlassen müssen (Mr. Wilson war wegrationalisiert worden), hätten weder Geld noch gute Worte geholfen. Natürlich ließ Mrs. Lomax Anna gegenüber nichts davon verlauten. Die ganze Angelegenheit war ziemlich eskaliert, als Mrs. Wilson sie weinend angefleht hatte, die Zwillinge für Stipendien zu erwägen. Doch bevor sie den Hörer auflegte, dachte Mrs. Lomax noch daran, Anna die alles entscheidende Frage zu stellen.

»Ihre Kleine ist doch trocken, nicht wahr?«

»Ja«, log Anna, »völlig trocken.«

In diesem Moment stand Pandora von ihrem Kissen auf und auf ihrem Kleid zeichnete sich ein dunkler Pipi-Fleck ab.

»Haben Sie vielen Dank, Mrs. Lomax, ich freue mich, Sie morgen kennen zu lernen«, sagte Anna.

Augenblicklich ließ sie den Hörer auf die Gabel krachen, stürmte auf Pandora zu, packte sie an den Hüften, stieß sie wie eine besessene Rugbyspielerin zu Boden, riss ihr die durchnässte Unterhose vom Leib und schlug ihr Kind, einmal, zweimal, dreimal mit dem dreckigen Schlüpfer ins Gesicht.

Sofort schämte Anna sich. »Tut mir Leid, Pandora, Mami ist sehr müde. Komm, wir machen dir einen Milchshake.«

Aber Pandora wollte keinen Milchshake, sie wollte mit dem Gesicht nach unten auf dem Sofa liegen. Anna war so aufgelöst, dass sie sich auf die Treppe zum Garten setzen und eine ihrer Ultra Lights für Notfälle rauchte. Während sie den Rauch einzog, entschuldigte sie sich bei dem Baby. »Eigentlich ist deine verdammte Schwester schuld.«

Anna beschloss, Pandora bei ihrem Vater zu lassen, während sie den Kindergarten aufsuchte. Sie hatte eine Mission, und sie wollte nicht, dass die leckgeschlagene Pandora ihre Pläne durchkreuzte.

»Ich bleib nicht lang, ich flitze nur schnell zu diesem ›Backe backe Kuchen‹-Laden. Oh, um Himmels willen, binde ihr ein Lätzchen um, sie isst wie ein Schwein.« Und weg war sie.

Anna hatte einen kurzen netten Plausch mit Mrs. Lomax, die Pandora netterweise einen Platz im »Backe backe Kuchen« anbot. »Jaaaaa!« jubelte Anna still und rannte in Gedanken wie ein Fußballer mit dem Trikot überm Kopf über den Platz. Laut fragte sie so ruhig sie konnte: »Und das wäre ab wann?«

»Nun, morgen, wenn Sie möchten. Ich muss Ihnen natürlich die Gebühr für das ganze Halbjahr berechnen. Sie verstehen sicher, die Verwaltungskosten. Oh, und das Lätzchen kostet vierzehn Pfund.«

Leider war der Kindergarten nur vormittags. Anna hatte auf den ganzen Tag spekuliert, vielleicht noch mit anschließenden Aktivitäten bis, sagen wir, so gegen acht … Aber es war besser als gar nichts. Zum Glück hatte sie das Scheckheft ihres gemeinsamen Kontos bei sich.

»Oh, haben Sie vielen Dank, Mrs. Cunningham, ich bin sicher, dass Pandora hier sehr glücklich sein wird. Es gibt da ein kleines Mädchen, das ganz in Ihrer Nähe wohnt, Georgina Metcalf. Ich bin sicher, sie wird Pandora helfen, sich einzuleben.«

Georgina Metcalf, Tochter von Jo und Nigel Metcalf, Schwester von Henry, empfing Pandora, indem sie ihre kleinen scharfen Nägel in Pandoras fleischigen Oberarm grub und kicherte: »Du kannst den Kleiderhaken mit dem Elefanten haben.« Georgina war ein Jahr älter als Pandora, die mit ihren drei Jahren die Bedeutung des Scherzes nicht erfasste. Sie ahnte nur, dass dieses Mädchen gemein war, hoppla, zu spät! »Igitt, du dreckiges Ferkel«, quiekte Georgina und wich vor der dampfenden gelben Pfütze um Pandoras Füße zurück. Zum Glück war Mrs. Lomax bereit, über »unseren kleinen Unfall« hinwegzusehen, immerhin trug die arme Mrs. Cunningham in ihrem gigantischen Bauch einen weiteren potenziellen »Backe backe Kuchen«-Schützling, und man musste an die Zukunft denken.

Als Anna Pandora gegen Mittag abholte, versuchte eine fremde Frau mit Topfschnitt durch »Huhus« ihre Aufmerksamkeit zu erregen. Anna lächelte vage und eilte so schnell sie konnte davon, die Plastiktüte mit Pandoras nassem Höschen in der Hand. Auf dem Weg bergab versuchte Anna, sich mit Pandora über den »reizenden Kindergarten« zu unterhalten, aber Pandora war nicht sehr gesprächig. Erst als Chris nach Hause kam, gab sie zu, die Kekse in der Frühstückspause hätten ihr geschmeckt. Er badete sie und brachte sie zu Bett, und Pandora legte keinen Wert darauf, dass ihre Mutter nach oben kam, um ihr einen Gute-Nacht-Kuss zu geben. Sie war wie erschlagen. So ein Tag im Kindergarten kann sehr ermüdend sein.

Weiter die Straße hinunter hatte die Frau mit dem Pagenkopf alias Jo Metcalf mit ihrer aufgedrehten Tochter wesentlich größere Probleme. Georgina veranstaltete ein Affentheater. Sie wollte im Cinderella-Kostüm schlafen, vollständig mit Haube und Schleier.

»Aber der Schleier könnte sich um deinen Hals schlingen und dich mitten in der Nacht erwürgen«, erklärte ihre Mutter.

»Mir egal«, sagte Georgina.

»Muss sie wirklich sterben?« Henry, Georginas großer Bruder, lehnte im Türrahmen – sechs Jahre alt, eine Brille mit Drahtgestell und spitze kleine Knie, die Löcher in seinen Schlafanzug gescheuert hatten. Armer Henry, er hatte das Gesicht einer Wühlmaus und neigte zu Ekzemen. Er war ein furchtbarer Quälgeist. »Wenn sie stirbt, kann ich nicht in die Schule, stimmt's, und wir gehen morgen ins Verkehrsmuseum, und ich will unbedingt hin.« Er war den Tränen nahe.

Verflixt, dachte Jo. Verdammter Schulausflug, Mist!

»Hör zu, Fräulein, du kannst in dem Kleid schlafen, aber ohne dieses Kopfteil, nimm es sofort ab. Henry, du gehst ins Bett.«

Jo klang hysterisch. Nigel war spät dran, sie musste das Dachzimmer für das neue Aupair herrichten, und sie wusste, sie hatte weder einen Saft noch eine Tüte Chips für Henrys Lunchpaket.

Sowohl Henry als auch Georgina wussten, dass das Maß voll war. Jo war für eine Mutter ganz vernünftig, aber sie hatte ihre Grenzen und ab und zu (gewöhnlich alle vier Wochen) bäumte sie sich auf wie ein bockiges Pferd und brach dann schluchzend auf dem Teppich zusammen. Georgina nahm die Haube ab und tat, als schliefe sie sofort ein, während Henry in sein Zimmer trippelte, seine Kuscheldecke im Schlepptau.

Jo polterte in den obersten Stock. Das Mädchen aus Liverpool hatte Brandflecken auf dem Frisiertisch hinterlassen. Tampax-Applikatoren und verdächtige Kippen lagen in einem Aschenbecher unter dem Schlafsofa. Jo wünschte, sie würde zu den Menschen gehören, die sich bei einem Joint beruhigten. Sie hatte es einige Male versucht, aber es hatte immer zu fortgeschrittener Paranoia geführt und dazu, dass man mit ihr um den Block gehen musste, wo sie in die Vorgärten fremder Leute kotzte. Sie zog das Bett ab. Die dreckige kleine Schlampe hatte das Bett in den zwei Monaten, die sie bei ihnen war, nicht einmal frisch bezogen. Jo wechselte die schmuddelige Bettwäsche gegen eine marineblaue Madras-Steppdecke und passende Kissenbezüge. Das neue Mädchen kam aus Irland. Mit etwas Glück gehörte sie also zu jenen armen Geschöpfen, die zu sechst in einem Bett schliefen und dieses Zimmer mit tragbarem Schwarz-Weiß-Fernseher als höchsten Luxus empfinden würden. (Als Siobhan zwei Tage später eintraf, brachte sie allerdings ihren eigenen Farbfernseher und einen CD-Player mit.)

Als alles erledigt war, ging Jo nach unten und genehmigte

sich ein Glas Rotwein. Es war 8.30 Uhr, Nigel war immer noch nicht zu Hause und es hatte keinen Sinn, auf ihn zu warten. Sie nahm ein Birdseye-Lean-Cuisine-Hähnchengericht aus der Gefrierkammer, kochte es in der Verpackung und aß am Küchentisch. Sie nahm den Rest grüne Bohnen und Karotten aus dem Kühlschrank und aß dabei versehentlich ein Mousse au Chocolat von Marks and Spencer. Dann fiel ihr Henrys Lunchpaket ein und sie beschloss schuldbewusst, für die ganze Klasse Fairy Cakes zu backen. Sie war eine gute Köchin und sie versuchte eine gute Mutter und Ehefrau zu sein.

Während sie Mehl und Zucker abwog, dachte sie über diese Anna nach, die ins Rosa Haus gezogen war. Sie hatte im Kindergarten versucht, mit ihr ins Gespräch zu kommen, aber die Frau war offensichtlich blind wie ein Maulwurf, hatte sie einfach nicht gesehen. Schade, es wäre nett, in der Nachbarschaft eine Freundin zu haben. Nützlich. Auch nett für die Kinder. Ständig zogen Leute fort, dieser Wahnsinns-Exodus nach Norfolk and Suffolk. »Kommt uns doch besuchen, liegt doch gleich an der A11.« Aber das tat man natürlich nicht, weil die Kinder so reisekrank wurden, dass sie schon kurz hinter der Tower Bridge kotzten und einem Karottenstückchen in den Nacken spuckten.

Während Jo die Backform fettete und den Ofen vorheizte, war ihr Mann in der Damentoilette eines schäbigen Pubs Nähe Regent Street eingeschlossen. Nigel saß auf dem Toilettendeckel und ein Mädchen mit tätowierter Hummel auf der rechten Pobacke hüpfte auf seinem Schwanz auf und ab. Sie hatte ihm den Rücken zugewandt. Alles was er sah, war eine hennarote Mähne, und er wünschte, er hätte sich erinnern können, wie sie von vorn aussah. Oder war es vielleicht besser so? Er hatte ihren BH gelöst, der sich irgendwie um ihren Hals gewickelt hatte, und die aus ihrem Geschirr befreiten Brüste schaukelten bedenklich hin und her. Das Mädchen ging ab wie Kastagnetten, ihre Titten waren überall, und wenn sie nicht aufpasste, würde noch eine über ihre Schulter plumpsen und ihm ins Gesicht schlagen. Er versuchte die ganze Zeit, einen Nippel zu fassen zu kriegen, griff aber jedes Mal daneben. Das Mädchen war ins Schwitzen geraten; sie wölbte den Rücken und gab Laute von sich wie Jo, als sie einmal eine entzündliche Beckeninfektion hatte.

Plötzlich wusste Nigel, dass es so auf keinen Fall funktionierte. Er war völlig hinüber, besoffen und bis an die Kiemen zugekokst. Nicht zum ersten Mal wünschte er sich, einen Orgasmus vortäuschen zu können, so wie Jo – das wusste er – es normalerweise tat. Plötzlich begann das Mädchen zu zucken und zu jaulen, und als habe sein Penis Angst vor lauten Geräuschen, schreckte er zurück, wie ein Rentner, der sich in einer Ecke vor einem Straßenräuber versteckt. Sie bäumte sich ein letztes Mal auf und dann, weil sie merkte, dass etwas nicht stimmte, richtete sie sich auf ihren Stilettos kerzengerade auf und sagte: »Was ist los?« Sie wandte sich zu Nigel und seinem kleinen verängstigten Pimmel um und kreischte: »Wo ist das Kondom? Hey… das Scheißkondom ist abgegangen.« Es stimmte.

Nigel war plötzlich sehr müde. Das Mädchen kramte in ihrer Vagina, als hätte sie einen Diamantring in einem Müllcontainer verloren. Das meiste von ihrem Arm schien in ihr zu verschwinden, und ihr BH hing jetzt über einem Ohr. »Hab's«, keuchte sie triumphierend und hielt ihm das zusammengeschrumpfte Prophylaktikum ins Gesicht.

Wirklich, es war Zeit nach Hause zu gehen.

Während Nigel an Hosenschlitz und Krawatte herumfummelte, verzierte Jo die Fairy Cakes.

Um zehn ging sie ins Bett und um zehn nach kam Nigel durch die Haustür, bedächtig wie alle Besoffenen, wenn sie mit aller Mühe versuchen, gerade zu gehen, klar zu sprechen und nicht die Treppe hinaufzufallen. »Verdammt verrückter Tag«, leierte er, in der Tat äußerst vorsichtig.

»Ich bin im Bett, ich bin kaputt«, rief Jo, was Ehefrauen-Steno ist für: »Also fang nicht an, an mir herumzuschnuppern wie die Katze am frischen Fisch.«

Wäre es nicht wundervoll, wenn Paare nur ab und zu miteinander kommunizieren könnten, ohne irgendwelche Codes zu gebrauchen. Wenn Jo einfach gerufen hätte: »Ich bin wirklich schlapp, also versuch nicht, mich zu vögeln«, und Nigel hätte geantwortet: »Ist schon in Ordnung, kein Bedarf, ich habe den Bauch voller Bier, x Linien vom feinsten Koks geschnupft und in einer öffentlichen Bedürfnisanstalt ist eine ranzige alte Schlampe zwanzig Minuten lang mit ihrer Möse meinen Schwanz hoch- und runtergerutscht.«

Aber das tun sie natürlich nicht.

Während Jo also einnickte und Nigel sich die Zähne putzte, bis sein Zahnfleisch blutete, sah Chris oben im Rosa Haus eine Sendung über Rommel, und Anna wusch den geliehenen Kindergartenschlüpfer und bügelte ihn dann sorgfältig. Normalerweise hätte sie sich nicht die Mühe gemacht, aber sie wollte es sich mit Madame Lomax nicht verderben.

9

Von Schweinen und Mäusen

Sonderbar, an was man sich erinnert, wenn es zu anstrengend ist, über die Zukunft nachzudenken. Die Vergangenheit ist überschaubar, da weiß man, was man hat.

Als ich neunzehn war und bevor ich Chris kennen lernte, hatte ich eine Affäre mit einem verheirateten Mann. Komisch, ich kann mich gar nicht an sein Gesicht erinnern. Dafür aber an das der Ehefrau. Erst wurde sie kreideweiß, dann lief sie Rote-Beete-rot an, und diese Ausdrücke – noch nie habe ich jemanden in so wenigen Sätzen so oft fluchen hören. »Du Fotze, du beschissenes Arschloch, ich scheiß auf dich, du beschissener Wichser.« Er sprang wie ein Flitzebogen aus dem Bett und versuchte seine Hose anzuziehen. Ich habe mich immer gefragt, warum. Schließlich hatte sie seinen Pimmel schon tausendmal gesehen. Sie waren seit fünfzehn Jahren verheiratet, hatten drei Kinder.

Jedenfalls war die Frau ein Albtraum. Sie aß ständig Perlzwiebeln, sie war süchtig danach. Er erzählte mir, dass sie immer eine unter dem Kopfkissen hatte, die sie nachts lutschte wie ein Bonbon. Manche Frauen verdienen es nicht besser.

Mir kam nie in den Sinn, dass ich etwas Unrechtes getan hatte. Warum sollte ein Mann mit einer Frau ins Bett gehen wollen, deren Atem nach Essig stinkt? Mit Zahnpastalächeln, schlanken Schenkeln und fabelhaften Titten war ich die bessere Alternative.

Wenn man jung ist, denkt man nicht nach, und vielleicht bin ich einfach nie erwachsen geworden. Chris sagte immer, ich sei ein verwöhntes Einzelkind. Deshalb wollte er noch eins. Um ganz ehrlich zu sein, ich wollte nach Pandoras Geburt eigentlich kein zweites … Na ja, ich war der Überzeugung, dass ich nicht zur Mutter geschaffen bin. Nicht dass ich sie nicht lieb habe, das habe ich, in meinem tiefsten Innern, und ich denke, auch sie hat mich in ihrem tiefsten Innern lieb. Schließlich bin ich ihre Mutter …

Ich war noch nicht bereit für ein Kind. Chris' Kinderwunsch war geradezu albern. Merkwürdig für einen Mann, aber da sieht man mal. Wir waren schon einige Jahre verheiratet, und zunächst begriff ich nicht, was mit mir los war. Mir war so elend, dass ich dachte, ich hätte Leukämie. Wir waren im Urlaub, auf einer dieser trostlosen griechischen Inseln. Miese Kiesstrände, schlechtes Essen. Ich meine, wie oft kann man griechischen Salat essen? Seltsam, diese Griechen mit ihren Tavernen, die alle genau die gleichen Gerichte servieren. Keiner ist so schlau, irgendwo ein anständiges chinesisches Restaurant hinzusetzen.

Chris liebte die Insel, ständig wanderte er zu irgendwelchen antiken Ruinen, während ich mit dem Gesicht nach unten im groben Sand lag, einen Geschmack wie alte Pennys im Mund und das Aroma von rohem Tintenfisch in der Nase. Ich hätte wissen müssen, dass ich schwanger war, überempfindliche Geruchsnerven sind ein eindeutiges Zeichen, aber ich kam nicht drauf, und so lag ich einfach da und würgte in mein Badelaken. Ich konnte nicht mal trinken oder rauchen. Ich reagierte allergisch auf meine eigenen Duty-free-Einkäufe! Der ödeste Urlaub meines Lebens.

Chris hatte als Erster den Verdacht, dass ich schwanger war. Wegen meiner Titten. Natürlich formulierte er das nicht so, Chris doch nicht, der benutzt dasselbe Vokabular wie ein Biologielehrer in den Fünfzigern. Eines Morgens sah er zu, wie ich mir den Bikini anzog und sagte: »Ähem, die Körbchen quellen dir über.«

»Quatsch«, sagte ich, aber er hatte Recht. Ich hatte keine Titten, sondern Euter, dicke fette Euter. Zu Hause machten wir also einen Test und dreimal dürfen Sie raten. Der kleine Punkt wurde sofort rosa – ebenso bei den drei anderen Tests. Verdammt.

Man kann sich gar nicht vorstellen, dass so eine kleine Ansammlung von Zellen so viel Schaden anrichten kann. Der ganze Urlaub ruiniert, vielen Dank auch, es konnte ja nur besser werden. Wurde es aber nicht. Ich wurde zu »Omi« ins verdammte Wales verschleppt, die Namen wie Gareth und Bronwen vorschlug.

»Quatsch«, flüsterte ich, aber nicht leise genug.

»Sie ist sehr müde«, sagte Chris.

»Sie ist ein Biest«, sagte seine Mutter alles andere als leise, aber wir taten, als hätten wir es nicht gehört.

Manche Frauen blühen in der Schwangerschaft auf. Ich nicht. Mir ging es die ganze Zeit dreckig. Ich hatte gelbliche Haut und dicke, leberfarbene Tränensäcke. Mein Haar brachte sogar meinen Friseur, eine chinesische Schwuchtel, zur Verzweiflung. Es hing wie schlaffe Gardinen an meinem Kopf herab. Außerdem hatte ich diesen Pickel auf dem Kinn, der auch mit Unmengen Clarins nicht wegging. Schließlich drückte ich ihn jeden zweiten Tag aus und wenn er besonders unappetitlich aussah, klebte ich ein Pflaster drüber.

Das Kind sollte im Mai kommen, »um den zehnten

herum«, hieß es, »aber Erstgeborene kommen häufig später, Mrs. Cunningham«. In diesem Fall vierzehn Tage. Ich dachte schon, es kommt nie. Dass dieser dicke Brocken in meinem Bauch Blähungen sind und ich eines Tages einfach einen mächtigen Furz lasse. Aber so war es natürlich nicht. Es war tatsächlich etwas da drin und schließlich kam es heraus, wie das Monster aus der Tiefe.

Eine Geburt ist etwas Widerliches. Ein neues Leben in die Welt zu setzen, soll ein Wunder sein? Unerträgliches Geschwafel. Es fing damit an, dass ich mich voll schiss. Chris sagt, das stimmt nicht, aber es ist wahr. Geschieht ihm Recht. Schließlich hatte er mich am Abend vorher genötigt, Curry zu essen. Hat aber gewirkt. Lamm in Joghurtsoße, das kam zuerst raus. Die Hebamme war sehr gut, tauschte einfach die Papierunterlage aus und schob mir eine neue unter den Hintern. Als das Baby kam, ein Kopf wie ein blutiger Fußball, hörte ich meinen Damm reißen wie alte Gardinen, dann kam der Rest, rot und grau wie kiloweise nasser Fisch, und ich kotzte neben das Bett. Angeblich lag das an den Blähungen. Blödsinn, es war der Anblick des Babys. Wir nannten sie Pandora, obwohl »Arschspalter« passender gewesen wäre.

Ich musste mit siebzehn Stichen genäht werden. Sieht aus, als wäre ich mit dem Arsch vorweg durch eine Windschutzscheibe geschleudert worden.

Chris war natürlich dabei und benahm sich vorbildlich, sogar als ich ihm in die Hand biss wie ein Frettchen und ihm wüste Beschimpfungen ins schwitzige rosa Gesicht spuckte. Er liebte sie vom ersten Augenblick an, und ich tat, als ginge es mir genauso, obwohl ich ehrlich gesagt in meinem ganzen Leben noch nie so etwas Scheußliches gesehen hatte. Als alles vorbei war und ich nur noch schlafen wollte, sollte ich sie stillen. Sie war nicht ordentlich gewaschen und an ihren verfilzten Haarsträhnen klebte Blut. Stillen war das Letzte, was ich wollte, aber mit diesen Leuten lässt sich nicht streiten, die sind gut ausgebildet. Man nennt das »Bonding« und ich musste mitspielen und diesem neugeborenen Fremdling verzückt in die kurzsichtigen Augen blicken. Am liebsten hätte ich sie im Bus vergessen. Ich besaß Schuhe, für die ich mehr empfand.

Ich habe überhaupt nicht damit gerechnet, dass meine Tochter hässlich ist. Ich habe immer eine kleine Kopie meiner selbst erwartet. Als ich sie sah, war ich schockiert. Sie war wie eine große fleischige Puppe mit zehn Wurstfingern und zehn Wurstzehen. Nicht einmal die Hebamme tat beeindruckt. »Was für ein Brocken«, sagte sie. Pandora wog zwölf Pfund, sie war groß wie ein Truthahnbraten. In der Nacht nach ihrer Geburt sah ich sie im Traum nackt auf einem Teller angerichtet, garniert mit Bratensoße, Karotten, Rosenkohl und Füllung.

Ich dachte immer, eines Tages würde ich mich umdrehen und das Kind erblicken, dessen Bild ich im Kopf hatte. Aber nichts passierte. Da saß ich nun mit ihr, lebensgroß hoch zwei. Sie hatte mein dunkles Haar, aber Chris' blasse Haut und den Körper ihrer walisischen Großmutter, kurze Beine, breites Becken, wie ein gewöhnliches Waschweib.

Natürlich kannte ich Chris' Familie. Ich wusste, wie sie aussahen. Seine Kröte von einer Mutter, sein schweigsamer, missgestalteter Bruder, dem rotes Haar aus den Ohren wuchs, aber ich dachte immer, dass meine überlegenen Gene seine besiegen würden, dass dunkle graue Augen wässrige blaue schlugen, schlanke Fesseln dicke, wohlgeformte Beine fette. Meine Tochter war ein halber Ackergaul, da war nicht dran zu rütteln, wie meine Mutter sagen würde.

Chris' Vater ist übrigens tot, von seiner ewig nörgelnden Mutter ins Grab getrieben. Obwohl auf dem Totenschein Bronchitis steht, ist es ihre Schuld. Weil sie ihn nicht im Haus rauchen ließ, holte er sich beim Rauchen seiner John Players in der Scheune den Tod, der arme Hund.

Ich war fünf Tage mit Pandora im Krankenhaus. Heutzutage gibt es das natürlich nicht mehr. Man wird rausgeschmissen, bevor die Plazenta abgekühlt ist. Wenn die Schamhaare dem Kind noch hinter den Ohren kleben.

Ich brauchte die Zeit im Krankenhaus. Nachts nahm man sie mir weg, o barmherzige Erlösung. Chris wollte nicht, dass sie Milch aus der Flasche bekommt, aber meinetwegen hätten sie ihr eine Familienpackung Häagen-Dazs geben können, wenn es sie ruhig gestellt hätte.

Jedenfalls konnte ich sie nicht direkt mit nach Hause nehmen, sie hatte nichts anzuziehen. Die ganzen Sachen für Neugeborene passten ihr nicht, und Chris musste losgehen und alles eine Nummer größer kaufen! Seine Mutter setzte sich natürlich sofort in den Zug und brachte eine Ladung selbst gestrickter Jäckchen aus kratziger senffarbener und brauner Wolle mit, von denen Pandora Ausschlag bekam. Was dachte sie sich nur dabei? »Ist sie farbenblind?« fragte ich Chris.

Ihre andere Oma, meine Mutter, schickte ihr exquisite, bestickte weiße Strampelanzüge aus der Schweiz, die ebenso ungeeignet waren. Ich gab sie einem Mädchen auf derselben Station. Sie war erst neunzehn und hatte dieses winzige süße Baby. Adele nannte sie es. Es stellte sich heraus, dass das arme kleine Ding ein Loch im Herzen hatte, deshalb waren seine Lippen so hübsch violett. Es ist einfach nicht fair. Ich hatte dieses Mammut von einem Kind und das Mädchen eine kaputte Puppe und trotzdem hätte ich sofort getauscht.

Das habe ich natürlich nie laut gesagt. Ich meine, was für ein schrecklicher Gedanke.

Es gibt zwei Sorten Babys: Schweine und Mäuse. Mäusebabys haben zarte Gesichtszüge, winzige Näschen und weiche Haarbüschel, während Schweinebabys große, rote Gesichter, fette Schenkel und dicke Nasen haben. Ich habe eine Maus erwartet und ein Schwein bekommen. So etwas kommt vor, und wenn es einem selbst widerfahren ist, bekommt man einen Blick dafür. Wenn ich manchmal die *Hello!* durchblättere und mir die Fotos berühmter Fernsehschauspielerinnen ansehe, entdecke ich ab und zu ein mondgesichtiges Kind im Hintergrund. Andererseits sieht man in dem genetischen Eintopf Südlondons auch zahnlose Schabracken mit entzückenden Kindern. Mutter Natur hat üble Tricks auf Lager.

Heutzutage passt nicht mehr viel Wein in eine Flasche. Ich bin immer wieder überrascht, wenn sie leer ist. Weg ist sie. Abrakadabra, ich kann zaubern.

10
Freundinnen und Fehlgeburten

Auch aus taktischen Erwägungen wollte ich Anna zur Freundin haben. Wir hatten beide Töchter im selben Alter. Ein kleine Freundin in derselben Straße, wie praktisch. Wir Mütter können ganz schön raffiniert sein. Am Ende stellte sich heraus, dass Pandora ein Jahr jünger als meine Georgina war. Ich hatte sie auf mindestens vier geschätzt, aber in Wahrheit war sie erst drei. Trotzdem, sie ging in denselben Kindergarten wie Georgie. Es wäre schön gewesen, wenn sie sich angefreundet hätten. Aber um ehrlich zu sein, konnten sie einander schon damals nicht leiden.

»Hallo Pandora, wie geht's?«

Schweigen.

»Sieh mal, Georgina ist hier. Willst du mit ihr spielen?«

»Nein, geh weg.«

Als Georgina ungefähr fünf war, sagte sie, sie würde sich totlachen, wenn Pandora überfahren würde. Manchmal mache ich mir Sorgen um Georgina, sie kann sehr grausam sein. Jede Puppe, die sie je besaß, hat amputierte Gliedmaßen, ausgerissene Haare und ist mit Kugelschreiber bekritzelt. Sie gehörte zu den Kindern, die Hunde treten und Babys kneifen.

Sie hat das Gesicht eines Engels und die Seele eines Zuchtbullen.

Ich bin ihre Mutter, ich darf das sagen. Ich habe genug von Halbwahrheiten. Die Wahrheit ist, ich liebe meine Familie, aber ich weiß um ihre Schwächen.

Also zurück zu Anna. Wie ich sagte, kaufte sie das Rosa Haus, und meine Georgina und ihre Pandora waren im selben Kindergarten. Ein reizender Kindergarten im Kate-Greenaway-Stil in einer viktorianischen Villa in der Beechwood Road, alle Kinder trugen kleine rotkarierte Schürzen. Privat, natürlich. Tut mir Leid, wenn ich jemandem zu nahe trete, aber wir reden von der Ära vor Blair und mit staatlichen Schulen, pflegte ich damals zu scherzen, war kein Staat zu machen. »Backe backe Kuchen« hieß der Kindergarten. Inzwischen ist er geschlossen. Wirklich tragisch. Ich meine, Unfälle passieren, aber wenn man einen Tausender pro Halbjahr zahlt, rechnet man nicht damit, dass das eigene Kind kopfüber ins Planschbecken fällt und erst vermisst wird, wenn die anderen bei Saft und Käsegebäck zusammensitzen.

Ich glaube, sie hieß Katie Robinson. Sie war erst drei. Ihre Mutter war nie wieder dieselbe. Natürlich nicht. Ich meine, Georgina hat vielleicht eine harte pubertäre Phase, aber was immer ich auch sage, ich wünsche ihr nicht den Tod.

Die Tragödie vom teuer bezahlten Tod (wie die Lokalzeitung es nannte) ereignete sich zum Glück, als unsere Kinder schon zur Schule gingen. Jetzt wohnen Leute in dem Haus, sehr nette sogar. Damals sagte ich zu Nigel: »Was für ein schönes Haus. Wir sollten es uns mal ansehen«, aber er sagte nur: »Wozu?« Er mag keine Veränderungen und schließlich haben wir ja schon ein sehr schönes Haus. Es ist schön, aber eben nicht so schön wie das »Backe backe Kuchen«- oder das Rosa Haus.

Wenn ich zurückdenke, habe ich Anna regelrecht verfolgt. Ich hoffte immer, ich würde ihr zufällig begegnen und dass sie eines Tages erfreut wäre, mich zu sehen.

Vielleicht langweilte ich mich, vielleicht war ich einsam. Ich brauche Freundinnen und meine beste Freundin, Rowena Baxter, war mit einem neuen Mann nach Hastings gezogen. Um ehrlich zu sein, war ich schockiert. Ich weiß, heutzutage lässt sich jeder scheiden, aber mir erscheint das so unnötig. Und so anstrengend. Ich meine, ich weiß, dass Roger Baxter ein Idiot ist, aber es kommt mir übertrieben vor, jemanden, der über Hunderttausend im Jahr verdient, für einen gepiercten New-Age-Softie zu verlassen, der zehn Jahre jünger ist. Ich weiß noch, dass ich mit Rowena eine ziemlich hitzige Debatte darüber hatte. »Ich dachte, wenigstens auf dich kann ich mich verlassen«, schrie sie. »Hast du nicht bemerkt, wie unglücklich ich war?« Das hatte ich tatsächlich nicht. Sie hatte ein reizendes Haus und musste keinen Finger rühren. Ständig kurvte sie mit ihrem Golf Cabrio durch die Gegend. Dann beschloss sie, Saxophon-Unterricht zu nehmen – ich bitte Sie –, und eins führte zum anderen. Henry regte sich sehr auf, er war mit dem ältesten Sohn der Baxters eng befreundet.

Einige Monate nachdem sie fortgezogen war, besuchte ich sie mit dem Zug. Sie lebte in einer gottserbärmlichen Wohnung und die Jungs waren außer Rand und Band. Sie hatte sich völlig verändert. Ihr Haar war zu kleinen Zöpfchen geflochten und sie trug einen albernen roten Knopf im Nasenflügel. Sie schickte mir Postkarten – Fotos von Möwen – mit großer rosa Schrift. »Ehrlich Jo, ich bin so glücklich.« Vielleicht.

Außerdem fühlte ich mich von Annas Schwangerschaft angezogen. Ich wäre im selben Monat gewesen. Sie müssen verstehen, das ist sehr privat, ich rede nicht darüber. Viele

Frauen verlieren ihr Kind, das ist natürlich. Aber ich glaube, es hat Auswirkungen auf die Hormone. Verstehen Sie mich nicht falsch, ich war nicht am Boden zerstört, ich war nicht kurz davor, kleine Babys aus dem Supermarkt zu entführen, doch Annas Zustand erinnerte mich daran, dass eine Schwangerschaft etwas Besonderes ist.

Die Fehlgeburt war wahrscheinlich sowieso ein Segen. Nigel wollte kein drittes, sie sind finanziell eine ziemliche Belastung, und wir waren gerade aus dem Gröbsten raus, na ja, jedenfalls hatten wir Windeln und Koliken und schlaflose Nächte hinter uns.

Eigentlich stimmt das gar nicht. Henry neigte schon immer zu Nachtangst. Wenn er aufwachte, schrie er lauter als jedes andere Neugeborene.

Ich verlor das Baby etwa in der zwölften Woche, es fiel einfach in die Toilette und das war's. Man sollte verlorenen Föten nicht nachweinen.

Ich hatte gehofft, sie würde entgegenkommender sein. Ich hatte ein freundliches Gesicht, immer lächelnd, immer heiter, »Huhuuu, hallooo«. Aber es dauerte eine Weile, bis sie anbiss. In gewisser Weise musste ich um sie werben. Albern, nicht wahr? Ich war eine erwachsene Frau und benahm mich wie ein Kind auf dem Spielplatz: »Das Mädchen sieht nett aus. Ob sie mit mir spielen will? Wir könnten Blutsschwestern werden.«

Als Kind war ich es gewohnt, Jagd auf Freunde zu machen. Mein Vater war in der Armee, daher musste ich oft die Schule wechseln. Ich glaube, ich war auf sieben Grundschulen und drei Gymnasien. Das erfordert eine Menge »Hallo-ich-bin-Jo«. Meine Eltern ließen Schüchternheit nicht durchgehen. Meine Mutter sagte immer, Schüchternheit sei eine Entschuldigung für soziale Inkompetenz und

Faulheit, und ich muss sagen, ich stimme ihr zu. Ich bin eifersüchtig auf Leute, die ihre Freundinnen aus Kindertagen kennen, und ich habe immer versucht, Georgina einzubläuen, dass Freundschaften etwas Wichtiges sind. Doch es hat keinen Sinn: Georgina lässt eine Freundin schon fallen, wenn sie nur die falschen Turnschuhe trägt.

In meiner Jugend hatte ich längst gelernt, eine »echte Freundin« zu sein. Ich ließ die Mädchen meine Hausaufgaben abschreiben, verlieh mein neues Top, bevor ich es selbst trug, lachte über blöde Witze und stand für die Silk-Cut-Mädels im Klo Schmiere. Ich war immer mittendrin, ich wurde nie drangsaliert (zu groß), war nie die Beliebteste (zu groß) und nie die Frechste (zu groß, ich wurde immer erwischt). Ich gehörte zwar immer dazu, aber eigentlich wollte ich lieber eine beste Freundin haben, eine, die ich mit niemandem teilen musste. Und obwohl wir schon dreißig waren, als wir uns kennen lernten, dachte ich wirklich, Anna sei meine Chance.

Selbstverständlich hatte ich schon einige Fast-Beste-Freundinnen gehabt, bevor Anna auf der Bildfläche erschien. In der Universität in Edinburgh hatte ich gute Freundinnen, aber als ich Nigel kennen lernte, vernachlässigte ich sie natürlich. Freundschaften sind wie Topfpflanzen, man muss sie pflegen. Als ich nach London zog (Nigel wollte nachkommen), wohnte ich mit drei anderen Mädchen zusammen. Mit zwei von ihnen habe ich noch Kontakt. Eine lebt in Melbourne, die andere auf einer abgelegenen schottischen Insel. Ich habe es nie geschafft, sie zu besuchen, aber ich denke an ihre Geburtstage und schicke ihnen Weihnachtskarten. Die andere Mitbewohnerin habe ich aus den Augen verloren – aus Versehen mit Absicht. Ihre letzte Adresse hatte ich auf einen Zettel gekritzelt, der es nie in meinen Filofax schaffen sollte. Helen war anstrengend. Sie litt an Essstörungen, es war deprimierend. Aber sie war hinterlistig. Sie tat, als würde sie Unmengen essen, und das tat sie auch, aber nur Kohl, Unmengen Kohl. »Oh, ich bin so voll.« Gekochten Kohl, kalorienarme Heinz-Suppen, Apfelmus und rohe Karotten, die sie in Marmite dippte. Manchmal hatte sie Fressanfälle, und dann hörten wir nachts die Klospülung, wenn sie alles wieder auskotzte. Am Ende war sie so dünn, dass ihr auf Armen und Rücken ein Flaum wuchs. Um sie warm zu halten, nehme ich an. Sie sah aus wie ein behaartes Skelett in XXL-Pullis, in der kleinen Hühnerkrallenhand ständig eine Zigarette aus dem unerschöpflichen Vorrat an Bensons, die Finger so dünn, dass die Zigaretten daneben wie Tapetenrollen aussahen. An einem Wochenende kamen ihre Eltern, um sie abzuholen. Sie musste von ihrem Vater wie ein Baby die Treppe hinuntergetragen werden. Wir anderen winkten ihr nach, als fahre sie an die See, und ihre Mutter sah uns an, als sei es unsere Schuld. Aber das glaube ich nicht, manche Menschen sind einfach von Natur aus selbstzerstörerisch. Ich war jedenfalls sehr beschäftigt. Nigel und ich wollten heiraten und ich musste die Hochzeit organisieren. Um ehrlich zu sein, war ich ziemlich erleichtert, als das dünne Mädchen fort war. Als Brautjungfer hätte sie sich auf den Fotos nicht gut gemacht.

Einmal zeigte Anna mir ihr Hochzeitsalbum. Sie war eine schöne, aber zornige Braut, umgeben von fetten Bauern und argwöhnisch blickenden Kindern. »Chris' Familie«, erklärte sie.

11

Jedediah

Ins Rosa Haus wurde eine neue Küche eingebaut. Chris war für etwas Rustikales. »Die Küche ist schließlich das Herz des Hauses«, erklärte er salbungsvoll. Chris hatte die Angewohnheit, in Gemeinplätzen zu reden. Er konnte ziemlich dicke tun. Wenn er etwas vermeintlich Bedeutungsvolles sagen wollte, sah man förmlich, wie er sich aufblähte: »Das Herz des Hauses ist schließlich die Küche.«

Er hätte es wiederholen können, bis er blau im Gesicht war. Anna war anderer Meinung, und raten Sie mal, wer sich durchsetzte? Die Küche blitzte und war minimalistisch eingerichtet: rostfreie Stahlutensilien und ein Glastisch auf kunstvollen Metallträgern. Pandora hatte sich an dem Tisch schon böse geschnitten, aber Anna meinte, sie müsse lernen, dass das Leben voller scharfer Kanten sei. Schmerz würde sie lehren, in Zukunft vorsichtiger zu sein. Diese Schwangerschaft, schwor sie sich, war definitiv die letzte.

Anna konnte Frauen nicht begreifen, die ein Kind nach dem anderen bekamen. »Du vergisst die Schmerzen, sobald das kleine Bündel in deinen Armen liegt«, schwärmten sie. Blödsinn, Anna konnte sich an jeden einzelnen stechenden Schmerz von Pandoras Geburt erinnern und jetzt stand ihr das Ganze erneut bevor. Nun, in Zukunft würde sie vorsichtiger sein. Sie würde dafür sorgen, dass Chris sich sterilisieren ließ. Sie würde die Operation eigenhändig auf dem Küchentisch durchführen, wenn es sein musste.

Pandora hatte sich im »Backe backe Kuchen« so gut wie eingelebt. Der tägliche Strom war zu einem wöchentlichen Rinnsal versiegt, nicht schlecht. Außerdem hatte Anna ihre Tochter gedrillt, sich klammheimlich umzuziehen, wenn ihr ein Missgeschick passierte. Das Mädchen hatte immer einen zusammengerollten Ersatzschlüpfer dabei. Gemeinsam hatten sie das Problem unter Kontrolle. Anna sorgte außerdem dafür, dass Pandora nicht so viel trank, bevor sie in den Kindergarten ging. Lieber leicht dehydriert als suspendiert.

Chris freute sich sehr auf den Neuankömmling. Wenn Anna sich nachts nur regte, sprang er aus dem Bett, zog sich Socken an und wiederholte die Nummer der Entbindungsstation wie ein Mantra. Er bewahrte die Ersatzautoschlüssel neben dem Bett auf, »nur für den Fall«, und fuhr den Tank nie mehr als halbleer, obwohl das Krankenhaus praktisch um die Ecke lag.

Eine Woche bevor das Baby kommen sollte, erwischte Anna ihn beim Schmieren von Käsesandwiches mit Gewürzgurken. »Was machst du da?« fragte sie.

»Notrationen«, antwortete er. »Die leg ich in die Gefriertruhe, und wenn es so weit ist, nehme ich sie mit ins Krankenhaus, falls es länger dauert und ich Hunger bekomme. Ich will den entscheidenden Moment schließlich nicht verpassen, weil ich mich gerade in die Kantine verdrückt habe.«

»Na toll«, sagte Anna. »Das kann ich gerade noch gebrauchen, dass du den Kreißsaal mit Käse und Branston voll stinkst. Warum nimmst du kein Glas Perlzwiebeln für zwischendurch mit?«

»Ich muss bei Kräften sein. Wenn ich vor Hunger in Ohnmacht falle, hilft dir das auch nicht.«

Anna hoffte immer noch auf einen Kaiserschnitt. Schließlich waren die Chirurgen heutzutage vorsichtiger, ein kleiner Schnitt unter der Bikinilinie. Die Zeiten, wo man hinterher aussah, als sei man mit einer Axt aufgeschlitzt worden, waren vorbei.

Während Chris' Sandwiches in der Gefriertruhe steinhart wurden, wartete Anna darauf, dass es losging. Jedes Mal, wenn sie Pandora zum Kindergarten brachte, begegnete sie der Quasselstrippe Brenda Donahue.

Unglaublich. Es war fast Ende Mai und diese Person trug immer noch einen Tweedmantel. Jedes Mal, wenn sie ihr begegnete, wühlte sie in ihren Taschen. »Normalerweise habe ich immer ein Karamellbonbon dabei. Mein Raymond liebt Karamellbonbons.«

Anna hatte keine Ahnung, wovon die Frau redete. »Sie hat gerade Zähne geputzt.«

»Da ist es ja. Nun, dann bewahr es dir für später auf, Liebling.«

Zwei Tage vor der Geburt sahen sie Mrs. Donahue zum letzten Mal. Es war der erste Juni und Mrs. Donahue war ohne Mantel unterwegs. Stattdessen trug sie eine zitronengelbe Strickjacke und war in Begleitung von …

»Das ist Raymond, mein Sohn. Sag hallo, Raymond.«

Raymond hatte das Down-Syndrom, er war ungefähr siebzehn. In ihrem ganzen Leben war Anna noch nie so peinlich berührt gewesen. Als sie schließlich zu Hause war, schwor sie sich, ihr Kind zu ertränken, falls etwas nicht in Ordnung war.

Später beim Zeitungshändler sah sie einen Albino mit Hörgerät, zwei Sorgen mehr. Es war ein furchtbarer Tag, und da Anna nicht recht wusste, wem sie die Schuld geben sollte, ließ sie es an Pandora aus, und als Chris später nach Hause kam, sprach sie einfach nicht mit ihm.

Am dritten Juni bekam Anna Wehen. Chris hatte alles genau durchgeplant wie eine militärische Operation: um 0.600 waren sie im Auto und auf dem Weg zu Maggie in Clapham, wo die australische Verräterin auf Pandora aufpassen sollte. Alles war seit Monaten abgesprochen. Die Alternative wäre gewesen, Chris' Mutter – Oma Wales – aus Cardiff Bay anreisen zu lassen. »Ich hoffe, du machst Witze«, hatte Anna gefaucht. »Die walisische Kröte kommt mir nicht ins Haus, vielen Dank auch.«

»Aber sie wird das Baby sehen wollen.«

»Nun, dann kann sie für einen Tag mit dem Bus kommen.«

»Sie ist vierundsiebzig.«

»Ist mir scheißegal.«

Das war also geklärt.

Als sie in Clapham ankamen, wartete Maggie vor der Tür. Ihr Sohn Joseph stand hinter ihr und verbarg das Muttermal auf seinem Gesichtchen in den Satinfalten ihres Kimonos. Maggie hatte eine ganze Sammlung von Morgenröcken, Tüchern und Négligés, heute trug sie orangefarbene Margeriten auf glänzendem schwarzen Grund. Es gehörte zu Maggies ehelichen Pflichten, schön zu sein. Zweite Ehefrauen dürfen sich nicht gehen lassen.

Seit der Lark Grove hatte Anna Kontraktionen. Und als Chris in die Kieseinfahrt in Clapham fuhr und den Motor abstellte, kam die nächste, »Aaaaaargh«. Für Smalltalk war keine Zeit, und während Anna in den Lederriemen ihrer Reisetasche biss, kippten sie Pandora mehr oder weniger aus dem Wagen. Das Kind trug noch immer sein Nachthemd. Die Tasche mit ihren Kleidern hatten sie neben Chris' Sandwiches vor der Tür des Rosa Hauses vergessen. Pandora würde sich etwas von Joseph leihen müssen. Maggie nahm Pandora mit ins Haus. »Ist das nicht aufregend?« trällerte sie. Pandora hatte dicken, gelben Schlaf in den Augenwinkeln und ihr Haar war am Hinterkopf platt gelegen. »Viel Glück, Anna«, rief Maggie und wünschte, sie wäre diejenige, die ein Kind erwartet. Sie hatte genug Geld, sie hatte genug Platz, nur an Eizellen schien es zu hapern.

Schon zwei Stunden später klingelte das Telefon. Maggie, Joseph und Pandora aßen in der Küche Croissants, und Alison, das Kindermädchen, ging ran. Es war Chris. Pandora hatte einen kleinen Bruder, zweitausendachthundert Gramm schwer und ausgesprochen blond.

Pandora hatte dunkles Haar.

Am späten Nachmittag holte ihr Vater sie ab. Sie trug eine von Josephs kurzen Hosen und ein Club-Med-T-Shirt, das sie ruhig behalten durfte. Auf der Fahrt zum Krankenhaus redete Chris die ganze Zeit über das neue Baby und darüber, dass »Pandy« immer noch Daddys Liebling sei und wie wichtig eine große Schwester sei, da das Baby alles erst noch lernen müsse, sogar Farben und Zahlen. »Das muss aber ein dummes Baby sein«, sagte Pandora und zählte den Rest der Fahrt immer wieder bis zehn und zeigte auf die verschiedenfarbigen Autos: rotes Auto, blaues Auto, delbes Auto.

»Siehst du«, sagte Chris, »das Baby braucht dich.«

Pandora hatte Mami eine hübsche Karte gebastelt. Eine Idee des Kindermädchens. Sie war über und über mit Glitter beklebt und etwas ganz Besonderes.

Im Krankenhaus saß Anna aufrecht im Bett und hielt den neuen Bruder im Arm. Pandora schien es, als habe sie ihre Mutter ewig nicht gesehen. Anna entdeckte ihre Tochter, die unentschlossen in der Tür stand. »Was zum Teufel hat sie da an, Chris?« gähnte sie. Irgendwie war die hübsche Karte im Auto ganz zerknickt und der Glitter abgefallen. Pandora fing an zu weinen. Das Baby öffnete ein Auge, als wolle es sagen: »Ich muss doch bitten …« Pandora verbarg das Gesicht im Schoß ihres Vaters. Sie wollte nach Hause. Und das Baby sollte hier bleiben.

Während die Cunninghams sich an ihren Neuzuwachs gewöhnten – »Pandora, pass gefälligst auf seinen Kopf auf, du Trottel!« – hatten die Metcalfs auch einen Neuzugang.

Siobhan O'Leary, das neue Aupair.

Endlich waren die Metcalfs auf Gold gestoßen. Siobhan O'Leary war patent und liebenswürdig und sie dachte daran, den Topfstiel so zu drehen, dass die Kinder sich keine kochende Suppe auf den Kopf kippten. Ein Hurra auf Siobhan O'Leary, sie ließ sich nichts gefallen. Nicht einmal von Georgina, die es mit allen Tricks versuchte: den Atem anhalten, sich an Erdnüssen verschlucken und mit einer großen scharfen Schere auf dem glatten Fußboden herumtoben. Arme Georgina, sie mühte sich bis zur Erschöpfung, aber Siobhan war sie nicht gewachsen. Mit einer Hand machte sie Wiederbelebungsmanöver, während sie mit der anderen Namensschilder annähte. Henry war am Anfang etwas eingeschüchtert, aber so war Henry eben. Er war der geborene Feigling, eine richtige Heulsuse. Seit er zur Schule ging, hatte er ein unfassbares Repertoire nervöser Ticks entwickelt. Seine neueste Marotte war Händewaschen. Zwanzigmal am Tag, erst links, dann rechts, dann links und jeden Abend mussten sie mit Vaseline eingekleistert werden, damit die Haut nicht aufsprang und pellte.

Jo war erleichtert, dass Siobhan nicht besonders attraktiv war. Wenn man schon Mädchen im Haus halten muss, ist es besser, sie sehen aus wie ein Autobus von hinten als wie Claudia Schiffer. Vor allem wegen Nigel. Warum ihn in Versuchung führen? Manchmal fragte Jo sich, ob unattraktive

Kindermädchen mehr Lohn verlangen konnten. Schließlich waren sie gefragter als die knackigen keck-brüstigen jungen Dinger.

Siobhan hatte einen Führerschein und kutschierte Henry zu seiner Grauer-Blazer-mit-roten-Paspeln-Grundschule, während Jo Georgina mit dem Hund zum »Backe backe Kuchen« brachte. Das war Teil ihres Diätplans, nur dass sie irgendwie immer ein Kitkat oder eine Tüte Weingummis in der Tasche hatte. (Jo vertrat die Theorie, dass im Gehen verzehrte Kalorien nicht zählten.)

Jo hatte die Cunningham schon eine Weile nicht mehr gesehen. Das Baby musste mittlerweile da sein. Sicher humpelte sie noch umher wie ein Cowboy mit postnataler Depression. Das arme Ding. Jo erinnerte sich daran, wie es ihr mit Henry ergangen war. Sie hatte drei Monate gebraucht, um aus dem Bett zu kommen. Sie war deprimiert und verwirrt, und als sie bemerkte, dass Donnerstag war – und nicht Dienstag –, als sie die Autoschlüssel in den Kühlschrank legte und das Brillenetui mit der Fernbedienung verwechselte, war sie überzeugt, dass sie durchdrehte.

Sie fragte sich, ob sie eine Karte unter der Tür durchschieben und anbieten sollte, Pandora zum Kindergarten zu bringen, das Rosa Haus lag schließlich auf ihrem Weg. Eine Sekunde lang malte sie sich aus, dass Anna vor Dankbarkeit die Tränen kamen, das Gesicht vom Weinen gerötet. Um das Bild zu vervollständigen, verpasste Jo Anna eine dicke schwarze Krampfader.

»Hallo.«

Und da war sie, La Cunningham, Mama Aphrodite in Jeans.

Jeans! Jo hatte erst wieder in ihre Jeans gepasst, als Georgina vier war. Das Baby lag in blauen Kaschmir gehüllt im

Kinderwagen. Ein Säugling in Kaschmir? War die Frau von allen guten Geistern verlassen?

»Oh, sieh nur, Georgina, das ist Pandoras äh ...«

»Bruder. Das ist Jedediah.«

Jo wünschte, sie hätte gebadet und sich die Haare gewaschen oder wenigstens etwas Deo aufgetragen, das Baby war so rein, so sauber.

»Hat Pandora dir nicht erzählt, dass sie einen Bruder bekommen hat?«

»Nein«, sagte Georgina, »wir reden nicht miteinander.«

»Ha, ha«, die Mütter lachten.

»Er ist zehn Tage alt.« Anna war für ihre Verhältnisse äußerst gesprächig.

Zehn Tage, dachte Jo. Ich habe nach zehn Tagen noch auf Gummiringen gesessen und mir im Bett gefrorene Erbsen zwischen die Beine geklemmt. »Er ist entzückend.«

Alles andere wäre eine Lüge gewesen. Natürlich sagt man immer etwas Nettes über Babys, auch wenn sie unter ihren Häubchen aussehen wie verwachsene gelbe Kobolde. Aber dies hier war, das musste Jo zugeben, das hübscheste Kind, das sie seit langem gesehen hatte. Jed war das perfekte Baby.

Einen Moment lang dachte Jo an ihre eigenen Neugeborenen. Henry, von Anfang an schüchtern, hatte sogar versucht, sich vor dem Ultraschall zu verstecken. Als es Zeit für seinen Auftritt war, hatte er quasi Lampenfieber bekommen und sich schlicht geweigert, auf die Bühne zu kommen. Schließlich mussten sich die Ärzte mit einer Art Saugnapf behelfen und ihn mit solcher Kraft am Kopf herausziehen, dass Jo sich wunderte, dass nicht nur der Skalp herauskam. Sein Kopf hatte wochenlang die Form eines amerikanischen Briefkastens. Nigel meinte, wenigstens würde ihm ein

Zylinder gut stehen. Was Georgina anging, nun, bei ihrer Geburt hatte sie Gelbsucht und war behaart wie ein Affe.

»Wirklich entzückend«, stammelte Jo. Dabei war sie sonst so redegewandt (eine 2,1 in Englisch).

»Ja«, sagte Anna. »Ich glaube, ich behalte ihn«, und lachte.

Wie nett, ein kleiner Plausch an einem sonnigen Tag. Wie glücklich sich diese Frauen mit ihren Kindern und ihren großen Häusern schätzen konnten. Auf jeden Passanten mussten sie wie Freundinnen wirken. Wären sie Hunde gewesen, hätten sie sich am Hinterteil beschnuppert. Vielleicht hätte es ihnen einiges erspart, wenn Jo Anna richtig beschnuppert hätte …

Von nun an war das Eis gebrochen. Jo rannte Anna jeden Morgen hinterher, um freundliche Worte, Kindergartenklatsch und Rezepte gegen wunde Brustwarzen auszutauschen. Als erfahrenere Mutter fühlte Jo sich bemüßigt, Ratschläge zu erteilen. Nicht dass Anna Hilfe nötig hatte, das Baby war zuckersüß wie die Auslage einer Bäckerei – mit Wangen aus rosa Zuckerguss und Locken aus gelber Sahne.

Über ihre Ehemänner redeten sie selten. Einmal sagte Anna: »Oh, Chris ist ein Heiliger«, aber sie sagte es so, dass Jo sich fragte, ob die Definition von »Heiliger« eigentlich »Vollidiot« lautete.

Jo machte es sich zur Aufgabe, Anna über das *Who's Who* der Nachbarschaft aufzuklären, schließlich waren die Metcalfs Mitglied im Bürgerverein.

»Nummer zweiundsiebzig trägt eine Perücke, Chemotherapie. Der alte Herr in Nummer sechsundvierzig hat früher die ITN-Nachrichten gelesen und daneben wohnen die Fergussons, sie ist etwas labil, fährt ständig das Auto zu Schrott. Also nie neben ihrem Polo parken, sonst ist deine Stoßstange bald ab.«

Jo kümmerte sich gern um die Angelegenheiten anderer Leute.

»Die in Nummer siebenundsiebzig sind schwul und das Kleinkind in Nummer neunzehn ist im Reagenzglas gezeugt, nicht dass man es sieht, und die Frau, die früher in der Campari-Werbung war, wohnt in dem Haus mit der grünen Tür und ... nun, mich kennst du ... und auf der anderen Straßenseite, du kennst doch Brenda Donahue, die mit dem mongoloiden Kind, ihr Mann ist mit einer Zahnhygienikerin durchgebrannt, und neben ihr wohnen die Chamberlains, beide Ärzte.«

Jo verriet Anna, wo die beste Reinigung war, und erzählte ihr von der Frau in der Parallelstraße, die Gardinen kürzte und Polsterbezüge nähte. »Und in der Trinity Road gibt es einen Bio-Metzger.«

Eines Tages erwähnte Anna, dass sie sich nach einer Haushaltshilfe umsah, die sich um die Kinder kümmerte, bügelte und ab und zu Staub saugte. »Überlass das nur mir«, sagte Jo und sie hielt ihr Wort. Noch am selben Abend fragte sie Siobhan, ob sie nicht eine Freundin in Dublin hätte, die eine Stelle als Kindermädchen suchte. Und wie es der Zufall wollte, kannte Siobhan jemanden und so verschlug es Sinead ins Rosa Haus. Bingo. Die gute alte Jo, drei Hurras auf diese lästige, aufdringliche, neugierige Person ...

Anna war so dankbar, dass sie Jo eine ziemlich giftig aussehende Topfpflanze schenkte und sie zum Abendessen einlud: »Nichts Besonderes, ich kann eigentlich nicht kochen. Wie wäre es nächsten Mittwoch?«

»O ja, gern«, sagte Jo und freute sich die ganze Woche wie eine Fünfzehnjährige auf eine Verabredung mit dem Kapitän des Fußballteams.

12

Neue Babys und vernachlässigte Fußnägel

Heute trinke ich Gin – Mutters kleiner Tröster, wie es im Volksmund heißt. Ist es nicht ein Jammer, dass man sein Leben nicht schneiden kann wie einen Film? Der Gedanke lässt mich nicht los. Wenn ich die letzten zehn Jahre auf Film hätte, würde ich die missglückten Szenen einfach herausschneiden. So läuft das beim Film. Wenn es mir richtig schlecht geht, spule ich die Highlights in meinem Kopf ab. Genau genommen gibt es im Leben sehr wenige Momente, in denen man hundertprozentig glücklich ist, Tage, an denen man um nichts in der Welt, auch nicht für ein paar Tausender, tauschen möchte. Der Clip, den ich in meinem Kopfkino am häufigsten vorführe, ist der Tag, an dem ich meinen Sohn zur Welt gebracht habe – und das, obwohl ich mich vor diesem Moment so gefürchtet hatte.

Es war fünf Uhr morgens und ich wusste sofort, dass es so weit war. Ich setzte mich also auf den Treppenabsatz, bis die Fruchtblase platzte und die heiße Flüssigkeit die nackte Treppe herablief wie ein Champagnerbrunnen. Und dann rief ich Chris. Chris ist handlungsunfähig, bevor er nicht angezogen ist. Ich schwöre, wenn jemand bei uns einbricht, muss er erst seine Hose anziehen und sich die Schuhe zubinden, bevor er den Eindringling überwältigt. Meine Tasche stand im Flur: Nachthemd, Zahnbürste, Binden, das

Übliche. Dann setzten wir die verschlafene, missmutige Pandora mit dem Auto bei Maggie ab. Ich dachte, ich hätte noch Zeit nach Hause zu fahren, um zu baden und zu frühstücken, aber als wir bei Maggie waren, hatte ich schon alle fünf Minuten Wehen und stemmte keuchend meine Füße gegen das Armaturenbrett. Chris weigerte sich natürlich, die Geschwindigkeitsbegrenzung zu überschreiten und fuhr stoisch mit dreißig zum King's College Hospital. Es war ein Mittwoch und draußen war Frühling. Als wir endlich ankamen, konnte ich kaum noch gehen. Chris setzte mich in einen Rollstuhl mit einem wackligem Rad und wir prallten ständig gegen die Wand und Chris fluchte, was gar nicht zu ihm passt.

Eine Stunde später flutschte das Baby heraus. Ein kleines rosa Würmchen. Wie ein Synchronschwimmer tauchte er auf. »Es ist ein Mädchen«, sagte die Hebamme und mir rutschte das Herz in die Hose. Dann sagte sie: »Ich meine, ein Junge«, und da war Jed. Ich schwöre, er hatte eine Augenbraue hochgezogen, als wollte er sagen: »Na, wie war ich?« Ich glaube, er weinte nur, weil das von ihm erwartet wurde, aber es klang nicht sehr überzeugend. Ich gab ihm sofort die Brust. Nie sabberte er wie Pandora, es war, als koste er einen edlen Wein. Er besaß von Anfang an Grazie, weder kleckerte noch spuckte er, nie hatte er einen wunden Popo oder schuppige Haut, er war honigfarben, hatte einen weißblonden Schopf und strahlend blaue Augen.

Meine Kinder sehen nicht aus wie Bruder und Schwester. Sie sind so verschieden wie Fleischkäse und Kaviar.

Um ehrlich zu sein, ich wollte kein zweites Kind, aber Chris ließ sich nicht davon abbringen. Ich hätte schummeln können, ich hätte weiter heimlich die kleinen weißen Pillen schlucken können, aber dann hätte ich weiterhin mit Chris schlafen müssen. Wenn ich schwanger war, hörte er wenigstens auf, unter der Bettdecke herumzuschnüffeln wie ein Schwein auf Trüffeljagd. Ich gab nach, mit digitaler Präzision errechnete ich meine fruchtbaren Tage und tat aufgeregt, als das Unvermeidliche passierte. Wenigstens hatte ich ihn für gut achtzehn Monate vom Hals.

Zum Glück gehört Chris zu den Männern, die zu prüde sind, um mit einer Schwangeren zu schlafen. Er fürchtet, dass sein Penis den Kopf des Babys eindrücken und somit seine Aussichten auf einen anständigen Schulabschluss verderben könnte.

Ich war darauf gefasst, mich genauso elend zu fühlen wie in der ersten Schwangerschaft, aber abgesehen von ein paar Wochen, in denen ich nichts außer Jasmintee und Knäckebrot runterbekam, fühlte ich mich beschwingt. Natürlich tat ich so, als ginge es mir schlecht. Hauptsache, ich hatte eine Entschuldigung, unausstehlich zu sein. Aber dazu hatte ich wohl ein Recht. Mein Mann trug es natürlich mit Fassung und wollte mir ständig den angeblich schmerzenden Rücken massieren. Herrgott, es gibt nichts Schlimmeres, als einen Kerl, der dir den Nacken massieren will und keine Ahnung hat, was er tut. Allein bei der Vorstellung von Chris' teigigen weißen Händen hätte ich schreien können. »Lass mich einfach in Ruhe«, fuhr ich ihn an, und das tat er. Eines muss man Chris lassen, er ist sehr folgsam, und ich gebe zu, dass er Pandora ein guter Vater ist. Seit damals stehen sie sich sehr nah. Sie spielen sogar zusammen Schach! Sie mögen die gleichen Dinge: Marmelade, Geographie und langweilige Natursendungen. Bei ihrem Vater ist sie entspannter. Bei mir muss sie immer auf der Hut sein. Ich war schon immer gemein zu Pandora. Als sie noch ein Baby war, sagte ich zu ihr: »Komm schon, du hässlicher kleiner

Scheißer, wir wechseln deine Windeln« oder »Na, wer bekommt später wohl keinen Freund? Und wer wird wohl immer fette Beine haben?«

Wenn ich etwas in der Art sagte, sah sie mich mit ängstlichen braunen Augen an. Nein, ich glaube nicht, dass sie es lustig fand.

Als sie noch nicht laufen konnte und ich sie in einem Kinderwagen durch die Gegend wuchten musste, legte ich sie mit dem Gesicht nach unten, weil sie immer Ausschlag auf den Wangen und in beiden Nasenlöchern dicke grüne Popel hatte. Manchmal war ich grob zu ihr, weil sie so langsam war. Ich zerrte ihre Arme in die Jacke, stopfte die Füße in ihre Stiefel und biss die Zähne zusammen, damit ich ihr nicht das Gesicht zerkratzte.

Einmal, als sie ungefähr ein Jahr alt war und nicht aufhörte zu weinen, legte ich sie auf unser Bett, drapierte die Kissen um sie herum und schlug immer wieder darauf ein, bis ich völlig erschöpft war. Zum Glück war sie schlau genug, still zu liegen. Wenn sie sich bewegt hätte, hätte ich sie noch im Gesicht getroffen, ihr die Milchzähne ausgeschlagen und die Nase gebrochen.

Sehen Sie, diesen Teil würde ich herausschneiden. Diese spezielle Erinnerung würde ich löschen, diese und eine Million anderer.

Jed war ein braves Baby. Man sagt ja, dass Jungs schwieriger sind, aber nicht so mein Jed. Er war nie unbeholfen wie Pandora, nicht einmal als Kleinkind machte er Dummheiten. Nie steckte er den Kopf durch das Treppengeländer oder Metallgegenstände in Steckdosen.

Es war Chris, der zuerst meinte, wir könnten Hilfe gebrauchen. Jed war einen Monat alt und Chris fürchtete, Pandora könnte vernachlässigt werden. Ich glaube, es war der Tag, an dem ihm ihre Fußnägel auffielen, als er das Thema anschnitt. Er kam eines Abends von der Arbeit nach Hause und als Pandora ihm entgegenlief, schabten ihre Zehennägel über den Holzfußboden. Ich hatte vergessen, sie zu schneiden.

»So kann es nicht weitergehen, Anna.«

Da wir die Nagelschere nicht finden konnten, musste er ihre Füße mit Zähnen und Nagelfeile bearbeiten. Ich versprach, eine Agentur anzurufen, eine Anzeige aufzugeben, aber schließlich erwähnte ich das Problem nur gegenüber dieser Jo, die in unserer Straße wohnte, und sie sagte, sie wüsste jemanden. Manche Leute sind eben so, nicht wahr? Meistens sind es dickliche Frauen, die sich für alles zuständig fühlen, als hätten sie einen Extra-Satz organisatorische Gehirnzellen in den Pobacken. Ich erwähnte die Sache nur nebenbei, doch sie schrieb sich meine Nummer auf und rief noch am selben Abend an. Ihr Kindermädchen kannte jemanden, und ehe ich noch weiß, wie mir geschieht, bezahle ich schon Sineads Fährüberfahrt. Wirklich erstaunlich, ich meine, es war sehr nett von ihr, aber ich habe nicht gern das Gefühl, jemandem dankbar sein zu müssen.

Die sonderbare Frau mit dem Down-Syndrom-Sohn hatte mir eine Woche nach Jeds Geburt eine giftig aussehende Topfpflanze geschenkt. »Herzlichen Glückwunsch zur glücklichen Geburt Ihres kleinen Wonneproppens.« Ich hatte so etwas Hässliches noch nie gesehen und drehte die Aspidistra Jo als Dankeschön an. Damit war die Sache eigentlich erledigt, doch als ich ihr das Ding in die Hand drücke, höre ich, wie ich sie zum Abendessen einlade! Es war nicht so gemeint. Etwa so wie man sagt: »Lass uns mal zusammen Mittag essen.« Aber sie wirkte so erfreut, dass ich fast befürchtete, sie würde sich auf den Rücken rollen, damit ich ihr den Bauch kraule. Um ehrlich zu sein, nach soviel neuer Vertraulichkeit, halte ich die Tür hinter mir gern freundlich, doch fest geschlossen, aber sie war mit ihren Füßen bereits über der Schwelle. »Super, prima, ein Essen, wann? Mittwoch ist gut. Soll ich einen Nachtisch mitbringen?« Verstehen Sie, ich hatte vage einen Abend *chez les Cunninghams* angedeutet und sie tränkte schon die Löffelbiskuits in Grand Marnier!

13

Selbstbräuner und Selbstgänger

Ich erinnere mich noch, dass ich nicht wusste, was ich anziehen soll, als wir zum ersten Mal ins Rosa Haus eingeladen waren. Es war Sommer, und der steht mir nicht. Ich sehe meist aus wie eine Salami: rot, fleckig, verschwitzt, während Anna natürlich einen Teint hat wie Erdnussbutter. Dicken Blondinen steht der Winter besser. Im Winter können wir unseren Speck unter Schichten von Kleidung und Make-up verstecken.

Am Abend vorher hatte ich mit Selbstbräuner herumexperimentiert. Das war vor zehn Jahren, müssen Sie bedenken, und Clarins hatte seine Formel noch nicht entwickelt. Ich machte den klassischen Fehler, billiges Zeug zu kaufen. Ich sah aus wie eine im Tandoori-Lehmofen gebackene Judith Chalmers und hatte vergessen, mir die Hände zu waschen, die unweigerlich das Orangerot von Baumkängurus annahmen.

Nigel ertappte mich beim Backen einer Mokkaroulade und konnte nicht verstehen, warum ich mir so viel Mühe gab. »Ist das nicht ein bisschen übertrieben? Du kennst diese Frau gerade mal fünf Minuten und schuftest dich für einen Nachtisch ab, den du sonst nur zu meinem Geburtstag machst!«

Dann fiel er über den Grand Marnier her und tat total

betrunken. Er torkelte durch die Küche und machte dreckige Witze. »Was ist grün und stinkt nach Schwein? Kermits Finger.«

»Ha ha, Nigel«, sagte ich. Schon damals war der Witz alt.

Um Viertel vor Acht Uhr ließen wir die Kinder in Siobhans Obhut. Ich hatte versucht, einen originellen Blumenstrauß zu binden, aber ich war künstlerisch völlig unbegabt und mein vermeintliches Kunstwerk sah schließlich aus wie an Mehltau erkrankte Rosen mit abgeknickten Köpfen. Nigel trug den gekühlten Weißwein und ich die Blumen und den aufwändigen Nachtisch. Ich legte mir interessante Themen und Anekdoten für eventuelle Gesprächspausen zurecht.

Frauen tun so etwas. Wir erzählen lustige Geschichten, weil wir uns Witze nicht merken können. Ich habe gelernt, amüsant zu sein, und betrachte es als meine Pflicht, für gute Stimmung zu sorgen. Ich halte nichts von Leuten, die beleidigt in der Ecke sitzen.

Annas Mann, Chris, gehört zu den Leuten, die gern kochen. Anna dagegen macht sich nichts daraus. Es gibt zwei Sorten Menschen, die einen kochen und die anderen gehen zu Marks and Spencer. Chris ist wie ich, er ist gierig. Manchmal denke ich, es wäre schön, mit einem Mann verheiratet zu sein, der gern isst. Nigel ist eine Naschkatze, aber eigentlich ist er mit Brot und Käse zufrieden, was ärgerlich ist, wenn man stundenlang für ein raffiniertes Rote-Beete-Pesto in der Küche gestanden hat.

Da waren wir also. Ich mit meiner falschen Bräune und in einer Hose von Ghost. Die sind prima, weil sie einen elastischen Bund haben, aber dafür machen sie einen fetten Hintern, wenn man nicht extrem dünn ist. Und dann braucht man natürlich keine elastischen Hosen, sondern kann in abgeschnittenen verbleichten rosa Jeans herumlaufen wie

Anna. Verstehen Sie, dass mich das wurmt? Erst vor sechs Wochen hatte sie ein Kind bekommen.

Nigel kam natürlich schlagartig in Stimmung, als sie die Tür öffnete. Es gehört nicht viel dazu, einen Mann glücklich zu machen. Der Anblick einer langbeinigen Schönheit in knappen Shorts mit fantastischen, prall gefüllten Brüsten zieht immer. Offensichtlich hatte sie gerade gestillt, denn ihre Brüste leckten und hinterließen dunkle Kreise auf dem hellblauen Hemd. Als sie Nigels starren Blick bemerkte, sagte sie: »Mist, entschuldigt mich, ich zieh mir kurz etwas anderes an.« Als sie wieder herunterkam, trug sie ein gelbes Trägerhemdchen und unter ihrer linken Schulter war ein blauer Vogel tätowiert. Sofort wollte ich auch so eine Tätowierung. Ich gab ihr die Blumen, den Nachtisch und den Wein. »Meine Güte, habe ich Geburtstag?« sagte sie lachend.

Das Baby lag in einem Korb unter einem Fliederbusch im Garten, und Chris war mit dem Grill beschäftigt. Er trug riesige Khakishorts und Socken in Sandalen und eine blau-weiß-gestreifte Schürze. Chris gehört zu den Leuten, denen es egal ist, was sie anhaben. An diesem Abend trug er eine Baseballkappe auf dem rotblonden Schopf und lächelte viel. Ich mochte ihn sofort. Er war noch verschwitzter und noch sommersprossiger als ich.

Mit Klappstühlen hab ich's nicht. Bedauerlicherweise strandete ich auf einem dieser tiefen Liegestühle, aus denen man nur grunzend wieder hochkommt. Anna saß mit verknoteten Beinen auf einer Decke. »Origami-Frau«, sagte Nigel bewundernd, und sie lachte und aß eine Pistazie. Bei der Gelegenheit fielen mir ihre langen, spitzen Schneidezähne auf.

Sie waren sehr großzügig. Vorweg gab es Pimm. In einer großen Plastikschüssel voller Eis lagen mindestens zwölf

Flaschen Bier, und auf dem Tisch stand eine geöffnete Flasche australischer Irgendwas. Um ehrlich zu sein, war ich allerdings eher hungrig als durstig, und es dauerte ewig, bis sie bemerkten, dass die Pistazien alle waren und es nichts mehr zu knabbern gab. Chris musste gehört haben, wie mein Magen knurrte, denn plötzlich rief er: »Herrje, die Dips«, und Anna grinste und sagte: »O Verzeihung! Jo, du musst am Verhungern sein.«

An jenem Abend fiel mir auf, wie gut Nigel und Anna zusammenpassen, Chris und ich übrigens auch. Wir waren plump und ungeschickt, die anderen beiden hingegen appetitlich und schweißfrei. Ich kleckerte Tarama auf meine Hose und Chris klebte Ketchup am Kinn.

Pandora kam nach draußen, um Gute Nacht zu sagen, was ohne Kuss oder Lächeln über die Bühne ging, und als ihre Mutter sie aufforderte, einen Kinderreim aufzusagen, den sie gerade gelernt hatte, machte sie auf ihrem fetten Absatz kehrt und rannte ins Haus. Als sie davonstob, fiel mir auf, dass das Nachthemd in der Poritze eingeklemmt war. Ihr Hintern würde riesig werden. Sie tat mir aufrichtig Leid. Ich weiß, wie das ist, meine Pobacken sind wie Satteltaschen. Wenn ich auf einem Stuhl sitze, hängen sie über die Seiten, deshalb meide ich Stühle. So ist das, wenn man fett ist. Ein dicker Hintern bestimmt sogar die Berufswahl. Ich hätte zum Beispiel nie Stewardess werden können. Stellen Sie sich nur das Chaos vor, wenn ich den Leuten damit die Mini-Ginflaschen in den Schoß kippe und mich im Vorbeigehen in ihren Kartoffelbrei setze. In meinem Secondhand-Buchladen sitze ich hinter einem großen Tisch und niemand sieht, dass ich ab der Taille Größe vierundvierzig trage.

Gegen halb elf Uhr gingen wir, es war schließlich mitten in der Woche. Zu Hause fiel mir auf, dass wir meinen Nachtisch gar nicht gegessen hatten. Er stand noch immer auf der Küchenanrichte. Stattdessen hatte es Erdbeeren gegeben: Sie waren nicht ganz reif, und Anna hatte vergessen, Sahne zu kaufen. Meine hätten etwas Zucker vertragen können. Als wir schlafen gingen, sagte ich zu Nigel: »Niedliches Baby«, aber ich glaube, er hatte vergessen, dass unseres im gleichen Alter gewesen wäre, denn er schlief schon halb und murmelte etwas, das verdächtig nach »tolle Titten« klang.

14

Berufsleben

Sinead McKenna war im Rosa Haus angekommen, mitsamt ihren achtzig Kilo, den sieben Leberflecken im Gesicht, aus denen Haare wuchsen, und – zur allgemeinen Erleichterung – der Persönlichkeit eines zermanschten Weetabix. Aupairs und Kindermädchen müssen eine Art sechsten Sinn besitzen – und die Fähigkeit, im Hintergrund zu verschwinden, sobald sie nicht gebraucht werden. Wenn sie ihre Pflichten erfüllt haben, sollen sie es sich nicht auf dem Sofa gemütlich machen, sie sollen ausgehen, auf ihrem Zimmer bleiben oder sich idealerweise in Rauch auflösen.

Man mag noch so liberal sein – niemand will eine gesellige Haushaltshilfe, die das Abendessen mit Freunden sprengt, sich mit Portwein betrinkt und nach Mitternacht Flaschendrehen spielt. Keine Persönlichkeit ist in diesem Fall besser als zu viel Persönlichkeit. Ebenso wenig darf ein Kindermädchen zu emotional sein, also Vorsicht bei Ausländerinnen: bei mürrischen Spanierinnen mit üppiger Körperbehaarung oder – noch schlimmer – fröhlichen Skandinavierinnen, die nackt in der Sonne baden, aussehen wie Ulrika und dazu neigen, oben ohne Rollmöpse zu essen.

Sinead McKenna war von Natur aus prüde. Sie besaß einen Vorrat an Oma-Unterhosen und Unterhemden, die sie über einem BH in Übergröße trug, und bezog das zitronengelbe Dachzimmer, an dessen schrägen Wänden sie sich ständig den Kopf stieß.

Eines Morgens, während Sinead Pandora in den Kindergarten brachte, schlich Anna in ihr Zimmer und schnappte nach Luft: Hunderte von Fotos mit Brüdern und Schwestern, Neffen und Nichten mit feuerrotem Haar zierten die Wand, und das Bett verschwand unter Kuscheltieren und einer abscheulichen gehäkelten Patchworkdecke. Sinead hatte sich eingerichtet wie in Tipperary, inklusive Kruzifix und Rosenkranz.

Sinead trug Hausschuhe in Tierform und Sweatshirts mit Comicfiguren. Sie sammelte Porzellanfrösche und -schweine, und Anna biss sich auf die Lippe und steckte die Finger in die Ohren, wenn sie ihre Daniel-O'Donnell-Kassetten hörte.

»Oooh, Mrs. Cunningham, Sie kennen Daniel nicht? Der Mann ist das reinste Genie. Und er setzt sich unermüdlich für wohltätige Zwecke ein.«

Aber das war es wert, selbst wenn sie ihre Kekse eintunkte und Rätselheftchen kaufte. Sie brachte keine fremden Männer ins Haus und ließ keine Amphetamine herumliegen. Na gut, sie trank ziemlich viel Milch, aber das war ein geringer Preis für jemanden, der mit geradezu zwanghafter Begeisterung kocht, putzt, wäscht und bügelt.

In gewissen Dingen musste Anna natürlich streng sein, angefangen bei Pandoras Ernährung. »Ich möchte, dass Pandora fettarme Margarine statt Butter isst, Sinead. Ich will nicht, dass sie einen Herzinfarkt bekommt, bevor sie sechs ist.« Sinead hielt viel von Milchprodukten, schließlich lebten »Mami und Daddy« auf dem Bauernhof. Vielleicht war sie deshalb so stumpfsinnig. Sie hatte so viel Zeit mit Kühen verbracht, dass sie fast selbst eine geworden war. Muhmuh.

Manchmal war Anna kurz davor, mit dem Brotmesser auf Sinead loszugehen oder ihr den großen Metalltoaster über den Kopf zu ziehen.

Doch bevor es dazu kam, entwickelten Sinead und Siobhan glücklicherweise eine Leidenschaft für West-End-Musicals und verbrachten jeden freien Abend am Bühneneingang von *Les Miserables.* Was für ein Segen.

Obwohl Anna Jed noch immer stillte so oft sie konnte, sehnte sie sich allmählich wieder danach zu arbeiten.

Die Berufe anderer Leute bleiben uns meist ein Rätsel. Abgesehen von einfachen Tätigkeiten wie Postbote, Lehrer, Zahnarzt ist es schwer nachzuvollziehen, womit andere Leute ihren Lebensunterhalt verdienen. Man wundert sich, wofür die Leute so bezahlt werden, Baumchirurgen zum Beispiel. Früher einmal hatte Anna Schauspielerin werden wollen, aber sie hatte zu schwache Nerven. Manchmal wurde ihr mitten auf der Bühne heiß und ihr Mund wurde trocken wie Sandpapier, und das darf nicht sein, das passiert Judy Dench nicht.

Anna gelang es nie, sich – geschweige denn das Publikum – davon zu überzeugen, dass sie jemand anderes war als Anna Redfern mit Perücke.

Nachdem sie bei ihrem letzten Engagement als Müllhaufen auftreten musste, ließ sie die glamouröse Welt des Schultheaters hinter sich und wurde Kellnerin. Sie zog es vor, im Herzen von Londons pulsierendem West End zu arbeiten – wenn auch nur als Serviererin –, statt in einem Kleinbus durch Englands Norden zu touren, zweimal täglich in Grundschulen aufzutreten und mit Popeln beworfen zu werden. Manchmal ging sie noch zum Vorsprechen und einmal waren ihre Beine in den frühen Achtzigern in einer satirischen Sketch-Show zu sehen, aber das hatte keine

Zukunft, und Anna wusste das, sie war schließlich nicht dumm. Sie hätte studieren und wie Jo einen zweitklassigen Abschluss machen können, aber sie ließ es bleiben. Stattdessen landete sie wie eine Katze auf den Füßen und sicherte sich einen netten, bequemen Job, wo sie umsonst Kaffee trinken und rauchen konnte, so viel sie wollte.

Anna hatte Glück, dass sie von der Gastronomie in die Castingbranche wechselte, denn – seien wir ehrlich – nichts ist so deprimierend wie eine vierzigjährige Kellnerin mit Krampfadern und geschwollenen Füßen in Dr. Scholl's. Anna war gut in ihrem Job. Sie hatte einen kritischen Blick. Wenn sie Leute auf der Straße sah, wusste sie sofort, wofür sie Werbung machen konnten: Manche haben Joghurt-Gesichter, andere sind eher für Slipeinlagen geeignet.

Eine Weile hatten sie und Maggie mit dem Gedanken gespielt, eine Doppelgänger-Agentur zu gründen, doch sie stellten rasch fest, dass Leute, die wie Berühmtheiten aussehen wollen, schwere psychische Probleme haben, und das war es nicht wert. »Ich *bin* Cary Grant«, sagte der Einbeinige, und Anna hatte geantwortet: »Und ich *bin* die Königin von Saba.« Zwar gelang es ihnen, an einer Bushaltestelle in Battersea einen Keith-Chegwin-Doppelgänger aufzulesen, doch das ist keine Geschäftsgrundlage. Sie beschränkten sich also darauf, Gesichter zu finden, die für jene Konsumartikel warben, die sie selbst von ihrem Gewinn kauften: Bier, Tampons, Schokolade, Autos, Kosmetiktücher usw. Jeder Beruf ist ein Teufelskreis.

Chris arbeitete natürlich wirklich hart. Er hatte keine Wahl, denn es gab viele Dinge, die angeschafft werden mussten. Zunächst das Rosa Haus. Anna mit ihrem teuren Geschmack und ihrer Schwäche für Dachziegel war der Überzeugung, dass das Geld, das sie selbst verdiente, für

Schuhe und Accessoires da war, nicht für Benzin oder Telefonrechnungen. Und dann waren da noch die Kinder. Es gab Tage, an denen Chris überzeugt war, dass er noch vor der Frühstückspause einen Herzinfarkt erleiden würde. Er arbeitete an der Börse, wo er hauptsächlich Kaffeebohnen kaufte und verkaufte. Der Job war stressig und oft beneidete er Anna um das, was sie tat, nämlich den ganzen Tag herumsitzen, Gesichter betrachten und entscheiden, ob sie genug nach Korinthen aussahen, um Kekse zu verkaufen. Chris musste zur Arbeit einen Anzug tragen und manchmal hatte er das Gefühl, dass seine Krawatte ihn erwürgte. Allein bei dem Gedanken lief er rot an. Armer Chris, die Branche war jung und er fühlte sich alt für sein Alter. Seine Füße schmerzten, seine Nebenhöhlen waren ständig verstopft und er war bei einer Flasche Gaviscon täglich angelangt. Heimlich dachte er daran, alles hinzuschmeißen und in ein Bauernhaus mitten auf einem Feld zu ziehen, wo er den ganzen Tag Kartoffeln rösten konnte.

In der Lark Grove wohnten lauter Menschen, die sich abrackerten, um sich über Wasser zu halten. Wie wir wissen, besaß Jo Metcalf einen charmant verstaubten Secondhand-Buchladen namens »Chapter« (eine kleine Aufmerksamkeit ihres Gatten), der hauptsächlich von den örtlichen Kunststudentinnen frequentiert wurde, die Taschenbuchausgaben von *Die Glasglocke* oder von Virginia Woolf suchten. Dank ihres Ladens hatte Jo jedes Jackie-Collins-Buch gelesen, das je erschienen war.

Nigel, ihr Mann, ein ehemaliger Rumpole-of-the-Bailey-Möchtegern, war als fest angestellter Anwalt bei einer unabhängigen Fernsehgesellschaft gelandet, Double Ace Productions. Vielleicht haben Sie den Namen nie gehört, aber die eine oder andere Sendung gesehen: Sitcoms, satirische

Quizshows, Nachmittagstalk, Latenight-Publikumsdiskussionen, die regelmäßig haarig wurden. Nigel hatte ein Auge darauf, dass niemand sich verunglimpft fühlte. Das Herz des öffentlichen Geschmacks und Anstands lag in seinen Händen. Manchmal tauschte er ein »verfickt« gegen drei »verdammt«. Hin und wieder hielt er sich zurück und gönnte dem Publikum moralische Empörung. Das gab Publicity für die Sendung und mit etwas Glück eine Erwähnung in *Points of View.* Manchmal deprimierte ihn sein Job – wie sollte ausgerechnet er der Flut von sittlichen Entgleisungen Einhalt gebieten? Die Zeiten änderten sich, sogar die Moderatoren von Kindersendungen sahen heutzutage aus wie Pornostars. Nigel kannte sich aus in der Branche, schließlich war er Mitglied diverser Clubs in Soho, in denen sie verkehrten, ihm machte keiner etwas vor.

Nigels Kopf brummte vor Verleumdungen und übler Nachrede. Er hatte gern viel zu tun. Wenn er nicht ausgelastet war, plagte ihn die Angst vor Geschlechtskrankheiten. Unermüdlich untersuchte er seinen Penis nach »Entzündungen und Ausfluss«. Bisher hatte er Glück gehabt, aber sein schlechtes Gewissen ließ seine Genitalien kribbeln und er hatte das Gefühl, als brüteten Millionen Ameisen unter seiner Vorhaut. Bedingt durch Schwanzinspektionen und Drogenkonsum verbrachte Nigel überdurchschnittlich viel Zeit auf der Toilette.

So verbringen unsere Erwachsenen also ihre Zeit. Währenddessen heben die Aupairs Handtücher vom Badezimmerfußboden auf, stellen das Frühstücksgeschirr in die Spülmaschine und tun all das, was früher den Ehefrauen oblag – außer mit den Ehemännern zu schlafen. Davon stand jedenfalls nichts im Vertrag, weder bei Sinead noch bei Siobhan.

Die Kinder hatten natürlich auch zu tun. Heutzutage besteht die Kindheit nicht nur aus Buntstiften und Knetgummi. Pandora musste als Hausaufgabe die Buchstaben des Alphabets schreiben, dienstags hatte sie Turnen und freitags Schwimmen. Georgina hatte donnerstags Ballett, während Henry Waldhorn lernte. Nur Jed, das Baby, hatte nichts weiter zu tun, als zu glucksen, Zähne zu bekommen und die Windeln voll zu machen. Braver Junge.

15

Badezimmer, Brüste, Ambitionen

Früher war ich nie müde. Ich bin eigentlich nicht faul. Heute bin ich schon erschöpft, wenn ich aufwache. Damals rannte ich umher wie eine gesengte Sau. Deshalb brauchte ich Hilfe, ich schaffte es nicht allein, ich brauchte Sinead. Ist das nicht komisch? Die Frau war fast zehn Jahre Teil meines Lebens, und nun sehe ich sie nie wieder.

Ich erinnere mich noch an ihre Ankunft. Es ist komisch, eine fremde Person im Haus zu haben, man muss daran denken, sich etwas anzuziehen, wenn man ins Badezimmer geht. Man kann nicht einfach an den Fußnägeln kauen und masturbieren. Chris hatte natürlich panische Angst, dass sie seinen Schniedel zu Gesicht bekam, oder schlimmer, dass er sie aus Versehen splitternackt ertappte. Kein erbaulicher Gedanke. Sie war ein rothaariger, irischer Typ mit Sommersprossen und blasser Haut, dickem Hintern, dicken Titten.

Dank Sinead gelang es mir, Chris zu einem separaten Bad zu überreden. Ich sage Ihnen, wenn man einmal ein Bad mit zwei Waschbecken hatte, will man nie mehr darauf verzichten. Es kostete ihn ein Vermögen, ersparte ihm aber die Peinlichkeit. Ich bin anders, ich war schon immer ein kleiner Exhibitionist. Jetzt natürlich nicht mehr, jetzt, wo ich dick bin, ziehe ich mich im Dunkeln aus. Aber damals riss ich mir gern die Kleider vom Leib, am Strand, im Garten, vor den

Augen der Fensterputzer. Außer mir kenne ich nur wenige Frauen, die sich nicht für ihre Brüste entschuldigen: »Oh, sie sind zu schlaff/klein/groß.« Nun, meine waren genau richtig. Selbst nachdem ich zwei Kinder gestillt hatte, waren meine Möpse Spitze.

Einmal sah ich die des irischen Mädchens: zwei große fettig glänzende Beutel mit enttäuschenden Nippeln, winzige, kaum erkennbare rosa Knöpfe. Verstehen Sie mich nicht falsch, ich bin keine Lesbe, obwohl ich in meinem Leben mit zwei Frauen im Bett war (Liza und Deboragh, die eine dünn, die andere dick, beide betrunken), bin ich nicht auf den Geschmack gekommen. Ich stehe auf Männer – wahrhaftig.

Aber wo war ich? Während der Karottenkopf bei uns arbeitete, dekorierte sie ihr Zimmer mit Rosenkränzen und Schokoladenkeksen, schrieb Briefe an ihre Sandkastenliebe und natürlich an ihre Mutter und ihre fünf Geschwister, die ständig Geburtstag hatten. Wenn ich an Sinead denke, sehe ich sie am Küchentisch sitzen und ein Päckchen in braunes Papier wickeln und mit ihrer großen Kuhzunge Briefmarken anlecken, schlibber schlabber. »Also gut, ich geh ma rübba zur Post, Mrs. C, ich will Seamus/Niamh/Patrick schließlich nich enttäuschen, wa?« Aber ich hatte wohl noch Glück, wenigstens blieb sie bei uns. Jos nicht, es dauerte nicht mal ein Jahr, bis Siobhan einen Kerl in Connemara heiratete und zwei Paar Zwillinge bekam, eines nach dem anderen.

Manchmal frage ich mich, wie es wäre, einen Bruder oder eine Schwester zu haben. Wären sie jetzt auf meiner Seite, würden sie zu mir halten?

Ich habe meine Mutter nie gefragt, warum sie nach mir kein Kind mehr bekommen hat. Wahrscheinlich weil Lifestyle ihr wichtiger war als Kinder. Ich habe mir nie die Mühe gemacht zu fragen, ob ich gestillt wurde, ich wusste instinktiv, dass ich nicht die Brust bekommen habe.

Ich glaube, sie war erleichtert, dass ich hübsch war. Sie wäre nicht damit fertig geworden, wenn ich nicht zur Einrichtung gepasst hätte. Trotzdem krittelte meine Mutter unterschwellig an mir herum. »Halt dich gerade, Anna, so ist es besser. Du siehst ja sonst aus wie ein Pavian«, und dann versuchte sie zu lächeln, als wollte sie sagen: »Du und ich, wir halten zusammen.« Das Lächeln meiner Mutter kam nie von Herzen. Es sollte fröhlich wirken, aber keine Augenfalten verursachen, wogegen mein Vater mit weit aufgerissenem Mund lachte. »Wirklich, Brian, niemand will deine Füllungen sehen.«

Immer wenn etwas Spaß zu bringen drohte, goss meine Mutter kaltes Wasser drüber. Als ich in die Pubertät kam, schien sie ständig von Migräne geplagt zu werden. Auf Rat der Ärzte machte sie Yoga und meditierte und gab seltsame Laute von sich, als wolle sie die graue Realität des Alltags aus dem Haus summen. Die meiste Zeit hatte sie die Beine um den Hals geschlungen und die Augen fest geschlossen. Deshalb hatte sie meistens keine Ahnung, was ich trieb. Nach ein paar Jahren hörte sie damit auf, aber als ich sechzehn war, hätte ich meine Schlüpfer auf dem Kopf tragen und mit Kondomen vor ihrem Gesicht herumwedeln können, ich glaube, sie hätte es nicht bemerkt.

Mit achtzehn ging ich auf die Schauspielschule. Ehrlich gesagt, weil mir einfach nichts Besseres einfiel und ich damit meiner Mutter eins auswischen konnte. Sie hatte mal in einer örtlichen Theatergruppe gespielt und bewahrte immer noch die Dose mit ihrem Theatermake-up auf. Ich hatte mir die Schauspielschule lustiger vorgestellt. Die Leute dort nahmen sich furchtbar ernst, hielten sich wirklich für Johanna von Orléans.

»Ich brenne. Oh, wie die Flammen an meinen Sohlen lecken und meine Knie in Kohle verwandeln. O weh, ich bin verloren.«

Na klar.

Ich hasste den Improvisationsunterricht. Ich schämte mich und fürchtete, in Ohnmacht fallen zu müssen. Fechten mochte ich auch nicht, weil man Masken tragen musste, die voller Schweiß und Schuppen waren.

Ich glaube, wir waren kein besonders aufregender Jahrgang. Sie werden niemanden von uns kennen, obwohl, es gab da eine Blondine mit Adlergesicht, die in *The Bill* mitspielte, und ein Typ aus dem Jahrgang unter mir war in *Coronation Street*, aber ich kann mich verdammt noch mal nicht an seinen Namen erinnern.

Das Problem war, als ich Schauspielerin werden wollte, befand sich das Theater in der Agitprop-Phase: ein Haufen hässlicher Mädchen mit Achselhaaren und Doc Martens. Ich hatte die Wahl: Ich konnte mir den Kopf rasieren, eine Gitarre kaufen und lustige Kastrationssongs singen oder ich strippte.

Ich kaufte eine Gitarre und einen Glitzerbikini und schwankte zwischen beiden Alternativen. Dann, aus heiterem Himmel, bekam ich das Angebot, drei Monate durch Grundschulen zu touren. Es war furchtbar, schlimmer als Brustdrüsenentzündung, schlimmer als eine Nadel im Augapfel, schlimmer als Chris zu heiraten und das tat ich dann auch. Aus Anna Redfern wurde Anna Cunningham.

Es war alles ein Spiel, heiraten, Familie, aber ich hätte nie gedacht, dass es immer so weitergeht, jahrein, jahraus. Ich dachte immer, dass irgendetwas passieren würde. Um ein Haar hätte ich Rollen in Seifenopern bekommen: Dreimal sollte ich für *Albion Market* vorsprechen, ich war sogar als

Moderatorin von *The Tube* im Gespräch. Ich war immer eifersüchtig auf Paula Yates. Ich dachte, sie hat den Job nur bekommen, weil sie Bob Geldorf einen geblasen hat. Und obwohl er ein stinkender alter Tramp ist, ist das cooler, als mit einer übergewichtigen Halbglatze in Südlondon verheiratet zu sein.

Ich hatte einen Agenten, wissen Sie, Gareth Fergusson. Nie von ihm gehört? Totaler Alkoholiker, echt peinlich – große Klappe und nichts dahinter. Ein Schotte, der schwor, ein Kumpel von Billy Connolly zu sein, schmieriger kleiner Lügner. Jedenfalls kratzte er ein paar Jahre später ab, und raten Sie mal, wer nicht auf seiner Beerdigung war? Genau, sein Kumpel Billy Connolly. Ich glaube, das war der Moment, wo ich endgültig genug von der Branche hatte, nicht dass ich je eine leidenschaftliche Schauspielerin gewesen wäre. Das war mein Problem, glaube ich. Damals gab es nichts, das ich wirklich wollte.

Für eine arbeitslose Schauspielerin, die nicht tippen kann, gibt es nicht viele Möglichkeiten. Ich landete zwangsläufig im zweitältesten Gewerbe der Welt: Kellnern. Chris war nicht gerade begeistert.

Ich konnte ihn sogar verstehen. Wenn du dich als Schauspielerin ausgibst, ziehen die Leute sofort den Schluss, dass sie dich aus dem Fernsehen kennen und fangen an zu raten: »Waren Sie nicht das Mädchen in *Boon*?« usw., aber wenn du Kellnerin bist, gerät das Gespräch ins Stocken und die Leute sehen über deine Schulter hinweg, in der Hoffnung, jemanden zu entdecken, der Bücher schreibt oder sonst etwas Interessantes macht.

Nicht dass Kellnerinnen nichts zu erzählen hätten. Wie oft den Leuten ins Essen gespuckt wird! Früher war ich dafür bekannt, dass ich Schamhaare in Blätterteigtaschen versteckte, und ich habe nicht einmal meine Hände gewaschen, wenn ich von der Toilette kam, nicht mal wenn ich ein Ei gelegt hatte. Ich fand's lustig: Popel, Zigarettenasche, Rotze, und das war noch ein Nobelrestaurant.

Ich arbeitete nur tagsüber. Abends, wenn die Leute mehr trinken, gibt es mehr Trinkgeld, aber Chris wollte, dass ich abends zu Hause bin. Ich klaute Vorräte für unser Abendessen, hauptsächlich Räucherlachs und teuren Käse. Er flippte aus, als er es herausfand. Fast glaubte ich, er würde mich zwingen, mich zu stellen! Ich hätte mich darüber totlachen können, wie er sich voller Selbstgerechtigkeit und Empörung aufplusterte. Gott weiß, warum er mich nicht aufgab. Das Restaurant hieß »Die blaue Mandoline«. Natürlich ging es pleite, aber so waren die Achtziger. Jetzt ist es eine Tapas-Bar.

Ich habe schon immer geklaut – nur Kleinigkeiten. Ich habe sogar Freunde bestohlen. Ich weiß noch, wie Jo jammerte, weil sie eine Brosche verloren hatte, natürlich verdächtigte sie die Putzfrau. Ich glaube, ich habe sie noch irgendwo. Hab sie nie getragen, darum geht es nicht. Ich hatte es eigentlich nicht nötig, Chris machte mir ständig Geschenke. Sobald er erfuhr, dass ich schwanger war, kaufte er mir ein Paar Diamantohrringe. Geschieht ihm recht, wenn ich eine Fehlgeburt habe, dachte ich. Doch das hatte ich nicht, obwohl ich, als ich Panik bekam, ganz viel Gin trank und ein heißes Bad nahm, das jeden Hummer getötet hätte. Aber das Baby hatte in meiner Gebärmutter Wurzeln geschlagen wie ein Klette.

Damals wohnten wir in einer viktorianischen Häuserhälfte in Herne Hill. Es war nicht schlecht, aber das Haus sah aus wie alle anderen, und an dem Tag, als ich mit Pandora aus dem Krankenhaus kam, beschloss ich, dass ich dort nicht mehr wohnen wollte.

Armer Chris, hatte sich solche Mühe gegeben. Hatte zur Begrüßung gelbe Rosen gekauft und alle möglichen Köstlichkeiten von Marks and Spencer, die man nur in die Mikrowelle stellen musste. Seine Mutter war da gewesen und hatte die Gefriertruhe mit Lammfleisch gefüllt, das nur aus Fett und Knochen bestand und das ich in den Müll stopfte. »Sie wollte nur helfen«, sagte Chris. »Quatsch«, sagte ich, aber er nahm es mir nicht übel, weil ich »offensichtlich unter postnatalen Stimmungsschwankungen« litt. Nun, das tat ich nicht, ich litt unter einer schlecht genähten Möse, darunter, dass er mein Mann war, ich in einer kleinen langweiligen Häuserhälfte wohnte und ein Nilpferd von einem Baby hatte.

Als die Aufregung sich gelegt hatte und die Leute nicht mehr ständig mit Geschenken und Karten und Blumen vorbeikamen und Chris wieder zur Arbeit ging und ich mit dem Pustelgesicht festsaß, dachte ich, ich drehe durch. Es war so anstrengend. Ich hatte nicht mal Zeit, in Ruhe zu scheißen. Sie wollte ununterbrochen gestillt werden und sie war so gierig, dass sie hinterher alles wieder auskotzte. Ich weiß noch, wie ich dachte, na, wenn daraus mal keine handfeste Essstörung wird. Jedenfalls war es egal, wie viel sie auskotzte, sie wurde mit jedem Tag dicker. Man konnte praktisch hören wie sie zunahm und das machte mich rasend.

Ich beschloss, mir einen Job zu suchen, einen richtigen. Das war nur vernünftig, aber was? Ich konnte praktisch nichts, und Chris ließ mich nicht wieder kellnern. Ich war kurz davor aufzugeben, als ich einen Anruf von einem Mädchen bekam, mit dem ich zur Schauspielschule gegangen war – Maggie Nichols. Ich erinnerte mich an sie, weil sie im zweiten Jahr die mit Abstand schlechteste Alison in unserer schwachen *Blick-zurück-im-Zorn*-Produktion war. Arme Maggie, nachdem das West End ihr endgültig den

Rücken zugewandt hatte und ihr die Worte »Wir rufen Sie an« in den Ohren klangen, war sie beim Casting gelandet. Für ein paar Sekunden sah ich mich in der Hauptrolle einer neuen Detektivserie, eine Art Miss Marple in Strapsen. Die Realität war weniger aufregend. Sie brauchte eine halbwegs attraktive Frau für den Prospekt einer privaten Krankenversicherung, Sie wissen schon: eine Frau mit Lipgloss in weißen Laken, die gerade eine Operation hinter sich hat und aussieht, als sei das Ganze unterhaltsamer als ein West-End-Musical mit anschließendem Abendessen in einem Nobelrestaurant. Obwohl ich fünfunddreißig Mäuse für ein neues Nachthemd ausgab – ich wollte die Sache ganz professionell angehen –, bekam ich den Job am Ende doch nicht. Angeblich sah ich nicht glücklich genug aus! Tja, *quelle surprise.* Aber ich frischte meine Freundschaft zu Maggie auf, und ist doch komisch, wie sich manchmal alles von selbst ergibt, oder?

Maggie hatte inzwischen diesen Fotografen geheiratet, ein bisschen älter als sie, man könnte sagen reich, riesiges Haus am Clapham Common. Er war schon einmal verheiratet gewesen, mit einer dieser Sechziger-Jahre-Junkie-Bräute, die barfuß und mit Schlapphüten in der Kings Road herumhingen. Sie hatten eine Tochter – fast erwachsen –, dann traf er Maggie und schickte seine Frau zum Teufel, denn als er sie geheiratet hatte, sah sie aus wie Brigitte Bardot und zwanzig Jahre später war sie ihr immer noch zum Verwechseln ähnlich, falls Sie in den letzten zehn Jahren Fotos von Brigitte gesehen haben. Wenn Blondinen altern, dann richtig. Die arme Bardot verzieht sich also nach Irland in eine Kommune, die Tochter lebt in Paris und macht ihr eigenes Ding, unser David Bailey holt Maggie in seinen Palast am Clapham Common, und sie bekommt den kleinen Joseph.

Als ich Maggies Sohn kennen lernte, war er drei. Er ist

ganz niedlich, hat aber ein Muttermal auf der Wange, wie ein Portweinfleck. Kann man beim Ultraschall nicht erkennen.

Dieser Fotograf war jedenfalls früher mal ziemlich bekannt: Plattencover in den Siebzigern, Auszeichnungen, Bildbände, deshalb das riesige Haus mit Studio und Büro im Tiefparterre. Aber seine Karriere verlief im Sand, und Maggie war nicht blöd (weshalb sie es als Schauspielerin wahrscheinlich nie zu etwas gebracht hat) und gründete im Keller eine Model-und-Casting-Agentur. Sie nannte sie Joe Public, nach dem Kleinen. Nicht, dass es für ihn Aufträge gegeben hätte, nicht mit dem Portweinfleck. Mit seinem Profil hätte sich etwas anfangen lassen, aber der Portweinfleck war auf der Schokoladenseite.

Das wollen Sie wahrscheinlich alles gar nicht wissen. All diese Informationen. Ich bekomme Kopfschmerzen, wenn ich versuche, mich an alles zu erinnern. Eigentlich müssen Sie nur wissen, dass ich anfing, bei ihr auszuhelfen. Es war perfekt, die Arbeit gefiel mir. Maggie sagt, ich kann jederzeit zurück kommen. Sie hat eine Vertretung eingestellt, aber nur, weil sie musste. Joseph ist jetzt fünfzehn. Als ich ihn das letzte Mal sah, hatte er einen Bolzen durch die Nase und drei Piercings im Kinn. Soll wohl von dem Vimto-Fleck ablenken, der noch immer auf der Wange prangt.

Wirklich komisch. Da waren wir, zwei junge Mütter, jede ein Kind, und wir hatten viele Castings für Babykram: Kataloge, Werbung für Windeln, Calpol, doch nie konnten wir unsere eigenen Kinder einsetzen, sie waren wie Monster, die wir auf dem Dachboden versteckten.

Später, als ich Jed bekam, und offensichtlich war, dass er das perfekte Model war, ließ Maggie mich nicht, sagte, es sei nicht fair den anderen gegenüber. Eifersüchtige Kuh.

16

Haushaltshilfen und Mango Chutney

Ich wollte mein Leben nie im Sitzen verbringen, aber genau das tue ich. In meinem Secondhand-Buchladen sitze ich fünfundneunzig Prozent der Zeit auf meinem Hinterteil. Vor Jahren, bevor mir jegliches Selbstvertrauen ausgetrieben wurde, hielt ich mich für eine Schriftstellerin – die eine Hand in der Keksdose, die andere über der Tastatur.

Den Buchladen hat Nigel mir gekauft. Er liegt in einem umgebauten Stall und Amerikaner lieben ihn (wenn sie ihn finden). Er ist sehr »malerisch«, soll heißen »feucht und muffig«. Ich muss Gewinn machen, sonst hat Nigel gewonnen. Aus mir hätte mehr werden müssen. Ich war sehr gut in der Schule. Nur ein Mädchen in meiner Klasse hatte bessere Noten als ich, und die ist am Ende durchgedreht – entledigte sich in einem Intercity all ihrer Kleider und wollte springen. Das war in ihrem zweiten Jahr in Oxford. Es gelang ihr nur deshalb nicht sich umzubringen, weil sich ein Haufen Soldaten auf sie setzte – die ganze Fahrt nach Waterloo.

Ich bin schlauer als Anna. Sie hat ein Schauspieldiplom, ich habe eine 2,1 in Englisch. Ich hätte einen Roman schreiben können. Vor langer Zeit erschienen ein paar Artikel von mir in verschiedenen Frauenzeitschriften, markige Gesellschaftskolumnen über »Einkaufswagen mit wackligen Rädern«

und die »Komischen Abenteuer einer Ehefrau und Mutter«. Diese Art von Müll haben Sie selbst sicher unzählige Male gelesen. Manche sind besser als andere und werden in irgendwelchen Quizshows im Fernsehen kleine Berühmtheiten. Ich nicht, denn um ehrlich zu sein, ich war nicht besonders witzig. Über den »Macht es Sie auch wahnsinnig, wenn jemand die Zahnpastatube nicht von unten ausdrückt?«-Scherzlevel bin ich nie hinausgekommen, und ich gebe zu, dass ich mich mindestens dreimal über das »Verschwundene-Socken-Syndrom« ausgelassen habe. Sagen wir, ich war nicht besonders originell. Ich habe auch Kinderbücher geschrieben, aber sie wurden immer abgelehnt. Ebenso meine Hörspiele und Theaterstücke.

Weil ich immer so getan habe, als würde ich arbeiten, hatte ich immer Hilfe im Haushalt. Aupairs sind billig zu bekommen, weil sie alle nicht ganz dicht sind. Also wirklich, ich kenne jeden Typ: die faule Schlampe, das verlogene Biest, die Chatline-Süchtige, die kleine Ladendiebin, die Übellaunige, die Nörglerin und so weiter. Die eine pflegte Georgina mit ihren Zöpfen am Treppengeländer festzubinden, und eine andere vergaß ständig, die Wäsche der Kinder zu waschen. Einmal schickte sie Henry in einem ihrer eigenen Schlüpfer zur Schule. Das kann man einem achtjährigen Jungen doch nicht antun – jedenfalls nicht, wenn er an dem Tag Schwimmen hat! Ich meine, im Nachhinein klingt es lustig, aber damals trieb sie mich in den Wahnsinn. Manche Leute haben einfach Glück mit ihrem Personal, ich nicht. Neulich habe ich sie mal zusammengezählt, die Aupairs, die Putzfrauen. Ich kam auf siebzehn und ich weiß, ich habe welche vergessen. Und wozu? Damit ich beruflich scheitern konnte. So wie ich es sehe, sind wir die einzige Generation, die in die Falle gegangen ist, die einzige, die dem Mythos der berufstätigen Mutter aufgesessen ist. Denn eigentlich ist das Quatsch. Die nächste Generation besteht wieder aus Ehefrauen und Müttern, die jeden Nachmittag auf dem Sofa liegen, Bette-Davis-Filme sehen und Ingwerpralinen essen. Wenn sie schlau sind jedenfalls.

Siobhan war das beste Aupair, das ich je hatte, was natürlich der Grund ist, warum sie nur zwölf Monate blieb. Unglaublich. Anna hatte mit ihrer Sinead natürlich mehr Glück. Das Mädchen blieb, jahrein, jahraus, und plagte sich mit der weinerlichen Pandora – wegen Jed, nehme ich an. Anna war nie besonders nett zu ihr. Zwischen den beiden war immer dicke Luft. Ich glaube, Anna hasste jeden, der etwas von der Zuneigung ihres Sohnes beanspruchte. Manchmal war sie richtig barsch zu Sinead. Als sie einmal Sahne über Pandoras Obstsalat goss, schlug Anna ihr den Krug einfach aus der Hand. Er fiel auf den Boden und zerbrach, überall war Sahne, und ich erinnere mich nur an die furchtbare Stille, während Sinead die Schweinerei aufwischte. Wenn Anna schlechte Laune hatte, konnte nur Jed ihre Stimmung heben. Für sie gluckste und klatschte und sang er, er war für die Bühne geboren. Schon mit zwei Jahren hätte er auftreten können.

Ich war nicht überrascht, als Anna mir erzählte, dass sie beinah Schauspielerin geworden wäre. Auch Casting kam mir ziemlich glamourös vor. Aber um ehrlich zu sein, fast alles klingt glamouröser, als vor einem elektrischen Kamin Agatha-Christie-Romane zu verschlingen.

Ich dachte immer, sie würde Georgina fragen. Einmal bekamen sie den Etat der Kinderbekleidung von Ladybird. Georgina wäre ideal gewesen. Aber sie fragte nie.

Einmal trafen wir die Frau, für die sie früher gearbeitet hatte. Der Abend war nicht sehr befriedigend. Wir haben festgestellt, dass wir zu viert besser klarkommen, Fremde stören das Gleichgewicht. An diesem speziellen Abend (ich glaube, es war Annas Geburtstag) waren wir zu sechst im Rosa Haus und hatten uns etwas beim Inder bestellt. Ich sagte ja, dass Anna nicht kochen kann, deshalb brachte ich einen aufwändigen Kuchen mit Erdbeeren und Shortbread mit. Ich hatte den ganzen Tag in der Küche gestanden, aber es war ihr Geburtstag, und manchmal gebe ich mir gern Mühe. Wir trafen also diese grässlichen Menschen, diesen behaarten Fotografen, der seine besten Zeiten hinter sich hatte, und seine unglaublich dumme Frau: Mike und Maggie. Da ich sowieso etwas gegen Leute mit Bärten habe, war er mir auf Anhieb unsympathisch, dieser protzige, gönnerhafte Idiot. Und sie war unglaublich affektiert, nannte jeden Schätzchen und ließ sich über Einläufe aus, was wirklich unpassend ist, wenn man gerade indisch isst. Seither kann ich Murgh Masala nicht mehr sehen. Sie war zu dünn, wie ein kleiner rothaariger Spatz, von Kopf bis Fuß in Versace, die knochigen Schulter ledrig gebräunt. Ich weiß nicht, wer wen beeindrucken wollte. Es ging nur um Marken, Namedropping und die gemeinsame Yacht mit Richard Branson. Da kann man natürlich nicht mithalten. Die Stimmung war so angespannt, dass ich mich betrank und mit dem bärtigen Typen schließlich einen albernen Streit über Nordirland vom Zaun riss. Ich beschuldigte ihn, mit der IRA zu sympathisieren, und die ganze Sache war ziemlich peinlich. Ich kann mich nicht erinnern, wie ich an dem Abend nach Hause kam, aber irgendwie hatte sich Mango Chutney in meinen BH verirrt.

Hinterher verloren wir kein Wort darüber. Manchmal kamen Maggie und Käpt'n Iglu (wie ich ihn nannte) zum Abendessen und manchmal fuhren Anna und Chris nach

Clapham, aber wir trafen uns nie wieder zu sechst. Sie hat ein paar Mal angerufen in letzter Zeit, und ich lasse sie mit Anna reden. Aus Höflichkeit gehe ich aus dem Zimmer, doch manchmal möchte ich Anna den Hörer aus der Hand reißen und Maggie bitten, diese jämmerliche Frau zu sich zu nehmen. Aber ich bringe es nicht fertig, gerade wurde ihr ein Knoten aus der Brust entfernt, und ich glaube, sie steht genug unter Druck. Mir ist allerdings aufgefallen, dass Anna sie nie fragt, wie es ihr geht. Verstehen Sie, was ich meine?

Ich habe kein Aupair mehr, schon seit einigen Jahren nicht mehr, nicht seit Georgina auf die Oberschule geht. Ich habe genug von jungen Frauen in meinem Haus. Siobhan war die Letzte, und das war vor neun Jahren. Heute habe ich Sue, die älter ist als ich (gerade eben) und deren Enkelkinder in Bromley leben. Sue hat Diabetes und eine Sozialwohnung in North Peckham, ist aber absolut vertrauenswürdig. Sie kommt jeden Tag gegen drei, putzt, bügelt und hat ein Auge auf die Kinder, die nach der Schule gegen vier abgeliefert werden. Sue bleibt, bis Nigel oder ich nach Hause kommen, und wenn es nach acht ist und dunkel, rufen wir ihr ein Taxi – gute Haushaltshilfen sind schwer zu finden. Manchmal schenke ich ihr Blusen von mir. Sie ist effizient und nüchtern und mischt sich nicht ein. Sie hat ihre eigene Familie, ihre eigenen Freunde, ihre eigenen Probleme, aber sie liegt mir damit nicht in den Ohren, nicht wie manch anderer, den ich kenne. Sues Enkelin Jade hatte vor ein paar Monaten Verdacht auf Hirnhautentzündung, aber sie kam trotzdem zur Arbeit. Die Frau ist Gold wert. Zu Weihnachten schenke ich ihr nicht nur teures Schaumbad, sondern auch einen Scheck über hundert Pfund.

Das Gästezimmer putzt Sue nicht, das gehört nicht zu ihren Aufgaben. Wozu auch? Ich weiß schon gar nicht mehr, wie lange Anna bei uns wohnt, aber mit Meister Proper kann man da nichts ausrichten. Das Zimmer müsste desinfiziert werden, man bräuchte einen Rattenfänger. Aus Anna ist ein Parasit geworden.

17

Freizeitgestaltung

Jo war deprimiert. Ihr Schokoladenkonsum hatte Schwindel erregende Höhen erreicht: An manchen Tagen hatte sie das Gefühl, das Blut in ihren Adern bestehe zu achtundneunzig Prozent aus Cadbury's. Die Achtziger, jenes habgierige und ehrgeizige Jahrzehnt, wo Schulterpolster und Champagner regierten, waren fast vorbei – und was hatte sie erreicht? Sie war verheiratet, hatte Kinder und einen fetten Arsch. Doch man konnte der Thatcher nicht an allem die Schuld geben.

Jos literarische Ambitionen flogen ihr um die Ohren. Sie bekam regelmäßig Absagen, und der Chefredakteur der Zeitschrift *She* hatte ihren letzten Artikel »abgedroschen und unausgegoren« genannt. Jo fragte sich, ob es an den Wänden ihres Arbeitszimmers lag. Die Farbtabelle bezeichnete sie als »georgianisches Rot«, aber sie wirkten eher wie »Schlachthofbraun«. Sie waren so dunkel, dass man selbst bei strahlendem Sonnenschein Licht brauchte. Ihr Schreibtisch war mit Manuskripten und Romanideen übersät, aber es war ihr alles zu anstrengend. Vielleicht würde ihr ein Kinderbuch leichter fallen, ein alternatives ABC-Buch? Jo machte sich Notizen: A für Appetitzügler, B für Bettnässer, C für Cellulose, vielleicht doch keine so gute Idee. Nigel hatte wieder mal Recht gehabt. Zum Glück hatte sie den

Buchladen. Manchmal wollte Jo am liebsten gar nichts tun. Manchmal war es schön, einfach wieder unter die Bettdecke zu kriechen und den Nachmittag zu verschlafen, doch Siobhan staubsaugte den lieben langen Tag und man konnte nicht immer Migräne vortäuschen.

Nicht dass Jo Anna als eine Art Hobby betrachtete, aber die neue Freundschaft war eine willkommene Abwechslung.

Früher machten sich die Leute nicht viel aus Freunden, sie waren zu beschäftigt damit, Kohle aus dem Schuppen zu holen, Schweinsköpfe zu kochen und Socken zu stopfen. Das Leben war zu kurz für Freunde. Heutzutage ist es wichtig, einen umfang- und abwechslungsreichen Freundeskreis zu haben. Idealerweise sollte er ethnische Minderheiten umfassen, ein paar Künstler, wenigstens ein oder zwei Akademiker und eine Hand voll interessanter Typen, die Hüte machen oder in Camden handgefertigten Schmuck verkaufen.

»Das ist meine Freundin Ingrid. Sie kommt aus Polen und ist eine lesbische Hochseilartistin.«

»Oh, Respekt! Darf ich dir Mimbib vorstellen. Er kommt aus Äthiopien und ist Jenga-Weltmeister.«

Für Dichter gibt es doppelte Punktzahl, ebenso für steinreiche Knacker mit Häusern in der Toskana, wo man im Sommer stets willkommen ist. Punktabzug gibt es für Verkehrspolizisten und Steuerprüfer.

Für einige ist es wichtiger, beliebt zu sein, als für andere. Manche Menschen haben nur aus Bequemlichkeit Freunde. Ihr »Freund« hat zum Beispiel ein Auto und kann sie mitnehmen. Frauen sind in der Regel Freundschafts-freudiger. Sie machen sich auch schneller Feinde. Männer zerbrechen sich darüber nicht den Kopf. Manchmal plaudern sie mit Wildfremden, dann wieder bekommen sie den Mund überhaupt nicht auf. Männer können zwanzig Jahre mit dem alten Perkins Seite an Seite arbeiten, ohne zu wissen, ob er einen zweiten Vornamen hat. Die meisten Frauen sind anders. Wenn sie an der Bushaltestelle eine andere Frau kennen lernen, wissen sie innerhalb von zwanzig Minuten, wie viele Abtreibungen die andere hatte und wo sie ihre Schuhe gekauft hat.

Jo brauchte Anna mehr, als Anna Jo brauchte. Damals jedenfalls.

Anna Cunningham machte sich nicht viel aus Freundinnen. Sie misstraute ihrem eigenen Geschlecht seit ihr in frühester Kindheit klar geworden war, dass andere Mädchen sehr gehässig sein konnten, vor allem wenn man etwas besaß, worauf sie eifersüchtig waren: langes Haar, rosa Schleifen, eine Kunstfelljacke oder ein silbernes Bettelarmband.

Als Anna Mitte zwanzig war, hatte sie folglich kaum Freundinnen. Sie wissen ja, wie das ist, man zieht um, die anderen ziehen um, man ruft zum fünften Mal nicht zurück – was auch immer: Scheidung, Krankheit, Autounfälle (Jessica und Steve, bei einem Auffahrunfall auf der M1 aus ihrem jungen Leben gerissen: Mögen sie in Frieden ruhen), all diese Dinge können den Freundeskreis reduzieren.

Annas Ehemann Chris war allerdings geselliger als seine reizende Frau, und manchmal musste Anna ihn auf Dinnerpartys begleiten, wo sie ziemlich gelangweilt wirkte und, wenn schon nicht nach jedem Bissen, so doch nach jedem Gang, rauchte. Unter Chris' Kollegen war man sich einig, dass die bessere Hälfte vom alten Cunningham zwar sexy, aber eine Nummer für sich war, und ihre Ehefrauen verachteten sie natürlich. »Was für ein eiskaltes Biest.« Und das war sie auch.

Bei Anna brauchte man Geduld. Man brauchte Biss, doch zum Glück war Jo zäh. Und sie hatte beschlossen, die Cunninghams zum Abendessen einzuladen.

Jo schnappte sich ein paar Kochbücher aus der Küche und machte es sich auf dem Fußboden ihres Arbeitszimmers bequem. Seit dem Grillabend im Rosa Haus waren einige Wochen vergangen. Jo errötete, als sie sich daran erinnerte, dass sie ihre Brille nicht aufgesetzt hatte. Am Ende des Abends, als es ziemlich dunkel war, hatte sie sich über ein übrig gebliebenes Stück Fleisch hergemacht, bis sie bemerkte, dass sie auf einem alten Ofenhandschuh herumkaute.

Scampi in Kokos und Chili? Mit Scampi musste man vorsichtig sein, viele Leute waren allergisch gegen Fisch und das war das Letzte, was sie gebrauchen konnte, dass Anna sich mit Bauchkrämpfen auf dem Boden wand. Nicht dass Nigel etwas dagegen gehabt hätte, vor allem nicht, wenn sie einen kurzen Rock trug. Jo machte sich ein wenig Sorgen um Nigel. Er hatte ständig Nasenbluten und konnte ihr beim Frühstück nicht in die Augen sehen. Ach was, dachte sie, er wird mich schon nicht verlassen. Wenn er mich verlässt, bekomme ich das Haus, und er wird die Kinder nie wiedersehen. So einfach war das.

Als sie aufwachte, lag sie mit dem Daumen im Mund auf dem Teppich und es war nach sieben Uhr. Verdammt.

Jo hatte Anna eine Weile nicht gesehen, obwohl sie Sinead mit Pandora regelmäßig im Park traf. Es war wirklich frustrierend. »Grüßen Sie Anna von mir«, trug sie dem Mädchen jedes Mal auf. Schließlich kritzelte sie die Einladung auf die Rückseite einer Postkarte und schob sie unter der Tür hindurch. Sie hätte gern geklingelt, aber sie traute sich nicht. Jo war von sich selbst überrascht, normalerweise war sie nicht so schüchtern. »Kommt doch einmal vorbei«, hatte sie geschrieben. »Wir schulden Euch noch etwas. Wie wär's am Donnerstag?« Und darunter hatte sie in großen Ziffern ihre Telefonnummer geschrieben. Erst einen Tag vorher rief Anna zurück. Das war äußerst unhöflich, aber sie war sehr charmant und sagte: »Wir kommen gern.«

Anna vergaß, Chris von der Einladung bei den Metcalfs zu erzählen, bis er zwanzig Minuten vor der verabredeten Zeit nach Hause kam. »Also beeil dich. Und geh unter die Dusche, du stinkst wie ein Iltis. Mach schon, beeil dich.« Zehn Minuten später kam er in einem Hawaiihemd die Treppe herunter. »Zieh das aus«, sagte Anna, »du siehst aus wie ein fetter Timmy Mallett.«

Ihre Tochter ließen die Cunninghams bei Sinead.

»Geh nicht, Daddy. Lass mich nicht allein, Daddy.«

»Pssst, meine Süße, wir sind ja nicht weit weg.«

»Verdammt, jetzt komm schon, wir sind spät dran.«

Es war einer von diesen Spätsommertagen Anfang September, wo der Himmel dunkelgelb und schwer von schwelenden Gewittern ist. Zwischen sich trugen sie den Korb mit Jed. Seine dunklen Lider fielen im Schlaf auf seine rosigen Wangen. Chris spürte die Anfänge einer Migräne, bedingt durch eine Mischung aus Wetter, Arbeit und den Schokoladenriegeln zum Mittagessen.

»Hier ist es. Um Himmels willen, Pampasgras – wie spießig.«

Chris verstand nicht, was an Pampasgras auszusetzen war, hielt aber den Mund. Anna konnte sehr kritisch sein. Wenn ihr etwas nicht gefiel, schürzte sie die Lippen. Und an diesem Abend wurden die Lippen oft geschürzt.

»Vorhänge von Designers Guild passen einfach nicht überall hin«, erklärte Anna später. Anna hatte Recht, die

Vorhänge waren ein Irrtum. Ebenso wie die Sofagarnitur und der Teppich im Flur.

»Kommt runter in die Küche«, sagte Jo. Sie trug eine weiße Schürze mit Blutflecken wie ein richtiger Koch. Offensichtlich war sie nervös, denn sie schnatterte schrill wie ein Wellensittich. »Ich hatte gehofft, wir könnten im Garten essen, aber wir können ja die Glastüren aufmachen, dann sind wir sozusagen halb im Freien. Drinks, Drinks, was wollt ihr trinken?«

Nigel lehnte mit einem Gin Tonic an der Küchenspüle. Statt hallo zu sagen, hob er die Augenbrauen, und Chris stolperte auf ihn zu, um ihm die Hand zu schütteln, was Nigel zu überraschen schien.

Sie stellten das Baby unter den Tisch und Jo erzählte ihnen eine Geschichte von anderen Freunden, die einmal genau dasselbe getan und sich um Mitternacht verabschiedet und das Kind vergessen hatten, das erst am nächsten Tag entdeckt wurde.

»Du lügst, Jo«, sagte Nigel. »Sie haben ihr Kind nicht vergessen, sie haben es nur fast vergessen.«

Jo überschlug sich, das Haar klebte ihr an der Stirn und unter ihren Armen zeichneten sich nasse Flecken ab. »Na ja ... Jemand Humus?« Sie hatte es selbst gemacht und Chris fand es köstlich. Jo wurde rot. »Nigel sollte Oliven aus Soho mitbringen, aber er hat es vergessen.« Nigel verzog das Gesicht, als sei er geistig zurückgeblieben, was alle ziemlich komisch fanden.

Die Küche der Metcalfs, fand Chris, war genau wie eine Küche sein sollte: überall gemalte Bilder von den Kindern, eine Obstschale mit kaputten Kugelschreibern und überreifen Bananen, bunte Kühlschrankmagnete, Kochbücher mit Wein- und Soßenflecken, schwere Pfannen an Metallhaken über einem großen roten Aga-Herd. Es gab sogar einen Schaukelstuhl mit Patchworkkissen. Anna fand die Küche schmuddelig: Die Geschirrtücher waren angesengt, die Gläser schmierig. Als Jo den Kühlschrank öffnete, um Butter herauszuholen, kam ihr eine Schmeißfliege entgegen, und alle taten, als hätten sie es nicht gesehen.

Es dauerte eine Weile, bis die Unterhaltung in Gang kam – wie ein alter Hillman Imp, der nicht anspringen will und schließlich doch nur in eine Sackgasse fährt.

»Hey, Chris, magst du Woody-Allen-Filme?«

»Äh, ja, Nigel. Ich finde sie köstlich. Und du?«

»Äh, nein.«

Jo hatte eine Riesentortilla gemacht. Ein Jammer, denn Anna mochte keine Eier. »Ich nehme nur etwas Brot und Salat, danke.«

Als Jo sich darüber aufregte, dass Anna nicht genug aß, sagte Nigel: »Lass sie in Ruhe, Jo, nicht jeder frisst wie ein Scheunendrescher.« Was unter der Gürtellinie war. Jo schluckte und nahm die gleiche Farbe an wie der Beaujolais.

Exzessiver Alkoholkonsum rettete schließlich den Abend und am Ende steckten sie Amaretti-Papier in Brand und hörten The Clash. Jo verbriet ihre besten Anekdoten, doch das war es wert, denn Anna fiel vor Lachen fast vom Stuhl.

Die Katastrophe war abgewendet. Ein »Sechs-von-zehn-Punkten-hätte-besser-sein-können-Essen« wurde plötzlich zu einem »Acht-von-zehn-Punkten-das-müssen-wir-unbedingt-wiederholen-Abend«.

Die ersten Bande für eine Freundschaft waren geknüpft. Zu diesem Zeitpunkt hätte man sie noch auftrennen, sie zerreißen oder durchscheuern können oder beide Parteien hätten schlicht das Interesse verlieren können, aber nichts dergleichen geschah.

Die Beziehung zwischen den Metcalfs und den Cunninghams war wie das Puzzle eines abstrakten Gemäldes. Man hat keine Ahnung, warum, aber die Teile passen zusammen.

18

Ticks und Tequila

Heute ist mir hundeelend. Jedes einzelne Organ fühlt sich an, als würde schwarzer Eiter daraus hervorquellen. Ständig wache ich auf und rieche den Alkohol, der aus meinen Poren dringt, meine Zunge ist pelzig wie ein Bettvorleger nach einer Studentenfete. Meine Nägel sind abgebrochen und ich kann die kleinen Äderchen um meine Nase platzen hören. Oje, die Gegenwart ist zu ungemütlich. Erinnern wir uns an die glorreiche Vergangenheit.

Nach dem Grillabend in unserem Garten luden uns die Metcalfs zu sich ein. Chris war begeistert. Er mochte Jo. »Eine sympathische Person, und sie hat Humor.« Ich behielt meine Meinung für mich, aber ich fand Nigel ganz amüsant. Er hatte etwas Verdorbenes an sich, das mir gefiel.

Pandora ließen wir bei Sinead, aber Jed nahmen wir mit. Ich stillte noch. Ich stillte ihn sogar so lange, bis Chris meinte, es sei allmählich abartig und dass ich ihn am Ende noch bis ins Vorschulalter stillen würde. Na und?

Dass sie Geld hatten, war offensichtlich, aber beim Dekor hatten sie sich vergriffen. Eine Überdosis Pfauengrün und ein wildes Stil-Mischmasch: Siebziger-Jahre-Beanbags neben viktorianischen Möbeln, und bei den Gardinen war es mit ihr durchgegangen – Vorhänge von Designers Guild passen einfach nicht überall hin. Ich hielt natürlich die

Klappe, aber ein Fensterblatt ... Also wirklich! Fensterblätter gehören ausschließlich in Zahnarztpraxen.

Sie liebten Fotos, auf jeder freien Fläche stand ein Silberrahmen. Mir fiel auf, wie hübsch Jo gewesen sein musste, als Nigel sie kennen lernte: lachend in einem pflaumenroten Laura-Ashley-Ballkleid aus Seide, zerzaustes dauergewelltes blondes Haar, schon damals pummelig, aber mindestens zehn Kilo leichter als jetzt. Er war mit dem Alter natürlich attraktiver geworden, hatte sich den albernen, halbherzigen Schnauzer abrasiert und war aus der Roter-Schlips-Phase herausgewachsen. Wir gingen runter in die Küche. Sie besaß einen dieser riesigen Aga-Herde. Arme Jo, sie schwitzte wie ein Schwein in den Wehen und hatte dunkle Ränder unter den Achseln ihres Baumwollhemdes. Jo neigte zum Schwitzen. Inzwischen riecht sie nicht mehr so unangenehm wie früher, aber damals stank sie. Manchmal, wenn sie lachte, wehte eine Wolke der Ausdünstungen ihrer Achselhöhlen herüber und ich musste etwas von ihr abrücken. Sie hat sich natürlich sehr verändert. Neulich ist sie ausgeflippt, als mir ein Teller, den ich als Aschenbecher benutzte, von der Sofalehne fiel und eine Spur von Mayonnaise und Asche auf dem vormalig dunkelorangen Samt hinterließ. »Verdammt noch mal, Anna, pass doch auf! Du bist ja schlimmer als Henry!« Sie ist nicht mehr so chaotisch wie früher, und auch nicht so nachsichtig. Sie hat keine Geduld mit mir. Wenn ich nachts weine, bringt sie mir keine Milch mehr ans Bett.

Wie aßen an einem polierten Tisch aus Pinienholz. Von gelben Tellern mit blauen Rändern. Es sind noch einige davon übrig, aber die Glasur ist angeschlagen.

Nigel öffnete die Glastüren zu einem kunstvoll angelegten Patio. Jo sagte, sie hätte ihn gerade neu machen lassen, er sei »japanisch«. In Wahrheit war er die reinste Katastrophe.

Ich kann mich nicht erinnern, was es zu essen gab. Damals hatte ich wenig Appetit, im Gegensatz zu Jo. Sie war so gierig, dass immer Kuchenkrümel an ihrem Lippenstift klebten.

Natürlich wurden die Kinder vorgeführt. Der feuchte Traum eines Pädophilen trifft Enid Blyton: Topfschnitte und Sommersprossen auf niedlichen Stupsnasen. Georgina trug ein Tutu über dem Schlafanzug und wollte uns unbedingt etwas vortanzen. Ich hätte ihr am liebsten eine runtergehauen, weil sie so viel hübscher war als mein mondgesichtiges Kalb von einer Tochter, aber so etwas tut man nicht. Stattdessen tröstete ich mich damit, dass Henry ein fliehendes Kinn und einen nervösen Tick am Auge hatte.

Jo trank reichlich, was eigentlich gar nicht ihre Art ist: erst Bier, dann Wein, erst weißen, dann roten. Als wir gehen wollten, aber nicht konnten, weil es in Strömen regnete, holte sie eine Flasche von dem Zeug mit dem toten Wurm und erzählte uns die gleiche Geschichte, die sie uns schon vorher erzählt hatte. Das war für Nigel das Stichwort, eine große Kanne Kaffee zu kochen. Also blieben wir sitzen, bis der Regen aufhörte, und einen Moment lang dachte ich, dass Nigel unter dem Tisch mit mir füßeln wollte. Wir waren alle ziemlich neben der Spur. Als wir gingen, aß Jo gerade den Schokoladenvorrat der Kinder. Sie hatte Schluckauf und wankte. Nigel brachte uns zur Tür, und als ich mich umdrehte, um Jo zuzuwinken, hatte sie die Tequilaflasche an den Lippen. Sie bemerkte mich nicht. Ich habe sie nur selten so betrunken erlebt. Es wäre schön, sich wieder einmal mit Jo zu besaufen, aber sie hat eines Abends angefangen, Aqua Libra zu trinken und ist seither ziemlich zugeknöpft – öde, öde, öde. Gott, ich habe drei Ekzeme im Mund und sie bringen mich um.

In meiner Jugend habe ich Cidre und Vermouth getrunken, und manchmal füllte ich einen Flachmann mit einer Mischung aus den Unmengen von Flaschen auf dem Sideboard meiner Eltern. Pernod und Advokat sind eine tödliche Mischung, sage ich Ihnen.

Früher war Trinken mit mehr Förmlichkeit, mehr Drum und Dran verbunden: Weinkühler, Cocktailshaker, hundert verschiedene Gläser für Highballs und Sherry, Lagerbier und Gin. Meine Eltern hatten immer einen Vorrat an Maraschinokirschen und Zitronenscheiben, Ginger Ale und Bitter Lemon. Als Kind liebte ich den Geruch, der am Morgen nach einer Cocktailparty im Haus hing, Zigarrenmief und abgestandenes Parfüm, Dior und Asche. Ich rede von den Zeiten, als in Chipstüten noch kleine blaue Salzpäckchen waren und die Erwachsenen im Stehen tranken, als die Damen sich gegenseitig für ihre Frisuren Komplimente machten und die Männer über Motorräder und Dauerwellen diskutierten. Damals trank niemand Wein mit Schraubverschluss aus abgesplitterten Bechern oder Bier aus der Dose.

Wenn ich einen der seltenen Besuche bei Chris' Mutter in Wales durchstehen musste, war es schwer, ohne Alkohol auszukommen. Im Kühlschrank hatte sie für Chris ein paar Flaschen Guinness, aber sie missbilligte es, wenn Frauen tranken. Mehr als einmal war ich kurz davor zu sagen: »Nüchtern wäre ich nicht in der Lage, mit deinem Sohn zu vögeln«, aber ich schwieg. Ich brachte mir einfach meinen eigenen Vorrat mit und nötigte Chris dazu, unter ihrem Dach mit mir zu schlafen. Ihm gefiel es nicht und ich musste die Zähne zusammenbeißen, aber das war es wert. Zu wissen, dass sie uns hören könnte, während die Kopfleiste des Bettes den Gips aus ihren billigen Wänden hämmerte.

19

Langfinger und Leckereien

Ich frage mich, wann man damit anfing, andere Leute zum Essen einzuladen? Inzwischen ist es ein soziales Ritual der Mittelschicht, ein ewiges Wie-du-mir-so-ich-dir. Bei zu vielen Gläsern Rotwein, die man zu spät in der Nacht noch leert, gedeihen Freundschaften. Das Abfragen und Sammeln von Informationen, das den Leuten die Illusion gibt, sich zu kennen. In Wahrheit bleiben sich die meisten Menschen fremd – sogar sich selbst.

Egal wie viele Wochenenden man in zugigen Ferienhäusern in Yorkshire verbracht, wie oft man gemeinsam Silvester gefeiert hat, ob man einander Geburtstags- und Weihnachtsgeschenke kauft, wie oft man sich gegenseitig Gefallen tut. Jeder hat eine heimliche Schwäche, einen kleinen charakterlichen Makel, den man am besten für sich behält.

Wie meine Schokoladensucht. Keiner weiß wirklich, wie viele Twixx ich in mich hineinstopfen kann, manchmal bekomme ich es selbst mit der Angst. Einmal habe ich Henrys Weihnachtspralinen in einem Rutsch aufgegessen. (Am Weihnachtsfeiertag öffnete er die Packung und stellte fest, dass jemand sie geplündert hatte).

Nach und nach erzählten wir einander unsere Geschichten. Anna war Einzelkind. Einzelkinder sind es nicht gewohnt zu teilen. Man kann ihnen keinen Vorwurf machen, dass sie verwöhnt sind. Chris hat einen Bruder, der in Wales lebt und arbeitet und laut Anna »ziemlich seltsam« ist. Ich habe auch einen Bruder. Er lebt mit seiner vollbusigen deutschen Frau und seinen beiden Söhnen in Hannover. Ich würde ihn gern häufiger sehen, aber man kommt ja zu nichts. Ab und zu schicken sie uns Fotos. Nigel ist Einzelkind, aber nur durch einen Unfall. Seine Schwester, die schöne Elizabeth, fiel mit achtzehn vom Pferd, als sie gerade anfangen wollte, Sprachen zu studieren. Ich habe Fotos von ihr gesehen, sie war das blühende Leben. Ein grausames Schicksal. Nigel war dabei, als sie die künstliche Beatmung abstellten. Ihre Augen und ihre Organe wurden gespendet. Manchmal frage ich mich, ob Elizabeths Tod der Grund ist, warum Nigel auf junge Mädchen steht. Als er einmal total betrunken war, erzählte er mir von einem wiederkehrenden Traum, in dem er mit einem Mädchen schläft, das mit den gelbgrünen Augen seiner Schwester zu ihm aufsieht. Was kann man schon sagen, wenn einem der eigene Ehemann so etwas erzählt? Ich hielt jedenfalls den Mund und tat, als hätte ich nichts gehört.

Georgina hat Elizabeths Augen, nicht wortwörtlich, natürlich. Als ihre Großmutter väterlicherseits sie zum ersten Mal sah, sagte sie immer wieder: »Elizabeth, Elizabeth.« Aber da hört die Ähnlichkeit auch schon auf. Elizabeth war offenbar die Tugend in Person: Pfadfinderin, Duke-of-Edinburgh-Preisträgerin, Sie wissen schon. Meine Georgina ist ein egoistisches, hinterhältiges kleines Biest – ich bin nicht gemein, ich versuche nur ehrlich zu sein.

Nigels Eltern leben in Edinburgh in einem dieser herrschaftlichen viktorianischen Häuser aus grauem Stein. Seine Mutter schöpft Trost aus dem Katholizismus, während sein Vater Trost aus Southern Comfort schöpft und

Bücher über Schlachtschiffe liest. Wir besuchen sie nicht oft. Seine Mutter ist der traurigste Mensch, mit dem ich je Weihnachten verbringen musste. Sie bewahrt einen Zopf von Elizabeths dunkelbraunem Haar in einem Glaskasten auf der Treppe auf und ernährt sich hauptsächlich von trockenen Haferkeksen.

Meine Eltern leben in Wiltshire. Mein Vater ist der liebste Mensch der Welt. Er ist Stabsoffizier im Ruhestand und züchtet Gemüse, aus dem meine Mutter unbeirrbar Wein brennt. Besonders widerwärtig ist ihr Zucchiniwein, der nur mit mehreren Zuckerwürfeln pro Glas genießbar ist. Inzwischen trinkt sie nicht mehr so viel, nicht seit die Hälfte ihres Magens entfernt wurde, aber sie raucht noch immer dreißig Benson and Hedges pro Tag und ihr weißes Haar durchzieht eine dunkelgelbe Nikotinsträhne. Meine Eltern engagieren sich für diverse gute Zwecke und beide sind ausgezeichnete Bridgespieler. Sie lieben sich noch immer. Ich habe beobachtet, wie sie händchenhaltend durch den Garten gehen. Sie sehen aus wie die Rentner-Version des Start-Rite-Logos.

Annas Mutter ist, nach allem was man hört, eine Schönheit, aber sie macht sich rar, sowohl als Mutter als auch als Großmutter. Gelegentlich schickt sie wunderschöne Tischdecken aus der Schweiz, aber sie kommt nie zu Besuch. Offenbar wurde ihr zweiter Mann am offenen Herzen operiert und darf nicht fliegen. Ich meine, hunderte von Servietten sind ja schön und gut, aber sie sind doch wohl kein Ersatz für Mutterliebe. Ihr Vater ist tot. Typisch. Die Männer verdrücken sich immer als Erstes. Nur keine Verantwortung übernehmen. Obwohl inzwischen selbst Nigel die Schnauze von Anna gestrichen voll hat, sagt er keinen Ton. Er will keine Szene. »Noch nicht«, sagt er »gib ihr noch ein bisschen Zeit.« Ich glaube, er denkt: »Gottseidank bin ich noch mal davongekommen.« Nicht dass er religiös wäre, aber er weiß, dass er Glück hatte. Es ist jetzt eine Weile her, seit Nigel nach schlechtem Gewissen und anderen Frauen roch.

Und so ging es weiter, mit den Cunninghams und den Metcalfs. Es war so bequem. Sie passten in unser Leben wie kalte Hände in warme Taschen. Im Winter machten wir lange Spaziergänge, aßen hinterher im Pub zu Mittag und fühlten uns vertraut genug, um einander die Perlzwiebeln von den Tellern zu stibitzen. Im Sommer fuhren wir in den Battersea Park. Anna spielte Tennis. Natürlich. Mit solchen Beinen findet jeder einen Vorwand, winzige weiße Faltenröcke zu tragen. Nigel spielte auch, und sie jagten sich gegenseitig über den Platz, während ich und Chris feist daneben saßen, über neue In-Restaurants redeten und die Kinder im Auge behielten.

Ich glaube, zu viert waren wir netter als allein. Wenn man mit anderen Leuten zusammen ist, benimmt man sich meist besser. Nicht dass wir keinen Krach hatten, wir stritten über alles Mögliche und heimlich hegten wir wahrscheinlich böse Gedanken übereinander. Ist doch normal. Wie sehr man jemanden auch mag, manchmal denkt man unwillkürlich: »Oh, du hinterhältiges Biest.« Einmal habe ich eine Markasit-Brosche verloren, nichts Besonderes, nur eine Erinnerung an meine Großmutter. Jedenfalls war ich überzeugt, dass die Putzfrau sie geklaut hatte und feuerte das arme, vollkommen unschuldige venezolanische Mädchen – sie war hysterisch – aber ich sagte »Nein, wie kann ich dir trauen, wenn du mich bestiehlst?« Ich informierte auch die Agentur. Ein paar Tage später suchte ich in Annas Zimmer nach einer Sicherheitsnadel, und da war er, in einer kleinen Glasschale auf ihrem Frisiertisch: mein kleiner Markasit-Schmetterling.

Ich habe nie ein Wort darüber verloren. Irgendwie fühlte ich mich schuldig. Hätte ich nicht so viel Nachtisch gegessen, wäre der Knopf von meinem Rock nicht abgesprungen und ich hätte nicht nach einer Sicherheitsnadel suchen müssen.

Wenn ich zurückdenke, fehlte ihr wohl wirklich das Gefühl für Recht und Unrecht. Sie wurde ohne Schuldsensoren geboren, sie ist körperlich und seelisch unfähig, ein schlechtes Gewissen zu haben, sie wird nicht rot, sie übernimmt keinerlei Verantwortung für die Dinge, die sie getan hat. Nie ist sie an etwas schuld. Anna hat kein moralisches Rückgrat. Im Nachhinein ist alles so klar.

Schöne Menschen kommen doch immer davon. Gutes Aussehen ist wie ein Alibi, es sind die Dicken, die Hässlichen, die erwischt werden. Anna war so hübsch, dass man ihr gelegentliche Gemeinheiten nachsah. Ich machte mir zum Beispiel immer Sorgen, weil Anna Jed so bevorzugte. Pandora tat mir Leid, obwohl sie – ehrlich gesagt – ein schwieriges Kind war. Ich versuchte, mit ihr warm zu werden, aber sie ignorierte mich, ließ mich eiskalt abblitzen. Ich glaube, sie mochte nur ihren Vater. Ich erinnere mich noch, wie wir einmal alle zusammen ans Meer fuhren. Es war Oktober, aber brüllend heiß, und wir fuhren zum Krabbenessen nach Broadstairs. Das war etwa ein Jahr, nachdem wir uns kennen gelernt hatten. Jed fing gerade an zu laufen. Wir lagen auf karierten Decken zwischen Eimern und Schaufeln, wie eine Szene von 1963. Anna hatte ein zauberhaftes Sandschloss gebaut. So etwas konnte sie gut. Es hatte Türmchen und war mit Muscheln und Kronkorken und Seetang dekoriert, wirklich sehr hübsch. Am Strand war ein Fotograf und er fragte, ob er die Kinder fotografieren dürfe, und da er nicht wie ein Perversling aussah, sagten wir: »Nur zu.« Eines der Bilder schaffte es auf die Titelseite des *Daily*

Express, unter der Überschrift »Der heißeste Oktobertag seit dreißig Jahren« oder so ähnlich, und es zeigte Annas Sandschloss und die Kinder: Jed sah aus wie ein Engel, Henry buddelte mit ernster Miene ein Loch und Georgina posierte wie eine Ballerina, die Schaufel in der Hand wie einen Zauberstab. Nur Pandora fehlte. Doch wenn man ganz genau hinsah, erkannte man den Schatten eines ihrer fetten Beine.

Ihre Mutter versuchte immer, ihren Konsum von Süßem zu reduzieren. Ständig hieß es: »Wie wär's mit ein paar leckeren Rosinen, Pandora, oder möchtest du vielleicht einen Apfel?« Doch natürlich wollte das Kind weder leckere Rosinen noch einen Apfel, nicht, wenn alle anderen Toblerone und Eis bekamen. Es ist leicht, den Schwächen anderer Kinder ins Gesicht zu sehen. Bei den eigenen Kindern ist das schon schwieriger, wie zum Beispiel Henrys Zucken und Stottern. Anna ahmte ihn einmal nach. Es war grausam, aber wir taten alle so, als sei es lustig – sogar Henry, der lachte und lachte und dabei doppelt so viel zwinkerte und zuckte wie sonst.

20

Würstchen und Papierhüte

Das Leben in der Lark Grove ging weiter, wie es das Leben eben so tut. Nichts bleibt wie es ist, schon gar nicht im Rosa Haus. Dafür sorgte Anna, ehe man Sir Terence Conran sagen konnte. Die Einrichtung war sehr geschmackvoll. *House and Garden* widmete dem Haus ganze vier Seiten und der Fotograf ließ es mit seinem Weitwinkelobjektiv noch pompöser erscheinen. Ein Foto zeigte Jed auf Annas Schoß, auf einem anderen, schmeichelhaft unscharfen hüpfte Pandora auf ihrem Bett auf und ab.

Chris war nicht da, als die Aufnahmen gemacht wurden. Er war bei der Arbeit, und als er nach Hause kam, hatten Anna und der Fotograf eine Flasche Champagner geleert, und Anna torkelte durch die Küche, um in der Mikrowelle Popcorn zu machen, während der Fotograf namens Denzil auf dem Sofa einen Joint rauchte. Chris war ziemlich schroff zu Denzil. Schließlich kann man einem Mann in Lederhosen nicht trauen, schon gar nicht, wenn sich in der Reißverschlussgegend eine mächtige Delle abzeichnet. Denzil verdrückte sich hastig. Seine Freundin war im neunten Monat. Was dachte er sich eigentlich?

Chris nahm andere Frauen kaum wahr. Er sah die knapp bekleideten Mädchen, doch fiel's ihm leicht, nicht hinzustarren. Anders Nigel, wovon seine Erektionen zeugten.

Auf den Spätsommer folgte der Herbst. Anna stellte eine Schüssel mit glänzenden braunen Kastanien in die Küche. Man konnte kaum die Grove entlanggehen, ohne dass sie einem auf den Kopf fielen. Jed hatte rosige Wangen und trug Baby Gap, Pandora wirkte in den Wollstrumpfhosen, die das Wetter erforderte, noch pummeliger.

Verzweifelt über ihr Gewicht schleppte Anna ihre Tochter zum Arzt. »Wirklich, Frau Doktor, ich könnte schwören, dass ich höre, wie ihre Haut sich ausdehnt.«

Die Ärztin war sehr liebenswürdig. Sie stellte Anna viele Fragen, wog Pandora und sagte fast anerkennend: »Meine Güte, du bist aber ein schwerer Brocken.« Als würde sie mit etwas Glück in nicht allzu ferner Zukunft in der Rugby-Nationalmannschaft spielen.

Viel konnte Anna nicht tun. Pandora war eben ein kräftiges Kind, aber sie sollte vielleicht »auf fettarme Milch umsteigen, Kekse durch Obst ersetzen und sich so viel wie möglich bewegen«. Dann gab die nette Frau Pandora zur Belohnung einen Lutscher, weil sie »so ein braves Mädchen« war. Anna wartete, bis sie aus dem Sprechzimmer waren, bevor sie Pandora das »verdammte Ding« aus der klebrigen Hand riss und in den Papierkorb stopfte.

Wie zum Trost machte sich Pandora im Kindergarten sehr gut. Mrs. Lomax hielt sie für ein kluges Kind, das in Sachen Rechnen und Schreiben locker mit den Vierjährigen mithalten konnte. »Genau wie in Sachen Hinterteil«, murmelte Anna mit zusammengebissenen Zähnen.

Anna genoss es, wieder zu arbeiten. Sie casteten eine riesige Kampagne für die Malaysian Airlines und tagelang trippelten Horden kleiner Orientalen die Stufen zu Maggies Büro hinunter. Manche der Frauen waren so hübsch, dass

Anna sie am liebsten mit nach Hause genommen und an die Wand gehängt hätte.

Zur Bonfire Night gingen die Cunninghams zu den Metcalfs. Leider hatte Jo diese Donahue und ihren mongoloiden Sohn eingeladen. »Raymond liebt Feuerwerk«, zwitscherte Brenda. Anna ging ihnen möglichst aus dem Weg. Raymond konnte nicht mal seinen eigenen Namen buchstabieren. Der Anblick der großen rosa Zunge, die aus seinem Mund hing, erinnerte sie an einen Hundepenis. Nigels Freund Roger Baxter kreuzte auf, der, dessen Frau mit dem Hippie durchgebrannt war. Er hatte seine Söhne übers Wochenende, und seine neue Freundin weinte, als ihre beigefarbenen Wildlederstiefel im Garten matschig wurden. »Das ist einfach zu viel«, sagte sie immer wieder und als Jo ihr ein Paar Gummistiefel anbot, klagte sie: »Aber das ist Größe dreiundvierzig. Ich habe sechsunddreißig.«

Jo machte Berge von Würstchen und so waren zumindest Chris und Pandora glücklich. Anna blieb mit Jed im Haus. Er mochte keine lauten Geräusche. Jedes Mal wenn es knallte, warf er die Ärmchen erschrocken hoch und riss seine strahlend blauen Augen weit auf. Anna stillte ihn im Wohnzimmer und war überrascht, als Nigel und Roger das Badezimmer gemeinsam betraten. Aha, das war interessant. Anna – selbst einer gelegentlichen Nase nicht abgeneigt – ahnte, dass sie koksten. Sie nahm sich vor, Nigel auszuhorchen, sobald sie nicht mehr stillte. Chris war gegen Drogen. Als sie schwanger war, zwang er sie, ihren Privatvorrat vor seinen Augen im Klo runterzuspülen. Das war einer der Gründe, warum er nicht wollte, dass sie kellnerte. In der Gastronomie war das weiße Pulver gang und gäbe. Irgendwie wusste Anna, dass Jo keine Ahnung von Nigels Schwäche hatte. Nun, sie konnte dichthalten.

Später, als die Kinder Video sahen, kreuzten die Homosexuellen aus Nummer siebenundsiebzig mit Wodkaflaschen auf und tanzten in der Küche zu den Gipsy Kings. »Gipsy Queens«, kreischten sie. Raymond regte sich zu sehr auf und Brenda brachte ihn nach Hause. Gott sei Dank.

Kaum hatte sich der Geruch von Schießpulver und Würstchen verzogen, war auch schon Weihnachten. Das Haus der Metcalfs duftete jetzt nach Zimt und Rum. Es war Tradition, dass Jo ihren eigenen Rosinenkuchen backte, obwohl Nigel sie zum Weinen gebracht hatte, als er bemerkte, der Kuchen sei kein Vergleich zu dem von Sainsbury. Jo nahm die Feiertage sehr ernst. Sie sprühte Zweige und Efeu aus dem Garten mit Silber ein und stellte sie in einer großen Vase auf den Kamin. Sie dekorierte den Spiegel mit Stechpalmenzweigen, aber sie fielen immer wieder herunter. Nie sah etwas so aus, wie sie es sich vorstellte. Sie hatte den Bogen einfach nicht raus.

Beim Krippenspiel im Kindergarten spielte Georgina die Jungfrau Maria. Pandora war der Esel. Jo und Anna saßen nebeneinander. Alle Eltern mussten auf Kinderstühlen sitzen. Jos knarrte jedes Mal, wenn sie sich vorbeugte, um ein Foto von Georgina zu machen, die ziemlich ruppig mit dem Jesuskind umging, ihn an seinen Haaren aus der Wiege zog und auf den Boden fallen ließ, als sie sich am Ende verbeugte. Viele Mütter hatten feuchte Augen. Anna nicht. Sie lieh ihre Taschentücher Jo, die sich schneuzte, bis ihre Nase auf dreifache Größe angeschwollen war.

Joe Public blieb über Weihnachten geschlossen. Maggie flog in die Karibik, sie war urlaubsreif. Seit Monaten versuchte sie künstliche Befruchtung und nichts passierte.

Anna fuhr zum Einkaufen in die Stadt. Weihnachten war

ein guter Vorwand, sich hemmungslos zu verwöhnen. Anna dachte zwar daran, einen Baum zu kaufen – er war über zwei Meter groß –, aber sie vergaß, einen Truthahn zu bestellen und am Heiligabend war Sainsbury ausverkauft. Sie kaufte das größte Huhn, das sie auftreiben konnte, eine Packung Rosenkohl und Truthahnfüllung. Sie hätte einen Lachsbagel jederzeit vorgezogen. Jo stellte sich hinter sie in die Schlange. »Der reinste Wahnsinn, nicht wahr? Ich war diese Woche schon viermal hier. Diesmal habe ich die Kastanien vergessen.«

»Ich den Truthahn«, kicherte Anna.

Und so kam es, dass die Cunninghams Weihnachten bei den Metcalfs feierten. Die Harmonie wurde nur durch wenige Ausrutscher getrübt: ein Hieb auf Georginas Hand, weil sie Pandora mit einem Zahnstocher ins Bein gepikst hatte, und ein Klapps auf Pandoras Po, weil sie weinte.

Jo kam den ganzen Tag nicht dazu, die Schürze abzunehmen. Sie war zu beschäftigt damit, Schinken um kleine Cocktailwürstchen zu wickeln und echte Brandybutter zu machen, und ihr Gesicht war so rot wie das eines Hundert-Meter-Hürdenläufers. Nigel hatte ihr einen Tranchierblock gekauft. Anna sagte: »Wenn Chris mir so einen geschenkt hätte, würde ich seinen Kopf drauflegen.« Manche Frauen sind dazu bestimmt, Brotkästen und Bügelbrettbezüge zu bekommen, andere, wie Anna, bekommen kleine, mit blauem Samt ausgelegte Lederetuis mit Diamanten und Perlen. »Reizende Ohrringe«, sagte Jo und als sie sich vorneigte, um sie genauer zu betrachten – ihr Kopf groß wie der eines Ponys –, bemerkte Anna die weit geöffneten Poren um ihre Nase. Jo trug keine Schuld daran, so war das eben, wenn man sein Gesicht ständig in kochend heiße Öfen steckte. Jo roch nach Bratensoße und Truthahnmagen, Anna nach

Advokat mit einem Hauch Cranberry. (Jo hatte einen großen Krug Sea Breeze gemixt).

Es war ein guter Tag. Anna war froh, dass sie daran gedacht hatte, Jo eine Tischdecke ihrer Mutter mitzubringen, und dass sie Chris überredet hatte, sein Trumpers Aftershave an Nigel abzutreten. »Du kannst doch nicht mit leeren Händen aufkreuzen.« Henry war außer sich vor Freude über den Fünf-Pfund-Schein und ... nun ja, Georgina würde sich eben mit der überzähligen Ausgabe von *Cinderella* abfinden müssen, die Anna unter Pandoras Bett gefunden hatte. »Ich mag keine Bücher«, maulte die kleine Kuh. »Nur weil du nicht lesen kannst«, hatte ihr älterer Bruder eingeworfen. Anna schenkte Henry ein seltenes Lächeln. Normalerweise ignorierte sie ihn einfach. Ein Jammer, dass sein Ekzem sich wieder verschlimmert hatte.

Als Jo den brennenden Weihnachtspudding hereinbrachte, gab es ein großes Hallo. Während sie ihn abstellte, fiel ihr Papierhut hinein und ging in Flammen auf. »Nimm meinen«, sagte Nigel. Anna trug ebenfalls keinen Papierhut, und so waren sie und Nigel die einzigen, die nicht geistig zurückgeblieben wirkten.

Nachdem sie gegessen hatten, fing Anna Nigel auf dem Treppenabsatz ab und flüsterte ihm etwas ins Ohr. Nigel reichte ihr daraufhin einen winzigen Umschlag und sie verschwand ins Badezimmer. Die Tür schloss sie sorgfältig hinter sich ab. Es wurde so ein ausgelassener Abend! Nigel holte das »Twister«-Spiel, und er und Anna lachten sich über die bunten Punkte kaputt.

Die Cunninghams gingen nur, weil Georgina »aus Versehen« Pandoras Gesicht in der Schiebetür einklemmte. Es war schon nach elf.

Solche Abende schweißen zusammen: Portwein und

Grand Marnier, Anekdoten bei Crackern, Walnüssen und Schokoladenlikör.

Chris fühlte sich ein wenig schuldig, dass er sich so amüsierte, denn seine Mutter hatte beleidigt das Telefon aufgelegt, weil er sie weder eingeladen hatte noch in Wales besuchen kam. »Die Ärmste«, sagte Anna in Festtagsstimmung – Nigel hatte die Drinks sehr großzügig eingegossen. In jener Nacht ließ sie Chris ran. Schließlich war Weihnachten. Ein Jammer, dass sie mittendrin zur Besinnung kam und ihr einfiel, dass er nicht Val Kilmer war.

21

Läuse und Lämmchen

Ich frage mich, wie viele Mahlzeiten wir am Küchentisch der Metcalfs zu uns genommen haben. Jedenfalls mehr, als ich je zubereitet habe.

Als Chris mich fragte, ob ich ihn heiraten will, habe ich ihm gesagt, dass ich nicht kochen werde. Ich sagte: »Ich blase dir einen, ich schlafe mit dir in der Öffentlichkeit und bei Licht, aber Kochen gehört nicht zum Repertoire.«

Frauen, die kochen können, neigen zur Überheblichkeit, finden Sie nicht? Als würden wir kulinarisch Zurückgebliebenen ohne sie verhungern. Blödsinn, waren Sie in letzter Zeit mal bei Marks and Spencer? Man kann sich durch den ganzen Globus essen: hier ein Garnelen-Masala, dort ein Lamm-Teriyaki. Ich jedenfalls mag Sandwiches.

Einmal hat meine Mutter Chutney gemacht. Sie trug dazu ihr Chutney-Outfit, ein grünbraunes Ensemble und ein rotes Kopftuch im Zigeunerlook, passend zu den Tomaten. Nachdem sie stundenlang mit dem Thermometer über die blubbernde Masse gewacht hatte, füllte sie das Chutney in Gläser, wo es luftdicht verschlossen vor sich hin gärte. Es verschimmelte: Mein Vater und ich bevorzugten Branston.

Alle Köche, mit denen ich als Kellnerin zu tun hatte, waren durchgeknallt. Sie waren wie die Schlagzeuger in

Rockbands: immer auf Drogen und mitten in einer Scheidung. Ich habe nie einen »normalen« Koch kennen gelernt.

Ich besaß nur einmal eine Schürze, als wir in Hauswirtschaftslehre eine nähen mussten. Ich brauchte das ganze Schuljahr, und dann bekam ich auch noch Ärger, weil ich sie mit aufgenähten Schmetterlingen verzierte. Auf der St.-Augusta-Schule durfte man nicht aus der Reihe tanzen.

Wir hatten auch Kochen, fällt mir jetzt ein. Wenn es sein muss, könnte ich ein leichtes Abendessen auf einem Tablett zubereiten, und ich kann Gelee kochen. In unserer ersten Kochstunde lernten wir, in der richtigen Reihenfolge abzuwaschen und Besteck mit Elfenbeingriffen zu pflegen. Danach ging es weiter mit »heißen Milchgetränken« – ich bitte Sie! Pandora kocht natürlich für ihr Leben gern. Dass man Kuchen auch selbst backen kann, wurde ihr erst im Kindergarten klar. Aber sie war auch mit einer Großpackung Fertigteig und einer Handvoll Korinthen zufrieden. Ihre Teigmännchen lächelten immer traurig.

Jed liebte es, die Plätzchen mit Zuckerguss zu verzieren. Er ist sehr kreativ. Schon als Kleinkind hatte er gern viele Farben auf dem Teller. Eine Gurkenscheibe, ein Tomatenviertel – mit drei Jahren legte er bereits Wert auf die Garnierung. Mein Sohn hatte einen ausgesuchten Geschmack: Räucherlachs, schwarze Oliven, Parmaschinken und vor allem Hummer. Mit sechs wurde ihm plötzlich der Zusammenhang zwischen den kleinen weißen Lämmchen und dem knorpeligen Hackbraten seiner Großmutter väterlicherseits klar und von da an weigerte er sich, diesen zu essen. Sie dachte natürlich, ich hätte ihn dazu angestachelt. Habe ich aber nicht… nun ja, vielleicht habe ich einmal erwähnt, wie traurig es sei, dass man die armen kleinen

Lämmchen ihren Müttern fortnimmt, sie in Schlachthöfe verfrachtet und mit Elektroschocks tötet.

Ich mache wunderschöne Salate. Im Gegensatz zu Jo habe ich ein Auge für Details. Damals rissen wir oft Witze darüber, wie Jos Essen angerichtet war, wir gaben ihr Noten zwischen ein und zehn Punkten. Sie bekam nie mehr als vier. Wir dachten immer, sie findet es lustig. Aber als Nigel ihr einmal zwei von zehn Punkten für ein sehr nachlässig angerichtetes Gulasch gab, rastete sie aus, nahm unsere Teller und kippte alles in den Ausguss – was albern war, denn die Stücke waren viel zu groß dafür. Dann keifte sie: »Ihr Arschlöcher, ich reiße mir für euch den Arsch auf und ihr nörgelt immer nur an allem herum. Ihr könnt mich mal«, und stapfte davon. Nigel sagte, sie habe wohl ihre Tage und ich machte uns Toast mit Bohnen, garniert mit Petersilie und einer Olive und bekam dafür zehn Punkte.

Im Backen war sie groß. Für meine Kinder backte sie jedes Jahr einen Geburtstagskuchen. Eigentlich wollten sie viel lieber eine Sainsbury-Torte, Sie wissen schon, mit gelber Creme, Marmeladenfüllung, tausend Es. Aber nein, Jo musste sich an dem blöden Aga-Herd zu Tode schuften und etwas fabrizieren, das kein Vergleich zu den gekauften Torten war. Mit sechs Jahren sind einem Bekömmlichkeit und Beschaffenheit scheißegal. Man will etwas, das man aus dem Fernsehen kennt. Nie waren wir dankbar genug. Sie hatte keine Chance, sie setzte die falschen Prioritäten: Ständig bekochte sie Nigel mit Enten und Perlhühnern, während er sich wünschte, sie würde ihm stattdessen einen blasen.

Mit Jo essen zu gehen war die Hölle, sie konnte es einfach nicht genießen. Sie kam nicht darüber hinweg, dass sie im Restaurant siebzehn Pfund für etwas bezahlen musste, dass sie für drei zusammenbrutzelte. Deshalb versuchte sie immer, etwas für ihr Geld zu bekommen. Sie futterte das ganze Brot auf und sorgte dafür, dass alles, was ich auf meinem Teller übrig ließ, eingepackt wurde. Einfach peinlich. Sie ist so frigide, dass sie nicht mal Austern isst. Nigel und ich bestellten sie, nur um sie zu ärgern. Kein Wunder, dass Nigel ihr zum Geburtstag und zu Weihnachten Küchengeräte kaufte. Alles andere hätte sie mit Bratensaft bekleckert. Jo konnte sich noch so sehr einparfümieren, sie roch immer nach Knoblauch.

Als sie mir erzählte, dass sie früher Schulsprecherin war, musste ich lachen. Das passte. Sie war der verlässlichste Mensch, den ich je kannte. Für Jo war »vernünftig« ein Kompliment. Sie hatte Ameisenspray und einen Erste-Hilfe-Koffer in der Küche, sie wusste, wie man Verbände anlegt, und in ihrem tiefsten Innern hoffte sie, dass eines der Kinder in den Teich fällt, damit sie ihre Mund-zu-Mund-Beatmung demonstrieren kann. Bei kleinen Katastrophen war sie in ihrem Element: Sie pickte Glasscherben aus aufgeschlagenen Knien und entfernte Splitter. Als Pandora Läuse hatte, kümmerte Jo sich darum, sie hatte alles, was man dazu brauchte. Es brachte ihr Spaß, die Nissen aus dem Haar meiner Tochter zu kämmen. Sie mochte alles, was ich hasste, sie war das Alkali zu meiner Säure. Ich schätze, sie war die beste Mutter, die ich je kannte.

Ich glaube, sie hätte gern ein drittes Kind gehabt. Einmal erzählte sie mir, dass sie eine Fehlgeburt »erlitten« hatte. Man spricht immer von einer »erlittenen« Fehlgeburt, wenn jemand ein Kind verliert. Dabei bin ich sicher, es gibt genauso viele erleichterte wie enttäuschte »Doch-nicht-werdende-Mütter«. Sie ist jetzt vierzig, aber sie bewahrt noch immer das alte Kinderbett auf dem Dachboden auf, und einmal sah ich sie weinen, weil die Babysachen von Henry und Georgina von Motten zerfressen waren. Ich bin mit meiner Vergangenheit immer unbarmherziger umgegangen als Jo. Sie gehört zu den Menschen, die ihre Erinnerungen in einem Schuhkarton aufbewahren: Muttertagskarten, Identifikationsarmbänder von der Säuglingsstation, Georginas erstes Paar Steppschuhe, allen möglichen Müll, den ich wegschmeißen würde. Als ihre Kinder klein waren, ließ sie ihre Füße in Bronze gießen – nicht wörtlich natürlich, ha, ha.

22

PMS und Slimfast

Es war nicht leicht, immer für alles zuständig zu sein. Und das war ich, für alles, ich Trottel, ohne mich gäbe es die sogenannten guten alten Zeiten nicht. Ich kaufte die Truthähne, schälte die Kartoffeln, kochte das Gänseklein, deckte den Tisch. Ich kaufte größere Pfannen, ich besorgte eine Schnabeltasse aus Plastik für Jed. Ich bewirtete sie, für Chris hatte ich immer Rennie im Haus! Ich arbeitete an unserer Freundschaft, ich dachte, es würde immer so weitergehen. Dass eines Tages, wenn die Kinder groß waren und zur Uni gingen … Oja, ich hatte alles durchgeplant. Henry würde in Edinburgh Archäologie studieren, Georgina in Bristol irgendeinen Medienstudiengang belegen, ich dachte, wir würden zusammen alt werden, wir vier, würden in exotische Länder reisen, eine Nilkreuzfahrt machen, die Jungs mit Panamahüten, wir Mädchen in geblümten Kleidern, die Taschentücher in die Ärmel gestopft.

Ich war ein verdammter Idiot. Okay, wir haben auch etwas davon gehabt, zum Beispiel die Tischdecken, die Anna mir gelegentlich andrehte. Und ich reagierte vorbildlich: »O sieh nur, wie reizend«, aber ich wusste, sie fand sie spießig. Wir haben so viel Zeit an diese Familie vergeudet, und unzählige Filmspulen, die ihre albernen Possen verewigen.

Ich war Schulsprecherin. Ich war immer aufmerksam,

wohlwollend, bemüht. Verstehen Sie mich nicht falsch. Ich habe meine Launen, meine Kinder können das bezeugen. Oft genug habe ich Georgina Prügel angedroht, und es ist vorgekommen, dass ich Henrys Modellflugzeuge aus purer Bosheit zerstörte. Fragen Sie meinen Mann. Ich weiß, es ist nicht immer leicht, mit mir zusammenzuleben. Wenn ich PMS habe, wird mir alles zu viel und ich fange an zu schluchzen und Nägel zu kauen. Aber das sind nur ein paar Tage im Monat. Ansonsten versuche ich, wieder gutzumachen, dass ich manchmal so unausstehlich bin. Meine Familie bekommt selbst gebackenen Kuchen und hausgemachte Suppe. Wenn Henrys Ekzem schlimmer wird, wer reibt es ihm mit Salbe ein? Ich natürlich.

Männer sind nutzlos. Was tun sie schon groß? Mit den Kindern zum Zahnarzt, zum Optiker gehen? Ihre Köpfe nach Läusen untersuchen, Französischvokabeln abfragen? Sie zum Schwimmen, zum Rugby oder zu den Pfadfindern bringen? Einen Scheißdreck tun sie. Männer kümmern sich nur um das, was sie direkt betrifft, zum Beispiel darum, dass zum Grand Prix genug Bier im Kühlschrank ist. Natürlich wird von uns Dankbarkeit erwartet, dass sie uns nicht verprügeln oder uns vor dem Frühstück zum Analsex zwingen. Aber das reicht nicht.

Ich kenne eine Frau in meinem Alter, die weder verheiratet ist, noch Kinder hat. Früher tat sie mir Leid, aber jetzt bin ich da nicht mehr so sicher. Sie lebt vollkommen eigennützig, ist ständig mit dem Eurostar unterwegs. Sie trägt Schuhe von Emma Hope, einen Morgenmantel von Georgina Etzendorf. Sie wohnt in einem Puppenhäuschen in Chelsea, nur zehn Minuten von Harrods, wo sie ihr Sushi kauft. Ihr Haus ist zwar winzig, aber mehr wert als unseres. Sie hat glänzendes Parkett und ein beigefarbenes Wildledersofa, die ganze Einrichtung ist in Karamell, Cremeweiß und Maulwurfsgrau gehalten. Im Winter trägt sie Kaschmir, im Sommer Leinen. Ihr Leben verläuft in festen Bahnen. Sie hört Radio 4 oder Opern, und wenn sie beschließt, mal einen Abend zu Hause zu bleiben, macht sie es sich, in eine Wolldecke gehüllt, auf dem Wildledersofa bequem, liest, knabbert Sushi und nippt an einem Whiskey mit Ginger Ale. Sie sammelt Bernsteinketten und verbringt Weihnachten auf den Bahamas, sie hat keine Haustiere und lehnt es ab, Patentante zu werden. Ich mache ihr keinen Vorwurf. Ich habe die Schnauze gestrichen voll, nicht einmal Schokolade kann mich trösten. Heute Morgen habe ich eine Packung Jaffa-Kekse geöffnet und nur zwei geschafft.

Ich kann Ihnen gar nicht sagen, wie viele Diäten ich schon angefangen habe. Ich habe mich ausschließlich von Grapefruits und gekochten Eiern ernährt, Slimfast-Shakes in fettarmer Milch aufgelöst, Kalorien gezählt, mir das Fett abtrainiert, meine Kartoffeln abgewogen und kürzlich habe ich es mit der Kohlsuppendiät versucht – eine fürchterliche Erfindung aus Amerika, bei der ich magere drei Pfund verlor und fast inkontinent wurde. Erst in letzter Zeit habe ich begriffen, dass tiefe Niedergeschlagenheit der beste Appetithemmer ist. Plötzlich schlackern meine Hosen und ich muss mich nicht mehr hinlegen, um den Reißverschluss meiner schwarzen Agnès-b-Hose zuzubekommen. Nicht dass ich diese Methode weiterempfehlen kann. Das Leben ist so viel härter, wenn nicht einmal mehr Käsekuchen hilft.

Dreimal pro Woche gehe ich jetzt abends schwimmen. Ich komme gern mal raus. Am liebsten mag ich es, wenn das Becken fast leer ist und die Dunkelheit das Oberlicht schwarzblau färbt. Es ist ein altmodisches Schwimmbad, und ich bin froh, dass es weder eine Wellenmaschine noch

Luftmatratzen gibt. Manchmal schwimmt ein Pflaster an meinem Gesicht vorbei, aber im Großen und Ganzen ist das Wasser sauber. Ich begegne immer denselben Leuten: dem einbeinigen Mann und der uralten Dame mit den Satteltaschenbrüsten und den langen, braunen, zum Boden gerichteten Brustwarzen. Nachdem ich dreißig Bahnen geschwommen bin (zehn Kraulen, zehn Brust und zehn Rücken), dusche ich ausgiebig. Ich wasche mir das Chlor aus dem Haar, creme mich mit fruchtigen Lotionen ein, die nach Mandarine und Kokos duften und mich an Cocktails erinnern, die ich vor ewig langer Zeit getrunken habe. Wenn ich fertig bin, bleibe ich manchmal in der verschlossenen Umkleidekabine sitzen. Ich stelle mir dann vor, dass mich dort niemand finden kann. Einmal bin ich eingeschlafen. Als ich wieder aufwachte, wischten die Putzfrauen den Boden und unterhielten sich über Hysterektomien. Neulich wollte Georgina mitkommen. Als ich sagte, ich ginge lieber allein, fielen ihr fast die Augen aus dem Kopf. Arme Georgina, ich habe nicht mehr so viel Zeit für sie wie damals. Früher habe ich ihr bei den Hausaufgaben geholfen, Landkarten mit ihr ausgemalt, blau das Meer, grün das Land. Einmal habe ich ihr für den Geschichtsunterricht ein Fachwerkhaus gebastelt. Als sich gestern der Knopf ihrer Schlaghose löste, musste sie ihn selbst wieder annähen. Es dauerte fünfundzwanzig Minuten, bis sie die Nadel eingefädelt hatte. Und Henry hat sich in eine Schmetterlingspuppe verwandelt, die den Kokon seines Zimmers nie verlässt. Unser Zuhause ist zu einer Pension voller übellauniger Mieter geworden. Und ich bin die grantige Vermieterin.

23

Schlittschuhe und Schnippschnapp

Als Georgina Metcalf sieben Jahre und elfeinhalb Monate alt war, beschloss sie, dass Pandora Cunningham nicht zu ihrem achten Geburtstag kommen sollte. »Das ist mein Geburtstag, Mami, und ich will nicht, dass dieses Stinkeschwein-Pandora kommt.« Eine peinliche Situation. Jo löste das Problem, indem sie ihre Tochter mit körperlicher Gewalt nötigte, eine Einladung zu schreiben, und Georgina vergoss heiße Tränen der Wut, während die große, rissige Hand ihrer Mutter ihre kleine Faust über das Papier führte. »Liebe Pandora, ich lade dich herzlich zu meinem Geburtstag auf der Streatham-Eisbahn und bei McDonalds ein, am 16. März um halb zwei, Gruß, Georgina.« Als Pandora die Einladung erhielt, war sie vollkommen verschmiert und zerknittert. »Ich will da nicht hin«, erklärte sie ihrer Mutter. »Du gehst hin und basta«, antwortete Anna.

Als der große Tag gekommen war, zwängte Anna ihre Tochter in praktische Thermohosen und einen Pulli mit Polokragen, den Oma Wales kürzlich geschickt hatte. Der Pulli war kotzbraun, hatte dicke lila Streifen um den Kragen, und Pandora bekam davon Ausschlag. In Sackleinen hätte sie sich wohler gefühlt.

Am 16. März um genau 13.25 Uhr bugsierte Anna Pandora aus dem Haus. Jo hatte die Tür mit rosa Ballons geschmückt, um der längst verzweifelten Stimmung eine gewisse Heiterkeit zu verleihen.

Georgina fand die Ballons an der Tür albern. Zu ihrer Überraschung hatte sie ein neues Fahrrad zum Geburtstag bekommen. Eigentlich hatte sie sich einen CD-Spieler und einen Fernseher gewünscht. »Es hat unheimlich viele Gänge«, wiederholte Jo immer wieder, »du kannst damit ganz steile Berge hinaufflitzen.« Georgina verdrehte die Augen. Zum Glück rettete Nigel den Tag, als er seiner Tochter eine große Schachtel mit einem Eislaufkleidchen überreichte. Lächerlich. Georgina war in ihrem ganzen Leben dreimal Eislaufen gewesen. Jo war so wütend, dass ihr die Geburtstagscroissants verbrannten und Nigel musste zur Tankstelle fahren und neue holen.

Henry schenkte Georgina ein Schaumbad vom Body Shop, wie es sich für einen Bruder gehörte.

Kindergeburtstage sind bekanntlich Stress. Um zehn Uhr hatte Jo genug Migralieve geschluckt, um ein Rhinozeros zu töten, aber sie lächelte stoisch – jenes beängstigende Zähnefletschen von Müttern, die kurz davor sind, zur Kindsmörderin zu werden.

Um 13.30 Uhr wurden vier kleine Mädchen von ihren Müttern/Aupairs abgeliefert, inklusive Georgina und Pandora also zu viele für ein Auto. Zum Glück hatte Anna ihre Hilfe angeboten. (Tatsächlich hatte nicht sie, sondern Chris ihre Dienste angeboten, und jetzt konnte sie sich nicht drücken.)

Mist, dachte Anna, als sie vor Jos Haus hielt.

Pandora ging in dieselbe Schule wie Georgina, aber weil sie eine Klasse unter ihr war, kannte sie keines der Mädchen. Anna konnte sie nicht auseinander halten, sie sahen alle aus wie kleine Kylie Minogues.

Jo hatte ihre Schulsprecherinnen-Kappe auf und strahlte aufgesetzte Heiterkeit aus. »Was für ein Spaß«, bellte sie immer wieder, wie um sich selbst davon zu überzeugen. »Wer will mit mir fahren und wer mit Pandoras Mutter?« brüllte Jo, als richte sie sich an die Penner im Park, der eine halbe Meile entfernt lag.

»Ich will bei Georgina mitfahren«, riefen die kleinen Kylie-Klone einstimmig. Sie hatten alle wippende Pferdeschwänze, und Anna hätte schwören können, dass die eine Lippenstift trug. Georgie, Lottie, Becky, Jessie und Ruby sahen aus wie eine präpubertäre Girlgroup aus dem Traum eines Pädophilen. Pandora gab einen guten Roadie ab.

»Tja, ich habe nicht genug Sicherheitsgurte für euch alle, und wenn eine von euch durch die Windschutzscheibe fliegt, was würden da eure Mamis sagen«, erwiderte Jo in voller Lautstärke.

Am Ende nahm Anna Georgina und Pandora mit. Ein ungemütlicher Kompromiss. Den ganzen Weg über die South Circular Road wechselten die Mädchen kein einziges Wort. Anna stellte das Radio an. *»It's my party and I'll cry if I want to ...«*

Die Eislaufbahn kam nicht besonders gut an. Georgina in ihrem glitzernden weißen Kleidchen war völlig überdreht und bekleckerte sich mit Cola, weshalb sie gut zwanzig Minuten schluchzte. All ihre kleinen Freundinnen versammelten sich um sie und täuschten Mitgefühl vor. Pandora musste ewig auf die Leih-Schlittschuhe in Größe siebenunddreißig warten. Die anderen Mädchen hatten Größe dreiunddreißig oder vierunddreißig. Bis sie auf dem Eis waren, war es drei Uhr. Zwanzig Minuten später hatten alle genug, aber davon wollte Jo nichts hören. Sie hatte sich sogar in den Kopf gesetzt, dass sie und Anna mitliefen. Es hatte keinen Sinn, Jo zu widersprechen, wenn sie in dieser Stimmung war, also lieh Anna sich gehorsam ein Paar Schlittschuhe und drehte dank einer vergeudeten Jugend bald anmutig ihre Runden, während Jo sich auf wackligen X-Beinen am Rand festklammerte. Wenigstens brachte sie die kleinen Hexen zum Lachen, die sich schadenfroh um sie scharten.

In einem Anfall von Mütterlichkeit versuchte Anna, Pandora zu helfen. Sie nahm ihre Tochter bei der Hand. Und Pandora war so dankbar, dass sie sich wirklich Mühe gab. Ihre Stiefel drückten, aber egal. Sie hatte ihre Mutter für sich allein. »Braves Mädchen«, sagte Anna, und Pandora strahlte. Vielleicht bekam sie mit acht auch ein schillernd weißes Eislaufkostüm. Bei diesem Gedanken vergaß sie kurz, sich zu konzentrieren, und als sie einer leeren Chipstüte auf dem Eis auswich, riss sie Anna mit zu Boden. »Verdammt, Pandora, du Trampel. Ich hätte mir das Bein brechen können.« Die Stimmung war dahin.

Der Tag nahm und nahm kein Ende, und Jo war fix und fertig. Was für ein Wahnsinn. Früher spielte man auf Kindergeburtstagen Reise nach Jerusalem, Blinde-Kuh, Topfschlagen und dann ging man mit einem Stück Geburtstagstorte in einer roten Papierserviette nach Hause. Diese Gören würden um keinen Preis Topfschlagen spielen, es sei denn, man konnte einen Gameboy oder eine Reise nach Orlando gewinnen.

Bei McDonalds setzten Anna und Jo sich allein an einen Tisch. Am Anfang bespuckten die Mädchen Pandora durch ihre Strohhalme, aber Jo bereitete dem Unfug schnell ein Ende. Strohhalme und Getränke wurden hastig beschlagnahmt. Ihr Kopfschmerz kehrte mit voller Wucht zurück. Mit etwas Glück bewegte sich ein riesiges Blutgerinnsel auf ihr Hirn zu und sie würde innerhalb weniger Minuten tot umfallen und dieser Hölle entkommen.

Die Rückfahrt war wie die Hinfahrt, nur zurückgespult. Alle andere Mädchen übernachteten in der Lark Grove. Anna kam auf eine Tasse Tee mit hinein. Wie durch Osmose hatte sich Jos Kopfschmerz auf sie übertragen. »Hast du ein Nurofen, Jo?« Sie wollte unbedingt nach Hause. Eine halbe Tasse Earl Grey später ging sie Pandora suchen. Sie fand sie auf dem Treppenabsatz vor Georginas Zimmer, vor verschlossener Tür. Plötzlich war sie außer sich vor Wut und stürmte in Georginas Zimmer. Die Mikro-Zicken lackierten ihre Nägel, auf dem Boden verstreut lagen Georginas Barbies. Anna ging auf Georgina zu und hielt die Lippen ganz dicht an ihr Ohr: »Herzlichen Glückwunsch, du Luder.« Eines muss man Georgina lassen: Sie verzog keine Miene.

Anna marschierte die Steigung zum Rosa Haus hinauf. Pandora trabte hinterher. Erst im Flur verlangsamte Anna das Tempo. In diesem Moment stürmte Jed die Treppe herunter und schlang die Arme um Annas Beine. »Sieh nur, was Daddy gemacht hat«, sagte er schluchzend und hob den Kopf. Chris war mit ihm zum Friseur gegangen. Seine blonden Locken waren verschwunden.

Pandora trat zurück und hielt den Atem an, während ihre Mutter, zwei Stufen auf einmal nehmend, fluchend nach oben preschte. Auf der Mitte der Treppe hielt sie inne, galoppierte zurück, hinunter in den Keller, wo die Küchenschere unschuldig in der Schublade unter dem Kocher lag. Anna ergriff sie. »Chris, Chris«, rief sie. Beim Klang ihrer Stimme hätte er sich sofort verstecken sollen, im Schrank, unter der Bettdecke, auf dem Dachboden, auf einem Baum, hinter dem Schornstein auf dem Dach. Wie ein

Trottel kam er aus dem Arbeitszimmer gestolpert und sah seine Frau auf sich zustürmen. Bevor er sich verteidigen konnte, skalpierte sie ihn und seine rötlichen Haare fielen zu Boden.

24
Fette Töchter und falsche Töchter

Letzte Nacht träumte ich von meinen Kindern: Pandora hatte sich auf Jed gesetzt und ihn zerquetscht, es war furchtbar.

Chris schien es nie zu stören, was für ein fettes Trampel Pandora ist, aber mich trieb sie in den Wahnsinn. Die Mahlzeiten waren die Hölle, schon als sie ganz klein war, bekleckerte sie sich von oben bis unten. Manchmal bestrafte ich sie, ich wischte ihr das Gesicht mit einem harten, stinkenden Lappen ab und schrubbte ihr damit die fetten Lippen. Immer hatte sie Kartoffelreste im Haar, Schokolade im Gesicht, Marmelade auf den blassen prallen Wangen. Jed war genau das Gegenteil. Er brauchte nicht mal ein Lätzchen. Er gehörte zu den Kindern, die Eis auf dem Rücksitz aßen, ohne einen Tropfen zu verkleckern. Pandora dagegen musste man hinterher mit dem Gartenschlauch abbrausen. Dass sie Linkshänderin war, machte es natürlich nicht besser, und außerdem machte ich sie wohl nervös. Heute wünschte ich natürlich, ich wäre netter zu ihr gewesen, jetzt, wo ich mich selbst bekleckere, hätten wir mehr gemeinsam. Sie würde sich vielleicht entspannen, wenn sie mich in meinem jetzigen Zustand sehen würde, mit einem Verband um den Knöchel, weil ich neulich die Treppe runtergefallen bin, einem Senffleck auf dem T-Shirt und Schuppen auf den

Schultern. Früher hatte ich nie Schuppen. Außerdem habe ich einen Leberfleck auf der Hand, und letzte Woche, als ich gedankenverloren auf einem Werthers Echte herumkaute, hörte ich im Kiefer etwas splittern, und als ich das Bonbon ausspuckte, sah ich, dass ein halber Backenzahn abgebrochen war. Ich war immer stolz auf meine Zähne, und dass ich sie verliere, erschreckt mich. Ich sollte zum Zahnarzt gehen, aber Whisky ist gut gegen Zahnschmerzen. Sagte mein Vater immer.

Ich kann nicht zu meinem Zahnarzt gehen. Er ist ein sehr attraktiver Mann, und ich will nicht, dass er mich so sieht. Außerdem ist es irgendwie tröstlich, mit der Zunge über die Zahnlücke zu fahren und die zerklüfteten Überreste mit Whisky auszuspülen.

Mit acht hatte Pandora schon drei Füllungen. Jed hat keine einzige.

Chris macht sich Sorgen, dass Jed schwul sein könnte. Während ich Whisky trinke und mit meiner Zunge an den Zahnruinen entlangfahre, denke ich lange darüber nach. Chris hält Jed für schwul, weil er ihn einmal erwischte, als er Pandoras mit Klopapier ausgestopften BH trug und Melinda Messenger imitierte. Außerdem trägt er Parfüm hinter den Ohren und eine schmale Silberkette ums Fußgelenk.

Einmal, als er noch sehr klein war und ich mich langweilte, habe ich ihm eins von Pandoras alten Kleidern angezogen. Meine Mutter hatte es aus der Schweiz geschickt, aber Pandora passte nicht hinein. Es war weiß, gesmokt und mit rosa Gänseblümchen bestickt. Und ich band Jed eine gelbe Schleife ins lange Haar. Ich wollte nur mal sehen, wie es wäre, eine hübsche Tochter zu haben. Ich konnte der Versuchung einfach nicht widerstehen. Dann setzte ich ihn ins Auto, fuhr mit ihm in einen Supermarkt nach Surrey Quays und erledigte dort meine Einkäufe. Ich setzte ihn in den Einkaufswagen und nannte ihn Perdita. Alle lächelten ihn an, alte Damen strichen ihm über die Wangen und sagten, er sei eine »richtige kleine Prinzessin«. Um ein Haar wäre ich aufgeflogen, als die Kassiererin entdeckte, dass ich Pampers für Jungs im Wagen hatte. Eine freundliche Wasserstoffblondine tauschte die Windeln für mich um. Ich musste also nach Hause fahren, Perdita gegen Jed austauschen und zur Drogerie um die Ecke flitzen, um die richtigen zu holen. Da ich nicht wusste, was ich mit den anderen anfangen sollte, warf ich sie nach hinten in den Wäscheschrank und versuchte, das Ganze zu vergessen. Komisch, ich hatte sie wirklich vergessen. Das ist das Gute am Nichtstun. Man hat Zeit, sich an die Dinge zu erinnern, die nicht auf Fotos abgebildet sind, den Kram, den man vergisst, weil es nichts gibt, das einen daran erinnert.

Letztes Jahr bat uns sein Schulleiter zu einem Gespräch. Lächerlich. Jed hatte offenbar im Vorbeigehen anderen Jungs den Nacken geleckt – »ohne den geringsten Anlass«, fügte der Schulleiter mit einer Stimme hinzu, als ginge es um eine Prügelei. Hinterher im Auto stritten Chris und ich uns. Er ließ sich darüber aus, dass Jed sich nichts aus »Jungssachen« wie Modelleisenbahnen und Autos und Fossilien und Fußball machte, was albern war. Jed interessierte sich für Fußball. Über seinem Bett hing ein riesiges Poster von David Beckham. Er war einfach sensibel und ein bisschen exzentrisch und hatte mit sechs zu lispeln begonnen, aber alle Kinder haben komische Angewohnheiten. Jos Henry zwinkerte und Pandora hatte eine Phase, in der sie sich ständig räusperte, was mich zur Weißglut trieb. Jedenfalls ist es mir egal, ob er schwul ist. Schwule können sehr amüsant sein und sie sind immer gepflegt. Chris warf mir vor, ihn zu ermutigen, nur weil ich ihm die Fußnägel lackierte und ihm einen Baby-Spice-Kissenbezug kaufte. Ich hätte ihm fast erzählt, dass ich Jed einmal als Mädchen verkleidet hatte, aber ich ahnte, dass er die Geschichte nicht witzig finden würde. Chris ist ein Spießer. Liegt an der methodistischen Ader der Waliser. Kein Wunder, dass ich mich nach Abwechslung sehnte.

Nach dem Gespräch mit dem Schulleiter versuchte Chris, eine Vater-Sohn-Beziehung aufzubauen. Er schleppte Jed zu Fußballspielen, kaufte ihm einen Kricketschläger. Jed wollte keinen Kricketschläger, er wollte das Barbie-Dream-World-Wohnmobil mit Zubehör. Vor ein paar Jahren schenkte ich ihm eines zu Weihnachten. Einmal, als ich es wegräumte, sah ich, dass er Action Man in eines von Barbies Discokleidern gezwängt hatte, statt einer Granate trug er eine rosa Handtasche. Ich fand's zum Brüllen. Chris lief vor Wut rot an, aber ich glaube, wenn mehr Jungen wie Jed wären, gäbe es keine Kriege mehr. Das Leben wäre eine Cocktailparty und die Frauen würden wieder Hüte tragen. Ich vermisse Jed. Wir badeten immer zusammen und er seifte mir die Füße ein und dann lackierte ich ihm die Fußnägel. Mist, ich habe Zahnschmerzen und der Whisky ist alle. Mir ist aufgefallen, dass Jo die Bar nicht mehr aufstockt. Früher bestellte sie Wein beim *Sunday-Times*-Weinclub. Kistenweise. Die Regale waren voll mit italienischen Rot- und australischen Weißweinen. Jetzt kauft sie fünf Flaschen pro Woche bei Sainsbury, die hinterhältige Kuh. Außerdem ist mir aufgefallen, dass sie die Deckel der Schnapsflaschen extra fest zuschraubt. Kein Wunder, dass meine Zähne abbrechen.

25

Heulsusen und Zimtzicken

Dienstag fiel sie die Treppe runter. Ihr Knöchel schwoll an und ich machte ihr mit gefrorenen Erbsen kalte Umschläge und einen elastischen Verband. Sie wird allmählich zur Last. Ich bin sicher, dass es jetzt besser ist, aber sie weigert sich, den Verband abzunehmen und humpelt Aufmerksamkeit heischend damit umher. Vielleicht ist der Knöchel gebrochen, aber das ist mir egal. Ich habe so viele Jahre damit verbracht, mich um andere zu sorgen.

Wenn die Kinder klein sind, sorgt man sich, ob sie sich normal entwickeln: Henrys Zähne kamen spät und monatelang sah ich ihn als zahnlosen, sabbernden Teenager vor mir. Georgina übersprang die Krabbelphase und ich war überzeugt, dass mit ihren Beinen etwas nicht stimmte. Man sorgt sich so sehr um den Körper, ob sie auf die Straße rennen, ob sie vom Klettergerüst fallen, ob sie im Park AIDS-verseuchte Nadeln aufheben, dass man ihre Persönlichkeit ganz vergisst, obwohl sie schon früh erkennbar ist.

Henry zum Beispiel war eine Heulsuse, lutschte am Daumen, fürchtete sich im Dunkeln, vor großen Hunden und erschrak bei jedem Geräusch. Er hatte eine Kuscheldecke. Das haben viele Kinder, aber ich habe das mulmige Gefühl, dass er sie immer noch hat, ein altes Stück Stoff von der Unterlage seines Kinderbettes. Als er in die Schule kam, wollte ich nicht, dass er die ganze schmuddelige Decke mitnimmt. Ich schnitt ein Stück ab, bat das Kindermädchen, es zu säumen, und erlaubte ihm, es in die Tasche zu stecken. Als er ungefähr neun war, sagte ich ihm, wenn andere Kinder von der Kuscheldecke erführen, würden sie ihn verkloppen.

Henry ist jetzt sechzehn und manchmal muss ich ihm im Schlaf den Daumen aus dem Mund nehmen. Noch immer fürchtet er sich vor Hunden, sogar vor Gloria, dem dummen kleinen Köter, den ich ihm gekauft habe, damit er seine Angst überwindet. Aber am meisten fürchtet er sich heutzutage vor Mädchen. Wer kann ihm das bei einer Schwester wie Georgina verübeln.

Das Problem bei Georgie ist, dass sie von Anfang an hübsch war, sie musste sich nie anstrengen und sie betrachtet ihr Aussehen als selbstverständlich. Wenn früher jemand sagte, wie süß sie sei, warf sie ihm aus ihrem Buggy einen verächtlichen Blick zu, als wollte sie sagen: »Ich weiß. Im Gegensatz zu dir.« Georgina findet alles »ätzend«. Ich bin natürlich mega-ätzend, während der arme Henry mit seiner verpickelten Haut und dem fliehenden Kinn nicht nur ätzend, sondern auch ein »zurückgebliebener Schwachkopf« und ein »behinderter Flachwichser« ist. Georgina verbringt Stunden vor dem Spiegel, aber sie hat keinen Grund zur Panik, die Pubertät geht spurlos an ihr vorbei. Ich habe keine Angst, dass sie Drogen nimmt, sie ist zu eitel. Vom Klebstoff-Schnüffeln bekommt man Pickel (habe ich gelesen). Aber ich mache mir Sorgen über ihre Boshaftigkeit. In einer gerechten Welt würde Georgina für jede Ungezogenheit ein dicker Pickel im hübschen Gesicht wachsen und ihre Ohren wären voller Mitesser. Aber die Welt ist eben nicht gerecht.

Georgina interessiert sich nur für sich selbst: Sie würde nie auf die Idee kommen, Vegetarierin zu werden, wie so viele Mädchen in ihrem Alter, Tiere sind ihr scheißegal, sie wächst zu einer Frau heran, die echten Pelz tragen wird. Sie treibt sich mit einer Clique gackernder Teenie-Hexen mit Handys herum, die nur Popmusik und Marken im Kopf haben. Manchmal möchte ich sie schütteln, bis ihr Bauchnabelpiercing herausfällt. Das hat sie sich hinter meinem Rücken machen lassen. Ich habe es ewig nicht gemerkt, es war zu viel los.

Es wäre einfacher, wenn ich nur neidisch auf sie wäre. Auf die Lücke zwischen ihren mit der Pinzette gezupften Oberschenkeln, auf den flachen Bauch, der schlank wie eine Frühlingszwiebel aus ihrer Jeans ragt, auf die dünnen Arme.

Dicke Arme sind seit jeher meine Schwäche – eine von vielen. Ich habe das, was ich Grundschullehrerinnen-Arme nenne. Wie Wackelpudding. Obwohl Georgina den ganzen Tag nichts tut als auf dem Bett sitzen und mit ihren Freundinnen plaudern, ist sie gertenschlank. Meine Knöchel, Knie und Ellbogen sind rund und plump und ich habe Fußballerknie. Sie sagt, sie will Model werden. Würde mich nicht überraschen, wenn das klappt. Ich wäre nur ein bisschen enttäuscht, denn sie tut dümmer als sie ist. Sie malt Herzen und Comics mit Mädchen mit Schlaghosen in ihre Schulhefte. Sie kennt die Texte sämtlicher Popsongs, aber sie weigert sich, die Primzahlen zu lernen.

Als ich in ihrem Alter war, trug ich Zeitungen aus. Georgina bekommt Taschengeld und würde nicht mal ihr Zimmer staubsaugen, um es zu verdienen. Sie gibt unser, Verzeihung, »ihr« Geld für Perlmuttnagellack, Strähnchen und Henna-Tattoos aus. Als ich vierzehn war, hatte ich eine Schuluniform, zwei lange Hosen mit Steg und ein schwarzes Sonntagskleid aus Samt. Georgina besitzt den halben Top Shop. Ihr Vater verwöhnt sie natürlich. Sie ziehen zusammen los und kommen mit Plateauschuhen und Strasshaarspangen zurück.

Bald wird sie mit Jungs ausgehen. Auf ihren kleinen weißen BHs werden schmutzige Fingerabdrücke sein und ich werde tausend Tode sterben. Wenn ich mich bei solchen Gedanken erwische, bin ich selbst erschrocken. Ich bin eine neugeborene Puritanerin. Bei Schimpfwörtern zucke ich zusammen, wenn Leute auf die Straße rotzen, bekomme ich Brechreiz, und neulich, als ich in der U-Bahn saß und das Pärchen mir gegenüber sich küsste, musste ich mich umsetzen. Ich überlege, mit dem Töpfern anzufangen.

Am Dienstag habe ich mir fast eine Zigarette angesteckt. Ich habe seit vier Jahren nicht geraucht. Ich nahm eine von Annas Silk Cuts, die sie in der Küche vergessen hatte, und ging in den Garten, aber bis ich Streichhölzer gefunden hatte, war der Schmachter verschwunden – zum Glück, es ist eine widerliche Angewohnheit. Stattdessen aß ich einen Pfirsich und beglückwünschte mich zu meinen unverdorbenen Geschmacksnerven und der gesunden Ernährung. Dann ging ich zu Brenda Donahue hinüber und trank eine Tasse Tee mit ihr. Raymond hatte einen schlechten Tag und bohrte auf dem Sofa in der Nase. Es ist furchtbar, das zuzugeben, aber manchmal muss ich mich daran erinnern, dass es anderen Leuten noch schlechter geht als mir. Brenda gab zu, dass sie in Erwägung gezogen hatte, Raymond mit dem Kopfkissen zu ersticken und aus dem Fenster zu springen, nachdem ihr Mann sie verlassen hatte.

26

Strip und Sangria

Als die Cunninghams und die Metcalfs zum ersten Mal gemeinsam in den Urlaub fuhren, konnte Jed noch nicht laufen und Anna hatte große Angst, er könnte ertrinken. Jo hatte eine Villa mit Pool im Norden Mallorcas gemietet, was wunderbar war, aber bedeutete, dass ständig ein Erwachsener Bademeister spielen musste.

Auch Nigel hatte Bedenken, nach Mallorca zu fahren. Als Teenager war er mit einem Freund in Magaluf gewesen und mit Genitalwarzen heimgekehrt. Genitalwarzen gehörten zu Nigels Phobien, sie müssen operativ entfernt werden und können jederzeit wiederkehren. Bei Mallorca dachte er an Geschlechtskrankheiten. Er sah sich bestätigt, als sie in Gatwick das Flugzeug bestiegen, das voll von gewöhnlichen *Sun*-Lesern war, die um zehn Uhr morgens Bier orderten – und das waren nur die Frauen. Nigel fand, sie sahen alle aus, als wären sie mit Genitalwarzen verseucht.

Er hätte sich keine Sorgen machen müssen. Mallorca ist in zwei Hälften geteilt: Der Pöbel urlaubt im Süden, wo er Eier und Pommes isst und in der Sonne scharlachrot wird, während die Mittelklasse mit Sonnenschutzfaktor dreißig und Bookerpreis-nominierten Büchern gen Norden strömt. So ist das eben. Vielleicht gibt es in der Mitte ein Dorf, wo die Leute zwischen dem Ententanz und Martin Amis schwanken.

Man braucht weniger als drei Stunden nach Mallorca, aber als das Flugzeug den Boden berührte, klatschten einige Leute! Nigel wäre am liebsten im Boden versunken. Chris allerdings vergaß, dass Klatschen unter seiner Würde war, und machte mit, was ihm von Anna einen heftigen Schlag in die Magengrube eintrug.

Jo war furchtbar aufgeregt. Sie fühlte sich für den Urlaub verantwortlich, und der Flug machte ihr zu schaffen. Jo flog nicht gern. Anna flog für ihr Leben gern und wenn das Flugzeug in Turbulenzen geriet, juchzte sie laut auf, während Jo den Schließmuskel zusammenkniff, dass man damit einen Bleistift hätte anspitzen können, und ihr *Hotel du Lac* an die Brust presste, als wäre es die Bibel. Jo nahm alle acht Reisepässe an sich – sogar Jed hatte einen eigenen. Annas Passfoto sah aus, als hätte David Bailey den Fotoautomaten bedient, während Jo aussah wie ihr eigener Vater in Frauenkleidern.

Sie fuhren mit ihren zwei Mietwagen im Konvoi vom Flughafen los und mussten ihn nur zweimal auf der Umgehungsstraße umrunden, bevor sie die Autobahn fanden. Eine Schotterstraße von einer halben Meile führte von der Hauptstraße zur Villa, die kurz hinter Puerto Pollensa an der Nordwestküste lag. Jo war so nervös, dass sie auf ihrer Unterlippe herumkaute, und es dauerte zwei Tage, bis die Abdrücke ihrer vorderen Schneidezähne verschwunden waren.

Alle waren erleichtert, als die Villa endlich in Sicht kam. Eine zweistöckige traditionelle Finca mit Sonnendeck.

Hurra, hurra, der Urlaub konnte beginnen.

Aber so einfach war das natürlich nicht. Die Vorräte im Haus bestanden aus Weißbrot, sechs Eiern und Margarine. Jo bot sich an, zum Supermarkt zu fahren. »Nein, wirklich, jemand muss es ja tun.« Als sie zurückkam, saßen alle mit Eiersandwiches am Pool, aber sie tat, als würde ihr das nichts ausmachen, und mixte Gin Tonics. Für sich selbst einen extra starken.

Zum ersten Mal sahen sie einander so knapp bekleidet. Für Jo eine traumatische Erfahrung. Sie achtete darauf, nie neben Anna in der Sonne zu liegen: Der Kontrast war zu stark. Während Anna in ihrem scharlachroten Bikini sichtbar bräunte, nahm Jos nacktes Fleisch in ihrem Marks-and-Spencer-Badeanzug mit Körbchen die Farbe von alten BH-Trägern an. Na ja, wenigstens war Chris mit seinen spindeldürren Beinen, dem dicken Bauch und den großen Gelatine-artigen Leberflecken auf dem Rücken auch nicht besser dran. »Iiih«, sagte Georgina, als sie Letztere sah. Sie war sechs, Pandora fünf, Henry acht und Jed erst zwei. Nigel sah mit seinem vom Ruderteam der Universität gestählten Körper natürlich gut aus. Das Einzige, was sich wölbte, waren seine Genitalien, wie Anna nicht umhin konnte zu bemerken. »Dein Nigel ist nicht schlecht bestückt«, bemerkte sie lässig bei einer Schale gerösteter Mandeln.

Das Ferienhaus hatte drei Schlafzimmer. Anna und Chris sollten das große mit dem angrenzenden Badezimmer bekommen, weil sie für Jeds Klappbettchen Platz brauchten. »Das ist doch unfair«, sagte Chris. »Schließlich hast du alles organisiert, Jo. Nehmt ihr doch das große Zimmer.« Aber Anna hatte schon das Gepäck hochgetragen und ihre Sachen im Marmorbad aufgestellt. Ein anderes Zimmer hatte zwei Hochbetten, was ideal für die größeren Kinder war, so dass das kleinste Zimmer mit Doppelbett und einem Fenster von der Größe einer Katzenklappe für Jo und Nigel übrig blieb. Doch Nigel litt unter Klaustrophobie, und Pandora, die von Henrys nächtlichem Geschnatter und gelegentlichen Schreien aufschreckte, kam jede Nacht zu Chris und Anna ins Bett und zwängte sich wie ein Heizkissen zwischen sie. Die Decken waren aus Nylon und Anna fürchtete zu ersticken.

»Nächstes Mal achte bitte darauf, dass das Haus eine Klimaanlage hat, Jo.«

Sie war nicht undankbar, redete Jo sich ein, sie war nur müde. Niemand von ihnen bekam viel Schlaf. Ein paar Mal unternahmen sie Tagesausflüge, aber es war einfacher, am Pool zu bleiben und im Garten Zitronen zu pflücken. Manchmal wäre Jo gern essen gegangen. Es war harte Arbeit, drei Mahlzeiten am Tag zuzubereiten, und alle Kinder hatten verschiedene Geschmäcker. Wenn sie nicht gerade kochte, abwusch oder einkaufen war, musste sie ihren Bademeisterpflichten nachkommen – schließlich war sie die beste Schwimmerin. Jo rannte wie aufgezogen in ihren Flip-Flops hin und her. Eines Tages stieß sie sich den großen Zeh so heftig, dass der Nagel sich ablöste. Nigel sagte ihr ständig, sie solle sich »locker machen«, und manchmal musste sie sich in der Waschküche verstecken und ein bisschen weinen, während sie die Wäsche sortierte. »Werft eure Sachen einfach dazu, ich wasche sie mit.«

Am Mittwochmorgen gingen Anna und Jo gemeinsam auf den Markt in der Stadt. Sie wollten sich etwas Gutes tun, doch Jo konnte nicht anders, als Feigen, Tomaten, Käse und Artischocken zu kaufen, Anna dagegen gönnte sich einen Ledergürtel, Schuhe und türkise Unterwäsche. Aber Dessous kann man nicht essen und alle fanden die Artischocken köstlich.

Die zwei Wochen vergingen wie im Flug. Am letzten Abend tranken sie jeden Tropfen Alkohol, der übrig war, und grillten. Nachdem die Kinder im Bett waren, tranken sie weiter und räumten nicht mal das Geschirr ab. Sie lachten viel und um Mitternacht zog Anna sich bis auf ihre türkise Unterwäsche aus und sprang in den Pool. Eine Minute später waren alle im Wasser. Die Männer waren splitternackt und als Anna ihre tropfnasse Unterwäsche auf eine Liege warf, tat Jo das Gleiche. Leider ernüchterte das kalte Wasser sie und plötzlich fühlte sie sich sehr verletzlich und schämte sich.

Am nächsten Morgen stand Jo um 5.30 Uhr auf. Ihr Flug ging um 10.00 Uhr und sie musste noch das Geschirr abwaschen, den Grill säubern und das zerbrochene Glas aufsammeln, bevor sie um 7.00 Uhr los mussten. Es war nicht fair, alles der Putzfrau zu überlassen. Sie hätte sich nicht so beeilen müssen, der Flug hatte drei Stunden Verspätung. »Ich wusste es«, sagte Nigel. »Siehst du, Jo, du hättest doch noch Zeit gehabt, den Gartenzaun zu imprägnieren.« Er versuchte, seinen Kater zu überspielen, aber alle fühlten sich grässlich, und Chris musste sich auf dem Klo übergeben, während Anna im Duty-Free-Shop Zigaretten kaufen ging.

Doch es war ein fabelhafter Urlaub gewesen und sie beschlossen, das Ganze zu wiederholen. Im Laufe der Jahre mieteten die Cunninghams und die Metcalfs Fincas auf Mallorca, ein Ferienhaus in Frankreich, ein Bauernhaus auf Korsika und eine umgebaute Windmühle in der Toskana. Jo organisierte alles. Einmal wurde sie energisch und sagte, die Männer seien jetzt mal an der Reihe, eine Unterkunft auszusuchen. Es war eine Katastrophe. Sie landeten in einem elenden Bungalow in der Bretagne, wo es jeden Tag regnete, und beschlossen, die Fähre nach Hause zu nehmen, bevor jemand mit dem Korkenzieher erstochen wurde.

Manchmal graute Jo vor den Ferien. Es gab so viel zu bedenken: Henrys Asthma-Spray, Tabletten gegen Reisekrankheit und Pflaster, Insektenschutzmittel, Brandsalbe, Sunblocker und After-Sun-Lotion, Paracetamol und natürlich das Schlauchboot. Das verdammte Schlauchboot. Sie war natürlich selbst schuld, weil sie eines gekauft hatte, das nicht kaputtzukriegen war, unzerstörbar wie ein U-Boot. Jedes Jahr betete sie, es würde endgültig den Geist aufgeben, aber nein, jedes Jahr musste es gefunden, ausgepackt, aufgeblasen und am Ende der Ferien die Luft herausgelassen werden – was vier Stunden dauerte – und dann war es immer noch so nass, dass sie daran denken musste, genug Tücher mitzunehmen, um es einzupacken. Aber ohne Schlauchboot wäre es nicht dasselbe gewesen. Worin hätte Anna sonst sitzen sollen, wenn sie im Pool billigen spanischen Sekt trank?

Oftmals meldete sich Jos empfindlicher Magen und sie musste stundenlang auf der Toilette sitzen, während sich die anderen draußen amüsierten. Aber während ihr Dickdarm nicht wusste, ob er sich zusammenschnüren oder völlig verabschieden sollte, hatte sie wenigstens Zeit zu überlegen, was sie zum Abendessen kochen sollte. Ihr einziges Zugeständnis im Urlaub war gekaufte Mayonnaise.

Im Laufe der Jahre häuften sich in beiden Haushalten Erinnerungen an diese Reisen: ein Paar rosa geblümte FlipFlops, Strohhüte, kleine Keramikschüsseln, die wie Salatblätter aussahen, Kieselsteine und Muscheln. Damals war immer Sand in ihren Koffern, aber Jos Fußnagel wuchs nie richtig nach.

27

Sex in Solihull

Es ist heiß heute, und ich habe nichts weiter zu tun, als mit einer Flasche Wein im Garten der Metcalfs zu sitzen und an früher zu denken. Dies ist der schlimmste Sommer meines Lebens. Ich bin nicht mal braun, und ich bin im Sommer immer braun.

Als ich das erste Mal nach Europa fuhr, war ich zwölf, und ich hatte einen gelben Häkelbikini, genau wie Mum. Wir flogen nach Mallorca. Ich war inzwischen noch mal mit Jo und Nigel, Chris und den Kindern da. Wir mieteten für zwei Wochen eine Villa mit Pool im Norden der Insel. Das war vor etwa acht Jahren, Pandora muss fünf und Jed zwei gewesen sein. Es war ein schöner Urlaub, bis auf den Tag, an dem ich Georgina eine scheuerte und Jo mich erwischte. Es gehört sich wohl nicht, die Tochter der besten Freundin zu ohrfeigen, aber sie hatte es verdient. Sie war gemein zu Jed. Sie hielt eine Flasche Ribena hoch über seinen Kopf und er reckte seine kleinen Fäuste danach und sein Gesicht verfärbte sich vor Wut himbeerrot. Vorher hatte sie sich auf meine Ray-Ban gesetzt und gekichert, als sie zerbrach. Ich war sauer auf sie, aber die Sache mit dem Saft brachte das Fass zum Überlaufen. Ich sah sie durch das Fenster und ich weiß noch, wie ich aus der Küche stürmte, und ehe ich mich versah, hatte ich ihr so richtig eine geknallt. In diesem Moment kam Jo aus der kleinen Waschküche.

»Anna, du hast mein Kind geschlagen.« Ihre Stimme klang so ungläubig, dass ich fast gesagt hätte: »Wie kommst du denn darauf?« Georgina schrie wie am Spieß.

»Tut mir Leid, Jo«, sagte ich, »aber sie war einfach gemein zu Jed.« In diesem Moment watschelte Pandora vorbei. Sie hatte einen großen Bluterguss auf dem Arm. »Verdammt, Pandora, was hast du jetzt schon wieder angestellt?« kreischte ich. Sie sah immer aus wie verprügelt: Beulen am Kopf, Schorf auf den dicken Knien.

»Georgina hat mich gebissen«, antwortete sie.

Eins zu eins, eine Ohrfeige gegen einen Biss.

Jo meinte, wir seien alle müde und überhitzt und gereizt und sollten uns vertragen. Ha, das kannst du dir abschminken. Georgina mochte mich noch nie, das kleine Luder, aber wenigstens wussten wir, wo wir stehen.

Hinterher haben wir darüber gelacht, aber im Laufe der Jahre ist mir aufgefallen, dass Georgina das *Happy Birthday* an meinen Geburtstagen nie mitsingt, sie bewegt nur die Lippen. Das gehässige kleine Biest. *We're all going on a summer holiday* ... Alle machen Sommerferien – nur ich nicht.

In den Sommerferien des Jahres 1973 verlor ich meine Unschuld. Ich war fünfzehn, er war zweiundzwanzig. Ich trug kurze Jeans, die auf dem Hintern mit Blumen bestickt waren, Korkplateauschuhe und ein rückenfreies Top, das im Nacken zusammengebunden war und immer aufging. Das machte meinen Charme aus, ich war ein leckeres Päckchen, das ausgepackt werden wollte. Ich erinnere mich, das der Übergang vom Knutschen zum Petting recht zügig verlief. Die Jungs waren immer schockiert, wenn ich sie ohne Widerspruch in mein Höschen ließ. Sie waren gewohnt, dass man sie wegschlug wie lästige Fliegen. Ich doch nicht. Ich atmete tief ein, damit sie mehr Platz zum Fummeln hatten und es leichter war, den obersten Knopf meiner Farah-Jeans zu öffnen. Ehrlich gesagt, ergriffen die meisten die Flucht.

Nette junge Männer, die mir nicht mehr in die Augen sehen konnten, nachdem sie mich befummelt hatten, begannen mich zu langweilen. Mit fünfzehn war ich über den örtlichen Jugendclub und die Partys hinaus, die von beunruhigten Erwachsenen beaufsichtigt wurden, die die Jungs nach Alkohol durchsuchten und dafür sorgten, dass das Licht anblieb, damit beim Flaschendrehen nichts außer Kontrolle geriet.

Ich begann, nach der Schule in die Stadt zu fahren und in einem Café namens Purple Fountain rumzuhängen. Dort trieb sich herum, was meine Mutter »Pöbel« nennen würde, was genau der Punkt war. Ich war nicht allein. Wir rollten unsere Röckchen am Bund hoch und machten auf Schulmädchenreport: Lolli-lutschende Minderjährige mit wippenden Pferdeschwänzen und Schulmotto auf dem Revers der Schulblazer. *Semper Paratis, Semper Volens* – immer willig, immer bereit – kein Scherz!

Vic war zur Hälfte Hell's Angel und zur Hälfte Zeitungsverkäufer. Sein Vater hatte einen Zeitungskiosk und wenn Vic früh genug aufstand, um morgens die erste Lieferung entgegenzunehmen, konnte er ab vier Uhr seine zerschlissene Lederjacke mit selbst gemaltem Totenkopf und gekreuzten Knochen auf dem Rücken anziehen. Zwar hatte er kein Motorrad, dafür aber einen Helm und einen Nagel im Bein, weil er mal von der Harley seines Freundes gefallen war. Vic war oft im Purple Fountain. Er investierte in die Songs der Alex Harvey Band in der Jukebox und in Kaffee und Käsetoast. Auf den einen Unterarm hatte er ein Hanfblatt tätowiert und auf den anderen den Namen seiner Freundin – Linda. Beide Tattoos waren selbst gemacht und das L und das i von Linda waren etwas zu nah zusammen, so dass es sich las wie Under. Deshalb nannten alle Linda Under. Die meisten Leute hatten Spitznamen: es gab Spinne (er war spindeldürr), den Bluter (ein Hämophiler), Rotze (weil er genau das tat) und Wichser (deswegen).

Meistens ging ich mit einem Mädchen namens Karen ins Purple Fountain. Weil ihre Eltern sich gerade hatten scheiden lassen, konnte sie tun und lassen, was sie wollte. Und mit Melanie, bei der niemand merkte, dass sie eine Zahnspange trug, weil sie so große Titten hatte. Wir waren alle fünfzehn. Ich log meiner Mutter vor, ich sei im Korbballteam und hätte nach der Schule Training. Bei anderen Gelegenheiten schob ich Hausaufgaben vor, für die ich in die Bücherei musste. Mum ahnte nichts, sie hatte andere Sorgen: Mein Dad ging fremd und sie hatte leichte Arthritis in der rechten Hand. Sie begann mit Yoga, und wurde so gut im Meditieren, dass sie – einmal im Lotussitz – nie wusste, wie spät es war, geschweige denn, wo sich ihre Tochter herumtrieb.

Vic nannte mich das Schulmädchen und neckte mich, indem er mich durch einen Strohhalm mit Erdbeershake bespritzte. »Vic, hör auf, du Idiot«, aber meine Augen leuchteten und ich spielte mit meinem Haar, wie alle Mädchen, wenn sie aufgeregt sind. Wenn »Under« hereinkam, richtete Vic seine Aufmerksamkeit sofort auf sie. Sie arbeitete im Supermarkt und kam direkt nach ihrer Schicht ins Purple Fountain. Manchmal trug sie noch ihren lachsfarbenen Nylon-Overall unter der Fransenlederjacke. Under war neunzehn, hatte aber noch Pickel. Bevor sie ihre Tage bekam, war es besonders schlimm, und der über ihrer Lippe kehrte immer wieder. Ein dicker gelber Pickel, umgeben von einem Haufen weniger gelber Pickel, die ihm zu huldigen schienen. Abgesehen von ihrem schlechten Teint, den ein dicker orangefarbener Abdeckstift nicht besser machte, war sie ein sehr hübsches Mädchen, »wenn auch nicht sehr apart«, wie meine Mutter gesagt hatte: Sie war blond, hatte große blaue Augen und volle rosa Lippen. Aber sie bekam runde Hüften, weil sie den ganzen Tag saß, und ihre Levis begann am Po zu spannen. Vic und Under wohnten zusammen, es war also etwas Ernstes. Under schenkte uns Schulmädchen keine Beachtung, sie hatte eigene Freundinnen: Big Tina, Gail und Mad Liz. Mad Liz war am Furcht einflößendsten, denn sie war wirklich durchgeknallt.

Der Sommer, in dem ich meine Unschuld verlor, war heiß, und weil Ferien waren, verbrachte ich meine Zeit im Schwimmbad und im Purple Fountain.

Ich hatte immer Geld: Wenn mein Taschengeld alle war, klaute ich Fünfer aus den Taschen meines Vaters. Dad hatte keine Börse, Kleingeld und aufgerollte Scheine lagen überall verstreut.

Ich hatte eine rosafarbene Sonnenbrille in Herzform, einen roten Glitzerbikini und war nach zehn Tagen Ibiza mit meinen Eltern knackebraun. Ich, Karen und Mel trafen uns immer gegen Mittag am Schwimmbecken – Mels Zahnspange blitzte in der Sonne – und ließen uns jeden Tag in derselben Ecke auf einem Lager aus knallbunten Handtüchern, Sonnencremeflaschen, Coladosen, Mädchen-Zeitschriften und Kofferradio nieder. Die Lager im Schwimmbad ähnelten sich: Die Jugendlichen okkupierten das nördliche, tiefe Ende des Beckens bei der Rutsche und den Sprungbrettern, während die Familien mit kleinen Kindern sich am seichten Ende beim Kiosk scharten. Es war ein ungeschriebenes

Gesetz, aber jeder hielt sich daran. Manchmal verirrte sich der eine oder andere Familienvater auf Teenie-Terrain und kehrte mit blutendem Herzen und leichter Erektion zum Stützpunkt zurück.

Am Kiosk gab es Burger und Pommes und Weißbrot-Sandwiches, Käse und Gurke, Eiersalat oder Schinken und Tomate, aber wir aßen nie viel, vielleicht ab und zu ein Erdbeereis – so dass das geschmolzene Eis in unseren Ausschnitt tropfte. Damals gehörte es sich für Mädchen nicht, in der Öffentlichkeit zu essen. Es war etwas anderes, einmal bei den Jungs zu lecken, aber ein ganzes Eis allein zu essen – igitt. Die Ferien vergingen und da man damals noch nichts von Hautkrebs gehört hatte, sonnten wir uns wie Spanferkel, mariniert in Ambre Solaire. Die arme Karen mit ihren rötlichen Haaren verbrannte sich und pellte wie ein alter Zaun. Ich dagegen nahm die Farbe von Dosenwürstchen an.

Gegen vier zogen wir uns um, stopften die feuchten Handtücher und Bikinis in Plastiktüten und fuhren mit dem Rad zum Purple Fountain. Wir stellten unsere Räder ein paar Straßen vorher ab. Es war schwer uncool, ein Zweirad ohne Vergaser zu fahren. Das Fountain lag in einer Seitenstraße hinter der Hauptstraße, und der Bürgersteig war so breit, dass jeder sich dort ausbreiten konnte. Gelegentlich gab es Beschwerden. Dann kamen die Bullen und scheuchten alle nach drinnen, wo die Luft vor Rauch stand und die klebrigen Tische mit Fliegen übersät waren.

Die Damentoiletten waren im Sommer furchtbar. Ich konzentrierte mich immer auf die Grafitti und sog den Duft meiner Handgelenke ein, während ich las: »Alice Cooper ist der Größte«, »Mel liebt Spider«, »Vic und Under 4ever«. Ha, dachte ich, während ich den einen Fuß gegen die Tür stemmte, weil sie kein Schloss hatte, und versuchte, nicht auf die Klobrille zu pinkeln, »für immer«? Das würde man sehen. Ich bemerkte, wie Vic mich ansah. Kinderspiel.

Wir mussten warten, bis Under zwei Tage zu einem Fortbildungskurs nach Preston fuhr. Sie hatte beschlossen, bei ihrer Schwester zu übernachten – erster Fehler. Ihr zweiter Fehler war, dass sie Vic keinen geblasen hatte, bevor sie fuhr. Um vier Uhr an jenem gewittrigen Mittwochnachmittag taten ihm die Eier weh und allein mein Anblick reichte für eine Erektion, die jeder Schwerkraft trotzte.

Zu ihm konnten wir nicht gehen, »das wäre nicht recht«, sagte er, aber Sam, der Typ hinter der Bar, zuständig für Milchshakes, Toasts, Schmutzliteratur und feinste ausländische Pornos, besaß ein Zimmer über dem Fountain. Nichts Dolles, aber die Ratte schuldete Vic noch einen Gefallen, und es erfüllte seinen Zweck. Um fünf Uhr hatte er mich durch die Küche und die Hintertreppe hinauf geschmuggelt. Er hatte sich von Spider ein Kondom geliehen. Ich war nicht nervös. Nachdem er mich ausgezogen hatte, trat ich einen Schritt zurück, damit er mich betrachten konnte. Braun und weiß wie ein Trifle, garniert mit zwei Kirschen, stand ich vor ihm. Niemand wäre auf die Idee gekommen, dass es für mich das erste Mal war.

Wer weiß, was passiert wäre, wenn Under sich nicht am zweiten Tag ihrer Fortbildung plötzlich übergeben hätte. »Lebensmittelvergiftung«, erzählte sie ihrer Schwester. »Lebensmittelvergiftung, so ein Quatsch«, sagte Elaine, die drei Kinder hatte. »Du bist schwanger, meine Liebe.«

Vic erzählte mir all das im Flüsterton. Er wartete nach der Schule auf mich. Er sagte, er könne nicht mit ihr Schluss machen, nachdem der Schwangerschaftstest positiv war, und wenn er auch ein Schuft sei, so doch wenigstens kein Schwein. Im September heiratete er Under und der Empfang war im Fountain. Ich war nicht eingeladen. Mad Liz hatte gesehen, wie ich frisch entjungfert die Treppe hinunterschlich, mit Vic im Schlepptau, der sich noch die Hose zuknöpfte. Mad Liz war vielleicht nicht ganz dicht, weil sie eine Metallplatte im Kopf hatte, aber sie war nicht blöd. Am nächsten Tag fing sie mich ab und sagte, wenn sie mich je wieder im Fountain sieht, schlitzt sie mir das Gesicht auf. Acht Monate später bekamen Under und Vic eine Tochter. Sie nannten sie Suzi, nach Suzi Quatro, doch leider litt sie an einer Sehschwäche und hatte fette Beine.

Komisch, dass mir all diese Details wieder einfallen. Ich erinnere mich an die Leberflecke auf Unders Armen, an die Narbe auf Mad Liz' Scheitel. An all das erinnere ich mich, aber manchmal gelingt es mir nicht, meine eigenen Kinder im Geiste vor mir zu sehen und ich muss das rote Lederfotoalbum der Metcalfs zu Rate ziehen.

28

Sani Lav und tote Ratten

Als ich klein war, hatten meine Eltern einen Wohnwagen. Es war der kleinste Wohnwagen der Welt. Ich glaube, es war ein Sprite 400, was passenderweise so viel heißt wie Elfe, denn für die schien er auch gemacht. Ich liebte den Wohnwagen. Nachts verwandelte sich der Esstisch in ein Miniaturdoppelbett für meine Eltern, während mein Bruder und ich gackernd und furzend in Regale krochen, die als Kojen dienten. In einem Wohnwagen zu schlafen ist sehr gemütlich, vor allem, wenn es regnet und man sich sicher und geborgen fühlt. Alles ist so einfach – vielleicht sollte ich genau das tun, einen Wohnwagen kaufen und ihn irgendwo am Ende der Welt aufstellen.

Wenn ich an diese Ferien zurückdenke, kann ich sie schmecken und riechen: den Obstkuchen meiner Mutter, die karamellfarbenen Plastikteller und die komische Toilette mit der blauen Flüssigkeit und den Kothaufen, die mein Vater alle zwei Tage leeren musste. Sani Lav hieß sie, glaube ich. Einmal fuhren wir an die italienischen Seen. Mein Bruder und ich hatten eine Luftmatratze und ein Küchenjunge von einem der schicken Hotels auf dem Lido zog uns damit weit hinaus auf das Wasser. Ich erinnere mich an ihn, weil ihm an der rechten Hand mehrere Finger fehlten.

Meine Eltern hielten nichts von Hotels. Hotels waren

etwas für Weichlinge. Luxus war verpönt und wir bekamen nur ein Eis, wenn wir ganz besonders artig waren. Ich muss sechzehn gewesen sein, als ich das erste Mal in Gegenwart meiner Eltern fluchte und selbst da wurde ich noch auf mein Zimmer geschickt. Ich weiß nicht, ob meine Kinder mit so einem Leben zurechtkämen. Wenn man Georgina vorschlägt zu scrabbeln, ruft sie die Hotline für Kindesmissbrauchsopfer an.

Einmal versuchte ich, mit ihnen Karten zu spielen, um Streichhölzer, so wie wir früher, aber Henry tat, als sei er ins Koma gefallen. Vielleicht erinnere ich mich nur an die schönen Momente. Alle Familien sind ein bisschen verschroben. Wir alle haben unsere Geheimnisse. Als ich klein war, gab es eine Phase, in der meine Mutter sehr viel trank. Das war vor dreißig Jahren, als Alkoholismus noch nicht so in Mode war wie heute. Heute gehört Drogenabhängigkeit ja praktisch zur Etikette und allmählich langweilt mich das Thema.

Das Alkoholproblem meiner Mutter brachte uns sehr durcheinander. Wir hielten es geheim. Für Ehefrauen von Stabsoffizieren schickte es sich nicht, jeden Nachmittag mit einer Flasche Wodka unter die Bettdecke zu kriechen und *Woman's Hour* zu hören. Obwohl mein Dad gewohnt war, hunderte von Männern im Gleichschritt zu kommandieren, hatte er keine Ahnung, was er mit ihr anstellen sollte. »Aber, aber, Liebling, wir wollen doch vernünftig sein.« Als praktisch veranlagter Mensch ergriff er Präventivmaßnahmen. Zunächst installierte er einen Feuerlöscher im Schlafzimmer, damit sie, falls sie mit einer Benson in der Hand einnickte, wenigstens das Bettzeug löschen konnte, bevor die Vorhänge Feuer fassten und das ganze Haus in Brand geriet.

Mein Bruder und ich wurden zum »Wegkippdienst«

abkommandiert. Wir mussten die Schnapsflaschen bis zur Hälfte in den Ausguss schütten und mit Wasser auffüllen. Er schraubte sie so fest zu, dass sie die Flaschen mit den Zähnen öffnen musste. Deshalb waren auf den Verschlüssen von Gin und Wodka Zahnabdrücke. Wir hatten das Problem im Griff, nur bei den gelegentlichen Feiern im Offizierskasino mussten wir Acht geben. Einmal, bei einer Weihnachtsfeier, verlor sie etwas die Beherrschung und attackierte das Streichquartett, das dezent im Hintergrund spielte, nahm sich das Cello und ritt darauf fröhlich wiehernd durch den Saal wie auf einem wilden Pony. Schließlich rutschte sie auf einer Blätterteigpastete aus und schlitterte über den Parkettboden in die Glastüren. Sie zog sich böse Schnittwunden zu. Heute leben sie zurückgezogen in Wiltshire auf dem Land, aber meine Mutter hat immer noch eine dicke tiefrote Narbe am Kinn.

Wir alle haben unsere Geheimnisse: den lustigen Onkel, auf dessen Knien man nicht reiten durfte. Wenn man weit genug zurückgeht, gibt es in jeder Familie jemanden, der den Mond anbellt. In der Familie meines Mannes gab es einen Ururgroßvater, der das Familiensilber verspielte, sich eine Pistole in den Mund steckte, den Abzug drückte und sein Gehirn verfehlte. Mehrere Monate lebte er mit einem riesen Loch im Kopf weiter, während die Hirnlappen im Wind schlackerten. So geht jedenfalls die Legende. Wir alle haben schwarze Schafe in der Familie, Leichen im Keller. Aber Anna kam so plötzlich aus ihrem Versteck gepurzelt, und jetzt muss man sie wieder zusammenkitten. Doch wie ein wertvolles Stück Porzellan wird sie Risse behalten.

Dieses Jahr fahren wir nicht in Urlaub. In Anbetracht der Lage bin ich fast ein bisschen erleichtert. Es ist nicht leicht, es jedem recht zu machen. Henry und Georgina sind in einem schwierigen Alter, sogar das alte Schlauchboot hat ausgedient.

Ich kann mich nicht erinnern, wie oft wir mit den Cunninghams verreist sind. Es wurde zur Gewohnheit, und nicht gerade zu einer guten. Vielleicht hätte ich sie im Keim ersticken sollen. Schon als wir das erste Mal zusammen verreisten, als jeder sich noch von seiner besten Seite zeigte, gab es unerfreuliche Momente. Zum Beispiel als ich aus der Waschküche kam und sah, wie Anna Georgina eine Ohrfeige verpasste. Da stand ich, mit ihren verdammten Handtüchern im Arm, die ich mit unseren in die Maschine gesteckt hatte, und sie schlug mein Kind. Ich war wütend und schockiert, aber ich ließ die Sache auf sich beruhen. Kurz vorher hatte es Ärger gegeben, weil Georgina Annas Sonnenbrille kaputtgemacht hatte, und ich musste zugeben, dass Georgina seit unserer Ankunft das reinste Biest war. Man musste sie im Auge behalten. Sie genoss es, die Kinder der Cunninghams zu quälen, und in diesem Urlaub brachte sie mich mehrmals in Verlegenheit. Sie war ein sechsjähriger Tyrann mit Engelsgesicht und Pünktchen-Bikini.

Außerdem war immer ich es, die zum Supermarkt fahren musste, manchmal zweimal täglich. Ich kaufte ein, Chris war fürs Grillen zuständig, Nigel kümmerte sich um den Alkohol und Anna … nun, Anna sonnte sich und hackte gelegentlich die eine oder andere Tomate oder garnierte ein Gericht mit Oliven. Herrgott, ich war selbst schuld. Jahr um Jahr ließ ich es durchgehen.

Ein Erlebnis hatte ich bis vor kurzem vergessen. Plötzlich fiel es mir wieder ein und allein bei dem Gedanken wird mir übel. In unserem ersten Urlaub fuhren wir einmal an einen Strand, der hinter drei Millionen S-Kurven lag. »Mum, mir wird schlecht!« (Henry) – ich höre noch die Panik in seiner Stimme. Als wir dort ankamen, war alles perfekt. Keine Menschenseele, goldener Sand, der reinste Postkartenstrand. Wir holten die Sachen aus dem Kofferraum, machten es uns auf unseren Handtüchern gemütlich und die Kinder spielten Frisbee, als Georgina anfing zu schreien. Sie hatte im feinen Sand gebuddelt und war auf den verwesenden Körper einer riesengroßen Ratte gestoßen.

Irgendetwas ist immer, nicht wahr? Auf dem Rückweg musste Henry sich übergeben. Er sagte, seit er die Ratte gesehen habe, stelle er sie sich in seinem Mund vor. Es war kein besonders erfolgreicher Tag und zu allem Überfluss fing ich auch noch an, mich zu häuten wie eine Schlange. Raten Sie mal, wer die Kotze im Auto aufwischen musste? Genau. Ich sollte mir »Trottel« auf die Stirn tätowieren lassen.

29
Böser Nigel

Vor langer langer Zeit, im Herbst 1982, heiratete Nigel George Metcalf Josephine Alexandra Travis. Die Braut trug ein riesiges cremefarbenes Satinbaiser von einem Kleid, das ihren frisch gebackenen, eleganten Ehemann daneben wie einen Zwerg aussehen ließ.

Er war ein unglaublich untreuer Ehemann. Seit ihre Verlobung im *Scotsman* und in der *Times* bekannt gegeben worden war, ging er zwanghaft fremd. 1995 befand er sich nun im zweiten ehebrecherischen Jahrzehnt. Er war älter, aber nicht weiser. Nigel, der Vater von Georgina und Henry, hatte wieder herumgehurt: zwei Blowjobs und eine schnelle Nummer in der Dusche. Letztere war nicht sehr erfolgreich gewesen, Nigel war auf einem Stück Seife ausgerutscht und hatte eine ziemlich unglückliche Figur gemacht. Natürlich schämte er sich, das tat er immer. Manchmal fragte er sich, ob die hastigen, verbotenen Momente und die explodierenden Ejakulationen die Qual der folgenden Tage wert waren. Diesmal plagte ihn nicht nur das schlechte Gewissen, er hatte sich auch den Hinterkopf aufgeschlagen.

Nigel Metcalf war süchtig nach flüchtigem Sex (und damit meinen wir nicht die gemütliche Nummer in der alten Strickjacke mit Lederellbogen, bei der man Pfeife rauchend in der einen Hand eine Tasse Tee und in der anderen den

Evening Standard hält). Er konnte nicht anders. Er war so gierig nach anderen Frauen wie Jo nach Schokolade. Er verschlang sie, egal ob ihr Verfallsdatum überschritten war, sie einem anderen gehörten oder bereits durchgekaut und wieder ausgespuckt worden waren. Wie Jo mit ihrem Gewicht kämpfte, rang Nigel mit seiner Libido.

Nigel war sein Penis was dem Gurkha sein Dolch. Sobald man ihn losließ, stieß er zwangsläufig in die schwülen Regionen irgendeiner saftigen Möse. So wie Jo keinem Keks widerstehen konnte, ging es Nigel mit weiblichem Fleisch. Wenn Sex allerdings so viel Kalorien hätte wie Pommes frites, hätte Nigel Metcalf fünf Zentner gewogen.

Nigel trieb es vor allem auf Geschäftsreisen. Ihm wäre nicht im Traum eingefallen, im heimischen Postbezirk herumzuhuren, man kackt nicht auf die eigene Türschwelle. Immerhin hatte er keine Affären, keine richtigen jedenfalls. Es ging nicht um Intimität, sondern um Sex, wie Händeschütteln, nur glitschiger, grunziger.

Blondinen, Brünette, Rothaarige, Dünne, Fette, Große, Kleine, Hässliche, O-Beinige ... Manchmal, wenn Nigels Qualitätskontrolle völlig aussetzte, fragte er sich beim Aufwachen, ob er aus Versehen im Tierheim gelandet war.

Nigels Job bot ihm reichlich Gelegenheit. Es kostete ihn nichts, ging alles auf das Spesenkonto: Hotelzimmer, Getränke, kontinentales Frühstück. Das Einzige, wofür Nigel selbst blechen musste, waren Kondome, und heutzutage hatten die meisten Frauen selbst welche dabei.

Eine Frau in Newcastle hatte sich eines in den Mund gesteckt und es Nigel, fünf Sekunden nachdem sie ihm die Hose aufgeknöpft hatte, über den Penis gezogen. Nigel war schockiert, vor allem weil es ein Kondom mit Lakritzgeschmack war und das Dunkelgrau seinen Pimmel aussehen ließ wie einen verwesenden Kadaver. »Vierzig Mäuse, Schätzchen«, hatte sie hinterher gekrächzt.

Seit Nigel mit Jo verheiratet war, hatte er mit allen möglichen Frauen geschlafen: magere, blasse Siebzehnjährige mit gepolsterten BHs, Dreißigjährige mit unglaublich großen Brüsten, deren Selbstbräuner Flecken auf den Laken hinterließ, dunkelhäutige Brünette mit stoppligen Beinen.

In einem Hotel in Wales hatte er einmal zwei knackige Zwillingsschwestern überredet, auf einen Drink aus der Minibar mit auf sein Zimmer zu kommen. Erst im kalten Tageslicht hatte er bemerkt, dass die Frauen keineswegs Zwillinge waren. Trotz identischer Schweinchennasen – die eine war gut zwanzig Jahre älter als die andere. »Nein«, kicherte die Jüngere, »natürlich sind wir keine Zwillinge. Das ist meine Mum.« Und die beiden kugelten sich vor Lachen, während Nigel sich an seinem Alka-Seltzer verschluckte.

Teil des Problems war Nigels Schwäche für Kokain. Er trug immer ein kleines Päckchen in einer Tasche seiner maßgeschneiderten Anzüge, einen kleinen gefalteten Umschlag von seinem alten Freund »Charlie«. Für einen Anwalt war es natürlich gewagt, illegale Drogen zu konsumieren. Nigel hatte viel zu verlieren und jedes Mal, wenn er sich die Nase putzte und sein Taschentuch sich mit Blut füllte (und mit etwas, das verdächtig nach Knorpel aussah), wurde er daran erinnert.

Nachts litt er unter Panikattacken und wachte oft schweißgebadet auf. Manche der Frauen, mit denen Nigel vögelte, waren nicht besonders gepflegt. Wenn seine Nasenlöcher von ihrem Geruch nach geräuchertem Lachs durchtränkt waren, schlich er sich oft noch um drei Uhr morgens unter die Dusche, um sich gründlich abzuschrubben. Manchmal wünschte er, sein Penis würde einem Betriebsunfall zum

Opfer fallen. Er wäre besser ohne ihn dran und Jo würde ihn nicht vermissen.

Nigel liebte Jo, Nigel brauchte Jo. Er wusste, dass ohne Jo Nigel Metcalfs dunkle Seite zum Vorschein kommen und er innerhalb weniger Monate Crack rauchen und mit Vierzehnjährigen vögeln würde. Manchmal hatte Nigel Angst vor sich selbst... dann war es Zeit für eine schnelle Linie. Fffffft. Aah, das war besser.

Im Normalfall gab Nigel Jo die Schuld. Jo konnte sich verdammt glücklich schätzen, dass sie ihn hatte, er war ein attraktiver Mann mit gutem Gehalt, Rente und Lebensversicherung. Und manchmal hätte sie ruhig etwas Dankbarkeit zeigen, den sentimentalen Frauenroman zur Seite legen und ihm einen blasen können. Das Mindeste, was ein Mann von seiner Frau erwarten konnte, war wöchentlicher Oralsex. Immer, wenn er Jos Kopf unter die Bettdecke drückte, tauchte sie nach getaner Pflicht sofort wieder auf, um sein Sperma ins Waschbecken zu spucken. Wo blieb da die Dankbarkeit?

Nigel ging jede Wette ein, dass Anna schluckte, was zum Teufel wollte sie mit Chris? Er war ein netter Kerl und so, aber genau wie Jo spielte er sexuell in einer anderen Liga.

Manchmal träumte Nigel von Anna. Im Unterbewusstsein hatte er sie schon oft gevögelt. Das erste Mal auf seinem eigenen Küchentisch, während die anderen Ananaskuchen aßen und Noten zwischen eins und zehn für Ausdauer und Beweglichkeit hoch hielten.

Noch mehrere Wochen nach diesem Traum fiel es Nigel schwer, mit Anna im selben Raum zu sein, doch er behielt seine schmutzigen Fantasien für sich. Man macht sich nicht an die beste Freundin der eigenen Frau heran, auch wenn ihre Titten zum Anbeißen sind.

Hin und wieder gestattete er sich, an sie zu denken, wenn er sich einen runterholte. Nigel rationierte diese Fantasien, aber wenn er sich ihnen hingab, waren sie umso zügelloser, und seine eigene Brutalität schockierte ihn. Er packte Anna am Haar, riss ihr die Knöpfe von der Bluse und spätestens wenn Anna ihn mit geschwollenem, blutendem Gesicht ihn in den Mund nahm, kam er. Wie besessen rubbelte er an seinem Penis und murmelte im Rhythmus »Scheißflittchen«. War er noch bei Sinnen?

Wenn er Anna danach begegnete, war Nigel immer etwas überrascht, dass sie keine Bisswunden und Fingerabdrücke am Hals hatte.

Manchmal hatte er das Gefühl, dass sie ihn anmachte. Als sie sich zum ersten Mal bei den Cunninghams begegnet waren, hatte sie eindeutig mit ihm geflirtet, aber das hatte sich gegeben und inzwischen behandelte sie ihn wie einen Bruder. Hey ho, Inzest wäre mal eine Abwechslung. Aber vorerst beschäftigte ihn das schlechte Gewissen wegen der heißen Braut auf der Konferenz letzter Woche und die Neugier auf die neue Mitarbeiterin. Außerdem musste er in Zukunft vorsichtiger sein. Diese Carol hatte Kratzspuren auf seinem Rücken und einen Knutschfleck auf der Innenseite seines Schenkels hinterlassen. Nigel beschloss, seinem geschundenen Rücken ein Alibi zu verschaffen, indem er ihn noch mehr zerkratzte und Jo unterstellte, ein neues Waschmittel gekauft zu haben, gegen das er allergisch war.

»Sei nicht albern. Es ist dasselbe wie immer.«

Wäre Jo misstrauisch genug gewesen, Nigels Kratzer mit der Lupe zu untersuchen, hätte sie die verräterischen pflaumenfarbenen Nagellacksplitter entdeckt. Doch sie gab ihm nur einen Löffel Piriton und befahl ihm, sich nicht so anzustellen.

Mit Chris Cunningham diskutierte er sein Sexleben nicht – über so etwas redeten sie nicht. Es gab sowieso nicht viel, worüber sie redeten. Es ist schwer, sich zu unterhalten, wenn man so wenig gemeinsam hat. Jedenfalls gehört es sich nicht, zum Ehemann der besten Freundin seiner Frau zu sagen: »Letzte Nacht habe ich deine bessere Hälfte gevögelt, sie hat darum gebettelt. Nur ein Traum, Kumpel, Schwamm drüber.« Unmöglich.

Also redeten sie über andere Dinge – Gott sei Dank gab es das Wetter. »Brrr, kalt draußen, kein Wunder, dass deiner Frau die Nippel rausknallen wie« – wow. Aufhören!

30

Überraschung in Soho

Ich wusste, dass Nigel Jo betrügt, weil sie es mir erzählte. Ich war nicht überrascht, aber ihr zuliebe tat ich empört. Sie war betrunken, als sie damit herausplatzte. Wir hatten eine umgebaute Wassermühle gemietet, ich erinnere mich nicht mehr, wie der Ort hieß. Es war Jos Idee gewesen, sie hatte ein Bild in der Zeitschrift *Elle* gesehen und alles organisiert. Im Organisieren ist Jo ganz groß, beziehungsweise sie war es. Inzwischen ist ihr die Lust vergangen. Die Party ist vorbei, aber damals hatten wir viel Spaß.

Die Kinder waren im Bett und die Männer spielten Pool und Jo und ich räumten den Tisch ab. Sie goss sämtliche Weinreste in ihr eigenes Glas und ich drehte einen kleinen Joint. Es war kurz nach Weihnachten und wir hatten alle Reste mitgebracht. Auf dem Tisch standen ein stinkiger Stilton und eine Dose Quality Street. Plötzlich rückte sie einfach damit heraus: »Er ist mir nicht treu, weißt du, Nigel geht fremd.« Den letzten Teil sang sie mit grauenvoller Marianne-Faithful-Stimme, und es war klar, dass sie zum Portwein greifen würde, sobald der Rote alle war. Ich wusste nicht recht, was ich tun oder sagen sollte, außer: »Das tut mir Leid, Jo, er ist ein Idiot«, was er natürlich nicht war, er war ein attraktiver Mittdreißiger mit einer übergewichtigen Frau. »Es macht mir nichts aus«, sagte sie, aber sie stach in den

Stilton und ein großer Brocken brach heraus und dann saß sie da und aß Käse und Schokolade und erzählte mir, was sie wusste. Es war nicht viel, das Übliche eben: Hotelrechnungen, sonderbare Anrufe, gelegentliche Kratzer auf dem Rücken, für mich nichts Neues. Immer wenn mein Vater eine neue Affäre hatte, verriet ihn der Puder in seinen Socken. Ich erinnere mich noch an die staubigen Fußabdrücke, die er hinterließ, wenn er vom Bad ins Schlafzimmer ging, das Gurgeln mit Listerine, die Pfefferminzbonbons in seiner Tasche, sein verräterischer Gesang. Wenn er eine Frau namens Jennifer vögelte, schmetterte er *Jennifer Juniper,* den Donovan-Song, und meine Mutter verdrehte die Augen.

Sie erzählte mir von Nigels Traum, in dem er mit seiner Schwester vögelt, was ich – obwohl ich etwas *stoned* war – ziemlich schräg fand. Nachdem sie erst mal damit angefangen hatte, konnte sie nicht aufhören. Ihre Zunge schlackerte im Mund hin und her und die Worte purzelten heraus. Offenbar war es nie etwas Ernstes, nur dumme kleine Schlampen. Es hatte begonnen, bevor sie geheiratet hatten. Eine Cousine hatte sie in der kleinen Wohnung in Gypsy Hill besucht, die sie mit anderen Mädchen teilte. Irgendjemand feierte seinen einundzwanzigsten Geburtstag und sie hatte ihn mit ihrer Cousine auf dem Schoß erwischt. Er sagte, sie hätten nur herumgealbert, und sie vergaß die Sache und heiratete ihn.

Ich gab tröstende Laute von mir und sie putzte sich die Nase mit einem Geschirrhandtuch und sagte, es mache ihr nicht so viel aus und, was soll's, so was passiert schließlich jeden Tag. Ich hätte sagen können: »Nein, Chris würde nicht im Traum daran denken«, aber ich sah keinen Grund, ihr noch mehr wehzutun. Sie steuerte sowieso gerade auf eine höllische Migräne zu, bei all dem Geflenne und dem Rotwein und der Schokolade und dem Käse. Also drehte ich noch einen Joint und sie füllte ihre Lungen bis zum Bersten, obwohl ihr Dope eigentlich nicht bekam.

Am nächsten Tag wollten wir an den Strand. Wir fuhren im Konvoi, wir hinter den Metcalfs, und plötzlich stoppte Nigel den Volvo am Grasstreifen und Jo stieg aus und erbrach sich über einen Busch. Wir hielten ebenfalls und warteten, bis sie aufhörte zu kotzen – der Busch sah aus, als wäre in der Nacht gelber und roter Schnee gefallen –, dann fuhren wir weiter.

Einmal traf ich Nigel mit einem seiner Mädchen. Ich ging die Old Compton Street entlang und weil ich pinkeln musste, schlüpfte ich in einen Pub. Es war kurz vor Weihnachten und der Laden brummte vor Leuten, die von Bürofeiern kamen. Nigel saß in einer Ecke mit einer mageren Rothaarigen, die sich an ihn presste, und obwohl sie versuchten, nicht aufzufallen, war ihr Mantel verrutscht und ich konnte sehen, dass er ihren Rock hochgeschoben und ihre Strumpfhosen und den Schlüpfer an den Schenkeln runtergezogen hatte und es ihr mit dem Finger besorgte. Weil ich nicht wusste, was ich tun sollte, ging ich weiter zur Damentoilette, setzte mich auf die Klobrille und dachte nach. Ich hätte fast übersehen, dass ich meine Tage hatte. Ich habe einen sehr unregelmäßigen Zyklus und war nicht darauf vorbereitet. Verdammtes Weihnachten, verdammter Nigel, verdammte Blutungen. Ich faltete notdürfig einen Haufen Klopapier zusammen, trat aus der Kabine und suchte in meiner Tasche nach Kleingeld für den Tamponautomaten.

In diesem Moment kam das rothaarige Flittchen hereingetorkelt, sturzbetrunken, den Mantel schief zugeknöpft. Sie kramte ein zerschlissenes schwarzes Make-up-Täschchen aus Nylon hervor und fuchtelte vor dem Spiegel herum, um den pflaumenroten Lippenstift nachzuziehen. Ich fragte sie nach Kleingeld für den Tamponautomaten, und sie wühlte in ihrer Tasche, aber das Geld war aus ihrem Portemonnaie in das Futter gerutscht. Sie leerte den Inhalt der Tasche auf den Boden, Taschentücher und Stifte, Zigarettenschachteln, Feuerzeuge, Kaugummi und vergilbte Scheckbücher. Sie hatte Schluckauf und ich sagte immer wieder: »Lassen Sie nur, ist schon gut.« Aber sie ließ sich nicht beirren. »Warten Sie, einen Moment noch«, und da liegt dieser ganze Scheiß auf dem Boden, und sie kramt in ihrer Tasche, bis sie plötzlich sagt: »Ha«, und mir einen Tampon entgegenstreckt. Das Zellophan war eingerissen, und er sah ziemlich schmuddelig aus, aber ich nahm ihn trotzdem. Ich ging zurück in die Kabine, brachte alles in Ordnung und als ich wieder herauskam, lag sie ausgestreckt auf dem Boden. Sie war eingenickt. In der einen Hand hielt sie ein halbes Weihnachtsplätzchen, in der anderen die Handtasche. Ich schnappte mir die Tasche samt Kreditkarten und Kleingeld und warf sie in den Mülleimer für Binden. Dann nahm ich den pflaumenroten Lippenstift und machte, dass ich wegkam.

Jo sagte ich nichts davon und Nigel gegenüber erwähnte ich es nicht und Chris habe ich es schon gar nicht erzählt. Denn was trieb ich überhaupt drei Tage vor Weihnachten in Soho? Nun, um ehrlich zu sein, lieber Gatte, kaufte ich im Schritt offene schwarze Schlüpfer und Busenschmiere mit Biergeschmack und Kondome, die im Dunkeln leuchteten. Denn auch ich hatte begonnen fremdzugehen.

31

Drogen und Pflichten

Wenn ich drüber nachdenke, habe ich ihr all meine Geheimnisse anvertraut. Sie kennt mich, wenn ich sturzbetrunken bin, wenn ich mir die Augen aus dem Kopf heule, wenn ich mich auskotze, aber so bin ich eben, ein Trottel und eine Quasselstrippe. Sie ist anders, sie ist verschlossen wie eine Auster, unbeschrieben wie ein Blatt.

Nigel warf mir einmal vor, ich sei ein wenig verliebt in sie, was Unsinn ist, und außerdem sagte er das nur, um mich vom eigentlichen Thema abzulenken, nämlich dass er mich wieder einmal angelogen hatte.

Ich wusste immer Bescheid, ich meine, über seine Mädels. Ich wollte ihm nur nicht die Gewissheit geben, dass er damit durchkommt. Ich hoffte immer, dass er es sich aus dem Blut spült und das hat er ja auch. Was der arme Kerl nicht begriff, war, dass er seinen Platz in der Hackordnung verloren hatte, seit die Kinder geboren waren. Sie kamen zuerst, ganz einfach. Ich wollte immer eine Familie, und ich wäre durch Feuerreifen gesprungen, um sie zusammenzuhalten. Ich hatte nicht das geringste Bedürfnis, alles aufzugeben. Warum sollte ich auch? Ich bin schließlich sehenden Auges in die Ehe gegangen. Als ich Nigel kennen lernte, hatte er bereits drei meiner Freundinnen gevögelt, von denen eine versucht hatte, sich mit einer Überdosis Paracetamol das Leben zu nehmen, weil er den Casanova spielte.

Ich glaube, wenn man einen Mann heiratet, der besser aussieht als man selbst, muss man die Konsequenzen tragen. Hauptsache, er stellte mich nicht bloß. Ich wusste, dass Nigel mich heimlich betrog, aber solange er es nicht in unserem Bett tat, solange es nichts Ernstes war, konnte ich damit leben. Ich sah es in gewisser Weise lieber, wenn Nigel im Fahrstuhl mit zitternden Knien eine schnelle Nummer mit einer tollen Blondine schob, als wenn er mit derselben Frau dreimal in der Woche essen ging, um zu reden. Ich tröstete mich immer damit, dass Nigels Nutten mir intellektuell nicht das Wasser reichen konnten und dass er nach zwei Stunden mit einer gehirnamputierten Tussi sicher froh war, zu mir nach Hause zu kommen. Ich habe vielleicht keine großen Titten, aber ich verfüge über einen beeindruckenden Wortschatz. Ohne mich würde Nigel vor die Hunde gehen. Ich gebe seinem Leben die nötige Stabilität. Man muss Nigel daran erinnern, wann er essen und wann er ins Bett gehen muss. Ohne mich äße er kein Gemüse, er hätte Rachitis und Skorbut, und wer würde ihn dann noch lieben? Als seine Schwester gestorben war und das Herz seiner Mutter austrocknete wie Herbstlaub und keine Gefühle für ihn übrig blieben, brauchte er eine neue Mutter. Ich war meinem Mann eine gute Mutter und heute kann ich mit Stolz sagen, dass er ein sehr braver Junge ist. Nigel ist erwachsen geworden.

Manche brauchen eben länger als andere. Vor allem Männer neigen dazu, auf der Entwicklungsstufe eines Vierjährigen stehen zu bleiben. Beim Erwachsenwerden geht es um Selbsterkenntnis und die kann schmerzhaft sein. Es ist immer ein Schlag zu erkennen, dass sich die eigenen Träume nicht erfüllt haben. Als ich jung war, dachte ich, dass sich spätestens mit dreißig alles von selbst ergibt, dass ich mein Haar auf wundersame Weise zu einer Banane hochstecken kann, Italienisch spreche und Kaschmirpullis in Karamelltönen trage. Die Wirklichkeit sieht natürlich anders aus: mein Haar ist und bleibt dünn und ohne Halt, mein Italienisch stammt von der Speisekarte beim Italiener und meistens trage ich Acrylgemische. Man muss sich einfach akzeptieren, auch wenn man über Möbel stolpert, Rote-Beete-Saft verschüttet und Pastagerichte falsch ausspricht.

Ich glaube, jeder hat eine Rolle auszufüllen. Wenn wir erst einmal über die Enttäuschung hinweg sind, dass wir niemals Supermodels, berühmte Schriftsteller, Astronauten oder was auch immer sein werden, ist es an der Zeit, mit Kompromissen leben zu lernen und sich der Verantwortung zu stellen.

Jahrelang hatte ich keine Ahnung, dass Nigel Drogen nimmt. Natürlich bemerkte ich sein Schniefen und dass er manchmal nicht aufhören konnte zu reden, aber selbst als mir die aufgerollten Ecken der Geldscheine auffielen, habe ich nicht zwei und zwei zusammengezählt. Hätten Sie? Was treibt Ihr Mann so? Ich bin sicher, er hatte Angst, dass ich es herausfinde. Was ich natürlich tat, dank Anna.

Es war irgendwann im letzten Jahr. Ich sah sie in der Ecke tuscheln und dann verließ sie das Zimmer. Ich gab ihr ein paar Minuten und folgte ihr dann die Treppe hinauf. Ich fand sie in unserem Schlafzimmer, wo sie sich über den Toilettentisch beugte. »Anna«, sagte ich, und als sie sich umdrehte, hing ihr noch der Fünf-Pfund-Schein aus der Nase. »Oh, Jo«, sagte sie grinsend und der Schein fiel zu Boden. Als sie sich bückte, um ihn aufzuheben, sah ich das weiße Pulver hinter ihr auf einem kleinen linierten Papierrechteck neben meiner Parfümsammlung. Einer von Nigels Anzügen lag auf dem Bett. Sie faltete das Papier wieder zusammen und steckte es zurück ins Jackett. Es war Nigels bester Anzug, der von Kenzo, und sie hängte ihn sorgfältig zurück in den Schrank. »Wir haben nur ein bisschen Spaß«, sagte sie. »Sei nicht so streng mit ihm.« Ich setzte mich aufs Bett, und sie sprühte sich mit meinem L'Eau D'Issey ein. »Wirklich, Jo, am besten verlieren wir kein Wort darüber, überreagiere jetzt nicht. Es ist so ein netter Abend.«

Wir gingen wieder nach unten. Die Mutter einer Freundin von Georgina war zum Abendessen geblieben, nachdem sie mit den Mädchen im Kino gewesen war, es war kein guter Zeitpunkt für eine Szene. Als alle nach Hause gegangen waren, kehrte ich ins Schlafzimmer zurück, nahm das Kokain aus Nigels Anzug und wartete, dass er hochkam und sich rechtfertigte. Er war sehr zerknirscht, es gelang ihm sogar, ein paar Tränen hervorzuquetschen. Er nehme es nicht regelmäßig und könne jederzeit aufhören. Ich glaube, er war erleichtert, dass ich Bescheid wusste, denn vorher gab es keinen Grund, damit aufzuhören. Ich war sehr geduldig. Ich erinnerte ihn daran, dass er kein Rockstar war, sondern ein Mittvierziger mit zwei Kindern und einem sehr guten Job. Ich sagte ihm, er könne sich nicht leisten, so ein alberner Idiot zu sein, und er stimmte mir zu. So weit ich weiß, hat er es seither nicht mehr angerührt. Andererseits habe ich viel zu lange die Augen verschlossen.

In letzter Zeit habe ich oft über Pflichten nachgedacht. Niemand glaubt mehr daran. Als ich klein war, hatte ich nie Lust, die Mutter meines Vaters zu besuchen, denn sie war alt und roch unangenehm und schenkte uns alte Pennys in schmutzigen Taschentüchern, die steif vor Rotz waren, aber es war unsere Pflicht. Unsere Kinder kennen keine Pflichten, und vielleicht ist es zu spät, ihnen deren Bedeutung beizubringen. Sie kennen keine Menschen, die nicht so privilegiert sind wie sie, sie haben keine Ahnung, was es bedeutet, zu warten, zu sparen, dankbar zu sein. Am Ende der Straße sind hunderte von Sozialwohnungen, voller Kinder, deren Spielzeug vom Flohmarkt stammt. Doch es herrscht eine Art Apartheid, und wir lassen sie nicht mit ihnen spielen, aus Angst, dass ihre Uhren geklaut werden.

Ich habe das schreckliche Gefühl, wir haben sie verdorben. Unsere Erziehung hat nicht gefruchtet. Hand aufs Herz, keines unserer Kinder ist ein angepasstes, gesundes, glückliches, normales Wesen: Henry ist schwach, Georgina ist eine Zimtzicke, Pandora ist ein Häufchen Elend und Jed, nun, Jed ist schwul. Veranlagung oder Erziehung, eigentlich ist es egal, ob Kinder genetisch vorherbestimmt sind oder zu Hause geprägt werden, auf jeden Fall sind die Eltern schuld.

Wir haben sie im Stich gelassen. Obwohl wir ihr Bestes wollten, haben wir sie verdorben. Manchmal frage ich mich, was wäre, wenn wir sie davon abgehalten hätten, zuviel fernzusehen, wenn wir sie gezwungen hätten, sich Hobbys zuzulegen, zur Sonntagsschule zu gehen, den Tisch zu decken, den Müll runterzubringen, Klavier zu spielen. Aber das taten wir nicht. Ich war immer zu müde, um streng zu sein. Ich habe meinen Kindern durchgehen lassen, dass sie ihre Schwimmsachen verschimmeln lassen und ihre Füllfederhalter und Gameboys verlieren, ich ließ sie Handtücher auf den Boden werfen und ihr Essen mit aufs Zimmer nehmen. Sie sind wie Tiere im Zoo, Gott weiß, was in der freien Natur aus ihnen wird. Alles was sie können, ist, Nutellabrote schmieren und Pizzen auftauen.

Ich bin zu dem Schluss gekommen, dass wir als Mütter und Ehefrauen Vorbilder sein müssen. Es ist unsere Pflicht, uns anständig zu benehmen. Anna hat ihre Pflicht nicht erfüllt.

32

Blut, Blut und Blut

Alle wurden älter. Das Alter schleicht sich langsam heran. Eines Tages bückt man sich, um die Schuhe zuzubinden, und fragt sich, ob man da unten nicht gleich noch etwas anderes erledigen kann, wenn man schon mal da unten ist. Frauen setzt der Alterungsprozess in der Regel mehr zu als Männern, Sie brauchen sich nur die Nachrichtensprecher im Fernsehen anzusehen. Trotz Cockerspanielbackentaschen und der Neigung zu rosa Krawatten strahlen Männer mittleren Alters eine gewisse Seriosität aus, Frauen dagegen bekommen diesen entrückten, verzweifelten Blick, als seien sie kurz davor, auf eine karibische Insel durchzubrennen und einen zwanzigjährigen Eingeborenen zu heiraten. Die Uhr tickt.

Jo lernte Italienisch, Chris kaufte sich Golfschläger, Anna rieb ihren Hals mit Feuchtigkeitscreme ein und Nigel nahm Ginseng und einen Pilz, den er in einem Marmeladenglas im Kühlschrank aufbewahrte.

Den Männern sprossen überflüssige Haare aus Nasenlöchern und Ohren. So ein Quatsch. Haare gehören auf den Kopf – an allen anderen Stellen sind sie unerwünscht. Haare sind eine heikle Sache, entweder sind es zu viel oder zu wenig. Anna zupfte ihre grauen Schamhaare, bis es ihr zu dumm wurde und sie alles ganz abrasierte. Chris war das nicht geheuer. Sie hatte den Körper einer reifen Frau und die Möse einer Stripperin. Jos Schenkel ähnelten einer prall gefüllten Daunendecke.

Auch die Kinder wurden älter. Mit elf ging Pandora versehentlich in den schwarzen Schnürschuhen ihres Vaters zur Schule und merkte es erst in der Pause, als Amanda Govern sagte: »Um Himmels willen, seht euch nur Cunninghams Füße an.« Man sollte es vermeiden, Herrenschuhe zu tragen, wenn man auf eine Mädchenschule für überprivilegierte Zahnspangen-Zicken geht.

Jed hingegen zog sich absichtlich Mädchenkleider an und sorgte mit seinen Ohrclips für Bestürzung. Das Lehrerzimmer spaltete sich in zwei Fraktionen: Die einen fanden, er habe ein Recht auf Selbstentfaltung – »Er ist erst acht, wir sollten seine Kreativität nicht unterdrücken« – die anderen meinten, man müsse ihm den Weiberkram austreiben, bevor er zu einer eingefleischten Schwuchtel heranwachse. Es stand nie zur Debatte, ob Jed nur in einer Phase war. Es war klar wie das marineblaue Mascara auf seinen Wimpern, dass der Junge »vom anderen Ufer« war.

Georgina hatte, ohne Wissen ihrer Eltern, zum ersten Mal geknutscht. Henry fieberte seinem ersten Kuss noch entgegen, obwohl er fast jeden Abend gewissenhaft mit seinem Kissen übte.

Zu Ostern gab es bei den Metcalfs ein traditionelles Mittagessen. Jo hatte beim Biometzger eine große Lammkeule gekauft, aber sie hatte sich leicht in der Zeit verschätzt und das Fleisch war nicht ganz durch. Als Nigel es mit dem Tranchiermesser anschnitt, sickerte rosa Blut heraus.

»Igitt«, quiekte Georgina.

»Das blökt ja praktisch noch«, murmelte Nigel.

»Köstlich, rohes Frühlingslamm«, sagte Chris, der glaubte,

sich als Waliser mit solchen Dingen auszukennen, »mit köstlichen jungen Kartoffeln, Erbsen und Minze aus dem Garten. Leckerschmecker.«

»O bitte, Chris, wir sehen selbst, was auf dem Tisch steht, keiner von uns ist über Nacht plötzlich erblindet«, fauchte Anna.

»Ich bin blind«, äffte Henry. »Ich bin blind.«

In einem plötzlichen Wutausbruch griff Jo nach einem Servierlöffel und schlug ihrem Sohn damit kräftig auf die Nase. Henry neigte zu Nasenbluten und jetzt bluteten er und das Lamm um die Wette.

»Nun mach schon und hol Eis«, rief Nigel, und Jo watschelte schwerfällig zur Gefrierkammer, während Chris versuchte, mit seinem Autoschlüssel Henrys Nacken zu kühlen.

»Beug den Kopf vor, Henry und kneif in den Nasenrücken«, befahl Anna. Henry neigte den Kopf direkt über die Erbsenschüssel. Durch die plötzliche Bewegung strömte explosionsartig Blut aus der Nase wie aus einer heftig geschüttelten Flasche Ketchup, die nicht richtig zugeschraubt ist.

»Iiih, Henry, du Schwein«, kreischte Georgina. Jed inhalierte wie besessen seine Handgelenke. Mit dem frisch geschlachteten Lamm und dem aschfahlen, blutenden Kind nahm das Sonntagsessen geradezu biblische Züge an. Hätte Anna Schamhaare übrig gehabt, wäre sie nicht überrascht gewesen, wenn sie als Hommage an den brennenden Busch plötzlich in Flammen aufgegangen wären. Es war das Neue Testament in einer Version von Stephen King.

Jo kam mit einem Geschirrhandtuch voller Eis angehumpelt. Sie hatte sich das Bein an der Pedale von Georginas Fahrrad gestoßen. Auf ihrem dicken weißen Schenkel bildeten sich bereits unansehnliche blaue Flecken, wie sie nur auf blasser Haut entstehen. Und Jos Haut war weiß wie das Fruchtfleisch einer Birne.

»Leg den Kopf zurück – zurück, Henry! Würdest du wohl bitte den Kopf zurücklegen, du blutest die ganze Tischdecke voll.« Es war eine von denen aus der Schweiz, die Anna ihr geschenkt hatte. Sie war vollkommen ruiniert.

Dann hatte Chris einen seiner Geistesblitze. »Ich weiß, wie man Blut herausbekommt«, rief er selbstzufrieden. Ungefähr so musste Einstein ausgesehen haben, als er über die Realitätstheorie gestolpert war. »Asche, Asche hilft gegen Blut!« Und mit diesen Worten griff er nach dem Aschenbecher, der von Annas zahllosen, mit Paloma-Picasso-Lippenstift beschmierten Silk-Cut-Kippen überquoll, und kippte ihn über Henrys o-Rhesus-negatives Blut.

Daraufhin bäumte Anna sich auf wie ein Zirkuspferd. »Du perverser Kretin«, explodierte sie. »Asche hilft gegen Silber, Salz ist gegen Blut«, und Nigel, dem sie aus der Seele sprach, lief das Salz holen und kippte es großzügig über das zugeaschte Blut. Ebenso gut hätten sie die Tischdecke im Garten vergraben können, sie sah aus wie das Beweisstück in einem Mordfall.

Henrys Nase hörte einfach nicht auf zu bluten, er sah allmählich ziemlich grün um die Kiemen aus. »Mum, wenn er abkratzt, darf ich dann sein Zimmer haben?« erkundigte sich Georgina und fing sich von ihrer Mutter eine Ohrfeige.

Dann begann Henry zu weinen, dabei war er fast fünfzehn. »Also ins Krankenhaus«, beschloss Jo. »Tut mir Leid, Leute, und dabei habe ich so einen leckeren Nachtisch gemacht. Nigel, hol den Wagen.« Aber Nigel hatte zu viel getrunken, und so bot Chris sich an, doch der Autoschlüssel war verschwunden. Schließlich fand man ihn in Henrys

Unterhose. Dann fuhren sie los, Nigel, Chris, Jo und Henry. Anna bot sich an, die Stellung zu halten, was wirklich nett von ihr war.

Nur dass Anna darunter etwas ganz anderes verstand als Jo. Als sie um sechs von der Notaufnahme zurückkamen – so ziemlich das Deprimierendste, was Südlondon zu bieten hatte, das heißt ein Mann, dem eine zerbrochene Flasche im Kopf steckte, und ein kleines Kind im Methadonkoma – konnte Jo kaum glauben, was Anna alles nicht getan hatte.

Die Jackson-Pollock-Tischdecke lag noch immer *in situ*, Salz, Asche und Blut hatten sich zu schmutzigrosa Hügeln vereint, das Lamm sah mit dem Messer im Rücken aus wie eine Cluedo-Leiche. Ein paar Kreideumrisse und das Ganze hätte eine tolle Eröffnungsszene für *Inspector Morse* abgegeben.

Die Cunninghams waren nach Hause gegangen. Jo war sauer, sie ließ Georgina nicht gern »allein zu Haus«. Zwar war sie alt genug, aber Jo traute ihr nicht. Nicht für fünf Pfennig.

Chris verabschiedete sich eilig. Der Rhabarberauflauf, den Jo aus dem Ofen zog, sah aus wie eine verkohlte Katze.

Als Jo Georgina später fragte, warum niemand den Nachtisch gerettet hatte, grinste Georgina und antwortete leichthin: »Oh, nachdem ihr fort wart, gab es ein kleines Drama.«

Offenbar war Pandora aufgestanden, um ein paar Teller in den Geschirrspüler zu stellen, und als sie zurückkam, hatte Anna den roten Fleck auf dem Hintern ihrer gelben Jogginghose entdeckt. Pandora hatte ihre Periode bekommen. Anna war fast übergeschnappt und hatte sie zum Baden nach Hause geschleppt.

Also wirklich, dachte Jo, heute war es hier zugegangen wie auf dem Schlachthof.

Pandora war elend zu Mute. Sie hatte sich den ganzen Tag nicht wohl gefühlt, erst das Lamm und die langen klebrigen Blutfäden aus Henrys Nase und dann war ihr schlimmster Albtraum wahr geworden. Sie war nicht die Erste in ihrer Klasse, aber wenn man nach der Reaktion ihrer Mutter ging, war sie ein medizinisches Phänomen und gehörte ins *Guinness Buch der Rekorde.*

»Die Periode … aber du bist doch nicht einmal zwölf!« hatte Anna gestottert, als gehöre das verboten, abgesehen davon, dass es physisch unmöglich war. »Allein die Vorstellung. Als ich jung war, bekam man seine Tage mit fünfzehn.«

Georgina hatte Tampons, allerdings eher zum Üben.

»Ich glaube nicht, dass Pandora schon mit Tampons umgehen kann«, sagte Anna spitz.

»Wie du willst«, antwortete Georgina, »ich wollte nur helfen. Soll sie doch dicke Binden tragen, die aussehen wie Windeln. Oder sich ihre Binden selbst nähen und jeden Abend ausspülen, damit die Fliegen ihren Schlüpfer umkreisen.«

»Das reicht, Georgina«, sagte Anna streng. Pandora hatte die Augen vor Entsetzen weit aufgerissen. Das war ja schlimmer als die Szene in *Carrie,* wo Sissy Spacek mit Stopfen bombardiert wird, dachte Anna. »Stopfen« – nun verfiel sie schon in Kindergartensprache. In Jos Wäscheschrank fand Anna selbstklebende Binden, von denen sie eine ins Badezimmer warf, wo ihre unglückliche Tochter in die Kloschüssel tropfte.

Pandora wünschte, das Ganze wäre in der Schule passiert. Die Krankenschwester dort hatte zwar Haare auf dem Kinn, aber sie war wesentlich mitfühlender als ihre Mutter. »Hast du Nurofen?« fragte sie vorsichtig.

»Ja, Gott sei Dank«, antwortete Anna und warf sich die letzten beiden in den Mund.

Jed war begeistert. Ihm rollten sich vor wohligem Entsetzen die Fußnägel hoch: Die Demütigung Pandoras, die Verklemmtheit seiner Mutter, er bekam vor Aufregung fast Bauchweh. Er saß in Jos Schlafzimmer und tat, als rauchte er einen ihrer Augenbrauenstifte, während er sein Spiegelbild betrachtete und ihm die ganze Geschichte erzählte.

»Und dann ist sie aufgestanden. Tja, und ihr Hinterteil war voller Mädchenblut, die monatlichen roten Tränen des schöneren Geschlechts.« Ja, das war nicht schlecht.

Als Chris gegen halb sieben endlich nach Hause kam, war Pandora im Bett. »Es ist sehr anstrengend, eine Frau zu sein«, erinnerte ihn seine Gattin, während Jed kicherte und die Worte seiner Mutter in der Stimme von Lady Windermere wiederholte, die er seit Wochen übte. »Es ist sehr anstrengend, eine Frau zu sein, absolut kraftraubend, bedenken Sie allein die Menstruation. Die schafft jedes Mädchen, finden Sie nicht? All das Blut, das man jeden Monat verliert.«

Anna warf die Beilage der *Sunday Times* nach ihm, während Chris ebenso verwirrt dreinblickte wie der Typ in der Notaufnahme mit der Becksflasche im Schädel.

»Oh, die arme Perioden-geplagte Pandora«, leierte Jed.

33

Ärger mit Miss WC-Ente

Diese Sue, die hier nach dem Rechten sehen soll, geht mir allmählich auf die Nerven. Wir reden nicht miteinander, ich mache hinter ihrem Rücken Faxen, und sie macht Krach, wenn ich versuche zu schlafen. Ich kenne solche Frauen, »Wie man sich bettet, so liegt man«, lautet deren Devise. Manchmal nehme ich mir Essen mit auf mein Zimmer und verkrieche mich damit unter der Decke. Sie sieht das nicht gern, die kleine Miss Raumspray, Miss WC-Ente, Miss Staubsaugerbeutel und Möbelpolitur. Die kann mich mal. Ich kenne ihre Arbeitsabläufe gut genug, um zu wissen, wann die Luft rein ist, wann sie oben die getrocknete Scheiße von der Kloschüssel pult. Dann flitze ich nach unten in die Küche und lade mir Tortillachips und Battenburgkuchen, Bagels mit Frischkäse und Pastrami, Dillgurken und Jaffakekse auf das Tablett. Ich mag die Kombination von süß und salzig und kann auf Besteck verzichten.

Ich bewahre Notrationen unter meinem Bett auf: ein Tüte Doritos und ein Glas Salsa, eine Probierpackung Frosties und einen Korkenzieher, einen Dosenöffner, eine Flasche Wein und eine Dose Kondensmilch. Nur für den Fall.

Ich kann Sue nicht leiden. Um ihr das Leben schwer zu machen, lasse ich überall Asche fallen. Es ist ihr Job, das Haus blitzblank zu halten, also kleckere ich mit Zahnpasta,

Kaffee, heißer Suppe, wann immer ich kann. Ich verstecke abgenagte Äpfel und verteile Krümel über das ganze Haus. Wenn sie kommt, zieht sie sich eine Schürze über den Trainingsanzug und sieht darin aus wie eine Krankenschwester. Jo hat mir neulich erzählt, dass ihre Enkelin sehr krank ist. Gut, dachte ich, mein Leben geht schließlich auch den Bach runter. In unserem Kleinkrieg hat Jo sich auf ihre Seite geschlagen. Gestern hat sie mir einen Zettel hingelegt: »Liebe Anna, bitte versuche, deine Wäsche aus der Maschine zu nehmen, wenn sie fertig ist. In diesem Haus wohnen noch vier andere Menschen, und alle wollen ihre Hemden, Socken, Hosen und Strumpfhosen waschen!!! Gruß, Jo.«

Die Ausrufungszeichen sollten fröhlich aussehen, aber ich fand es alles andere als lustig. Ich war so sauer, dass ich sämtliche Batterien aus den Geräten nahm: Radios, Taschenlampen, Walkmen, Nintendos, Wecker. Danach war ich ziemlich hungrig. Weil Sue noch nicht da war, konnte ich in Ruhe frühstücken. Ich setzte mich ins Esszimmer und benutzte das Porzellanservice hinter der großen Glastür im Mahagonischrank. Es gab frisch gepressten Orangensaft, Müsli, Rührei, Schinken, Toast mit Butter und dann noch zwei Croissants mit schwarzer Johannisbeerkonfitüre von Harvey Nichols und eine Banane. Es war ziemlich anstrengend, alles von der Küche im Keller ins Esszimmer im Erdgeschoss hochzutragen. Außerdem genehmigte ich mir ein Glas von dem Portwein, der auf einem Silbertablett auf der Anrichte stand. »Trink mich« schien das Schild um den Flaschenhals zu sagen. Danach war ich zu müde, alles wieder nach unten zu tragen, ich ließ es einfach stehen, schloss die Esszimmertür und nahm ein Bad in Jos und Nigels Badezimmer. Ich gehe nie in das Badezimmer der Kinder. Die Kacheln sind schimmelig und der Boden und die

Handtücher immer nass. Außerdem deprimiert mich der Anblick von Georginas winzigen Schlüpfern.

Es ist komisch, bei anderen Leuten zu wohnen. Ich habe viel über diese Menschen herausgefunden. Ich weiß so viel mehr über sie als damals, wo wir nur Freunde waren.

In Nigels Arbeitszimmer fand ich Beweise für die Affären, von denen Jo mir erzählt hat. Schockierende Polaroids. Man kann das Gesicht des Mädchens nicht erkennen, weil sie der Kamera ihren nackten Rücken zuwendet – sie kniet und Hände und Füße sind mit Seidenschals gefesselt. Auf dem anderen sieht man nur ein Paar offensichtlich sehr junge Brüste, auf denen mit rotem Lippenstift das Wort »Schlampe« steht.

Was Jo angeht, so gibt es da – außer hunderten von Fotos, auf denen sie jung ist und eine Dauerwelle trägt, die so albern ist wie ihr blödes eingebildetes Grinsen, und einer Silberdose mit den Milchzähnen der Kinder – noch einen Karton mit Geburtsurkunden, Schulzeugnissen, allen Texten, die sie veröffentlicht hat, bevor sie begriff, dass sie nicht Julie Burchill ist, einem blauen Hundehalsband aus Leder (Gloria ist tot, sie wurde vor unserem Haus von einem Motorrad überfahren, ein unappetitlicher Anblick), dem Strumpfband von ihrer Hochzeit (nehme ich jedenfalls an), zwei positiven, längst verblichenen Schwangerschaftstests, aber nichts Belastendes, keine Leichen, nichts das sie so in Schwierigkeiten bringen könnte wie mich. In den vergilbten Schulzeugnissen steht: »Josephine ist eine höfliche, hilfsbereite Mitschülerin und ungewöhnlich reif für ihr Alter.« Streberin.

Es ist interessant, bei einer fremden Familie herumzuschnüffeln. Medizinschränke sind zum Beispiel faszinierend. Die Metcalfs hatten in der Vergangenheit unter Würmern, Gerstenkörnern, Läusen, Mundfäule, Blasenentzündung, Warzen, schleimigem Husten, trockenem Husten und Reizhusten gelitten. Man findet schmierige Gläser mit Vick und Vaseline, Tuben mit Augensalbe, Halspastillen, Rachensprays, Sonnencremes, Sonnenschutzfaktor fünfundzwanzig für sie, acht für ihn, After-Sun, Selbstbräuner (ha), Haarentfernungscreme und Wimpernfarbe. Jo ist ein Hamster. Letzte Woche fand ich im Küchenschrank drei Weihnachtspuddings. Darunter eine Luxusversion von Marks and Spencer. Weihnachtspudding hält sich ewig, er war köstlich. Und da ich die einzige war, die davon aß, durfte ich den Glückspfennig selbst behalten. Ha!

34
Poltergeist und andere Probleme

Wenn ich es nicht besser wüsste, wenn ich nicht wüsste, dass es Anna ist, würde ich denken, wir hätten einen Poltergeist. Ständig verschwindet etwas: Batterien und Glühbirnen, Mayonnaise und Flaschenöffner. Neulich habe ich unsere Pässe im Wäscheschrank gefunden. Als ich sie in den Ordner im Arbeitszimmer zurücklegen wollte, fand ich zwei obszöne Polaroids, die an den Apple Mac gelehnt waren! Ich legte sie dorthin zurück, wo Nigel sie all die Jahre versteckt hatte, in das *Einmaleins der Infektionskrankheiten.* Ich kannte sie schon, ich wusste sogar, wer das Mädchen war. Ich glaube, sie hieß Sonia. Ist inzwischen sowieso egal. Nigel hat aufgehört herumzuhuren, im Moment jedenfalls. Er hat gesehen, was passiert, wenn das Boot ins Wanken gerät, und er will nicht mehr nass werden. Er ist praktisch über Nacht gealtert. Er trägt jetzt eine Brille und sein Haar ist dünner. Zum Ausgleich ist er um die Hüfte dicker geworden. Statt mit Kokain tröstet er sich jetzt mit literweise Eiscreme.

Nur einmal möchte ich in meinem eigenem Haus allein sein. Jeder lässt seinen Müll in der Küche stehen. Verdorbene Milch wird in den Kühlschrank zurückgestellt, leere Marmitegläser wandern wieder ins Regal, der Wäschekorb quillt über, auf der Treppe liegen Schuhe herum und niemand packt die CDs zurück in die Hülle.

Obwohl sie eine Perle ist, wird Sue mit dem Chaos nicht fertig. Neulich fand sie einen schimmligen Apfel auf der Vorhangleiste im Wohnzimmer – wer auch immer ihn da platziert hat, muss eine Leiter benutzt haben. Es wird immer schlimmer. Ab und zu starte ich zum Blitzangriff und verlange, dass Müllsäcke für die Wohlfahrt gefüllt werden. Aber ich schaffe es nie, sie zu Oxfam zu bringen, und während die Säcke im Flur warten, reißen sie auf und nach und nach verteilt sich ihr Inhalt wird wieder über das ganze Haus. Wir haben zu viele Sachen: Im Keller steht ein Fahrrad, auf dem Georgina nur zweimal gefahren ist, in der Abstellkammer ein Rudergerät, bei dem Nigel fast schon an der Verpackung gescheitert wäre. In der Speisekammer hängt eine Plastiktüte mit anderen Plastiktüten, die ich immer vergesse, in den Supermarkt mitzunehmen, neben der Tür in den Garten stehen Gummistiefel, die den Kindern seit zehn Jahren nicht mehr passen. Ich habe den Kinderhochstuhl aufbewahrt – wozu zum Teufel? In der großen Kommode in der Küche liegen Knetgummizubehör und Plätzchenausstecher und ausgetrocknete Filzstifte. In einer der Schubladen ist Glitter ausgekippt, in einer anderen liegen hunderte von Umschlägen mit verwackelten Fotos, Speisekarten von chinesischen Restaurants, die vor fünf Jahren dicht gemacht haben, und ein Monopoly, bei dem die Spielfiguren fehlen.

Früher hat Unordnung mich nie gestört. Ich war stolz auf meine lockere Lebensart. Meine Zwiebelzöpfe, halb ausgetrunkene Rotweinflaschen, eine Pinnwand mit einer zentimeterdicken Schicht aus Einladungen und Postkarten, gemalten Bildern, Notizen und Telefonnummern. Seht nur, wie beschäftigt und beliebt wir sind. Sauberkeit und Ordnung waren mir suspekt. Ordentliche Menschen waren spießig und langweilig. Dampfende Gerichte mit blubbernden Soßen in großen abgestoßenen Auflaufformen, Kerzen, die auf die Tischdecke tropften, im Hintergrund Musik, während ich leicht angetrunken und schwankend große Schüsseln mit buttrigem Kartoffelpüree und selbst geschälten Erbsen hereintrug, so musste das Leben sein. Inzwischen koche ich nur noch selten. Letzte Woche fand ich Hackfleisch im Gefrierfach und wollte wie früher meinen großen knusprigen Shephards Pie machen – für mich und Nigel und Anna und Chris und die Kinder. Dann fiel mir ein, dass diese Zeiten vorbei sind. Ich warf das Hackfleisch in den Müll und wir aßen Brot und Käse vor dem Fernseher.

Nigel macht sich nichts aus warmen Mahlzeiten, Georgina ist auf Diät, Henry isst ausschließlich gebackene Bohnen und Anna verkriecht sich in ihrem Zimmer. Ein Wunder, dass wir keine Mäuse haben – wahrscheinlich haben wir welche. Um mich herum scheint das Haus zu verfallen: Das Linoleum im Badezimmer der Kinder rollt sich auf wie alte Käsestullen, der Boiler stöhnt, als säße darin ein alter Mann mit Hexenschuss, und aus dem Kaltwasserhahn in der Küche kommt braune Brühe.

Immer wieder träume ich, dass ich ganz allein in einer Hütte am Strand wohne, mit nichts als einer Hängematte und Bastteppich. Mittlerweile gehe ich sehr früh ins Bett. Wenn ich vorher nicht schwimmen gehe, bin ich um halb zehn Uhr im Badezimmer. Ich würde mich gern entspannen, aber ich weiß, Anna war da: dunkle Schamhaare auf der Seife, eine Bierdose auf dem Durchlauferhitzer, Baumwollflusen auf dem Fußboden und abgenagte Fußnägel auf dem Badewannenrand.

Früher war sie so gepflegt, gezupfte Augenbrauen, geschmeidige braune Hände, ovale Fingernägel mit zurückgeschobener Nagelhaut. Anna war die einzige Person, die ich kenne, die sich die Mühe machte, die gelbe Hornhaut von den Sohlen zu entfernen, und ihre Fußnägel mithilfe eines Zehentrenners lackierte. Sie trug bunte Unterwäsche aus Seide und teure Spitzen-BHs, die man nur in Spezialgeschäften in Knightsbridge bekommt. Heutzutage, nun, ihre Schlüpfer sind schlimmer als meine. Mir wäre es peinlich, sie als Putzlappen zu verwenden.

35
Mrs. Cunningham und der Klempner

Aus dem Rosa Haus drangen sonderbare Geräusche: Rattern und Schaben von Metall auf Stein, gefolgt von einem dumpfen Wimmern – das nicht von Pandora stammte. Anna machte den Geschirrspüler als Schuldigen aus. Seit Wochen war das verdammte Ding im Eimer und überzog alles mit einem dünnen Film zementartigen Müslis, der mit dem Fingernagel abgekratzt werden musste. Mühsam gelang es Anna, das Gerät zu öffnen, es war noch schlimmer als sonst. Nicht nur, dass die vertrauten sandigen Ballaststoffe alles übertünchten, die Bratpfanne enthielt außerdem Reste anämisch ausgebleichter Bohnen. Wenn man den Inhalt der Maschine inspizierte, konnte man genau sehen, was die Cunninghams in den letzten vierundzwanzig Stunden zu sich genommen hatten. Hier ein Klumpen braune Soße, dort der angetrocknete Schleim von Marks and Spencers Fisch in Weißweinsoße. Sie würde eine Schleifmaschine brauchen, um das Geschirr sauber zu bekommen. Anna war so ungehalten, dass sie die Stiele von zwei teuren Weingläsern abbrach, als sie versuchte, sie zu befreien. »Beschissene Scheiße.« Anna war gut im Fluchen. »Verfickte Scheiße und verwichste Fotzenkacke.«

Es war sowieso Zeit für eine neue Küche. Chris war so ein Geizhals. Die Küche war achtziger Jahre, weiß war so was von out. Anna beschloss, eine silberne Smeg-Küche anzuschaffen, und so hatte sie schon vor zehn Uhr morgens zehntausend Pfund ausgegeben, jedenfalls im Geiste.

In ihrem tiefsten Innern wusste Anna, dass sie keine Chance hatte. Sie hatte Chris gerade erst dazu gebracht, ihr einen neuen Polo zu kaufen. Und wenn schon, es war schließlich kein Mercedes Cabrio, nur ein ganz normaler Kleinwagen der unteren Preisklasse, er hatte nicht mal ein Schiebedach. Das Problem bei Chris war, dass er es genoss zu knausern. Sie hatte beobachtet, wie er im Supermarkt mit gierigem Blick das Regal mit den herabgesetzten verbeulten Dosen, den abgelaufenen Lebensmitteln inspizierte. Wenn Chris vor Geiz mal wieder glänzende Augen bekam, wusste Anna, was zu tun war. Sie kaufte Kaviar, obwohl sie ihn gar nicht mochte, Ofenkartoffeln von Marks, chinesische Babyschuhe beim Antiquitätenhändler, einen vergoldeten Vogelkäfig.

»Meine Mutter«, sagte er immer, wenn sie von einem Brathähnchen nur die Brust abschnitt und den Rest in den Müll warf, »hätte uns vier davon eine ganze Woche ernährt. Die Knochen auskochen, Anna, das ist der Trick.«

»Halt's Maul, Chris. Wenn du jemanden wie deine Mutter als Frau willst, such dir eine Zwei-Zentner-Amphibie mit Warzen und Unterhosen, die nach altem Kohl stinken«, erwiderte Anna.

Nun, es half nichts, sich darüber aufzuregen, was für ein Geizkragen ihr Mann war. Sie musste das alte Ding reparieren lassen. Anna klappte den Geschirrspüler zu. Die Gelben Seiten, also. Sie zog das Verzeichnis unter einem Haufen von *Smash-Hits*-Heften (Jeds) hervor. Die Auswahl an Klempnern war groß. Hätte Anna einen Schutzengel gehabt, hätte sie vielleicht eine andere Nummer gewählt, doch ihr stand nur ein abgenagter Kugelschreiber zur Seite. Peckham Premiere Services, keine Aufschläge. Sie kreiste die Nummer ein und wählte.

Es klingelte dreimal … viermal … fünfmal, sie wollte gerade auflegen und es bei Old Kent Road Electrics versuchen, als sich jemand meldete.

»Hallo.«

»Oh, hallo.«

»Ja?«

»Hallo, ja, ich habe Ärger mit meinem Geschirrspüler – ein Hogpoint. Er hat den Geist aufgegeben.«

»Nun, das geht natürlich nicht.«

»Nein, allerdings nicht.«

»Ist er angeschlossen?«

»Ich bin doch nicht blöd.«

»Natürlich nicht, meine Liebe, regen Sie sich nicht auf. Adresse?«

»Rosa Haus, Lark Grove.«

»Ja, können Sie das etwas eingrenzen, meine Liebe? Welche Hausnummer?«

»Keine Hausnummer, es ist das Rosa Haus, Sie können es nicht verfehlen.«

»Ich schicke jemanden vorbei, in etwa einer Stunde. Geben Sie mir Ihre Telefonnummer, Liebes, falls er Sie nicht findet.«

»Wenn er mich nicht findet, wie soll er es dann erst schaffen, einen Geschirrspüler zu reparieren? Ich würde ihm nicht mal zutrauen, sich den Arsch selbst abzuwischen.«

Anna legte auf, hörte aber noch, wie der Mann am anderen Ende der Leitung »freches Biest« flüsterte.

Bei Peckham Premiere befahl Ray seinem Schwiegersohn Danny, sich von Seite drei der heutigen Zeitung loszureißen und seinen Arsch zu bewegen. »Irgend so eine arrogante Ziege hat Ärger mit ihrem Geschirrspüler. Hey, du Depp, leck mir die Muschi«, äffte er mit affektierter Stimme.

Danny konnte heute Morgen gut auf Aufträge verzichten. Er hatte einen höllischen Kater. Seine Frau Carlene war der Grund dafür, dass er trank. Da er für ihren Vater arbeitete, konnte er sich nicht einmal im Job ausheulen. Er verstand einfach nicht, was mit Carlene los war. Sie war ein hübsches Mädchen, aber seit der kleine Ted auf der Welt war, ließ sie sich gehen. Sie schaffte es gerade mal, Deo aufzutragen. Sie rasierte sich auch nicht mehr. Hätte er eine Frau mit behaarten Achseln gewollt, hätte er eine von diesen lesbischen Tennisspielerinnen geheiratet. Es passte gar nicht zu ihr.

Vor drei Jahren, nach dem ersten Kind, war sie sofort zu den Weight Watchers gegangen und hatte abgespeckt. Diesmal war es ihr egal. Es war beängstigend. Der Tod ihrer Mutter hatte es nicht besser gemacht, sie war so eine gute Oma gewesen, bevor der Krebs sie dahinraffte. In einer Minute war ihr Arm angeschwollen und in der nächsten war sie tot. Trotzdem hatte Carlene keinen Grund, sich so gehen zu lassen, ihre Mutter hätte das nicht gebilligt, sie war sehr stolz auf Carlene gewesen. Jetzt, wo die Oma die Radieschen von unten betrachtete, war natürlich niemand mehr da, der auf die Kinder aufpasste, wenn Carlene zum Friseur ging. Es war ein Teufelskreis, aber Danny sah nicht ein, warum er daran schuld sein sollte. Vielleicht sollte er ihr Parfüm kaufen, sexy Unterwäsche, um die dumme Kuh aufzumuntern. Danny konnte launische Zicken nicht ausstehen. Statt sich und anderen das Leben schwer zu machen, sollte sie es lieber genießen. Er löste den Blick von »Leanne, 19, aus Stockton«.

»Okay, Raymondo, wo geht es hin?«

»Zum Rosa Haus. Ich bin ein Name, keine Nummer.« Ray machte seine *Nummer-6*-Parodie, doch Danny war nicht alt genug, um sie zu verstehen.

»Das in der Lark Grove?«

»Treffer.« Jetzt spielte er den Typen, der die Dartergebnisse notiert.

Siehst du, dachte Danny, Ray lässt sich nicht gehen. Er war erst seit wenigen Monaten Witwer, seine Frau hatte den Löffel abgegeben, aber er blies kein Trübsal. Er machte das Beste daraus, wie jetzt. Ray hatte viele Stimmen, sein Loyd Grossman war perfekt, er hätte im Fernsehen auftreten sollen.

Danny würde Ray nichts von Carlenes Problem erzählen. Wozu den alten Mann beunruhigen, er hatte genug Sorgen. Nein, er würde die Sache heute Abend selbst in die Hand nehmen, mit allem Drum und Dran: Flasche Wein, Essen vom Chinesen, dann würde er sie so richtig durchbumsen, Schluss mit dem »Ich bin so müde«-Quatsch. Vielleicht sollte er zwei Flaschen Wein kaufen, um sicherzugehen.

Danny stieg in den Lieferwagen. Es war nicht weit bis zur Lark Grove. Er war schon öfter dort gewesen. Vornehmes Viertel. Vor sechs Monaten hatte er dort eine Waschmaschine repariert. Die Tochter war nicht in der Schule gewesen und in ihrem Rug-Rats-T-Shirt und rosa Schlüpfer durchs Haus gelaufen, die kleine Schlampe. Alles nur, weil in der Küche ein Kerl im Overall war. Ihrer Mutter hatte das nicht gefallen. »Georgina, wenn du krank bist, geh ins Bett.« »Schulitis«, hatte sie Danny zugeflüstert. Das Mädchen wurde rot und floh die Treppen hinauf. Durch das Geländer hatte er ihre nackten Beine gesehen. Er hätte sie gevögelt, wenn sie nicht erst vierzehn gewesen wäre. Andererseits, wie alt waren er und Carlene gewesen? Vierzehn, fünfzehn?

Danny rutschte auf dem Fahrersitz hin und her. Heute Abend musste er zum Schuss kommen, es war fast eine Woche her. Seine Eier fühlten sich an wie Spacehopper.

Bei Peckham Premier überlegte Carlenes Vater derweil, ob er einen Schlauch (ein wesentlicher Bestandteil seines Gewerbes und daher zur Genüge vorhanden) auf den Auspuff seines Rover Vitesse stecken sollte. Doch dann ermahnte er sich in seiner Harry-Enfield-Besserwisser-Stimme: »So macht man das nicht.«

Es war 9.57 Uhr, als Danny an die Tür vom Rosa Haus klopfte.

36

Oder doch Mrs. Cuntingham?

Ich weiß noch, was ich anhatte, als ich ihn zum ersten Mal sah: alte Levis und ein langarmiges T-Shirt mit Schmetterlingen drauf. Als ich die Tür öffnete, war es, als würden die Schmetterlinge zum Leben erwachen und in meinem Brustkorb herumflattern. Ich sah auf meine Füße und dachte: Gut, dass ich meine Fußnägel lackiert habe. Sie waren knallrot. Es war 10.00 Uhr morgens, um 10.30 Uhr küssten wir uns in der Küche und um 10.35 Uhr war er in meiner Hand gekommen. Aber wenigstens hatte er den Geschirrspüler repariert. Auf dem Gerät lagen sieben Olivenkerne ordentlich aufgereiht. »Sie brauchen einen neuen Motor«, sagte er, »ich bestelle einen. Sollte heute in einer Woche da sein. Würde Ihnen das passen?« Während er das sagte, beugte er sich vor und zwickte meine Brustwarze. Ich trug keinen BH. Ich gab ihm einen Scheck von unserem gemeinsamen Konto und er sagte: »Vielen Dank, Mrs. Cunningham«, und für einen Moment dachte ich, er hätte »Mrs. Cunt-ingham gesagt«, aber das kann nicht sein. Nachdem er fort war, setzte ich mich auf mein viktorianisches Schaukelpferd in der Küche und besorgte es mir selbst – Hühott, Silver! Ich hatte nicht wirklich ein schlechtes Gewissen, habe ich nie – zu anstrengend. Um ehrlich zu sein, glaube ich, dass Ehebruch aus mir einen netteren Menschen machte. Ich weiß noch, dass ich am selben Abend mit Pandora Schoko-Rice-Crispy-Kekse backte und ich sie nicht anschrie, als sie eine Ladung Rice Crispies auf den Boden fallen ließ.

Er hieß Danny, Daniel passte nicht zu ihm. Anwälte heißen Daniel. Sie haben saubere Fingernägel und Einstecktücher aus Seide. Dannys hingegen haben raue Hände mit Schwielen, die Laufmaschen in Strumpfhosen reißen.

Nachdem er an diesem ersten Morgen gegangen war, machte ich mich auf den Weg zu Maggie und bemerkte gerade noch rechtzeitig einen Ölfleck auf dem T-Shirt, dort, wo er meine Brust gekniffen hatte. Ich zog mich natürlich um.

Ich habe darüber nachgedacht, warum das alles passiert ist, und es ist nicht allein meine Schuld. Ich habe versucht, die Gründe zu analysieren, und bin zu dem Schluss gekommen, dass – abgesehen von den Olivenkernen – die Gesellschaft schuld ist. Sagen wir so … Ich habe mir Notizen gemacht, ich habe sogar einen Aufsatz zu dem Thema verfasst. Schade, dass ich ihn nach einer Flasche Rotwein geschrieben habe und meine Handschrift unleserlich ist, aber das war die Quintessenz:

Die meisten Menschen tragen zwei Seelen in ihrer Brust, vor allem Frauen. Früher hatten sie keine Zeit, sie wuschen die Wäsche mit der Hand und verloren ihre Finger in der Mangel. Dank elektrischer Geräte, Staubsauger, Geschirrspüler, Gefriertruhen usw. haben wir heute genug Zeit, ein Doppelleben zu führen. Wir haben Handys, mit denen wir flüsternd Rendezvous vereinbaren können, wir haben Autos und können uns in abgelegenen Parks mit Männern treffen, wir haben unseren eigenen Pass, wir haben die Freiheit, alles zu vermasseln – wenn uns danach ist.

Früher hatten Frauen keine Gelegenheit, Männer kennen zu lernen. Es gab nicht so viele Dinge im Haus, die kaputtgehen konnten. Höchstens der Postbote und der Milchmann kamen vorbei – und dementsprechend war ihr Ruf! Heutzutage ist es für Frauen schwierig, keine Männer kennen zu lernen. Im Job begegnen wir Motorradkurieren, die – den Helm unter dem Arm – hereinstolzieren wie Gladiatoren. Es gibt Pizzajungen und Tennislehrer und Fitnesstrainer, Chiropraktiker und Psychotherapeuten. Die heutige Gesellschaft ist sexbesessen.

Sie sehen also, ich habe ausführlich darüber nachgedacht. Vielleicht hätte ich den Aufsatz nicht in Georginas Englischheft schreiben sollen, denn als ich versuchte, es herauszureißen, lösten sich die anderen Seiten, und ich musste das ganze Ding wegwerfen.

Ich versuche nicht, mein Verhalten zu rechtfertigen, aber ich glaube, manche von uns haben eine Veranlagung zur Schlampe. Eines Tages wird man wahrscheinlich ein Gen entdecken, für alles andere haben sie ja auch eines gefunden: Schüchternheit, Homosexualität, Alkoholismus – zweifellos gibt es ein Gen, das einen zur Schlampe bestimmt.

Mein Problem ist, dass ich – abgesehen von Chris – immer auf Arschlöcher stand. Aber ich bin nicht dumm, mein Selbsterhaltungstrieb war immer etwas stärker als mein Selbstzerstörungstrieb – bis jetzt jedenfalls –, und ich wusste, dass man mit Arschlöchern flirtet, knutscht und gelegentlich vögelt, aber dass man die Guten heiratet. Chris ist durch und durch gut. Ich hatte immer den Verdacht, dass ich ein moralisches Defizit habe, aber ich dachte, wenn ich mich an Chris halte, färbt seine Tugendhaftigkeit auf mich ab. Dass seine Nettigkeit ansteckend ist wie eine Erkältung. Hätte fast geklappt.

Man sah mir nicht an, dass ich das Schlampen-Gen in mir trug. Ich hatte schon immer Klasse. Ich habe weder gebleichte Haare, noch habe ich je das Bedürfnis verspürt, auf Stilettos herumzustöckeln, aber wahrscheinlich kann man es riechen. Das war schon immer so: Ich erinnere mich noch, wie meine Mutter mir als kleines Mädchen im Kaufhaus den Weihnachtsmann zeigte, als ich mich auf seinen Schoß setzte, bekam er eine Erektion. Ich war erst sieben, es war nicht meine Schuld.

Pandora hat meine latente Nymphomanie nicht geerbt. Bestimmt wird sie eines Tages einen rotgesichtigen Bauern aus Wales heiraten und viele Kinder bekommen. Jed dagegen … nun, es macht mir nichts aus, dass er so ist, aber Chris reagiert total verklemmt. Der blöde Kerl. Eines Tages, wenn Jed reich und berühmt ist, wird er mich am Arm durch die Stadt führen, und ich werde bei Premierenfeiern Champagner trinken und Canapés essen. Bis dahin bin ich natürlich wieder schlank und elegant, und das alles ist längst vergessen.

37

Sex und der Ex

Ich habe versucht, mich zu erinnern, habe mein Gedächtnis durchforstet, aber ehrlich gesagt, war ich in meinem ganzen Leben erst mit drei Männern im Bett. Ich weiß, andere Leute treiben es immer und überall, fallen übereinander her, zerren an Knöpfen, Haken und Ösen, ich kenne Channel 5. Vielleicht bin ich hier der Freak, die dumme, treu ergebene Ehefrau. Aber ganz ehrlich, mir gefällt niemand. Na gut, Robbie Williams hat was. Dem würde ich gern im Nachthemd gebutterten Toast servieren, aber mehr auch nicht.

Ich weiß gar nicht, wie man es anstellt, eine Affäre zu haben. Dafür habe ich gar nicht die Unterwäsche. Ich trage saubere weiße Baumwollschlüpfer von Marks and Spencer, die bis zum Bauch gehen und meine Schamhaare bedecken. In knappen Slips friere ich und mit Stringtangas komme ich schon gar nicht klar. Mir wurde eingetrichtert, die Nieren warm zu halten. Meine Familie ist da sehr anfällig.

Ich war achtzehn, als ich meine Unschuld verlor. Ich war Schulsprecherin einer Mädchenschule in Hampshire, und er war Schulsprecher einer benachbarten Knabenschule. Wirklich süß: Wir diskutierten ausführlich darüber, und er begleitete mich zum Frauenarzt, wo wir uns über Verhütungsmethoden informierten. Sehen Sie, ich war schon immer sehr verantwortungsbewusst. Er hieß Michael Granger, sein zweiter Name war Jonathan und er war Steinbock.

Wir machten es im Haus seiner Eltern – sie arbeiteten beide – es war an einem Freitagnachmittag um halb fünf. Danach las er mir etwas von Keats vor und dann setzten wir uns an den Esstisch und gingen die Themen der Abschlussklausuren durch. Ich fragte ihn Spanischvokabeln ab und er mich den Vertrag von Versailles. Vielleicht tranken wir noch einen Kaffee. Als seine Mutter von der Arbeit kam, fragte sie mich, ob ich zum Abendessen bleiben wolle. Wollte ich nicht, denn sie war Fußpflegerin und mich quälte die Vorstellung, dass sie ihre Hände nicht richtig gewaschen hatte. Aber ich sagte: »Sehr gern«, und es gab Fischpastete. Wir waren vielleicht nicht besonders aufregend, doch das hat auch etwas für sich.

Ich hatte bei Michael Granger nie einen Orgasmus, aber das habe ich auch nicht wirklich erwartet. Meiner Erinnerung nach war es nicht unangenehm, aber eine ziemliche Schweinerei, mit all dem Blut, das hinterher aufzuwischen war.

Michael und ich wollten auf die gleiche Universität gehen, aber er fiel bei den Abschlussprüfungen durch und ging auf die Manchester Polytechnic. Ich besuchte ihn ein paar Mal. Er wohnte im Studentenheim und machte plötzlich auf Punk. Einmal holte er mich in einem rot-schwarz-gestreiften Mohairpullover vom Bus ab, was ein ganz schöner Schock war: Ich hatte ihn mir nie in etwas anderem als dem marineblauen Blazer seiner Schuluniform vorstellen können. Ich ging nach Edinburgh und im ersten Jahr sah ich keinen anderen Mann an: Ich war Michael treu. Wirklich albern. Als ich ihn das dritte Mal in Manchester besuchte, hatte er etwas mit einer älteren Frau angefangen, na ja, einer

Schauspielstudentin im zweiten Jahr. Sie hieß Yvonne Sticky, sie trug eine wasserstoffblonde Bouffant-Frisur und eine rote PVC-Jacke. Sie schrieb Punk-Gedichte, und es ging das Gerücht, dass sie Absinth trank. Jedenfalls traf ich sie einmal. Sie war sehr nett, aber ihre Zähne hatten braune Flecken, und ich fragte mich, was Michaels Mutter wohl zu ihren Schuhen sagen würde – grüne Schlangenlederschuhe mit Pfennigabsätzen. Sie schrieb mir ein Entschuldigungsgedicht:

Nie hätte ich deinen Mick angeblickt
Ich weiß, die Lage ist verzwickt
Doch ist er halt so gut bestückt

War er nicht.

Ich fuhr also zurück nach Edinburgh und hatte ein Jahr lang eine recht bizarre Beziehung mit einem meiner Tutoren. Heutzutage hätte man ihn gefeuert, aber damals, in den späten Siebzigern, gehörte das dazu. Er war faul und quasi impotent. Ich glaube, es war Glenn, der mir Oralsex vermiest hat. Stundenlang musste ich seinen widerspenstigen Schwanz bearbeiten. Es funktionierte nie: Schließlich steckte er seine halbe Erektion einfach rein, und ich gab Geräusche von mir, als würde ein kleines Walross in mich eindringen. Männer bekommen es nie mit, wenn man ihnen etwas vorspielt, ihr Ego lässt das nicht zu. Glenn war von einem Zirkel bewundernder Girlies umgeben. Außerdem hatte er ein sehr schlaue Frau, die im gleichen Fachbereich arbeitete. Alicia hieß sie. Sie hatten eine Tochter namens Lettuce. Inzwischen ist mir natürlich klar, dass der Mann ein totaler Wichser war.

Im zweiten Jahr begegnete ich Nigel. Eigentlich studierte

er in Aberystwyth, aber nach dem Tod seiner Schwester wechselte er die Universität, um näher bei seinen Eltern zu sein. Ihn umgab eine tragische Aura. Ich hatte noch nie jemanden kennen gelernt, dessen Schwester gestorben war. Männer, wenn ihr Erfolg bei Frauen haben wollt, erfindet verstorbene Geschwister oder an Krebs erkrankte Eltern oder etwas mit Leukämie. Wir Mädchen stehen auf Rührgeschichten.

Bevor wir miteinander ins Bett gingen, waren wir Freunde. Ich gabelte ihn auf, als er versuchte, die Dundas Street hochzugehen. Sie ist sehr steil, und er war sehr betrunken. Es war der Geburtstag seiner toten Schwester, und er randalierte vor dem italienischen Restaurant, aus dem ich gerade mit Freunden kam. Ich wusste, wo er wohnte, und brachte ihn nach Hause. Es war ein langer Weg, weil er drei Schritte zurück und zwei vorwärts zu gehen schien. Man nennt es den Dublin Shuffle, glaube ich.

Er wohnte im ersten Stock in einer Seitenstraße der Cowgate, und ich musste ihm die Treppe hochhelfen. Ich legte ihn ins Bett. Er weinte, also blieb ich die ganze Nacht an seinem Bett sitzen. Um sechs Uhr morgens schlich ich mich dann davon. Ich musste einen Aufsatz abgeben. Einmal Streber, immer Streber.

Als ich ihn das nächste Mal sah, knutschte er in einem Club mit einer meiner Freundinnen.

Ich musste lange auf Nigel warten. Dreimal musste ich seine Kotze aufwischen, bevor ich auch nur einen Kuss bekam, aber am Ende bekam ich ihn doch.

Er wird mich nie verlassen, das weiß ich. Ich habe seinen Eltern Enkelkinder geschenkt, und obwohl meine verzogenen Gören nie anrufen oder schreiben, um sich für die schottischen Fünf-Pfund-Scheine zu bedanken, die monatlich per Post eintrudeln, gibt es so etwas wie gegenseitige Dankbarkeit. Ich liefere ihnen einen Grund aufzustehen und zum Briefkasten zu gehen. Das ist nicht viel, aber besser als nichts. Elizabeth hätte wahrscheinlich schöne und begabte Kinder gehabt, aber sie ist tot.

Für Nigels Eltern bin ich die einzige Verbindung zur Zukunft. Allerdings besaß Elizabeth einen Organspenderpass und zweifellos gibt es da draußen dankbare Empfänger ihrer lebenswichtigen Secondhand-Organe, ihrer Netzhäute und Herzklappen: Noch aus dem Grab spielt Elizabeth ihre Trümpfe aus. Vielleicht wird eines Tages ein Kind aufkreuzen, das Elizabeths Herz hat, und meinen Kindern das Erbe streitig machen. So etwas fällt einem immer mitten in der Nacht ein.

38

Sex, Sex, Sex

Sie waren wirklich schlimm. Einmal war unanständig genug, aber sie taten es immer wieder, Danny und Anna, Anna und Danny. Fieberhafter, wilder Sex am helllichten Tag und kein Wort darüber. Wenn Danny Anna auf der Straße begegnet wäre, hätte er nie vermutet, was für ein Luder sie war. Aber das war sie, diese Mrs. Cunningham war ein geiles Miststück.

Einmal hatte er sie gefragt, wie alt sie ist. »Fast vierzig«, hatte sie grinsend geantwortet. Es machte ihm nichts aus. Im Gegenteil, ältere Bräute waren dankbarer, gaben sich mehr Mühe.

Danny kannte sich aus. Als er vierzehn war, kam die Brieffreundin seiner Schwester aus Stockport zu Besuch. »Stockport!« schnaufte Danny verächtlich, »nicht Stockholm? Was willst du mit einer Brieffreundin in Stockport?«

Brenda kam also mit dem Bus aus Greater Manchester angereist und noch bevor sie drei Nächte bei ihnen gewesen war, hatte sie ihn entjungfert – ganz still und leise, während Dannys kleiner Bruder im Bett unter ihnen schlief. Es dauerte nicht lange: Als es vorbei war, hatte seine Schwester, die sich im Bad zum Ausgehen fertig machte, noch immer ihre elektrischen Lockenwickler im Haar. Trotz Pickel und schalem Atem, er würde Brenda immer dankbar sein.

Noch jahrelang klebte das Kaugummi an seinem Bettpfosten, das sie aus dem Mund genommen hatte, um ihm den Zungenkuss beizubringen. Nachdem sie heimgefahren war, tastete er ab und zu danach, nur um sich zu vergewissern, dass es wirklich passiert war. Ja, Danny mochte ältere Frauen, obwohl man natürlich irgendwo die Grenze ziehen musste …

Anna war nicht nur älter, sie war eine Luxusbraut – ein zusätzlicher Bonus. Luxusbräute waren ganz wild auf Sex: Sie dachten sich Spiele aus, kauften teure Geschenke, redeten im Bett Klartext (manchmal auf Französisch) und ließen sich gelegentlich in den Arsch ficken.

Carlene ließ sich überhaupt nicht ficken, so dass Danny nichts anderes übrig blieb, als sich ab und zu im ehelichen Bett einen runterzuholen, während seine begeisterte Frau sich schlafend stellte. Danny weigerte sich, sich ins Badezimmer zu verziehen. Es war sein Haus, er konnte wichsen, wann und wo immer er wollte. Danny hatte die Theorie, dass Sperma verdarb, wenn es zu lange in den Hoden blieb.

Es war nicht Carlenes Schuld: Sie vermisste ihre Mutter und seit Teds Geburt vor achtzehn Monaten war ihr schlecht, deshalb aß sie Zwieback und trank literweise Cola und ließ ihre sexy Klamotten im Schrank, auf die Danny so stolz war. Danny war enttäuscht. Er wollte, dass seine Kumpel scharf darauf waren, mit ihr ins Bett zu gehen, was einige auch getan hatten, aber nur mit seiner Erlaubnis, und nur einmal hatte er die Kamera mitlaufen lassen. Armer Danny: Seine einst vollbusige bessere Hälfte verwelkte vor seinen Augen. Zu Weihnachten wollte er ihr Silikonbrüste schenken. Damit würde sie sich besser fühlen.

Bis dahin gab es ja Anna. Anna, die im Rosa Haus auf ihn wartete.

Anna bereitete sich auf ein Stelldichein mit Danny vor. Während ihr Liebhaber bei McDonalds in der Walworth Road aß, epilierte und deodorierte sie sich und schwankte zwischen dem schwarzen BH mit roter Spitze und dem roten mit schwarzer Spitze. Sie entschied sich für Letzteren – weil der dazugehörige Slip sauber war. Sie zog enge Levis und ein weißes Hemd an – sie wollte nicht zu bemüht wirken –, dann übte sie vor dem Spiegel sexy Posen. Die Jeans saß ziemlich eng. Der verdammte Chris und seine Fixierung auf Enchiladas: Gestern hatten sie mexikanisch gegessen, und sie konnte spüren, wie die Bohnen in ihren Gedärmen gärten. Konzentriert ließ sie einen mächtigen, ohrenbetäubenden Furz fahren, so dass sie fast die Klingel überhört hätte. »O Gott, o Gott.« Hastig versprühte sie Thierry Muglers »Angel« und galoppierte nach unten. Ganz ruhig, Anna, nicht laufen.

»Was ist es diesmal, Mrs. Cunningham?« fragte Danny.

»Die Waschmaschine, der Wasserhahn klemmt.«

»Das sollte ich mir mal ansehen.«

Anna folgte ihm die Treppe hinauf. Sie musste sich beherrschen, ihm nicht an den Hintern zu fassen.

Sie gingen durch das Schlafzimmer ins angrenzende Badezimmer. Es roch immer noch etwas nach »Angel«, jedoch ohne Unterton, wie Anna mit Erleichterung feststellte. Er hatte seinen Werkzeugkoffer dabei und erst nachdem er ihn auf den Fliesen abgestellt und die Tür geschlossen hatte, atmete sie auf. Danny lächelte wie ein junger Wolf. Diverse Frauen hatten dieses Lächeln kommentiert. Mit dem Wolfslächeln sah er sie unter seinem langen dunklen Pony hervor an, hakte einen Finger in eine Gürtelschlaufe ihrer Levis und zog sie an sich. »Wer ist ein ungezogenes Mädchen?« Ich, ich, ich, wollte Anna schreien und gleichzeitig lachen, aber sie beherrschte sich. Zwischen Farce und Fantasie liegt ein schmaler Grat. In wenigen Sekunden war Annas weißes Hemd auf dem Boden und Dannys Hosenschlitz geöffnet. In einem Cartoon wäre sein Schwanz mit einem lauten Plopp aus der Calvin gesprungen.

Er musste ihren Kopf nicht hinunterdrücken, sie kniete auf dem Boden, bevor er »Fellatio« sagen konnte. Ganz ruhig, Anna. Sie war zu gierig, nahm Danny ganz in den Mund, zu viel, zu schnell. »Schling nicht so, Anna«, (die Stimme ihrer Mutter). Anna spürte einen Brechreiz und schmeckte Enchiladas – o nein, was, wenn sie sich auf seinen Schwanz erbrach? Entspann dich, alles wird gut. Sie wusste schließlich, was sie tat.

Sie öffnete kurz die Augen und sah sich im Spiegel, wie ein Kind, das an einem Lolli lutscht, während ein Mann, dessen Nachnamen sie nicht kannte, sie an den Haaren festhielt.

Während Anna sich also von einem Klempner, der seine Ts nicht artikulierte, zärtlich ohrfeigen ließ, schloss Chris seine Kaffeebohnendeals ab. Das war kein Job für einen übergewichtigen Mittvierziger: Eines Tages, dachte er, würde er vor Stress kollabieren. Für Leute in seiner Branche war es nicht ungewöhnlich durchzudrehen. »Erinnerst du dich noch an Simkins? Traurige Geschichte. Arbeitskollege, Kumpel, reizende Frau, zwei kleine Töchter, Haus auf dem Land, guter Kerl, achtundvierzig Paracetamol, drei Tage später war er tot – Nierenversagen, war bis zum Schluss bei Bewusstsein.« Verdammt ... Die Panik kam in Wellen. Chris wollte nur noch nach Hause.

Zum Glück blieb er, wo er war. Danny ging um drei Uhr, doch vorher gab Anna ihm noch einen Scheck über sechzig Pfund. Na, wenn es sie beruhigte. Danny steckte ihn ein. Er musste schließlich Geld für Carlenes 80DD-Körbchen auftreiben.

Anna ging wieder nach oben, wischte den verschmierten Lippenstift ab und räumte auf. Jetzt, wo Danny fort war, konnte sie furzen wie sie wollte, sie sang und furzte und furzte und sang. Später waren sie bei den Metcalfs eingeladen. Der nächste Sommerurlaub musste besprochen werden. Als die Kinder aus der Schule kamen, fragte Pandora, warum sie zu Hause sei. »Ich war beim Zahnarzt«, sagte ihre Mutter aufgekratzt. Sie musste sich wirklich originellere Ausreden einfallen lassen.

Als Chris nach Hause kam, saß sie in der Badewanne. Sie hatte die Tür abgeschlossen, sie wollte ihre Ruhe, um den Nachmittag Revue passieren zu lassen. Doch Chris klopfte ständig an die Tür: »ANNA, IST MEIN GRAUER PULLOVER TROCKEN? ANNA, WILLST DU DIE GANZE NACHT DA DRIN BLEIBEN, ICH WÜRDE NUR GERN DUSCHEN, WAR EIN VERDAMMT HARTER TAG, Börsencrash im Mittleren Osten, wahnsinnige Kopfschmerzen, wahrscheinlich ein Blutgerinnsel, das auf mein Gehirn zukriecht, nicht tödlich, wahrscheinlich werde ich nur blind und inkontinent, sterben werde ich nicht, keine Chance. O gütiger Gott, die Kordhose ist eingelaufen. ANNA, DIE KORDHOSE IST EINGELAUFEN, WAS HAST DU DAMIT GEMACHT? An mir kann es nicht liegen, so viel kann ich nicht zugenommen haben, nicht in zehn Tagen. Ich esse weniger als ein Hamster. Fettarme Milch, Vollkornbrot, was soll's, heute Abend ist Schluss mit der Diät, heute lange ich ordentlich zu. Ich nehme mir zwei-, drei-, viermal nach und zu Hause gibt es dann noch Käse und Cracker und Cornflakes, wenn mir danach ist. ANNA, HÖRST DU MIR ZU. ICH GLAUBE, ICH HABE

EINEN GEHRINTUMOR. Mein rechter Arm kribbelt schon den ganzen Nachmittag und ich bekomme die Hose nicht zu, HILF MIR, ANNA!«

Hinter der fest verschlossenen Tür schnitt Anna Grimassen. Oh, verzieh dich, Chris, du Affe, hau einfach ab und setz dich mit deiner Thrombose in die Ecke, braver Junge. ICH WASCHE MIR DIE HAARE, da ist Sperma drin, Dannys Saft, reines Protein, ha – da kann ich mir die Haarkur schenken. Er sollte es in Flaschen abfüllen, ich würde ihm helfen, BIN GLEICH DRAUSSEN, hmm, der gebräunte, muskulöse Danny, ein Schwanz wie ein Aal, Sommersprossen auf dem Rücken, Knutschknutsch, wunde Lippen, komm bald wieder, Danny, komm und fick mich bald wieder, Danny, ha, komm in meinem Mund und meinem Haar, ICH HABE SIE NICHT ANGERÜHRT, war zu beschäftigt, hatte Besseres zu tun. Sag's noch mal, schlag mir ins Gesicht, nenn mich dreckiges Flittchen, schreib meinen Namen an die Toilettentür, WARTE, ICH KOMME. Schön wär's.«

Während die Cunninghams und die Metcalfs Jos berühmte Jakobsmuscheln mit Ingwer und Nudeln aßen, war Danny wieder in Nunhead. Er langweilte sich. Carlene tat, als sei sie im Ehebett eingenickt. In einem Arm hielt sie die dreijährige Roxanne, im anderen den kleinen Ted. Arme Carlene, sie glühte und ihr linker Arm war unter Roxannes schwerem verschwitzten Kopf eingeschlafen, nur der Rest wollte nicht zur Ruhe kommen. Danny saß unten, trank eine Dose Bier und sah den Fantasy Channel. Im Moment lief ein flotter Vierer, aber das war nicht sein Ding, er fand Kerle abtörnend. Danny sah es nicht gern, wenn andere Männer sich besser amüsierten als er selbst. Schließlich stellte er den Fernseher aus, schlich nach oben und zwängte sich in

Roxannes kleines Bett. Unter der Teletubbie-Decke roch es nach Seife und Urin und wo immer er seinen Kopf hinlegte, waren Barbiepuppen.

39

Nicht vor dem Hamster

Es ist lange her, dass ich Sex hatte. Das bin ich gewohnt: Manchmal hatten ich und Chris wochenlang keinen Sex – aber nur, weil ich mir nichts aus ihm machte. »Ich habe Kopfschmerzen, ich habe meine Tage, lass mich in Ruhe.« Armer Chris, sein Schwanz musste glauben, er sei im Winterschlaf.

Manchmal habe ich im Schlaf Orgasmen – natürliche Kompensation, nehme ich an – und manchmal sind diese Orgasmen so intensiv, dass ich mir ins Handgelenk beiße und stöhnend aufwache. Mit Chris war Sex nie besonders schön: Allein der Anblick seines stumpfsinnigen Gesichts kurz vorm Orgasmus war abtörnend. Deshalb wandte ich ihm immer den Rücken zu, damit ich ihn nicht ansehen musste und die Augen verdrehen und gelangweilte Grimassen schneiden konnte, während er mich zaghaft von hinten nahm. Einmal rutschte er aus und sein Schwanz drang in mein Arschloch ein – er war bestürzt. Ich war ganz kurz erregt. Er war mir immer zu sanft: Wenn er mich nur geschlagen, am Haar gezogen oder beschimpft hätte, hätte ich es ertragen können. Aber er hatte immer zu viel Spucke im Mund. Es gibt zwei Sorten Menschen: Die einen können küssen, die anderen nicht. Chris küsste wie ein Labrador, und manchmal wurde ich so wütend, dass ich ihn biss und meine Fingernägel in sein schwammiges Fleisch grub. Er dachte, seine Künste als Liebhaber seien dafür verantwortlich und kicherte beschämt, als wollte er sagen: »Das gefällt dir, was?« Irrtum.

Jo und Nigel haben immer noch Sex: Neulich nachts habe ich sie gehört. Ich saß auf der Treppe und lauschte dem Grunzen – »Ahh, aah, ahh« – wie zwei Sumoringer im Dunkeln.

Ihr Sohn onaniert oft: Ich habe ihn beobachtet. Er wichst in eine Socke, und wenn er glaubt, dass niemand ihn sieht, versucht er sie zu verbrennen und die Reste im Garten zu vergraben. Neulich fragte seine Mutter ihn, wo zum Teufel seine ganzen Socken sind, und ich musste mir auf die Wange beißen, um nicht laut los zu lachen. Er wurde rot wie Preiselbeeren, der verpickelte Henry. Ich wette, den Rosenbüschen tut es gut.

Das Mädchen ist wahrscheinlich noch Jungfrau. Schließlich ist sie erst vierzehn. Sie ist ganz schön eingebildet. Ich höre, wie sie mit ihren Freundinnen telefoniert: Sie sind alle verzogen und reich und denken, das Leben ist so wie in dem Film *Clueless,* und an ihrem siebzehnten Geburtstag bekommen sie begehbare Kleiderschränke und ein Cabrio. Manchmal lese ich Georginas Tagebuch, die üblichen Teenager-Schwärmereien. Sie benotet ihre Freundinnen auf einer Skala von eins bis zehn nach Aussehen, Kleidung und Reichtum der Eltern. Aus ihrem Tagebuch habe ich geschlossen, dass sie ihre Unschuld an einen Popstar verlieren will, einen gewissen Ritchie von einer Band namens Five. Sie hat ein Poster von ihnen an der Wand und ich habe Ritchie Pickel und einen Schnurrbart aufgemalt – sie flippte total aus und beschuldigte Henry. Er hätte es natürlich tun können, er schnüffelt oft genug in ihrem Zimmer herum. Ich weiß das, weil ich in seinem Schrank einen Schlüpfer von ihr gefunden habe – oh, und den Beipackzettel aus einer Tamponpackung. Ich bin die reinste Mata Hari geworden.

Die Affäre war ein Kinderspiel. Ich musste nur dafür sorgen, dass Sinead jeden Montagmorgen beschäftigt war. Ich begann also, sie zum Supermarkt zu schicken. Normalerweise ging sie freitags, und am Wochenende waren meist nur noch Spaghetti und Fertigsoßen im Haus, aber was soll's. Außerdem hatte sie Mittwochnachmittag Aerobic, noch ein freier Termin in meinem Kalender. Bei der Arbeit konnte ich mich problemlos verdrücken: Ich hatte plötzlich fiktive Zahnwurzelbehandlungen, Abstriche und so weiter. Manchmal kam er gleich morgens auf einen Zehn-Minuten-Quickie vorbei, wenn Sinead die Kinder zur Schule brachte und Chris schon zur Arbeit war. In der City fängt man früh an, um 7.30 Uhr war er aus dem Haus.

Ich wusste, dass er verheiratet ist, er hatte es mir erzählt. Sie hieß Carlene, und sie hatten zwei Kinder: die dreijährige Roxanne und einen Säugling, Ted. Er sagte, seine Frau sei sehr hübsch gewesen, habe sich aber nach dem zweiten Kind gehen lassen und verlasse ungern das Haus. Ich schloss daraus, dass sie an postnataler Depression litt. Vielleicht hätte ich mehr Mitleid haben sollen.

Wir machten es überall – oben, unten, auf der Treppe, im Keller zwischen den Spinnweben. Wir machten es im Badezimmer, im Ehebett und mehrere Male auf dem Boden in Pandoras Zimmer, wo der Hamster uns mit seinen braunen Knopfaugen zusah. Wir benutzten Kondome: Ich hatte krankhafte Angst, sie nicht richtig runterzuspülen. Manchmal, wenn sie sich nach mehr als zwei Malen nicht runterspülen ließen, fischte ich sie aus der Kloschüssel, wickelte sie in Toilettenpapier und warf sie in den Müllschlucker.

Er war nicht besonders clever, er war lustig und er brachte mich zum Lachen. Manchmal kaufte ich ihm Geschenke, eine Silberkette, aber er sagte, ich soll das lassen, weil Carlene eifersüchtig ist und er keinen Ärger will. Die Firma gehörte Carlenes Vater, er musste vorsichtig sein. Nun, ich auch, ich hatte mehr zu verlieren als er. Er sagte mir, wo er wohnte, und ich fuhr ein paar Mal dort vorbei: ein gewöhnliches viktorianisches Stadthaus mit abblätterndem Putz und einer kaputten Toilette im Vorgarten. Einmal sah ich Carlene. Sie sah aus wie die Frau eines Drittligisten. Sie hatte ein breites Kinn und ihr schwarzer Haaransatz musste dringend nachgefärbt werden. Sie trug ausgeblichene Jeans, die um die Hüfte spannten, und als sie den kleinen Jungen aus dem Buggy hob, rutschte ihr Oberteil hoch und man sah den schlaffen Bauch.

40
Ursache und Wirkung

Mein Leben hängt in der Warteschleife. Ich würde gern Leute einladen, aber sie würde alle in Verlegenheit bringen, sich hemmungslos besaufen, Schluckauf bekommen und in Selbstmitleid versinken.

Ich würde gern mal ein Wochenende wegfahren, aber ich kann sie nicht allein lassen. Es ist nur vorübergehend, aber mir ist vorübergehend zu lang. Ich bin nicht für so etwas geschaffen, mir fehlt die Geduld. Ich bin weder Krankenschwester noch Therapeutin, ich bin nicht einmal sicher, wie lange ich noch die beste Freundin spielen kann. Es kommt mir vor wie eine Probe für künftige Albträume – in denen meine Mutter bei uns wohnt – oder Nigels! Gott sei Dank sind wir reich genug, um sie ins Heim zu stecken, wenn es so weit ist. Anna ist erst einundvierzig und sie hat nicht den Verstand verloren, obwohl alles darauf hindeutet. Sie hat nur ein schlechte Phase – unter der wir alle leiden.

Letztes Wochenende sind Nigel und ich abends ausgegangen. Wir müssen auch mal an uns denken. Man weiß ja gar nicht mehr, was in der realen Welt vor sich geht. Wir sahen *Kunst* im West End. Amerikanische Freunde hatten uns eingeladen. Ihr Sohn geht mit Henry zur Schule, und sie wohnen in einem dieser pseudo-georgianischen Häuser hinter elektrischen Toren in Dulwich, aber sie sind trotzdem nett. Das sind Amerikaner meistens, nicht wahr? Nach dem Theater (fantastisch, fünfundsiebzig Minuten ohne Pause), gingen wir in einem dieser neuen angesagten Restaurants essen, in denen lauter dünne vierunddreißigjährige Frauen sitzen, die alle ein bisschen wie Gwyneth Paltrow aussehen. Wir aßen komplizierte Gerichte auf großen weißen Tellern, tranken teuren Wein und unsere reizenden, betrunkenen amerikanischen Freunde setzten dem Abend die Krone auf, als sie darauf bestanden, alles auf ihre Platinum Amex zu setzen. Zum ersten Mal seit Monaten amüsierte ich mich. Wir unterhielten uns über normale Dinge wie Schulgebühren und Hypotheken und den Gebrauch des magischen Realismus in der Literatur.

Als wir nach Hause kamen, war es nach eins und Anna lag ausgestreckt auf dem Sofa neben einer leeren Flasche Malibu und einem halb aufgegessenen Teller Frosties. Sie trug meinen Satinmorgenmantel und hochhackige Jimmy Choos und einen Hut, den Georgina für eine Kostümparty gekauft hatte, ein kleines Pillbox-Hütchen mit Schleier. Abgesehen von schulterlangen Ohrringen, die mir nicht bekannt vorkamen, war sie nackt. Der Morgenmantel war zur Seite gerutscht und man konnte ihr Schamhaar sehen, das wie Efeu über ihre dicken Oberschenkel wucherte. Nigel sagte »Bäh« und wir warfen eine Schottendecke über sie und ließen sie ihren Rausch ausschlafen.

Als wir ins Bett gingen, schliefen wir miteinander. Wir waren beide ziemlich betrunken und die Kinder übernachteten bei Freunden. Ich glaube, wir waren ziemlich laut. Nicht dass ich stöhnte und schrie, das ist nicht meine Art, aber ich bin eben schwer und das Bett quietscht. Danach holte ich mir ein Glas Wasser aus der Küche und sah Anna auf der Treppe sitzen. Sie grinste dreckig, und ich sah ihre linke Brust aus meinem Kimono hängen und wusste, dass sie zugehört und in meinen Jimmy Choos masturbiert hatte. Ich war wütend. »Was soll das, Anna?« zischte ich, aber sie kicherte nur und kroch auf allen vieren die Stufen hoch. Auf dem Treppenabsatz furzte sie und schüttelte sich vor Lachen. Ich war so sauer, dass ich das Glas Wasser vergaß und stattdessen nach unten ging und die Flasche Weißwein austrank, die seit ein paar Tagen im Kühlschrank stand. Am nächsten Tag ging es mir beschissen. Anna stand gar nicht erst auf.

Als ich damals in der Schule Französisch hatte, hielt mein Vater es für eine gute Idee, an einem Schüleraustausch teilzunehmen, und kurz darauf kam eine trübe Tasse namens Véronique aus Toulouse angereist.

»Hast du Lust, Schlittschuh zu laufen, Véronique?«

»*Non.*«

»Hast du Lust, ins Kino zu gehen?«

»*Non.*«

Ich sparte mir den Gegenbesuch. Sie blieb zwei Wochen, und es kam mir vor wie ein Jahr. Anna wohnt seit weniger als einem Monat bei uns, und es kommt mir vor wie lebenslänglich. Ich versuche, alles im Verhältnis zu sehen: Ich weiß, im Vergleich zu tausenden von Leuten, die nach Erdbeben ihre Häuser verlieren bin ich relativ gut dran, aber mein Mitgefühl nutzt sich ab. Wie bei den serbischen Flüchtlingen, die in Vauxhall die Autofenster putzen. Ich habe kein schlechtes Gewissen mehr, wenn ich die Scheibenwischer anstelle, um sie abzuwimmeln.

Henry und Georgina hassen sie inzwischen. Georgina mochte sie noch nie besonders, aber wenn sie jetzt im selben Zimmer sind, kann man die Luft mit der Kettensäge zerschneiden.

»Anna, warst du in meinem Zimmer?«

»Nein, was soll ich da?«

»Du spionierst mir nach. Du bist krank.«

»Jo, würdest du deine Tochter bitten, nicht so mit mir zu reden?«

»Halt Mum da raus. Ich rede mit dir.«

»Sieh da, Miss Etepetete. Auf die musst du aufpassen, Jo, völlig paranoid, wenn du mich fragst.«

»Mum, sie war in meinem Zimmer.«

»War ich nicht. Sie lügt, Jo, die boshafte kleine Schlampe.«

»Mum, sag ihr, sie soll nicht so mit mir reden. Die spinnt doch.«

Daraufhin äffte Anna Georginas aufgeregte, hohe Stimme nach.

»Hört auf, alle beide«, bellte ich, und Georgina stürzte davon.

»Das ist ungerecht. Ich hasse dich, Anna, und dich hasse ich auch, Mum.«

Als ich später hochging, um mit Georgina zu reden, hatte sie ihren Pony kurz geschnitten, saß heulend auf dem Bett und flehte mich an, die Haare wieder wachsen zu lassen. Es gibt Dinge, die Mütter nicht können, aber sie saß auf meinem Schoß – auch wenn ihre Füße den Boden berührten – und ließ sich von mir trösten. Eigentlich stand ihr die neue Frisur und ein paar Tage später hatten all ihre Freundinnen den Pony genauso kurz geschnitten. Georgina landet immer auf den Füßen. Henry dagegen frisst alles in sich hinein. Deshalb ist seine Haut schlimmer denn je. Anna kommentiert natürlich schadenfroh jeden neuen Pickel.

»Verflucht, Henry«, sagt sie, »ich dachte, man wird davon blind, aber dass man davon auch Pickel kriegt!«

Ich habe keine Ahnung, wovon sie spricht, aber ich wünschte, sie würde ihn nicht hänseln, Henry ist sehr sensibel. Zum ersten Mal seit Jahren hat er wieder dieses nervöse Zwinkern.

41
Pandoras Aufsatz

Pandora lag bäuchlings auf dem Fußboden ihres Zimmers, die dicken weißen Beine hatte sie nach hinten ausgestreckt. Ihre ausgeleierten Kniestrümpfe stauten sich um die Knöchel. Pandora schrieb einen Aufsatz über »Meine Familie«. Alle Kinder müssen irgendwann so einen Aufsatz schreiben, damit die Lehrer wissen, womit sie es zu tun haben. Heutzutage werden Lehrer geschult, auf jedes Zeichen häuslicher Probleme zu achten. Pandora hielt den Stift in ihrer schwitzigen Hand.

»Ich heiße Pandora, ich bin zwölf Jahre alt und ich bin dick. Ich bin dick, weil ich gern esse, und ich esse gern, weil sich meine Mutter darüber aufregt. Immer, wenn ich mir etwas in den Mund stecke, spüre ich, wie sie zusammenzuckt.

Es gibt alte Fotos, auf denen ich bei meiner Mutter auf dem Schoß sitze. Sie sieht nicht besonders glücklich aus. Ehrlich gesagt, sehe ich auch nicht gerade glücklich aus. Früher dachte ich, dass sie vielleicht das falsche Kind aus dem Krankenhaus mitgenommen hat, aber das hat sie nicht, denn ich sehe ein bisschen aus wie mein Vater und ein bisschen wie Oma Wales. Ich habe zwei Omas. Oma Wales wohnt in Wales, und Oma Genf wohnt in Genf, logisch. Oma Genf habe ich erst dreimal gesehen, sie hat dünne Beine und trägt hochhackige Schuhe. Oma Wales trägt Slipper.«

Pandora zerriss den ersten Versuch, warf ihn in den Spice-Girls-Papierkorb und begann von vorn.

»Ich heiße Pandora Cunningham, ich bin zwölf Jahre alt und wohne in einem rosa Haus mit meiner Mutter und meinem Vater und meinem kleinen Bruder. (So weit, so gut, die Katze war noch im Sack.) Meine Mutter heißt Anna und mein Vater heißt Chris. Mein Bruder heißt Jed, oder eigentlich Jedediah, er ist neun, und meine Mutter liebt ihn mehr als mich, weil er aussieht wie ein Engel im Krippenspiel.«

Hoppla.

Sie begann von vorn.

»Ich heiße Specki, so werde ich in der Schule genannt.«

Pandora gab auf, über »Meine Familie« zu schreiben. Sie nahm ihren Hamster aus dem Käfig. Hamster werden normalerweise drei Jahre alt, Nibbles würde also mit Sicherheit noch mehr als zwei Jahre leben (von wegen). Pandora liebte Nibbles, und sie liebte ihren Vater. Sie liebte ihre Mutter, aber sie wünschte, Anna würde sie nicht immer so anschreien. Auch ihren Bruder liebte sie, aber manchmal wünschte sie, er wäre nie geboren worden.

Manchmal malte Pandora sich aus, sie hätte eine tödliche Krankheit. Ihre Mutter stand am Krankenhausbett und schluchzte. »O Pandora, mein geliebtes Kind.«

Pandora versuchte, positiv zu denken: Schule war scheußlich, aber manchmal gab es Schokoladenpudding zum Nachtisch. Ihre Mutter war gemein, aber manchmal übermannte sie das schlechte Gewissen, und sie kaufte ihr alles, was sie wollte, ihr Vater war der beste Vater der Welt und Sinead war in Ordnung.

»Pandora, Jed, Abendessen«, rief ihre Mutter von unten. Es bestand kein Grund zur Eile, Anna kochte nicht, nicht richtig, jedenfalls nicht mit Butter und Mehl. Die Cunninghams waren auf dem Gesundheitstrip und Pandora war hinter ihrem Rücken auf Diät gesetzt worden. Dienstagabends gab es immer Tunfischsalat mit Ofenkartoffeln.

»Wenn ich du wäre, würde ich die Butter weglassen, Pandora, probier's mal mit Joghurt.«

Pandora wäre für eine Pizza gestorben. Als sie aufstand, stieß sie mit ihrem dicken Knie eine Coladose um ...

»Pandora, für dich ist die Cola light.«

... und bückte sich, um die Cola mit dem Bein ihres Schlafanzugs aufzuwischen, bevor ihre *Mizz*-Hefte durchweicht wurden. Pandora mochte *Mizz*-Hefte, aber immer, wenn sie die Persönlichkeitstests ausfüllte, kam Trübe Tasse oder Beleidigte Leberwurst dabei heraus. Nur einmal wäre sie gern jemand zum Pferdestehlen gewesen. Als sie nach der leeren Dose griff, fand Pandora eine kleine Schachtel, auf der bunte Luftballons abgebildet waren. Durex Kondome mit Geschmack. Pandora wich zurück. Irgendwie schaffte sie es, auf ihr Geodreieck zu treten, das krachend zerbrach. Sie wusste, was Kondome waren, letztes Jahr hatten sie in der Schule einen Film gesehen. Sie wusste über AIDS Bescheid, und über Sperma und Eierstöcke. Was sie nicht wusste, war, was diese Kondome in ihrem Zimmer zu suchen hatten. Unschlüssig legte sie sie zurück unter das Bett und ging zum Abendessen nach unten

Jed saß schon am Tisch. »Hallo, Stinki«, sagte er fröhlich. Jed trug seine Schuluniform, aber unter der grauen Hose lugten die flauschigen blassrosa Pantoffeln seiner Mutter von Agent Provocateur hervor.

»Sie waren herabgesetzt«, sagte Anna, als Chris sie in einer Schachtel im Schrank fand. »Ich konnte nicht widerstehen.«

Jed wollte keinen Tunfischsalat und Anna machte ihm Spagetti aus der Dose mit geriebenem Käse. Der Vater der

Kinder war bei einem Geschäftsessen. »Verstopft sich die Arterien mit rotem Fleisch und Sahnesoßen.«

Pandora kaute auf ihrer Kartoffel herum. Auf der einen Seite war sie ganz hart, ihre Mutter hatte sie wieder in der Mikrowelle gegart. Sie sagte, man schmecke keinen Unterschied, tat man aber sehr wohl.

Anna sah heute sehr hübsch aus, hübscher als es einer Frau über vierzig zustand. Sie ging problemlos für vierunddreißig durch.

Anna verdankte ihr Aussehen einer Mischung aus Glück, Genetik und dem gewissen Etwas namens »Triumph«. Als Anna jedoch ihre Tochter auf der Kartoffel herumkauen sah, kniff sie den Mund zusammen und wirkte für einen Moment verhärmt. Anna dachte daran, dass sie in Pandoras Alter auf Ibiza einen gelben Häkelbikini getragen hatte und wie ihr Schulmädchenhintern über Nacht zum Magnet für jedes männliche Wesen am Strand geworden war.

Nach dem Abendessen zog Pandora sich auf ihr Zimmer zurück. Sie schob Hausaufgaben in Geschichte vor, aber in Wahrheit drückte sie vier schwarze Mitesser aus der Nase und zählte die Kondome: Es waren vier.

Sie wollte gerade zu Bett gehen, als sie ihre Eltern streiten hörte. So wie ihre Mutter schrie, war das unvermeidlich. Pandora kroch über den Treppenabsatz, lauschte an der Tür und versuchte beim Atmen nicht zu schnaufen. Pandora hatte chronische Probleme mit den Nebenhöhlen.

»Ich habe in meinem ganzen Leben noch nicht so einen Schwachsinn gehört.«

»Bitte Anna, beruhige dich doch. Offensichtlich besteht Grund zur Sorge.«

»›Grund zur Sorge‹. Hörst du, wie du redest? Du klingst wie ein Trottel.«

»Bitte, Anna.«

Die Tür stand einen Spalt offen, Pandora konnte ihre Eltern in dem großen Spiegel über dem Kaminsims sehen: Ihr Vater wirkte zerknautscht und erschöpft, ihre Mutter war rot im Gesicht und stemmte beide Hände in die Hüften.

Pandora wusste, worum es ging. Um Jed. Pandoras Bruder hatte Ärger in der Schule, weil er sich »ungehörig benahm«, mit anderen Worten, er führte sich auf wie Noël Coward in utero. Pandora fragte sich, wie es wohl wäre, einen normalen Bruder zu haben, sie hatte in Büchern davon gelesen. Kleine Brüder sezierten Würmer, aßen Ameisen und schossen Fußbälle durch Treibhausfenster und sprühten sich nicht mit Parfüm ein oder trugen Haarreifen, »meinen Haarreifen«, dachte Pandora wütend und schlich so leise wie es ihre schwarzen Schnürschuhe erlaubten davon.

»Und ich wünschte, du würdest aufhören, deine dicke Nase in anderer Leute Angelegenheiten zu stecken.«

Ihre Mutter kam aus dem Schlafzimmer gestürmt.

»Ich wollte nur...«

»Nichts wolltest du!«

Pandora verzog sich. Was sie eigentlich brauchte, war Nurofen. Pandora hatte wieder Regelschmerzen und sie hasste es. Jed würde bestimmt kein Mädchen sein wollen, wenn er wüsste, wie es wirklich war. Pandora legte sich mit dem Gesicht nach unten und angezogenen Knien auf ihr Bett und öffnete den obersten Knopf ihres Rocks.

Wenige Minuten später hörte sie ihren Vater aus dem Schlafzimmer kommen. Er klopfte an ihre Tür. Früher hatte er das nie getan. Pandora fand Erwachsenwerden doof.

»Kann ich reinkommen, Pandy?«

Pandora stieß die Packung Maxibinden unter das Bett. »Ja.«

Ihr geliebter Dad mit seinem glänzenden rosa Gesicht und der Nase, die ihnen beiden nicht stand, setzte sich an ihr Bett auf einen Stapel sauberer Wäsche, darunter peinlicherweise auch ein BH, aber sie taten beide, als hätten sie ihn nicht gesehen, und er sagte: »Tut mir Leid wegen, du weißt schon.«

»Is okay.«

»Wie läuft's in der Schule?«

»Is okay.«

Das stimmte eigentlich nicht, aber sie konnte ihrem Vater schlecht erzählen, dass niemand beim Mittagessen neben ihr sitzen wollte und dass sie beim Hockey immer im Tor stehen musste, weil sie die Dickste in der Klasse war, und dass alle gelacht hatten, als ihr linkes Brillenglas zerbrochen war.

»Das wird schon«, sagte Chris, und Pandora wusste, dass er von Jed sprach. »Jed hat nur eine Phase.«

»Nein, hat er nicht«, wollte Pandora sagen. »Du weißt das und ich weiß es auch. Jed ist eine Schwuchtel.« Aber sie hielt den Mund.

»Kommst du fernsehen?«

»Gleich.«

Pandora konnte die klebrige Nässe ihrer Binde spüren und so gern sie auch mit ihrem Dad plaudern wollte, sie musste zur Toilette.

Chris blickte zu den Hausaufgaben, die aufgeschlagen auf ihrem Schreibtisch lagen. »Was Interessantes?«

Pandora schlug das Geschichtsheft zu, ehe ihr Vater sehen konnte, was ihr Lehrer mit Rotstift hineingeschrieben hatte. Es war nicht ihre Schuld, dass ihre Schrift so verschmiert war, Daniella Trent hatte sie die ganze Stunde über angestoßen und nun musste sie alles noch einmal schreiben.

»Das Feuer von London«, sagte sie.

»Ah, Pudding Lane. Ich kann dir zeigen, wo es anfing. Hast du Lust, nur wir zwei?«

»Ja, ja, klar.« Gott, wenn er nicht gleich ging, würde das Blut durch ihren Schlüpfer sickern.

»Also gut«, und er schlurfte davon und schloss die Tür hinter sich.

Pandora bückte sich nach den Maxibinden. Die Kondome waren noch da. Pandora zählte sie erneut: eins, zwei, drei, vier. Bevor sie wusste, was sie tat, hatte sie eine Sicherheitsnadel von ihrem Nachtschrank genommen (der Reißverschluss ihrer Jeans war kaputt) und die Spitze in eines der Kondome gestochen. Es war das mit Limonengeschmack. Dann legte sie die Packung zurück und ging triumphierend ins Bad. Gerade noch rechtzeitig. Sie brauchte drei Versuche, bevor sich die gebrauchte Binde runterspülen ließ.

42
Hörigkeit und Lügen

Chris ahnte nichts, nicht einmal als Danny mich zum Spaß dazu zwang, ihn anzurufen, während wir Sex hatten. Meistens war ich sehr vorsichtig, aber ich musste mich zusammenreißen. Einmal kritzelte ich gedankenlos Herzen und seinen Namen auf die Titelseite des *Telegraph*: »Danny, Danny, Danny.« Ich verbrannte die Zeitung und kaufte eine neue.

Ein paar Mal war die Situation brenzlig: Einmal kam Jo vorbei und ich plauderte mit ihr, während Danny zwanzig Minuten mit einem Ständer unter meinem Bett zitterte. Zweimal ging er, als Sinead nach Hause kam, und einmal war Chris wegen Durchfall zu Hause geblieben, als er vorbeikam. Ich sagte ihm, er habe sich in der Hausnummer geirrt, und er zwinkerte mir zu und ging.

Ich war sein »Edelfick«, seine »Mrs. Etepetete«, seine »Nympho-Schlampe«. Nach einem Besuch von Danny gab es viel aufzuräumen: Bademantelgürtel zurück in den Schrank, Fahrradpumpen zurück an ihren Platz, Unterwäsche, Handschellen und Vibratoren mussten in Plastiktüten hinter dem Schrank versteckt werden. Oh, ich böses, böses Mädchen. Wenn ich zurückblicke, führte ich ein Doppelleben. Ich vögelte ja nicht jede Minute des Tages mit meinem Liebhaber – ich ging immer noch zur Arbeit, fuhr tanken, holte Geld von der Bank und kaufte Mikrowellengerichte für meine Familie – aber ein- oder mit Glück zweimal pro Woche kam ein Mann, der mit einer anderen verheiratet war, ein Typ, der sein Besteck wie Werkzeug hielt, ein Angehöriger der Arbeiterklasse, und vögelte mir die Seele aus dem Leib. Mir war klar, dass es nicht ewig so weitergehen würde, wir hatten nicht vor durchzubrennen. Ich verstehe nicht, warum alles so dramatisch enden musste. In Frankreich ist so etwas normal, jeder geht fremd und wer es nicht tut, macht sich verdächtig.

Ich habe angefangen Zeitschriften zu lesen, in denen Leser ihr Schicksal schildern: »Mein Ehemann verwandelte mich in eine menschliche Fackel, Ich habe drei Vaginas, Meine Mutter ist ein Mann«, so in der Art. Ich lasse sie zustellen, zusammen mit Georginas *Smash Hits* und Henrys Einführung zum »Verständnis des menschlichen Körpers«. Sie bringen mich zum Lachen und das ist weiß Gott nötig.

Einmal hatte ich etwas mit einem Komiker, na ja, nicht einmal, sondern etwa zwanzigmal. Es war Nigels Schuld, er lud uns zur Aufzeichnung einer Late-Night-Show in die Fernsehstudios auf der South Bank ein. Ich habe mich noch nie so gelangweilt. Ein guter Rat: Spielen Sie nie Studiopublikum. Man behandelt Sie wie Dreck – zurückgebliebenen Dreck – man zwingt Sie zu johlen, zu pfeifen, zu klatschen wie gedopte Seelöwen. Eine Frau mit einem dicken Arsch in braunen Lederhosen wedelte ein großes Pappschild mit der Aufschrift APPLAUS und darunter noch eines mit LAUTER. Man konnte nicht mal zwischendurch zum Klo. Es war wie bei einer Geiselnahme, nur schlimmer, weil draußen niemand die britische Botschaft stürmte, um unsere Freilassung zu fordern. Danach gab es im so genannten »grünen Saal« eine Party. Weißwein in Plastikbechern, kleine Schälchen mit Nüssen, oh, welch ein Glamour. Im Studio hatte sein Anzug teuer ausgesehen. Aus der Nähe war er billig. Man sah, dass sich sein jungenhafter irischer Charme in ein paar Jahren abgenutzt haben würde.

Er hieß Paddy Burns. Ich ließ mir seine Nummer aus geschäftlichen Gründen geben: Mags und ich casteten eine große Getränkewerbung und suchten verschrobene Typen. Wir nahmen ihn dann doch nicht, aber er kam vorbei und wir hatten Sex, während Jed seinen Mittagsschlaf hielt und Sinead mit Pandora auf dem Abenteuerspielplatz war. Es war nie etwas Ernstes. Sein Schwanz war lang und dünn wie seine Nase und er trug grässliche Unterhosen.

Der Sex war nicht besonders gut. Vielleicht brauchte er ein Publikum. Aber wir hatten beide nichts Besseres vor, Komiker haben tagsüber nicht viel zu tun. Sie sehen fern und kritzeln Witze über *Countdown* auf die Rückseite von Briefumschlägen.

Die Affäre verlief schnell im Sand. Wenige Monate später sah ich ihn im Fernsehen, er trug denselben billigen Anzug und brachte einen Witz über Sex mit einer älteren Frau. Wie schwer es sei, bei *der* Zellulitis einen hochzukriegen. Ich wusste, dass er nicht mich meinte, denn damals hatte ich keine Zellulitis, aber ich war trotzdem sauer.

Einige Jahre später, als Sinead mir ein Foto von der Hochzeit ihrer Cousine in Dublin zeigte, war ich sicher, ihn unter ihren Brüdern zu erkennen. Er trug den billigen Anzug und weil sein Haaransatz zurückging, sah er aus wie eine große Stirn auf Beinen. Ich gönne ihm, dass er nie den Durchbruch schaffte.

43
Definition: Nymphomanie

Wir hatten keine Ahnung wie töricht sie war. Als die Geschichte mit Danny schließlich herauskam, erzählte sie mir von den anderen. Für sie zählten nur die, mit denen sie geschlafen hatte. Annas Moral ist clintonesque: Hand- und Mundarbeit zählen nicht wirklich. Es gab also abgesehen von Danny nur einen anderen, ein Komiker. Und auch der zählte eigentlich nicht, weil sie bei ihm nie zum Orgasmus gekommen war.

Einmal war ich offenbar mitten in eine ihrer Szenen aus »Geständnisse eine Klempners« geplatzt. Ich wollte ihr den Rührmix zurückbringen, den ich mir geliehen hatte, um Baisers zu machen. Ich weiß eigentlich nicht warum. Alles, was Anna in der Küche brauchte, war ein Dosenöffner. Jedenfalls öffnete sie die Tür und während wir in der Küche Kaffee tranken, versteckte er sich nackt unter ihrem Bett. Nachdem ich fort war, fiel ihr auf, dass ihr Hemd schief zugeknöpft und der Lippenstift verschmiert war. Ich komme mir so dumm vor, dass es mir nicht aufgefallen ist. Was müssen sie über mich gelacht haben.

Inzwischen hat sie mir alles erzählt. Sie hat mir Dinge erzählt, die ich gar nicht wissen möchte. Ich weiß über jedes Mal bis ins letzte Detail Bescheid. Sie sagt, beim Klang seiner Stimme verspürt sie den Drang, Gegenstände in ihre Vagina einzuführen. Dass er sie einmal anrief und als sie den Hörer auflegte, wurde ihr bewusst, dass sie sich eine Zucchini in die Muschi gesteckt hatte. Dass sie bei ihm im wahrsten Sinne des Wortes triefte. »Auch Frauen ejakulieren, Jo. Ich war so feucht, dass ich dachte, ich hätte mir in die Hose gemacht.« Wenn sie mir so etwas erzählt, ist sie betrunken. Wie er sie gegen die Wand presste und ihr die Kleider vom Leib riss, wie sie Pandoras Turnröckchen trug und er darauf abspritzte und Pandora dachte, sie habe sich mit Joghurt bekleckert. Als sie mir davon erzählte, lachte sie, bis ihr Erbrochenes aus dem Mundwinkel lief und ich sie ins Bett bringen musste.

Sie beschreibt mir seinen Schwanz – Länge, Umfang, Hoden –, seinen Geruch, wie ihre Zähne gegeneinander schlugen, seine rauen Lippen. Ich habe sie mehrmals gebeten, damit aufzuhören, aber sie lässt nicht locker. Einmal redete sie über Analsex. »Wirklich Jo, das musst du probieren.« Ich sagte, das ist nichts für mich. Ich wünschte, sie würde die Klappe halten. Es war Sonntagabend. Wir sahen *Der Vikar von Dibley*, und es bestand kein Anlass, darüber zu sprechen. Nigel versteckte sich hinter dem *Observer;* Gott sei Dank waren die Kinder auf ihren Zimmern. Wenn sie über Danny spricht, fasst sie sich an. »Meine Nippel, Jo«, sagte sie, »wurden bei seinem Anblick steinhart. Sobald er mich berührte, kam ich.«

Verstehen Sie jetzt, warum wir keine Freunde einladen? Man kann normale Menschen nicht dem pornographischen Geschwafel dieser Irren aussetzen. Stellen Sie sich vor, wie es wäre, wenn Anna in Fahrt kommt, »und dann schießt er mir seinen Saft ins Gesicht, sein heißer Glibber spritzt mir ins Auge und er sagt, dreckiges Flittchen. Würden Sie mir die Bohnen reichen, Vikar?« Es geht einfach nicht.

Und die ganze Zeit, die ganze Zeit während sie sich tagsüber Sperma aus dem Haar waschen musste, hatte keiner von uns eine Ahnung. Wir trafen uns zum Essen, redeten über die Kinder und neue Autos und unseren nächsten Sommerurlaub. Um die Wahrheit zu sagen, am meisten ärgert mich, dass sie bis heute nicht gesagt hat, dass es ihr Leid tut. Sie hat geweint geschrien getobt, aber sie hat sich nie richtig entschuldigt, und ich habe langsam die Schnauze voll. Ich will nichts davon hören, wie er sie auf den Küchenfliesen von hinten nimmt, wie sie auf allen vieren kniet, er ihr mit einem Spatel den Hintern versohlt, wie sie ihre Nippel mit Erdnussbutter bestreicht und sich von ihm durch das Haus jagen lässt. Mir reicht das obszöne Geschwätz in den Boulevardzeitungen.

Ich komme mir allmählich vor wie Mary Whitehouse. Ich rege mich über Soapstars auf, die Seite-drei-Mädchen vögeln, und über Drogen- und Sexorgien von Fußballern und allein erziehenden Strippern. Ich lese viel Jane Austen.

Als meine Eltern in unserem Alter waren, hat es so etwas nicht gegeben. London swingte, aber überall sonst ging das Leben weiter. Oder irre ich mich? Ich erinnere mich da dunkel an eine Episode. Es ist lange her: Ich muss ungefähr zehn gewesen sein, mein Bruder acht. Wir lebten in Berlin und es war Weihnachten und am ersten Weihnachtstag standen plötzlich zwei andere Kinder vor der Tür und wir mussten ihnen einige von unseren Geschenken überlassen. Zwei kleine Mädchen, ich weiß nicht mehr, wie sie hießen, das eine war etwa fünf und das andere noch jünger. Ich gab der Älteren Bleistifte, auf denen japanische Frauenköpfe aus Holz steckten. Sie redete davon, dass ihre Mami mit »Onkel Bernhard« auf und davon sei, aber für mich ergab das damals keinen Sinn. Sie übernachteten in meinem Bett. Ich schlief auf einem Feldbett im dunkelgrünen Armeeschlafsack meines Vaters. Er war zu warm und ich konnte sowieso nicht schlafen, weil ständig das Telefon klingelte. Damals war das ungewöhnlich. Man benutzte das Telefon nicht wie heute. Wenn man damals jemanden anrufen wollte, musste man sich an einen Tisch im Flur setzen und »klar und deutlich sprechen«.

Am nächsten Tag wurden sie von ihrem Vater abgeholt. Meine Mutter war ein bisschen verlegen, weil sie uns in Morgenmantel und Hausschuhen Arme Ritter machte.

»Ist sie wieder da?«

»Sie ist wieder da«, sagte der Mann, »aber wer weiß, für wie lange?« Er hatte Kratzspuren im Gesicht.

Einige Monate später musste mein Vater für einen seiner Gefreiten als Zeuge aussagen, der wegen Mordes an einem anderen Soldaten vor das Kriegsgericht gestellt wurde. Als das Gespräch beim Abendessen auf diesen Fall kam, murmelte meine Mutter das Wort »Nymphomanin«. Auf meine Frage, was das heiße, antwortete sie, das sei ein Wort für Frauen, die mit Männern verkehren, ohne Rücksicht auf deren Klasse oder sozialen Stand. Am Ende passte alles zusammen. Die kleinen Mädchen müssten jetzt Mitte dreißig sein und ihre nymphomanische Mutter pensioniert.

44
Balanceakt

Danny Leigh und Anna Cunningham hatten nichts gemeinsam: Er mochte Remoulade, sie mochte Mayonnaise, er mochte Kraft-Scheibletten, sie mochte Brie. Einmal machte sie ihm eine Tasse Earl-Grey-Tee. Er sagte, selbst Pfützenwasser schmecke besser. Ein anderes Mal erwähnte sie Shula Archer und er hatte keinen Schimmer, wovon sie redete. Danny hatte Sky Digital und in seinem ganzen Leben noch kein Buch von John Updike gelesen. Instinktiv erkannten sie ihre Grenzen: Anna verlor kein Wort über metaphysische Dichtung, und er redete nicht über Fußball. Benutzte sie ein langes Wort, sagte er: »Hast du ein Wörterbuch verschluckt?«

Wenn er schlecht gelaunt war, wurde Anna nervös. Sie gab sich dann übergroße Mühe. In der Schulzeit war Anna immer sehr gelenkig gewesen, aber mit vierzig hat man an verknoteten Möchtegern-Kama-Sutra-Stellungen zu knappsen. Wenn sie es besonders fieberhaft getrieben hatten, gaben ihre Knie beim Treppensteigen nach.

Aus Angst ihm langweilig zu werden, kaufte sie eine Dienstmädchenuniform und ließ sich von ihm an der Leine durchs Haus zerren. Sie las ihm jeden Wunsch von den Augen ab, und manchmal war er schrecklich undankbar. Einmal, als sie ihm einen blies, griff er in seine Jackentasche und aß eine Ginsters-Käsepastete, während ihre Zunge mit seinen Genitalien Kunststückchen vollführte.

»Schließ die Augen«, sagte sie, »zähl bis dreihundertfünfzig und such mich.«

Sie versteckte sich zitternd hinter Pandoras Vorhängen, während er auf dem Handy ein paar Anrufe erledigte und Milch aus der Packung im Kühlschrank trank. Schließlich fand er sie, legte sie übers Knie und versohlte sie mit Pandoras Haarbürste. »Nicht so fest«, quiekte sie. Denn wie erklärt man seinem Mann die Borstenabdrücke auf dem Hintern? »Oh, tut mir Leid, Liebling, ich muss mich auf einen Kaktus gesetzt haben.«

Als sie endlich zur Sache kamen, fing er von ihrer Tochter an.

»Wie alt ist sie?«

»Pandora? Sie ist zwölf.«

»Vielleicht sollte ich sie mir in ein paar Jahren mal vornehmen«, kicherte er. »Ist sie wie ihre Mutter? Ist sie geil?«

»Nein.«

»Komm schon, ich wette, sie hat es faustdick hinter den Ohren.«

Sie stand vornübergebeugt mitten in Pandoras Zimmer, streckte den Hintern in die Luft und starrte auf den Teppich, während Danny von hinten in sie eindrang. Plötzlich war sie sauer und kam sich dumm vor. Sie trug die Bluse von Pandoras Schuluniform, die sie unter einem neuen Satin-Push-up zusammengeknotet hatte, schwarze Netzstrümpfe und knallrote Lackpumps. Pandoras Blazer roch nach Schulkantine. Im Hintergrund tickte gnadenlos monoton ein Wallace-and-Gromit-Wecker.

»O ja«, leierte er, »wie die Mutter so die Tochter, vielleicht machen wir's mal zu dritt.«

Es war ziemlich schwierig, in der Position das Gleichgewicht zu halten. Anna konnte jeden Moment kopfüber in den Hamsterkäfig fallen. Sie musste sich konzentrieren, aber das war nicht leicht, wenn Danny davon schwafelte, Pandora zu vögeln, es war ziemlich abtörnend. Plötzlich hörte sie sich mit arroganter und strenger Stimme sagen: »Das glaube ich kaum.« Bei Gott, sie klang wie ihre alte Schulleiterin. Mit diesen Worten richtete Anna sich auf, zog sich hastig ihren roten Schlüpfer an und zeigte Danny ein besonders scheußliches Foto von Pandora, das verkehrt herum auf dem Nachtschrank gelegen hatte. »Da«, fauchte sie, »das ist Pandora.«

»Oh«, sagte er. Ein limonengrünes Kondom hing von seinem Penis. »Ist sie adoptiert?« fragte er.

Anna zwang sich zu einem Lachen, aber sie war den Tränen nahe. Einen Moment lang fühlte sie sich wie eine dieser verzweifelten Frauen, die in dem Irrglauben süß und sexy auszusehen als St.-Trinian-Schulmädchen zur Kostümparty gehen, obwohl sie in Wahrheit wie abgewrackte Nutten wirken. Was tat sie hier?

Es war das letzte Mal, dass sie Pandoras Zimmer benutzten, was für Nibbles wahrscheinlich eine Erleichterung war: Hamster sind nachtaktiv, sie werden nicht gern donnerstags morgens um elf von einem Bürsten schwingenden Mann und einer stöhnenden, als Schulmädchen verkleideten Frau geweckt. »Aaaah, oooh, aaaah.«

Nachdem Danny fort war, hängte Anna die Schulsachen zurück in Pandoras Schrank und durchstöberte das Zimmer nach verräterischen Hinweisen auf unzüchtige Klempner. Danny ließ überall seine Blättchen herumliegen, er wurde unvorsichtig. Erst ein paar Tage zuvor, als sie und Chris schlafen gegangen waren, hatte sie am Fußende eine von

Dannys Socken gespürt. Vorsichtig hatte sie sie mit den Zehen geangelt und heimlich unter die Matratze gestopft. Sie mussten vorsichtiger sein. Als sie das Zimmer gerade verlassen wollte, fiel ihr auf, dass Nibbles kopfüber im Käfig hing, wie eine Olga Korbut mit Hoden. Für einen Hamster hatte er eine ausgeprägte Persönlichkeit. Anna erinnerte sich, wie sie ihn gekauft hatte: für £ 3.99 auf dem Markt in Peckham. Es war ein Geschenk für Jed, aber Jed hatte ihn vernachlässigt. Er hasste es, den Käfig sauber zu machen, der schließlich angefangen hatte zu stinken.

»Oh, lass mich das machen«, hatte Pandora geschnaubt und in Nibbles einen Freund gefunden.

Er war süß. Anna hockte sich hin. Ihre Gelenke knackten bedrohlich. »Hallo, kleiner Freund«, sagte sie und als sie den Käfig öffnete, fiel ihr eine Packung mit Kondomen unter dem Bett ins Auge. »Verdammt, Danny, du blöder Idiot.« Sie sammelte sie auf. Sie würde sie auf dem Weg zu Maggie aus dem Autofenster werfen. Aus dem Augenwinkel sah sie etwas Beiges aus der Tür huschen. »NIBBLES!«

Die nächsten vierzig Minuten rannte Anna in Netzstrumpfhosen und hochhackigen roten Schuhen durchs Haus und versuchte, den Hamster in die Enge zu treiben. Eine Affäre war nicht immer nur Zuckerschlecken.

Während Anna zahmen Nagetieren hinterherjagte, saß Danny beleidigt in seinem Lieferwagen. Anna hatte aufgehört, ihm Trinkgeld zuzustecken. Frustrierte Hausfrauen zu vögeln war eine brotlose Kunst.

Zwei Straßen weiter saß Jo in den umgebauten Stallungen, die ihren Secondhand-Buchladen beherbergten, und dachte über Georgina nach. Genauer gesagt, dachte sie darüber nach, was sie gestern Nachmittag an der Bushaltestelle beobachtet hatte. Georgina hatte einen schwarzen Jungen geküsst. Jo hatte Nigel nichts davon erzählt, er hätte sie ins Kloster geschickt. Er selbst hatte die Moral eines streunenden Katers, aber bei dem Gedanken, dass seine geliebte Tochter auf offener Straße herumknutschte, würde ihm der Kragen platzen. Schließlich zahlte er nicht zwei Tausender pro Schuljahr, damit sie sich mit dem Abschaum des Viertels verbrüderte.

Verdammte Georgina. Hätte sie nicht ihre brandneuen DKNY-Turnschuhe verloren, hätte Jo sie nicht von der Schule abholen müssen, um neue zu kaufen.

Sie hätte sich die Mühe einfach sparen sollen. Sollte Georgina doch in Halbschuhen zum Sport gehen, aber nein, sie hatte extra früher Schluss gemacht, um sie abzuholen. Wegen Straßenbauarbeiten hatte sie sich allerdings verspätet. Georgina wartete schon auf den Bus und bohrte mit der Zunge im Rachen eines fremden Jungen. Er war viel größer als sie, sie stand auf Zehenspitzen. Als Jo vorbeifuhr, war sie so bestürzt, dass sie sich duckte.

Vielleicht sollte sie einfach den Mund halten. Ehrlich gesagt, empfand Jo Mitleid für jeden, mit dem Georgina sich einließ. Sie war ein Biest.

In diesem Moment kam Mrs. Donahue herein. Raymond war in der Volkshochschule. »Ihre Freundin scheint Probleme mit ihren Wasserleitungen zu haben. In den letzten vierzehn Tagen stand der weiße Lieferwagen dreimal vor ihrem Haus.«

Brenda kaufte ein Catherine-Cookson-Ramschpaket. Sie mochte Liebesromane. Tun wir das nicht alle, dachte Jo.

Sie nahm sich vor, Anna zu fragen, was mit ihren Leitungen war, aber dann vergaß sie es.

45
Ende mit Tränen

Als ich Danny zum letzten Mal sah, ging es mir nicht gut. Ich hatte mir irgendetwas eingefangen und lag schwitzend im Bett, mein Kopf pochte und meine Glieder fühlten sich an wie Bestandteile eines rostigen Traktors. Chris war natürlich reizend. Er ist toll, wenn andere krank sind, er kümmert sich gern. Er ließ mir Badewasser ein, bezog das Bett neu und brachte mir ein Tablett mit Earl Grey und Müsli in einer Schale mit blauen Blumen. Wie es sich gehört. Chris ist der einzige lebende Mensch, der sich noch die Mühe macht, Servietten zu rollen und in Ringe zu stecken. Frisch eingepudert lehnte ich mich in den sauberen weißen Laken zurück, spülte ein paar Paracetamol mit Orangensaft runter und schauderte, als ich die Bitterkeit unter der kalkigen Oberfläche schmeckte. Das Müsli schmeckte auch nicht, die Milch war sauer und ich spuckte es zurück in die Schale. Ich putzte mir die Zähne und fürchtete, mich übergeben zu müssen, wenn ich den Kopf zu schnell bewegte. Chris rief Maggie an, um ihr zu sagen, dass ich krank war. Ich wusste, dass sie sauer war, weil wir Horden von Akkordeonspielern für eine österreichische Bierwerbung erwarteten.

Chris drückte mir einen nassen Kuss auf die Wange und mir drehte sich der Magen um, dann verschwand er zur Arbeit, und Sinead brachte die Kinder zur Schule. Sobald ich allein war, ging es mir besser. Ich schlief ein und als ich wieder aufwachte, war es halb elf. Sinead hatte Feng Shui für Anfänger an der Volkshochschule belegt. Sie hatte dort Freunde gefunden, mit denen sie auch zu Mittag aß. Es war alles so einfach. Ich rief ihn auf dem Handy an. Er war kurz angebunden. Ich hätte es gut sein lassen sollen, doch das tat ich nicht, ich bat ihn, in der Mittagspause vorbeizukommen. Nachdem ich aufgelegt hatte, merkte ich, dass ich nach Schweiß roch und nahm eine Dusche. Das Licht im Badezimmer ist unerbittlich. Mein Gesicht hatte die Farbe alter Pastinaken und mein Damenbart zeichnete sich deutlicher ab als sonst. Ich beschloss, ihn zu bleichen und meine Augenbrauen zu zupfen. Ich hatte reichlich Zeit.

Brünett zu sein, ist nicht so leicht, wie Sie vielleicht glauben: Wir stammen vom selben Affen ab wie Sean Connery, Behaartheit ist Berufsrisiko. Wild entschlossen nahm ich meine Brauen in Angriff, bei jedem Haar, das ich zupfte, schossen mir Tränen in die Augen, dann schmierte ich meine Oberlippe mit Bleichcreme von Jolene ein. Mein Haar hatte ich vor Ewigkeiten mit Henna gefärbt, inzwischen war es stumpf und matt. Ich nahm mir vor, es schwarz zu färben – glatt und glänzend wie die Flügel eines Vogels. Ich wollte gerade Haare waschen, als es an der Tür klingelte. Es war zwölf Uhr. Ich hätte daran denken müssen, dass Danny zur Arbeiterklasse gehört und früher zu Mittag isst, außerdem heißt es bei denen nicht Mittag essen, sondern zu Tisch gehen. Das gewöhnliche Volk ist eine vollkommen andere Rasse, es hat andere Gewohnheiten. Es isst ständig Frittiertes, trinkt Milch aus der Tüte und schiebt die Erbsen mit dem Messer auf die Gabel. Danny aß Fleischpasteten und Ginsters-Wurstpasteten von der Tankstelle.

Beim Klang der Klingel schreckte ich zusammen. Ich flatterte regelrecht wie ein Spatz, der im Schornstein festsitzt. Mit dem Zipfel der Bettdecke wischte ich mir die Bleichcreme von der Lippe und warf mich in einen grünen Frotteebademantel. Im Nachhinein wäre es vernünftiger gewesen, so zu tun, als sei ich nicht da, um den Mythos nicht zu zerstören, stattdessen eilte ich die Treppe hinunter und als ich die Tür öffnete, traf mich die Frühlingssonne direkt zwischen den Augen. Plötzlich fiel mir der Text des alten Rod-Stewart-Songs ein: *»The morning sun when it's in your face really shows your age«*, und ich konnte es in Dannys Augen sehen. Ich war nicht länger die Francesca Annis zu seinem Ralph Fiennes, Benjamins Mrs. Robinson hatte sich in Maggie May verwandelt, räudig, struppig, von Flöhen zerbissen, fertig. Ich schwöre, er schreckte zurück, dann sagte er: »Herrgott, Anna, geht es dir nicht gut?« Als ich in den schattigen Flur zurückwich, erblickte ich mich im Spiegel: Die Bleichcreme hatte zu wirken begonnen und das Ergebnis war eine knallorange Raupe unter meiner Nase. Die Schlacht war verloren: Ich war eine Vierzigjährige mit Magenverstimmung und schlecht gefärbtem Haar. Zeit, den Rückzug anzutreten.

»Ist schon gut, ich habe es selbst repariert«, kreischte ich. In diesem Moment klingelte sein Handy und als er sich meldete, schloss ich die Tür und sackte weinend in mich zusammen. Durch den Briefkastenschlitz sah ich, wie er sich hastig entfernte – er sah sich nicht um – das Telefon presste er noch immer an sein Ohr. Es war »so was von vorbei«, wie sie bei *Friends* sagen würden. Nachdem ich aufgehört hatte zu weinen, ging ich in die Küche und setzte mich auf das Schaukelpferd. In der einen Hand hielt ich ein Glas Alka-Seltzer und in der anderen eine Gewürzgurke. Ich hatte nicht mal Lust zu masturbieren.

Niemand macht mit mir Schluss. Ich glaube, es war der Schock, der mich zum Weinen brachte. Ich habe in der Vergangenheit jede Menge Männer verlassen. Chris wollte ich gerade den Laufpass geben, als er mir plötzlich den Heiratsantrag machte! Ich weiß nicht, warum, aber statt »Sei nicht albern« sagte ich »Ja«. Er gab mir keinen Kuss. Er wirkte etwas verblüfft. Er stand einfach da, knetete seine Hände und sagte: »Ausgezeichnet.«

Ich hätte die Sache mit Danny beenden müssen. Er nahm die Trennung zu leicht. Ich malte mir eine Abschiedsszene aus: Wie ich es ihm so schonend wie möglich beibringe, sein schmerzverzerrtes Gesicht, wie er sich weigert, mich gehen zu lassen, die Tränen, ein langer Abschiedskuss, ein gequältes Aufheulen, vielleicht ein markerschütterndes Knirschen, wenn er den Lieferwagen gegen eine Mauer setzt. Aber nein, er war federnden Schrittes fortgegangen. Bestimmt hatte er angefangen zu pfeifen, nachdem er um die Ecke war.

Ich war nicht die Erste, hatte er mir gestanden. Da waren noch eine französische Witwe in Clapham, eine junge Braut in Lewisham und eine Reihe geschiedener, vor Verlangen brennender Frauen von Nunhead bis zur Isle of Dogs.

Mir war nichts von ihm geblieben. Wenige Tage später durchsuchte ich das Haus nach Beweisen für seine Existenz, aber abgesehen von der Nylonsocke unter der Matratze konnte ich nichts finden: nicht ein Haar, nicht eine selbst gedrehte Kippe, an der er gesaugt hatte, nicht einen Krümel seiner Käsepasteten. Danny Leigh hatte nichts im Haus hinterlassen und es brach mir das Herz. Buhuu, buhuu.

46

Anna die Abstoßende, Georgina die Grausame

Offenbar verlief die Sache einfach im Sand. Ist das nicht immer so? Affären sind wie Feuerwerke: je spektakulärer, desto schneller verpuffen sie. Ich wusste natürlich nicht, dass es vorbei war, weil ich nicht wusste, dass es überhaupt begonnen hatte. Sie erzählte mir einfach nichts davon, und dabei bin ich jemand, dem andere sich anvertrauen. Ich brauche nur auf die Straße zu gehen, schon berichten mir völlig fremde Menschen, wie es mit ihrer Dialyse läuft oder in welcher Farbe sie ihre Küche streichen wollen. Beim Einkaufen erzählte mir einmal eine Frau, dass ihre Nachbarin Schnecken über die Mauer wirft, und was sie nur tun soll. Manchmal glaube ich, ich sehe aus wie ein wandelndes Sorgentelefon.

Als ich damals im Studentenheim wohnte, klopften ständig Leute an meine Tür, die mir ihr Herz ausschütteten. Ich hatte schon immer ein Händchen für Menschen, deren Gefühle verletzt worden sind. In meinem Nachtschrank waren stets ein Glas Instantkaffee und eine Dose Kaffeeweißer und Papiertaschentücher. Ich war immer für andere da, meine Schulter nass von den Tränen verzweifelter Erstsemester. »Er hat mit mir Schluss gemacht, Jo, das überleb ich nicht.« Ich war die reinste Kummerkastentante. Ich dachte, wenn ich erst Kinder hätte, würde ich sehr verständnisvoll sein. Sie würden mir alles erzählen können. Ha. Meine Kinder behalten ihre Sorgen für sich: Henry ist zu verklemmt, um mir die Wahrheit zu sagen, und Georgina zu verlogen.

Vielleicht hätte ich etwas bemerkt, wenn ich nicht so viel um die Ohren gehabt hätte: Ich war krank vor Sorge um Georgina und den schwarzen Jungen – wo ich auch war, sah ich Teenager mit enorm gewölbten Bäuchen. Ich wurde noch verrückt.

Wenn ich zurückblicke, wirkte Anna sehr müde und ein wenig deprimiert. Sie achtete nicht mehr so auf sich. Einmal lief ich auf der Straße fast an ihr vorbei, sie sah wirklich mitgenommen aus: Ihr Glanz war verblasst, das Haar ungewaschen, die Fingernägel dreckig. An eine Sache erinnere ich mich, sie aß plötzlich Nachtisch. Das war untypisch, sie hatte eine Vorliebe für Herzhaftes – sie besaß die Eckzähne eines Fleischfressers –, aber einmal waren sie bei uns eingeladen und sie aß die ganze Tarte Tatin auf! Ich sagte nichts, aber sie schaufelte sich solange Sahne auf ihren Teller, bis die Tarte darunter begraben war. Danach musste sie den obersten Knopf ihrer Jeans öffnen. Nigel machte damals eine Bemerkung darüber, dass sie plötzlich so alt aussah, wie sie war. Aber das passiert oft, wenn Frauen die Vierzig erreichen. Es ist, als sei der ewige Kampf zu ermüdend, als seien sie es leid, den Bauch einzuziehen, sie kapitulieren vor der Schwerkraft, bekommen ein Doppelkinn, unter dem BH quillt eine Speckfalte hervor und plötzlich fühlen sie sich in ärmellosen Kleidern nicht mehr wohl. Die Natur ist grausam und wenn es einen Gott gibt, dann mag er Frauen wohl nicht besonders.

Um ehrlich zu sein, hatte ich keine Zeit, mir um Anna Sorgen zu machen: Ich hatte selbst genug Probleme. Der Buchladen stand unter Wasser. Ein ganzer Stapel Erstausgaben von Graham Greene war Pappmaché. Henry wurde von seinen Schulkameraden drangsaliert und Georgina war noch Georgina-mäßiger drauf als sonst. Sie trieb sich mit dem schwarzen Jungen herum, und ich wusste, dass sie raucht. Ich war fertig.

Sehen Sie, ich verstehe das nicht: Wwoher nahm sie überhaupt die Zeit oder die Kraft für eine Affäre? Mir ist das jedenfalls ein Rätsel. Sex ist das Letzte, was ich will, wenn ich Zeit für mich habe. Ich miste lieber den Kleiderschrank aus.

Vor ein paar Wochen fragte sie mich, ob ich je masturbiert habe. Ich sagte ihr, sie soll aufhören, sich so aufzuspielen. Nicht dass ich nicht hätte, aber sie redete immer weiter, über Dildos und Vibratoren – sie sagte, man kann diese Dinge aus Sexkatalogen bestellen. Ich sagte, das Letzte, was ich mir aus einem Katalog bestellt habe, war ein marineblaues Kittelkleid von Next. Wirklich, das Sexleben anderer Leute ist so langweilig wie ihre Urlaubsfotos.

Natürlich war er viel jünger als sie, ein fataler Fehler. Wenn ich eine Affäre anfange, suche ich mir einen Siebzigjährigen mit grauem Star und Herzfehler. Wenigstens hat man dann die Chance, in seinem Testament berücksichtigt zu werden. Noch etwas, ich glaube, ich könnte mich nie auf jemanden einlassen, der nicht studiert hat. Vielleicht bin ich ein Snob, aber ich mag Akademiker. Nach allem, was ich gehört habe, war dieser Danny quasi Analphabet.

»Über was habt ihr geredet?« Sobald ich die Frage ausgesprochen hatte, wusste ich, dass es ein Fehler war.

Sie schnaubte: »Darüber, dass er mich so richtig durchficken wird.«

»Charmant«, antwortete ich. Ich war noch nie für Bauarbeitercharme empfänglich, obwohl ich zugebe, dass es da zwei junge Männer gibt, die auf dem Parkplatz bei Sainsbury Autos waschen und bei gutem Wetter ziehen sie ihre T-Shirts aus und … ach, ich rede Unsinn. Ehrlich gesagt, habe ich einfach keine sexy Ausstrahlung. Ich bin die Sorte Frau, die den Schlachter um ein Pfund Würstchen bitten kann, ohne dass er grinst.

Falls Nigel stirbt, kann ich mir nicht vorstellen, mit einem anderen ins Bett zu gehen. Allein die Mühsal, wieder bei Phase Eins einer Beziehung anzufangen – Gurgeln bevor man ins Bett geht, jeden Furz unterdrücken. Ich glaube, ich würde lieber allein leben und lateinische Pflanzennamen lernen. Ich würde gern zum Himmel aufsehen und mit Überzeugung sagen können: »Oh, ein Buchfink.« Ich habe hoffentlich Enkelkinder, und wenn sie mich besuchen, gibt es keinen Fernseher und wir malen mit Wasserfarben und backen Lebkuchen. Es wäre schön, es noch einmal mit neuen Kindern zu versuchen. Beim nächsten Mal wäre ich sehr streng: Sie müssten früh zu Bett, mit Besteck am Tisch essen, und ich würde sie zwingen, in Galerien zu gehen. Früher bin ich gern in Ausstellungen gegangen, bevor die Kinder es mir mit ihrer demonstrativen Langeweile verdorben haben. Was jede Galerie bräuchte, ist ein großer Vorrat an lebensgroßen Schraubstöcken auf Rollen, die man mieten kann, um seine Kinder hineinzustecken. Dann könnte man sie herumschieben und zwingen, die Bilder so lange anzusehen, wie man es für nötig hält: fünf Minuten für einen Monet, drei für einen Frank Auerbach. Natürlich muss jeder Schraubstock mit einem Ledergeschirr ausgestattet sein, das dafür sorgt, dass ihre Augen offen und ihre Münder fest geschlossen bleiben.

Schließlich redete ich mit Georgina über den schwarzen Jungen. Erst versuchte sie zu leugnen. »Auf keinen Fall. Das war ich nicht.«

»Georgina«, sagte ich, »glaub mir. Du bist meine Tochter, ich bin deine Mutter, ich würde dich überall erkennen.« Schließlich gab sie es zu. Ich wünschte, sie hätte weiter geleugnet, sie erzählte mir, er sei sechzehn und wohne in einer Mietskaserne in Elephant and Castle. Wir schlossen einen Pakt: So lange sie sich nicht von ihm anfassen ließ, so lange sie nur Händchen hielten und knutschten, würde ich ihrem Vater nichts erzählen. Es gab Zeiten, da hätte ich gern ihr Tagebuch gelesen, aber ich weiß, dass sich das nicht gehört. Inzwischen habe ich zu große Angst davor, was ich lesen könnte. Ich mische mich nicht mehr in anderer Leute Angelegenheiten, mir ist egal, was die anderen tun. Ich will es gar nicht wissen.

Einer von den Zeugen Jehovas klingelte an der Tür. Ich sagte, ich sei Jüdin, aber er solle wiederkommen, wenn meine Freundin Anna da sei, sie sei sehr interessiert. Es ist ihre Schuld, dass ich so gehässig geworden bin.

Jetzt, wo ich Anna allmählich nicht mehr mag, habe ich das Gefühl, dass sie mir einen bösen Streich gespielt hat, dass die guten alten Zeiten Betrug waren. Wenn man seinen Mann nicht mehr liebt, kann man sich scheiden lassen. Auch von Freundinnen sollte man sich scheiden lassen können. Ich hätte gern eine offizielle Bescheinigung, dass Anna Cunningham und ich, Josephine Metcalf, keine besten Freundinnen mehr sind. Sie hat das Recht auf mein Mitleid, meine Zeit, meinen Badeschwamm oder mein Marmite verwirkt. Ich möchte unsere Freundschaft vor Gericht annullieren lassen. Loyalität wird allgemein überbewertet, Freundschaften sind wie Gärten: Manchmal muss man sie auslauben, abgestorbene Zweige abschneiden, das Unkraut jäten, das Wurzeln schlägt und den Mutterboden verdirbt.

Ich war ein Idiot. Wenn ich noch mal von vorn anfangen

könnte, würde ich Egoismus zur Kunstform erheben, ich habe viel von Anna gelernt. Mein Mitgefühl hängt wie ein Albatros an meinem Hals. Er hat so lange an meinem Herz gepickt, dass es von schlechter Laune und Groll zerfressen ist.

Hörst du mich, Anna? Ich war mal ein netter Mensch. Mist, ich glaube, ich bekomme meine Tage.

47

Carlene kommt dahinter

Alles wäre gut gewesen, wenn Carlene nicht dahintergekommen wäre. Es war seit Wochen aus und vorbei. Danny dachte nicht einmal mehr an die Frau im Rosa Haus, sie hing ihm zum Hals heraus. Das ist wie beim indischen Imbiss: Monatelang nimmt man immer dasselbe und irgendwann kann man kein Hühnchen Korma mehr sehen.

Carlene ging es etwas besser. Sie hatte mit Aqua Aerobic begonnen und seit Klein-Ted endlich seine Backenzähne hatte, schlief er nachts durch. Sie sang, während sie die Wäsche sortierte. Dannys Jeansjacke musste dringend gewaschen werden, sie konnte sie mit ihrer Jeans und Roxannes rot geblümten Latzrock in die Maschine werfen. Danny hatte ihr eine gebrauchte Waschmaschine mit eingebautem Trockner besorgt, so dass sie die Wäsche nicht mehr aufhängen musste. Das hatte ihr das Leben gerettet, vor allem als Ted krank war – alles voller Kotze und Scheiße –, hatte sie einfach alles in die Maschine geschmissen und hinterher sah alles aus wie neu. Carlene legte großen Wert auf die Kleidung ihrer Kinder.

Sie hörte die *Golden Hour* auf Radio 1: 1988, das war das Jahr, als sie und Danny zusammengekommen waren. Sie kannte alle Songtexte auswendig und sang mit, während sie seine Jackentaschen leerte: *»I should be so lucky lucky lucky*

lucky.« Sie war nicht umsonst die Frau eines Klempners: Carlene achtete darauf, ihre wertvolle Waschmaschine nicht mit Feuerzeugen und Kleingeld zu verstopfen. In einer Tasche fand sie einen zerknitterten Fünf-Pfund-Schein und eine leere Packung Smints. In der anderen einen Flachmann Old Holborn, ein gebrauchtes Papiertaschentuch und einen Scheck über eine Million Pfund!

Was?

Wie bitte?

Verzeihung?

»Zahlen Sie eine Million Pfund für erbrachte Dienste an Danny Leigh.« In der untersten Zeile standen Herzen und Ausrufungszeichen in roter Tinte. Er war schlicht mit »Anna« unterzeichnet. Carlene setzte sich auf den grünen Plastikwäschekorb und putzte sich mit einem von Teds säuerlich riechenden T-Shirts die Nase. Zitternd hielt sie den Scheck in der Hand.

Die Handschrift war schräg geneigt und unter dem Kästchen, in das »Anna« die Nullen gekritzelt hatte, standen in schwarzer Druckschrift zwei Namen: Mrs. A. Cunningham und Mr. C. R. Cunningham. Es war ein gemeinsames Bankkonto. Sie und Danny hatten auch eins, es war leer, vor allem, da sie gerade eine Kaution für einen einwöchigen Urlaub auf Korfu hinterlegt hatten – so ein schönes Hotel, ganz in Weiß mit einem Planschbecken mit Rutschen und einer kleinen Strohhütte, wo man mit Schirmchen und Papierpapageien dekorierte Piña Coladas bekam. Sie freute sich sehr auf diesen Urlaub. Sie hatte Roxanne schon ein eigenes Barbie-Strandtuch gekauft.

Carlene ging in die Küche. Sie hatte noch nicht gefrühstückt. Zwei Scheiben Toast waren im Toaster zu Asbest verkohlt. Sie warf sie in den Müll und stellte das Radio aus.

Roxanne war im Kindergarten und Klein-Ted schlief in seinem Buggy im Flur, sein Patschhändchen umklammerte einen Jimmy Dodger. Carlene stand in ihrer eigenen Küche, als befände sie sich in einem Theaterstück und könnte sich nicht an den Text erinnern.

Auf dem Brett, auf dem sie dem Bastard Sandwiches geschmiert hatte, lagen noch ein großes Stück Käse und Tomatenkerne.

Aber eigentlich war sie nicht überrascht. So wie sie im Moment aussah, konnte sie als seine Mutter durchgehen. Sie rannte nach oben und öffnete den Schrank, um sich in voller Größe im Spiegel zu betrachten. Sie zog sich nackt aus und starrte sich an. Nicht schön. Rote Abdrücke vom Gummiband ihres Schlüpfers gruben sich ins Fleisch und bläuliche Schwangerschaftsstreifen umgaben die Brüste. Wann war sie das letzte Mal im Sonnenstudio gewesen? Sie war so wütend auf sich selbst, dass sie sich in den Unterarm biss und erst als sie davon abließ, merkte sie, dass sie schrie. »Ganz ruhig, Süße.« Gott, sie vermisste ihre Mutter. Sie hätte gewusst, was zu tun war. Sie wäre mit Carlene ins Blue-Water-Einkaufszentrum gefahren. Dort hätten sie zu Mittag gegessen und eingekauft und bei Marks etwas zum Abendessen geholt. Dann wären sie nach Hause gefahren und hätten Seifenopern gesehen. Carlene hoffte, dass es im Himmel *East Enders* gab. Ihre Mutter würde sich sonst langweilen.

Sie zog sich an. »Schlampe, Schlampe, Schlampe.« Für einen Moment hatte sie vergessen, wo sie den Scheck hingetan hatte. Er lag in der Küche, neben dem Käse. Carlene zerdrückte den Cheddar mit den Händen, die stinkende Masse klebte unter ihren Fingernägeln. Dann wischte sie die Hände an ihren Leggins ab und ging das Telefonbuch suchen, wobei sie im Kopf das Alphabet hinunterleierte. C war der dritte Buchstabe, am Anfang also, Cunliff, Cunnane, Cunnew, Cunningham, es gab neun C. Cunninghams, aber nur einen C. R. Cunningham. Es war ganz leicht. Diese Cunninghams wohnten im Rosa Haus, Lark Grove, SE5. Kinderspiel. Irgendwo musste ein Stadtplan sein. Danny vergaß ihn ständig zu Hause und kaufte jedes Mal einen neuen. Da war einer, auf der Treppe. Alles landete auf der Treppe: Kleiderhaufen, Klopapier und Zahnpasta, die oben ins Badezimmer gehörten, Kinderspielzeug, das Haus war eine Müllhalde. A, B, C, D, E, F, G, H, I, J, K, L. Carlene überflog die Buchstaben, diesmal laut, im selben Singsang, den sie in der Schule gelernt hatte. Danny war auf derselben Grundschule eine Klasse über ihr gewesen. Danny Leigh, Danny Leigh. Auf dem Spielplatz hatten sie Handstand gemacht, und die Jungs hatten mit Steinchen auf ihre Schlüpfer gezielt. Einmal hatte er bei einem Malwettbewerb gewonnen. Er hatte einen Fußballer gemalt, der auf das Tor zuschlittert. Jahre später hatte er zugegeben, dass er das Bild abgepaust hatte. Er war ein Lügner und ein Betrüger. Sie erinnerte sich, wie er seinen Preis entgegengenommen hatte, sein lässig schlendernder Gang, das Johlen seiner Kumpel. Er bekam einen Büchergutschein, Sie hätten sein dummes Gesicht sehen sollen. Er muss zehn gewesen sein. Es hatte keinen Sinn, man hört nicht einfach auf, jemanden zu lieben.

Zur Lark Grove war es nicht weit, sie konnte den Bus nehmen und würde rechtzeitig zurück sein, um Roxanne vom Kindergarten abzuholen. Sie stopfte den Stadtplan in das Einkaufsnetz am Buggy und verließ das Haus. Der zerquetschte Käse lag auf dem Küchenboden, das Waschpulverfach des Zanussi-Turbotrockners war herausgezogen und seine Tür stand weit offen wie ein vor Überraschung aufgerissener Mund. Carlene ging zur Bushaltestelle. Sie war von oben bis unten voll gekritzelt. Vor Jahren hatte jemand: »Sex? Fick doch meine Mutter« geschrieben, und es war noch immer da. Nicht zu fassen, dachte Carlene. Sie hatte die Nase voll von dem Viertel, sie hatte ihr ganzes Leben hier verbracht. Sie wollte raus nach Purley ziehen, in eine nette moderne Haushälfte und neu anfangen: Sie würde sich nicht mehr hängen lassen, sie würde ihn bekochen, Brathähnchen mit Soße, und immer lächeln, und abends würde sie durchsichtige Spitzennegligés tragen und nicht zu müde sein und sich küssen lassen, auch wenn er gerade Rührei gegessen hatte. In Purley würde alles gut werden. Dann wachte Ted auf, buuääh, buuääh, Scheißmänner, dachte Carlene, als die Zwölf um die Ecke bog.

Es ist nicht leicht, mit einem Buggy und einem brüllenden Kleinkind in einen Bus zu steigen, aber eine kleine alte Frau half ihr und quetschte sich dann neben Carlene auf das untere Deck, obwohl genug Plätze frei waren. »Was für ein properes Kerlchen, ich selbst hatte nie Kinder«, flötete sie. Na toll, dachte Carlene, wieder eine von den Irren. Auch das störte sie an dem Viertel. Die Psychopathen, die überall herumliefen und Müll redeten. Wenn sie nach Purley zogen, würde sie Danny dazu überreden, ihr einen Wagen zu kaufen, einen kleinen Punto, dann müsste sie nie wieder Bus fahren.

Teds Windel fühlte sich schwer an. »Ich glaube, er hat sich in die Hose gemacht, Kindchen«, sagte die alte Frau. »Sehen Sie, das gehört zu den Dingen, die ich nicht bedaure, verpasst zu haben. Die Unterhosen meines Mannes waren schon schlimm genug«, und mit diesen Worten zog sie ihr nach Maiglöckchen duftendes Taschentuch hervor und presste es sich den Rest der Fahrt vor die Nase. »Puh, womit haben Sie ihn nur gefüttert, Kindchen? Was für ein Gestank! Na, wenigstens wissen wir, dass er es ist. Wenn man in mein Alter kommt, denkt man beim Geruch von Scheiße sofort, na bitte, wieder ein Stück Würde zum Teufel.« Die alte Dame kicherte. »He, man muss sich seinen Humor bewahren, denn das Leben ist eine lange Kackwurst, Kindchen, und dann stirbt man.« Dieser letzte Gedanke löste wieder einen Lachanfall aus. »Hihihihihihi, ich bin zweiundsiebzig und habe noch alle meine Zähne. Ich bin noch nicht gaga und brauche noch keine Gummilaken. Viele von den Alten sind allerdings einfach zu träge. Liegen lieber in ihrer eigenen Pisse, als aufzustehen und zum Scheißhaus zu gehen, die faulen Säcke.«

»Wissen Sie zufällig, wo ich aussteigen muss, wenn ich zur Lark Grove möchte?« fragte Carlene.

»Und ob«, schnaubte die kleine Frau. »Da habe ich mal gewohnt, in einem großen vornehmen Haus, mit meiner Freundin Lady Edwina – obwohl sie eigentlich keine Freundin war, sie war ein richtiges Biest.«

Na bitte, dachte Carlene, hatte ich doch Recht, total durchgeknallt. Leider schien die zierliche Rentnerin ihre Gedanken zu lesen.

»Das ist die Wahrheit, Kindchen, in einem Rosa Haus habe ich gewohnt, ich bin zufällig gerade auf dem Weg dorthin, um meine Freundin Brenda zu besuchen. Sie ist eine liebe Person, hat einen geistig zurückgebliebenen Sohn, Raymond. Ich begleite Sie, Kindchen, aber ich gehe nur bis zur Nummer dreiundsechzig. Am Rosa Haus vorbeizugehen, macht mich nervös. Da sind wir, Herzchen, hier müssen wir raus.«

Die alte Dame half Carlene wieder mit Ted. Für eine alte

Frau war sie ganz schön kräftig: wie eine Miniaturringerin kämpfte sie mit dem Buggy, bis er aufklappte. »Bitte, Schätzchen.« Carlene setzte Ted in den Buggy. Er war zu schwer zum Tragen, allein seine Windel wog fünf Kilo. »Ich heiße Myrtle«, informierte die Alte Carlene. »Darf ich schieben?« Carlene überließ den Griff des Buggys dem drahtigen Mrs. Schreckschraube-Verschnitt.

»Ich bin Carlene und das ist der kleine Ted. Vorsicht, Hundescheiße!« Abgesehen von der Hundscheiße war dies eine sehr schöne Straße. Nicht wie die meisten Straßen in der Gegend. Es war wie Urlaub in einer anderen Stadt. Zu allen Türen führten Stufen. Auf einigen Treppenabsätzen waren ausgespülte Milchflaschen aufgereiht. Carlene hatte nicht gewusst, dass es noch Milchmänner gab. Der letzte Milchmann in ihrem Viertel war wegen des Pfandgeldes überfallen worden und damit hatte sich die Sache erledigt.

In einem der Vorgärten kniete eine grauhaarige Frau auf dem Rasen. Sie sammelte Schnecken und warf sie in einen flachen Holzkorb. Ein Fenster stand offen und von drinnen konnte Carlene die Melodie hören, mit der für Slipeinlagen geworben wurde – oder war es für Schokoriegel von Cadbury?

»Schön hier«, sagte sie zu Myrtle. Sie wünschte, sie hätte bessere Schuhe angezogen, ihre waren ausgetreten und an den Zehen ausgebeult. »Sie haben also in einem großen Rosa Haus gewohnt?« So wie sie es sagte, klang es, als rede sie mit Roxanne. Aber Myrtle war ja auch nur ein paar Zentimeter größer als Roxy.

»Allerdings«, sagte Myrtle schnippisch. »Nachdem die Alte abgekratzt ist, hat ein Ehepaar das Haus gekauft. Meine Freundin Brenda sagt, sie haben es von innen modernisiert. Sie haben auch einen kleinen Sohn und ein Mädchen.«

»Genau wie ich«, sagte Carlene und erzählte Myrtle von Roxanne und ehe sie wusste, wie ihr geschah, hatte sie Myrtle auch ihr Herz über den Tod ihrer Mutter ausgeschüttet.

»Ach, Kindchen«, sagte Myrtle. »Möchten Sie ein Lakritz?« Sie hielt Carlene eine Papiertüte hin. Die Bonbons waren zusammengeklebt.

»Nein danke«, sagte Carlene, »ich bin auf Diät.«

Plötzlich blieb Myrtle stehen. »Hier wohnt meine Freundin. Hat mich gefreut, Sie kennen zu lernen, Kindchen. Winke, winke, kleiner Mann«, sagte sie und steckte ein Lakritzbonbon in Teds Mund, woraufhin er schrie wie am Spieß. »Sehen Sie, ich war noch nie gut mit Kindern.«

Carlene nahm das angesabberte schwarze Bonbon aus Teds Mund, aber er hörte nicht auf zu spucken, als sei der Geschmack noch da und der Speichel war dunkelgrau, so dass sein hübsches hellblaues T-Shirt ganz schmutzig wurde. Bis sie das traumatisierte Kind beruhigt hatte, war Myrtle längst hinter der hellgelben Tür verschwunden. Nicht ganz dicht, die Alte, dachte Carlene, und schob Ted den Berg hinauf. Die bunten Häuser wirkten vertraut, Carlene war sicher, sie schon einmal gesehen zu haben. Sie stand auf der gegenüberliegenden Straßenseite und überlegte, was sie tun sollte. In der Einfahrt stand ein silberner Polo. Sie konnte die Reifen aufschlitzen, aber sie hatte nichts zum Aufschlitzen dabei. Mist.

Eben noch lehnte sie an einem Geländer, im nächsten Moment schon klopfte sie auf der anderen Straßenseite an die Tür vom Rosa Haus und ihre Ohren rauschten, als stünde sie unter einem Wasserfall. Eine dicke rothaarige Frau öffnete die Tür. »Ja?« sagte sie mit einem seltsamen Akzent. Was war das, war das schottisch? Nein … irisch, diese Frau war Irin. Danny mochte keine Rothaarigen, abgesehen von Nicole Kidman, und diese Frau konnte man unmöglich mit Nicole Kidman verwechseln, nicht mal in einer nebligen Nacht und aus der Ferne. Wer zum Teufel war sie? Carlene öffnete den Mund, sie hatte keine Ahnung, was herauskommen würde. »Ist Marsha zu Hause?« Marsha? Carlene kannte keine Marsha. Diese Frau offensichtlich auch nicht, wie ihr verwirrtes Gesicht verriet.

»Marsha, nein.«

Carlene gab nicht auf. »Marsha Cunningham?«

»Nein.« Die Rothaarige schüttelte den Kopf. »Hier wohnen Anna und Chris Cunningham.«

Plötzlich ertönte von oben eine Stimme. »Wer ist das, Sinead?« Auf dem Treppenabsatz erschienen zwei Füße. Sie steckten in zierlichen Schlangenlederstiefeln, die unter einer Jeans hervorschauten. Sie kamen eine Stufe tiefer.

»Falsche Adresse, Mrs. C«, rief Sinead über ihre fleischige Kugelstoßerinnen-Schulter.

»Hast du die Autoschlüssel zurückgelegt?« fragten die Schlangenlederstiefel.

»Ja, in die Schale auf dem Kaminsims.«

Während Sinead sich umdrehte, erhaschte Carlene einen Blick in den Flur. Er war groß genug für ein Klavier, ein altes weißes, mit rosa Kerzenhaltern auf beiden Seiten. Kein Teppich, abgeschliffene Holzdielen wie auf einem Boot. An einer Wand stand ein dunkler Holztisch unter einem großen goldenen Spiegel mit gesprenkeltem Glas, von dessen Rahmen der Lack abblätterte. Wahrscheinlich eine Antiquität, dachte Carlene

»Tut mir Leid«, sagte der Rotschopf mit einer Stimme, die Carlene an Guinness denken ließ, »ich glaube, Sie haben sich in der Adresse geirrt«, und schloss die Tür.

Carlene sah auf die Uhr. Sie war ein Geschenk von Danny. Er hatte sie vom Nachttisch in einem Loft in Clapham geklaut. Es war fast Zeit, Roxy abzuholen. Mit etwas Glück konnte sie es noch schaffen, wenn sie rannte. Carlene trabte den Berg hinunter und überquerte die Straße zur Bushaltestelle. Mach schon, verdammter Bus, mach schon, mach schon, als würde gleich ein roter Doppeldeckerbus um die Ecke schießen wie ein Rennpferd in der letzten Runde des Grand National. Er kam nicht. Sie wartete zwanzig Minuten und vergoss vor Wut und Enttäuschung heiße Tränen. Dieses Flittchen in Schlangenlederstiefeln musste nicht auf blöde Busse warten, nicht Mrs. Etepetete, o nein, sie würde ihren knackigen Hintern in ihren Polo setzen und wwrrruumm, davonbrausen, Schlampe, Schlampe, Schlampe.

Sie kam zwanzig Minuten zu spät, um Roxanne abzuholen, und sollte ein Pfund Bußgeld zahlen. »Lasst mich in Ruhe«, sagte Carlene, und man beschloss, es diesmal dabei zu belassen. Als die drei endlich zu Hause waren, war der Kot in Teds Windel platt gedrückt wie ein Pfannkuchen. Wie mit dem Nudelholz ausgerollter Teig, der von der Mitte seiner Beine bis zum Rücken hinaufreichte.

Carlene wusste nicht, wo sie den Scheck lassen sollte. Schließlich versteckte sie ihn hinter einem gerahmten Foto ihrer Mutter. Danny würde nicht wagen, es anzurühren. Auf dem Foto lächelte Carlenes Mutter und deutete auf die Kamera. Sie hatte Roxanne und Ted auf dem Schoß und ihr Arm sah ganz normal aus. Es war vor weniger als einem Jahr aufgenommen worden. Hatte er diese Anna-Kuh damals schon gevögelt?

48
Appetit vs. Libido

Nachdem Danny nicht mehr zum Spielen kam, langweilte ich mich. Zwar konnte ich mich mehr auf die Arbeit konzentrieren, aber – wie sollte es anders sein – sobald Danny von der Bildfläche verschwunden war, bemerkte Maggie einen Knoten in ihrer Brust und flippte total aus. Ich beruhigte sie, aber immer, wenn sie sich unbeobachtet fühlte, ließ sie die Hand unter ihr Oberteil gleiten und prüfte vorsichtig, ob er noch da war.

»Vor meiner Periode bilden sich immer Knoten, aber die verschwinden wieder. Dieser ist geblieben. Er ist ganz hart.«

»Tut er weh?« fragte ich.

»Nein«, antwortete sie.

»Was gibt's dann zu jammern?«

Aber ich irrte mich. Knoten sind keine Herzen. Die, die *nicht* wehtun, sind gefährlich.

Sie ging also zum Arzt und der Arzt war besorgt, dann ging sie zum Spezialisten und der Spezialist war besorgt, dann ging sie ins Krankenhaus und ließ den Knoten entfernen und man sollte meinen, damit wäre es gut gewesen, aber nein, sie musste eine Strahlentherapie machen und sie sagte, ihr werde davon schlecht und das Geschäft begann darunter zu leiden. Wir brachten es einfach nicht. Sie lehnte Aufträge ab, weil sie sich überfordert fühlte. Ich fand sie egoistisch und war sauer, weil sie mir nicht zutraute, den Laden zu schmeißen. Schließlich stellte ich sie zur Rede, und sie faselte so etwas wie, ich sei in letzter Zeit nicht hundertprozentig bei der Sache gewesen und blablabla.

Dann legte sie sich hin. Sie war schlapp. Die Haare fielen ihr aus. Ich fand das nicht so tragisch. Sie hatte ein niedliches kleines Gesicht, und ich versuchte seit Ewigkeiten, sie davon zu überzeugen, sich die Haare abzuschneiden.

Aber ich ging weiterhin zur Arbeit. Ich saß da, während Maggie oben lag und mit niemandem redete. Ich saß in dem verdammten Büro und wartete auf Anrufe, die immer seltener wurden. Ich meine, man hatte es rechtzeitig entdeckt, sie würde wieder gesund werden. Schließlich hatten sie die Brust nicht amputiert. Manchmal langweilte ich mich so sehr, dass ich zu Maggies Kühlschrank hinaufschlich. Sie hatte den Appetit verloren, und Mike besorgte ihr immer kleine Leckereien aus teuren Delikatessenläden: geröstete Artischocken in Olivenöl, dicke griechische Oliven und Unmengen geräucherten Lachs, mmh, lecker. Ich wurde geradezu süchtig nach den winzigen gefüllten Weinblättern und Hühnchen Tikka. Ich glaube, da begann ich allmählich zuzunehmen: egal. Ich traf mich nicht mehr mit Danny, ich musste nicht mit dem Körper eines jungen Mannes konkurrieren. Ich hatte keinen Sex am helllichten Tag. Na und, dann aß ich eben Pommes. Bis vor kurzem hatte ich nie Gewichtsprobleme.

In Wahrheit langweilte ich mich. Die Anzahl an Schuhen, die ich von meinem Lohn kaufen konnte, war begrenzt, und da Maggie und ich keine großen Aufträge mehr bekamen, war ich blank. Ich hatte natürlich noch das gemeinsame Konto mit Chris, aber der war so geizig und prüfte jede Rechnung wie ein Wucherer. »LK Bennett, wie viel?« Extras habe ich immer von meinem eigenen Geld bezahlt, um keine Erklärungen abgeben zu müssen. Haushaltsrechnungen waren Chris' Sache. Jeden Penny, den ich je verdient habe, habe ich verprasst. Ich hatte eine fantastische Schuhsammlung: Manche konnte man kaum Schuhe nennen, man konnte kaum darauf laufen. Ich hatte Pfennigabsätze, Stöckelschuhe, klobige Plateausohlen und Wildlederschuhe von JP Tod's in jeder erhältlichen Farbe. Ich hatte edel bestickte Ballerinas und derbe, schwarze Motorradstiefel. Selbst meine Hausschuhe waren kleine, mit goldenen Perlen besetzte Extravaganzen.

Aber Schuhe sind teuer und Donuts sind billig. Donuts kann man überall kaufen: kleine, mit Marmelade gefüllte bei Marks, große mit Cremefüllung an der Tankstelle. Da ich lange nichts Süßes gegessen hatte, überraschte mich das vielfältige Angebot. Bevor Danny mich verließ, machte ich mir nichts aus Schokolade. Jetzt gab es neue Riegel, die ich nie probiert hatte: wundervolle Kompositionen aus Keks und Karamell, Nougat und Haselnuss. Die leeren Hüllen sammelten sich in meiner Handtasche. Ich erschrak immer, wenn ich sie fand. Es war, als gehörte die Handtasche einer anderen. Es war, als wären meine Geschmacksnerven, die so lange im Winterschlaf gelegen hatten, plötzlich zum Leben erwacht und verlangten nun – nachdem ich sie jahrelang vernachlässigt und verleugnet hatte – ständige Stimulierung. Während mein Appetit wuchs, schrumpfte meine Libido. Manchmal dachte ich, meine Klitoris sei einfach abgefallen, abgestorben wie ein verfaulter Zahn.

Nachdem Danny mir den Laufpass gegeben hatte, achtete ich noch eine Weile auf mein Aussehen, falls er doch noch einmal vorbeikam. Ein bisschen Touche Eclat unter die Augen. Die berüchtigten Tränensäcke meines Vaters erfüllten ihr Erbe, während die verhärmten Furchen, die ich vom Gesicht meiner Mutter kannte, auch von meinem Besitz ergriffen. Ich erschrak, wenn ich irgendwo zufällig mein Spiegelbild erblickte, und wagte erst ein zweites Mal hinzusehen, nachdem ich den Bauch eingezogen und die Schultern durchgedrückt hatte. Jed begann, Cremeproben aus meinen Hochglanzmagazinen zu schälen, und schlug vor, »es doch wenigstens zu versuchen«. Was bleibt einer Frau über vierzig, wenn die Karriere gelaufen ist, die Kinder in der Schule sind und ein kräftiges irisches Mädchen den Haushalt schmeißt?

Ich fing an, ins Kino zu gehen, heimlich am Nachmittag, ein Kübel Popcorn auf dem Schoß, ein Eimer Cola neben mir. Manchmal knöpfte ich im Dunkeln meine Jeans auf. Der Reißverschluss hinterließ inzwischen bläuliche Abdrücke auf meinem Bauch. Zum ersten Mal in meinem Leben kaufte ich mir eine Hose mit Gummizug. Ich redete mir ein, das sei in. Ha, ich gebe euch einen guten Rat, Mädels: Wenn ihr einmal in eine Levis Größe sechsunddreißig passt, tragt sie jeden Tag. Das ist wie die Zehen berühren. Wenn man es nicht regelmäßig tut, geht es eines Tages nicht mehr. Neulich habe ich meine Jeans anprobiert: Ich habe sie gerade eben über die Knie bekommen. Ich weine eigentlich nie, nicht wegen Kleinigkeiten, aber da brach ich schluchzend über meiner 501 zusammen.

49
Wenns und Abers

Manchmal frage ich mich, wie unser Leben ausgesehen hätte, wenn wir den Cunninghams nie begegnet wären. Seit wir Freunde wurden, scheint das Schicksal unausweichlich seinen Lauf genommen zu haben. Aber was, wenn wir nach dem Studium nicht aus Schottland fortgezogen wären, wenn wir uns Lark Grove nicht hätten leisten können, wenn Georgina in einen öffentlichen Kindergarten gegangen wäre? So viele Wenns und ebenso viele Abers.

Die Zeit vergeht so schnell wie ein Augenzwinkern. Eben hatte man noch hundert Prozent Sehvermögen, und plötzlich kann man kaum das E auf der Buchstabentafel beim Optiker erkennen. Mit den Kindern ist es genauso: Eben noch waren sie so winzig, und plötzlich verstecken sie Pornohefte unter dem Bett (Henry) und paffen Silk Cuts (Georgina).

Man kann die Zeit nicht anhalten. Das ist etwas, was ich lernen muss. Hätte ich es getan, wenn ich es könnte? Bevor Nigel fremd ging? Nein, denn dann gäbe es Georgina nicht. O ja, er schaffte es, eine kurze Affäre einzuschieben, während ich Henry stillte. Keine Sekunde kam ich auf die Idee, es sei nicht meine Schuld. Ich habe immer mir die Schuld gegeben. Manchmal denke ich, wenn ich Anna eine bessere Freundin gewesen wäre, wenn sie mir mehr vertraut hätte,

hätte sie mir vielleicht alles erzählt, und ich hätte es aufhalten könne. Ich hätte mit ihr das Pro und Contra einer Affäre abgewogen.

Pro: Man hat großartigen Sex.

Contra: Mit dem Mann einer anderen.

Pro: Es wirkt Wunder für Haut und Haare.

Contra: Wenn es herauskommt, gibt es Tränen.

Die Leute kommen auf die verrücktesten Ideen. Wenn man die Ratgeberseiten in den Boulevardzeitungen liest, fragt man sich, ob man weinen oder lachen soll. Ständig haben Frauen etwas mit dem Vater ihres Freundes oder dem Ehemann der Schwester. Sie wissen nie, wer der Vater des Kindes ist oder welche Hautfarbe es haben wird.

Mein Leben ist vergleichsweise langweilig: drei Liebhaber, ein Ehemann, zwei Kinder, eine Fehlgeburt, rüstige Eltern, eine Blinddarmnarbe, Kurzsichtigkeit, Zellulitis, dünnes Haar, fette Oberschenkel, brüchige Nägel. Das bin ich. Viele Leute taumeln von einer Katastrophe in die nächste. Ich gehöre nicht zu den Menschen, die das Schicksal herausfordern. Lieber lese ich ein gutes Buch.

Als Teenager habe ich geklaut – na, endlich ein Fleck auf meiner weißen Weste. Ich war allerdings nicht besonders geschickt, ich war zu kurzsichtig. Ich weiß noch, wie ich einmal versuchte, Kaugummis vom Regal an der Kasse zu klauen: Es gelang mir, ein Päckchen Juicy Fruit zu stibitzen, aber als ich abhauen wollte, verfing sich das Kaugummiregal am Knopf meiner Jacke und beim Wegrennen schlug das verdammte Ding gegen meine Brust und hinterließ eine Spur Wrigleys bis zu unserer Haustür. Danach tat ich es nie wieder. Mein Vater hätte mich an die Wand gestellt und erschossen.

Nigels Vergangenheit sieht anders aus: eine tote Schwester, zwei scheintote Eltern, diverse One-Night-Stands – ah, aber nur eine Ehefrau und so weit ich weiß, auch nur dieselben zwei Kinder. Außerdem hat er ein Ex-Kokain-Problem, zwei überkronte Zähne, Geheimratsecken und seit kurzem eine Hornhautverkrümmung im linken Auge.

Anna hatte mehr als hundert Liebhaber, sie hat einen rothaarigen Ehemann, zwei Kinder – ein dickes, ein dünnes –, einen Schnitt von dreißig Kippen am Tag, ein verschärftes Alkoholproblem und die Fähigkeit, anderen gewaltig auf die Nerven zu gehen. Früher war sie außerdem schön, witzig und gelegentlich unheimlich warmherzig. Sie dosierte ihre Herzlichkeit in kleinen Portionen und unregelmäßigen Abständen: Sobald ich die Zeichen ihrer Zuneigung ernstlich zu vermissen begann, lachte sie über einen meiner Witze oder verteidigte mich oder machte mir ein Kompliment. Die Rationierung ihrer Wärme machte mich süchtig. Ich sonnte mich darin, wenn ich sie bekam. Dasselbe machte sie mit Pandora, gelegentlich schenkte sie dem Kind ihre ungeteilte Liebe und Aufmerksamkeit. Sie konnte andere in ihrem Glanz erstrahlen lassen.

Vielleicht wollte ich deshalb ihre Freundin sein. Ich habe nie zu wenig Liebe bekommen. Ich war ein sehr selbstbewusstes Kind. Meine Mutter war zwar ein bisschen verrückt, aber sie liebte meinen Bruder und mich über alles, und mein Vater vergötterte uns. In der Schule war ich immer beliebt. Ladenbesitzer und Nachbarn mögen mich. Alle grüßen mich: »Hallo, Jo, hallihallo.« Anna war wie ein reservierter Hund: Die Tatsache, dass ich zu den wenigen Auserwählten gehörte, die sie nicht biss, gab mir das Gefühl, etwas Besonderes zu sein.

Ich weiß noch, wie ich mich vor Jahren einmal mit Brenda Donahue über Anna unterhielt: »Ein hübsches Mädchen …«

sagte sie und ließ den Satz unbeendet in der Luft hängen. »Aber«, ergänzte ich, »sie hat kein Herz, hat sich eine zweite Portion Schönheit geholt und die Schlange für Mitgefühl ignoriert.« Ich hätte Brenda gern erklärt, wie Anna ist. Dass sie ein schönheitsliebender Mensch ist, der Hässlichkeit nicht erträgt. Aber das hätte unhöflich geklungen. Sie hätte gewusst, dass ich Raymond meine. Raymond wird nächstes Jahr dreißig. Er hat ein schwaches Herz. Er hat mich nie gestört: weder seine Stielaugen, noch die unkontrollierten Erektionen oder sein Sabbern, er ist eben Raymond, aber ich wusste, dass er Anna unheimlich war. Einmal fragte Anna mich, ob ich das Kind behalten würde, wenn ich noch mal schwanger wäre und herausfände, dass etwas nicht stimmt? Kommt darauf an, antwortete ich, mit fehlenden Gliedmaßen und Taubheit würde ich fertig werden, wahrscheinlich auch mit einem leichten Hirnschaden. Und du, fragte ich? »Na ja ... wenn ich wüsste, dass es rote Haare hat, würde ich abtreiben.« Sie muss mein Gesicht gesehen haben, denn sie fügte rasch hinzu: »Kleiner Scherz.« Damals war ich geneigt, ihr zu glauben – jetzt bin ich da nicht mehr so sicher.

Alles, was Anna zu ihrem Vergnügen getan hat, ist nach hinten losgegangen. Gott sei Dank sind die Kinder in den Sommerferien. Ich vermisse sie sehr, sogar Georginas Wutanfälle. Sie sind bei Leuten in Devon, die wir, ehrlich gesagt, nicht besonders gut kennen. Manchmal wird mir bei dem Gedanken schlecht. Nachdem ich ihnen nachgewunken hatte, dachte ich, wenn ihnen irgendetwas passiert, wenn sie auf der Autobahn verunglücken, dann war's das: Dann schlitze ich mir die Pulsadern auf. Ich würde nicht zögern, zur Not würde ich meine Venen auch mit dem rostigen Deckel einer Dose gebackener Bohnen aufschneiden.

Die fremden Menschen, denen ich meine Kinder anvertraut habe, heißen Morris. Ihr Sohn Matthew ist letztes Jahr in Henrys Klasse gekommen, ein netter Junge, so weit ich das beurteilen kann. Außerdem haben sie eine elfjährige Tochter, die im September auf Georginas Schule kommt. Ich habe die Mutter, Angela Morris, bei einer Sportveranstaltung von Henrys Schule kennen gelernt. Sie saß neben mir und feuerte ihren Sohn zwei Stunden lang an. Keiner der Ehemänner war anwesend. Hinterher gingen wir in ein uriges türkisches Café in der Nähe der Schule. Ich mochte sie, denn obwohl sie gerade Tee und Scones gehabt hatte, bestellte sie einen von diesen sonderbaren türkischen Kuchen, die wie geraspelter, in Honig getunkter Weizen aussehen. Ein großes Stück blieb in ihren Pferdezähnen hängen. Die Jungs saßen kichernd so weit wie möglich von unserem Tisch entfernt und aßen Würfelzucker. Das Mädchen, dem am Tag zuvor vier Backenzähne gezogen worden waren, weil es eine Klammer bekommen sollte, las stoisch in einem Buch über Ponys und presste ein Taschentuch an den Mund. Das Zahnfleisch blutete noch immer leicht, aber sie beklagte sich nicht. Lucy hieß sie. Ich mochte sie, sie erinnerte mich daran, wie ich selbst als Kind war: etwas zu bemüht, das Gegenteil von Georgina, die sich in demonstrativer Langeweile übt, seit sie laufen kann. Nach der vierten Tasse bitteren schwarzen Kaffees, als das Koffein allmählich meinen Puls beeinträchtigte, lud sie Henry für die Sommerferien ein. »Wir haben ein Ferienhaus in Devon.« Ich hätte nie gedacht, dass ich darauf zurückkommen würde. Dass ich sie auch noch bitten würde, Georgina mitzunehmen. Aber das tat ich. Ich musste etwas tun. Mir wurde klar, dass es die einzige vernünftige Lösung war, als Anna beim Frühstück ganz ruhig erklärte: »Wenn du mit einem Mann ins Bett gehst, solltest du warten, bis er kurz vor dem Orgasmus ist und ihm dann den Finger in den Arsch stecken, das verstärkt die sexuelle Erfahrung.« Das ist kein Gesprächsthema für Teenager, schon gar nicht, wenn sie sich auf ihre Prüfungen vorbereiten. Gott sei Dank hatte Henry seine Klausuren, bevor es hart auf hart kam: Das Genfer Abkommen, die Form der Vergleiche im Werk von Charles Dickens und die Deklination lateinischer Verben sind auch ohne das Geschwafel einer prämenopausalen Harpyie verwirrend genug.

Manchmal muss man seinen Instinkten vertrauen. Angela Morris wirkte patent. »Machen Sie sich keine Sorgen«, sagte sie. »Ich habe zwei Kinder großgezogen und es überlebt.«

»Ha, ha«, lachten wir, aber ich hatte Tränen in den Augen.

50

Carlenes Rache

Carlene fühlte sich nicht wohl, sie konnte sich nicht einmal erinnern, wann sie sich das letzte Mal wohl gefühlt hatte. Ein Bläschen auf Roxannes Bauch hatte sich zu Windpocken ausgewachsen. Große nässende Stellen bedeckten ihren ganzen Körper. Sie sah aus wie aus der Special-Effect-Schmiede von *Casualty*. Die Pusteln waren in ihren Nasenlöchern, auf ihrem Scheitel, auf der Oberlippe, auf dem Popo und unter ihren Fußsohlen. Danny sagte, wenn sie sich kratze und Narben zurückbehalte, sei das Carlenes Schuld. Ihr blieb nichts anderes übrig, als das fleckige Kind mit Zinklotion einzureiben und seine Fingernägel so kurz zu schneiden, dass es sich nicht die Haut aufkratzen konnte. Nach der dritten schlaflosen Nacht wachte Klein-Ted mit einer Blase auf dem Augenlid auf. Innerhalb von einer Stunde tauchten sieben weitere auf. Man sah sie förmlich sprießen. Bis zum Mittag war die Krankheit voll ausgebrochen. Armer Ted, er weinte und weinte und weinte, bis sie alle Kopfschmerzen bekamen und Carlene das Gefühl hatte, auf einem Auge blind zu sein. Manchmal hatte sie Migräne.

Danny war natürlich keine Hilfe. Er hatte panische Angst, sich anzustecken.

»Du musst doch wissen, ob du Windpocken hattest«, rief Carlene.

»Weiß ich aber nicht«, rief Danny zurück und stapfte in den Pub. Als er zurückkam, war er besserer Laune. Laut seiner Mutter hatten sie es alle gehabt. »Alle drei und es war Weihnachten *und* die Wohnzimmerdecke kam runter, ich weiß also nicht, was es zu jammern gibt.« Dennoch beschloss er, auf dem Sofa zu schlafen. »Das Bettzeug muss mal wieder gewaschen werden, Carlene.«

Roxanne schlief wieder in ihrem eigenen Bett. Die Krusten lösten sich allmählich ab und hinterließen im ganzen Haus Schorf. Ted schlief bei Carlene: Er war heiß und quengelig und er konnte nicht am Schnuller nuckeln, weil sein Mund wehtat. Carlenes Kopfschmerz wurde schlimmer. Um Mitternacht übergab sie sich. Sie brauchte Migralieve. Sonst würde es Tage lang so gehen. »Bitte, Dan, kannst du mir Tabletten besorgen? Mein Kopf bringt mich um.« Aber Danny konnte nicht mit dem Lieferwagen zur Notapotheke fahren, weil er zu viel getrunken hatte – wollte nicht riskieren, seinen Führerschein zu verlieren, er war doch nicht bekloppt. Also nahm Carlene die Autoschlüssel, und obwohl sie nur mit einem Auge sehen konnte – und es war das kurzsichtige –, setzte sie ihre Brille nicht auf. Carlene trug miefige Leggings und ein Arsenal-T-Shirt. Bevor sie ging, zog sie noch eine beige Lederjacke mit Fledermausärmeln über – na prima, jetzt sah sie wirklich zum Fürchten aus. Beim Hinausgehen schlug sie die Tür absichtlich laut zu, in der Hoffnung, dass Ted aufwachte. Sie hielt kurz inne. Teds Schlafzimmerfenster lag direkt über der Tür. WRUMMS. Eins, zwei, drei, bevor sie bei drei angelangt war, schrie er los – uuaaaggh. Es klang wie der Anfang eines Siebziger-Jahre-Glam-Rock-Songs von The Sweet. Carlene trippelte zu Dannys Lieferwagen und schloss ihn auf. Er war vollkommen zugemüllt: leere Coladosen, leere Hamburgerschachteln, Styropor-Kaffeebecher. Er war ein Schwein. Der Lieferwagen ihres Vaters sah anders aus. Ordentlich. Und im Handschuhfach lag eine Tüte Weingummis.

Carlene war keine gute Fahrerin: Sie fuhr zu vorsichtig, sie überholte nicht gern und sie bog bei Gegenverkehr nicht gern rechts ab. Manchmal plante sie ihre Wege so, dass sie nur links abbiegen musste. Aber um Mitternacht war es ruhig auf den Straßen, in zwanzig Minuten konnte sie zurück sein.

Die Notapotheke lag nicht mehr als eine halbe Meile entfernt. Sie war vierundzwanzig Stunden geöffnet und verteilte Methadon an dünne Menschen mit zuckenden Gesichtern und blauen Flecken auf den Armen. Junkies waren das Letzte. Dannys kleiner Bruder war drauf. Seit er kurz nach Roxannes Geburt das Babyphon geklaut hatte, war er von der Bildfläche verschwunden.

Sie machte einen Umweg, um den steilen Berg zu meiden, bei dem man manchmal die Handbremse ziehen musste und dann nicht wusste, wann man sie wieder lösen sollte. Carlene hasste es, am Berg anzufahren. Sie wusste nicht genau, was ihr Vater mit »sanft die Kupplung kommen lassen« meinte. Bei jeder Steigung hielt sie den Atem an.

»Eine Packung Migralieve, eine große Flasche Calpol für Kinder mit Zucker und dann nehme ich noch die Lätzchen da.« Sie waren im Angebot: fünf Lätzchen für £ 3.50. Sie hatte keine Ahnung, warum sie die kaufte. Für Ted benutzte sie ein blaues aus Plastik. Was soll's, sie konnte mit Scheck zahlen. Sie legte noch einen Eyeliner von Rimmel und rosa Perlmuttnagellack dazu.

»Ist das alles?«

»Ja.« Sie war die einzige Kundin im Laden. Das Mädchen hinter dem Tresen war Asiatin, ein winziges Ding, sah aus wie fünfzehn, aber zu ihren Füßen lag ein großer Schäferhund. Nicht gerade hygienisch. Carlene mochte keine Hunde, sie verbot Roxanne immer, sie zu streicheln. Carlene setzte sich wieder in den Wagen und nahm drei rosa Migralieve aus der Packung. Vor dem Beifahrersitz lag eine große Plastikwasserflasche. Sie wollte gerade einen großen Schluck nehmen, als sie bemerkte, dass es Terpentin war. Sie konnte zwar einen Drink gebrauchen, aber so verzweifelt war sie nun auch wieder nicht. Sie warf drei Pillen ein, ohne sich zu verschlucken. Dann fuhr sie zweimal um den Kreisverkehr, nur so zum Spaß, und machte sich auf den Weg nach Hause.

Sie wollte rechts abbiegen, sie wollte so zurückfahren, wie sie gekommen war, aber plötzlich war da ein großer Laster und sie fürchtete, nicht schnell genug über die Straße zu kommen. Deshalb bog sie links ab. Wenn sie den Berg hinauffuhr, an Sainsbury's vorbei, würde sie wieder auf die Hauptstraße kommen. Carlene umklammerte das Lenkrad so fest wie im Skooter auf dem Jahrmarkt und fuhr den Berg hoch. Plötzlich war sie auf die Abbiegerspur geraten. Sie wollte geradeaus weiterfahren, aber das ging nicht, und als der Pfeil, der nach rechts zeigte, grün wurde, folgte sie ihm. Wo zum Teufel war sie? Sie nahm die erste Straße links und hielt an. Bevor sie noch auf den Stadtplan gesehen hatte, wusste sie, wo sie war: Sie war in der Lark Grove und blickte auf das Rosa Haus.

Dreißig Minuten blieb Carlene einfach sitzen, dachte nach und lackierte sich die Fingernägel mit dem neuen Nagellack. Wie nett. Sie hatte nicht oft Zeit für sich selbst. Sie sah etwas über die Straße laufen. Die Tabletten begannen zu wirken, sie konnte jetzt auch mit dem linken Auge wieder sehen. Es war ein Fuchs, ein alter Fuchs, sein rotes Fell war grau meliert, und er hatte etwas im Maul. Hoffentlich kein

Kaninchen. Als sie klein war, war ihr Kaninchen Rosemary von einem Fuchs getötet worden. Ihr Dad hatte ihr verboten hinzusehen. Er war mit Feudel, Eimer und Zeitungspapier nach draußen gegangen. Später hatte sie den Deckel der Mülltonne angehoben und das mit Blut und Fell verschmierte Zeitungspapier gesehen.

Es war lange her, seit Carlene so spät noch unterwegs gewesen war. Meistens schlief sie bei *The Bill* ein. Sie war so müde und sie war so unglücklich: kein Wunder, dass ihr Mann … Es war fast ein Uhr und sie fragte sich, ob Danny sich Sorgen machte. Wohl kaum. Allem Anschein nach hatte er ordentlich getankt.

Ein Pärchen kam den Berg hinauf. Sie schwankten leicht und blieben dauernd stehen, um zu knutschen, alle fünf Schritte ein Kuss. Als sie fast auf Höhe des Lieferwagens waren, fingen sie unter einer Straßenlaterne an zu fummeln. Sie konnte die weiße Haut des Mädchens sehen, als ihr T-Shirt hochrutschte. Sie hörte ein ersticktes Kichern, dann waren die beiden verschwunden. Sie und Danny waren früher genauso gewesen.

Wie ferngesteuert stieg Carlene plötzlich aus dem Wagen. Sie fühlte sich wie die Marionetten mit den Holzköpfen, die ihr Vater ihr damals geschenkt hatte: eine war ein Mädchen mit gelben Zöpfen, das aussah wie Heidi, die andere ein Junge mit grünem Filzhut. Sie hatte ewig mit ihnen gespielt, bis die Fäden ganz verheddert waren. Komisch, sie hatte sie ganz vergessen.

Als sie aus ihren Gedanken an die Marionetten erwachte, war sie die Stufen zum Rosa Haus schon halb hinauf. Was um Himmels willen tat sie? Sie öffnete die Packung mit den Lätzchen – dumm von ihr, denn der Nagellack war noch nicht getrocknet –, dann wurde ihr bewusst, dass sie die

Lätzchen mit Terpentin tränkte. Wie sonderbar. Es war wie ein fast vergessenes Rezept, sie hatte alle Zutaten, sie hatte sogar die Flasche Terpentin aus dem Wagen mitgenommen – wozu um Himmels willen? Ach ja, um die Lätzchen damit zu tränken: eins, zwei, drei, vier, fünf – was kam als Nächstes? Sie hatte fünf durchtränkte Lätzchen. Zusammenbinden, das war eine gute Idee. Sie hatten verschiedenfarbige Bänder: rot, blau, gelb, grün, orange. Das wäre erledigt, und jetzt? Nichts, nichts jetzt, doch zufällig fand sie in der Tasche ihrer Lederjacke ein Feuerzeug, sie schob die Lätzchen durch den Briefkastenschlitz und setzte das eine Ende in Brand. Es war das mit dem orangen Band und den aufgedruckten Bauklötzen. Die Lätzchen loderten kurz auf, dann wurde die Flammen kleiner, bis nur ein blaues Flackern übrig blieb, in einer Minute wäre das Feuer aus. Nichts passiert, und Carlene kicherte bei dem Gedanken, wie die Schlangenlederstiefel am nächsten Morgen die Treppe runterkommen und die durchtränkten, zusammengeknoteten Lätzchen finden würde – wie die Überreste eines Kinderfaschings.

Sie stieg wieder in den Lieferwagen und musste den ganzen Weg bis nach Hause kichern. Einmal übersah sie eine rote Ampel, was sie nur noch mehr zum Lachen brachte. Was für ein Spaß, sogar die Kopfschmerzen waren verschwunden.

Als Carlene nach Hause kam, schlief Danny tief und fest und mit einer Hand in der Unterhose auf dem Sofa. Carlene nahm noch zwei Migralieve und ging zu Bett. Zum ersten Mal seit Wochen schlief sie gut. Am nächsten Morgen kroch Roxanne zu ihr unter die Decke und sagte: »Puh, Mami, du riechst aber komisch.« Es war das Terpentin. Carlene schnüffelte an ihren Händen. Ach was, vergiss es. Es war vorbei.

Aber das war es nicht. Denn letzte Nacht hatten sich die Ereignisse ineinander geschoben wie Autos auf nebliger Fahrbahn. Wenn die Lätzchen nicht im Angebot gewesen wären, wenn sie nicht so saugstark gewesen wären, wenn in der Flasche Wasser statt Terpentin gewesen wäre, wenn nicht ein fauler Teenager wenige Stunden zuvor einen Stapel Flugblätter vom Inder durch den Briefschlitz gestopft hätte, wenn der Lack auf dem Tisch im Flur feuerresistent gewesen wäre: Wenn, wenn, wenn. Aber sie waren, es war, er hatte und er war nicht. Oje.

51
Abstieg

Es war ein ganz normaler Freitagabend gewesen. Essen vom Inder, dabei *Frasier*, um elf waren wir im Bett. Das Leben ist nicht sehr spannend, wenn man nicht mehr mit dem Klempner vögelt. Ich hatte Hühnchen Jalfrezi, Chris sein Biriyani, die Kinder teilten sich ein Korma und dazu gab es für alle Pilawreis, Papads, Gurkenraita und Sag Bhaji. Obwohl Sinead in Irland war, machte ich mir nicht die Mühe, die Alubehälter abzuräumen. Ich dachte, das kann ich morgen früh machen. Ich hatte einiges vor am nächsten Morgen: Die Ferien nahten und ich wollte bei Gap Sommersachen für die Kinder kaufen. Es gab Bier und ich trank hinterher noch Rotwein: Ich war nicht betrunken, nur das Treppensteigen fiel mir schwer. Chris blieb noch eine Weile unten: Vielleicht sah er eine Doku über lesbische Pornostars auf Channel 5, aber wahrscheinlich nicht. Ich hörte ihn abschließen. Als er ins Bett kam, lag ich längst eingerollt wie ein Gürteltier auf meiner Seite der Matratze. Ich hatte meine Zähne nicht geputzt und das indische Essen rumorte in meinen Gedärmen: Ich ließ lange, leise Fürze fahren, es muss beim Reinkommen wie in einem Sarin-verseuchten Eisenbahnwaggon gestunken haben. Er las noch zehn Minuten. Eines seiner langweiligen gebundenen Bücher über Kampfflugzeuge aus dem Zweiten Weltkrieg, die er sich von Jo von Buchmessen mitbringen lässt. Seine Goldrandbrille war die Nase runtergerutscht und sein Kinn schlug Falten. Schließlich machte er das Licht aus, rollte auf seine Seite und zog mir die Decke weg. Chhhrrr, phhh, pfff, plopp. Er schnarchte und ich furzte.

Ich wachte davon auf, dass es verbrannt roch und knisterte wie eine Tüte Chips. »Chris«, ich stieß ihn heftig in die Seite. Ich habe einen besseren Geruchssinn als er. »Chris.«

»Mmmh, ahh … mmh.«

»Chris, wach auf. Ich glaube, es brennt.« Das half. Er schoss aus dem Bett wie eine Atomrakete, eine halbe Erektion ragte unter seinem Bauch hervor wie ein Ausrufungszeichen!

Ich konnte mich nicht erinnern, was zu tun war. Ich konnte mich nicht erinnern, ob es eine gute Idee war, die Fenster zu öffnen – dann fiel mir ein, dass das sowieso nicht ging, weil sie abgeschlossen waren.

»Ich hol die Kinder«, sagte er, aber erst zog er sich eine Hose an. Das Licht ging nicht. »Mach ein paar Handtücher nass«, schrie er, und ich stolperte ins Bad und dachte, siehst du, das separate Badezimmer war doch eine gute Idee. Ich nahm einen Stapel Handtücher, ließ sie in die Badewanne fallen und drehte den Kaltwasserhahn voll auf. Er schnappte sich eines und wickelte es sich um den Kopf, und dann öffnete er die Schlafzimmertür.

Ich konnte den Rauch sehen. Ich konnte ein orangenes Leuchten sehen. Es sah aus wie ein Fuji-Sonnenuntergang, aber es roch wie das Ende der Welt. Es brannte nur unten, aber wer wusste, wie schnell das Feuer sich ausbreitete. Ich hatte Angst. Ich wollte nie durch Feuer oder Wasser sterben. Wenn ich schon sterben muss, dann schnell.

Die Kinder waren verängstigt. Pandora hatte die Kontrolle über ihre Beine verloren, und Chris trug sie in unser Schlafzimmer. Jed hielt sein Schmuckkästchen umklammert und folgte ihnen. Zum Glück wusste Chris, wo sein Handy war. Er hatte es aufgeladen, er hob es vom Boden auf und rief die Feuerwehr. Ich bin sicher, dass sie Pandora im Hintergrund schreien hörten. Vielleicht hörten sie sogar, wie ich ihr befahl, den Mund zu halten. Jedenfalls nahmen sie es ernst. Chris warf einen kurzen Blick die Treppe hinunter. Man spürte die aufsteigende Hitze, und es war nicht leicht, Ruhe zu bewahren. Er kam ins Schlafzimmer zurück und sagte, wir säßen fest.

Ich glaube, das war der Punkt, als ich zur Toilette rannte. Ich hatte ziemlich schlimmen Durchfall. Ich war gerade fertig und, wie sollte es anders sein, das Klopapier war alle. Na toll, dachte ich, wie unwürdig, so zu sterben. Ich schnappte mir ein schmutziges T-Shirt und wischte mich ab – wirklich ein Jammer, es war von Liberty. Chris stopfte die restlichen nassen Handtücher in den Schlitz unter der Schlafzimmertür und dann warteten wir.

Jed fing an, *Ten Green Bottles* zu singen, doch bei neun hörte er auf. Ich weiß nicht, was schlimmer war: Jeds hoher, überspannter Gesang oder die Stille danach, während der wir das Haus in Flammen aufgehen hörten. Pandora fing an zu beten: »Vater unser im Himmel, geheiligt werde dein Name, dein Reich komme, dein Wille geschehe, wie im Himmel so auf Erden, Amen«, was dem Geschehen einen surrealen Touch verlieh. Chris sagte immer wieder: »Alles wird gut, Kleines, wir kommen hier raus«, und dann ließ er uns das Bett abziehen und knotete den Bettbezug an das Laken, was meiner Meinung nach rein therapeutischen Nutzen hatte.

Wir hörten die Sirene, bevor das Feuerwehrauto in die

Straße bog. Das beruhigte uns. Wir drängten uns ans Fenster und sahen es vorfahren. Die Lichter in den Fenstern gegenüber gingen an und innerhalb weniger Sekunden strömten die Leute aus ihren Häusern. Die Feuerwehrleute schrien, und Chris nahm die Lampe von seinem Nachttisch und stieß sie durchs Fenster. Immer noch an die Steckdose in der Wand angeschlossen, baumelte sie aus dem eingeschlagenen Fenster. »Wir sind hier oben. Wir sind zu viert. Bitte beeilen Sie sich!« und Pandora fügte ein paar befangene Hilferufe hinzu. Die Leiter klapperte an der Hauswand hoch. Unser Schafzimmer hat zwei große Fenster. Chris hatte das linke eingeschlagen, die Leiter peilte das rechte an und die Stimme eines Mannes befahl uns, zur Seite zu gehen, damit er es einschlagen konnte. Überall war Glas, und Chris warf die Bettdecke und meine geliebte Satinüberdecke über die Scherben, damit wir uns nicht die Füße aufschnitten. In der Krise bewies er sich als sehr vernünftig. Der Feuerwehrmann stand am Fenster, als sei er auf ein Schwätzchen vorbeigekommen. Es war mir fast unangenehm, dass ich ihm keine Tasse Tee anbieten konnte. »Dann wolln wir euch ma rausholn!« Er hatte einen nördlichen Akzent – irgendwie ein tröstlicher Klang, finden Sie nicht? »Wir holn euch in nullkommanix raus, zuerst der Kleine«, und Chris hob Jed hoch und reichte ihn aus dem Fenster wie eine Rolle Linoleum. Der Feuerwehrmann klemmte ihn unter den Arm. Ich hörte die Leute klatschen, als sie unten ankamen. »So, wer kommt als Nächstes?« Er klang wie ein Lebensmittelhändler an der Gemüsetheke: »Ein Pfund Tomaten, Kindchen?« Auf dem Fensterbrett erstarrte Pandora. Ich hätte ihr am liebsten einen Schubs gegeben. »Mach schon, Pandora. Sollen ich und dein Vater verbrennen?« Sie schnitt sich das Bein beim Hinausklettern auf. Der Feuerwehrmann schulterte sie, so dass ihr fetter Hintern in die Luft ragte. Für mich kam ein anderer Feuerwehrmann. Der Erste hatte wahrscheinlich einen Bandscheibenvorfall erlitten, als er meine Tochter in Sicherheit brachte.

Plötzlich wurde es hektisch: Irgendwo unter uns krachte es gewaltig und Flammen schlugen aus dem Haus und erhellten den Garten und die Gesichter der Menschenmenge auf der Straße. Wasser kam aus den Schläuchen. Es war sehr laut, aber ich hörte Jo rufen: »Anna, Anna.« Ich hatte mir vorher einen Jeansrock angezogen und musste ihn hochraffen, um die Leiter runterzusteigen. Der Mann hielt mich fest um die Taille. Ich konnte das Sprühwasser des Wasserschlauchs spüren, während wir hinunterschlitterten, und plötzlich stand ich in meinem Vorgarten. Die Haustür lag brennend im Flur und die Treppe wurde bei lebendigem Leibe gefressen. Ich muss ohnmächtig geworden sein, denn ich fand mich im Krankenwagen wieder, und als Chris hereinwankte, warf Pandora sich ihm entgegen: »Ganz ruhig, Kleines, ganz ruhig. Habe ich nicht gesagt, alles wird gut?« Dann schlossen sie die Türen und der Krankenwagen fuhr los. Hatte ja keinen Sinn, noch länger zu warten, wie der Sanitäter im grünen Overall sagte, war schließlich kein schöner Anblick.

Im Krankenhaus verfluchte ich mich, dass ich meine Handtasche nicht mitgenommen hatte. Ich hätte wirklich Lippenstift und Kamm gebrauchen können.

52
Schicksal und Maikäfer

In unserer Gegend ist man Sirenen und Blaulicht gewohnt. Ich habe schon Polizisten aus Streifenwagen stürzen und über Gartenmauern springen sehen. Hier ist viel los: Einbrüche, Drogen, Messerstechereien – angeblich haben die meisten Leute heutzutage Waffen. Man muss vorsichtig sein. Im Zweifelsfall heißt es Klappe halten.

Ich habe mir abgewöhnt, fremde Leute anzupöbeln, die ihren Müll auf die Straße werfen. Früher war ich nie ängstlich. Letzte Woche fuhr ein Junge mit dem Fahrrad auf dem Bürgersteig so dicht an mir vorbei, dass ich gerade noch ausweichen konnte. »Das ist kein Fahrradweg«, rief ich, »du bist groß genug, um auf der Straße zu fahren.« Ich rechnete damit, dass er eine Grimasse schneiden und weiterfahren würde, doch das tat er nicht. Er kehrte um und fuhr auf mich zu. Als er auf meiner Höhe war, spuckte er mir ins Gesicht. Ich konnte seinen Speichel auf den Lippen schmecken und dachte an Dinge wie Hepatitis B. Dreimal spuckte er und schimpfte mich Fotze und Schlampe. Ich weiß noch, wie ich sagte: »Komm schon, lass uns vernünftig sein.« Ich klang wie Penelope Keith, affektiert und albern, aber ich hatte große Angst, und er war jünger als Henry. Schließlich stieß er mir das Fahrrad gegen das Bein und drohte, mir beim nächsten Mal das Gesicht aufzuschlitzen. Ich traute mich nicht, direkt nach Hause zu gehen, falls er beobachtete, wo ich wohnte. Ich ging einfach immer weiter, bis er verschwunden war.

Zweimal wurde bei uns eingebrochen, aber im Vergleich zu anderen sind wir glimpflich davongekommen: kein Kot an den Wänden, keine Schildkröte in der Mikrowelle, kein Wellensittichkopf auf dem Kopfkissen.

Ich kannte eine Frau, die nach Marokko fuhr. Als sie zurückkam, hatte jemand ihre Mamorkamine geklaut, die Kronleuchter, den Esstisch mit sechs passenden Stühlen, eine massive Löwenstatue aus dem Garten und einige Lorbeerbäume. Schwer vorstellbar, wie das jemand so einfach im Pub verscheuert.

Dreimal wurde mein Auto aufgebrochen. Meine Kassetten lassen sie immer da, obwohl ich persönlich nicht weiß, was an Kirsty McColl und *Eurythmics Greatest Hits* verkehrt sein soll. Wir tun, was wir können: verriegeln Fenster und Türen, tragen die Handtaschen unter unseren Mänteln, verstecken den Schmuck, installieren Zeitschaltuhren für das Licht und Alarmanlagen.

Tatüü tataaa – immer, wenn ich die Feuerwehr höre, denke ich an den Reim: »Maikäfer flieg, dein Vater ist im Krieg, deine Mutter ist in Pommerland, Pommerland ist abgebrannt, Maikäfer flieg.« Als ich klein war, hielt ich Maikäfer für traurige Kreaturen. Feuer ist der schlimmste Albtraum. Vor langer Zeit habe ich einen Rauchmelder gekauft, aber ich habe die Batterien herausgenommen, weil er jedes Mal losging, wenn ich Speck briet. Jetzt haben wir einen in jedem Stockwerk, aber ich wache noch immer mitten in der Nacht auf und muss mich vergewissern, dass die Glut im Aschenbecher verlöscht, das Bügeleisen kalt und der Herd aus ist. Mit Anna kann man nicht vorsichtig genug sein.

Man sollte denken, dass sie es besser wüsste, nachdem sie um zwei Uhr morgens in einem brennenden Haus aufgewacht ist, Rauch im Treppenhaus, die Kinder ein Stockwerk höher.

Sie muss in Panik gewesen sein. Flugzeuge stürzen angeblich viel langsamer ab, als man denkt. Die Menschen haben Zeit, sich vor Angst in die Hose zu machen und Nachrichten an ihre Lieben zu schreiben. Anna erzählte mir, dass Chris sich erst die Hose anzog, bevor er die Kinder rief, dann krabbelte er die Treppe hoch, um sie zu holen, mit einem nassen Handtuch um den Kopf, obwohl das gar nicht nötig war.

Einmal habe ich die Fritteuse in Brand gesetzt und aus irgendeinem Grund warf ich ein Geschirrtuch über die Flammen und das entzündete sich wie ein Weihnachtspudding mit zuviel Brandy. Schließlich warf ich alles in den Fischteich. Er ging hoch wie eine Bombe. Am nächsten Morgen schwammen drei tote Karpfen darin.

Als Pandora und Jed im Schlafzimmer ihrer Eltern waren und das Licht nicht ging, wählte Chris auf seinem Handy den Notruf. Anna sagte, er war sehr höflich. »Entschuldigen Sie, wenn ich störe, aber mein Haus brennt und ich sitze mit meiner Frau und den Kindern im zweiten Stock fest, wir bräuchten Hilfe, wenn es nicht zu viel Umstände bereitet« oder so ähnlich. Tatüü tataa. Drei Feuerwehrautos sausten den Berg hinauf, das Blaulicht blinkte wie eine Teenie-Disco. Nigel wachte als Erster auf. Er sah die Leute aus ihren Häusern strömen. Einige hatten es so eilig, dass sie die Türen offen stehen ließen. Oh, was für Dummköpfe. Wenn es eine Videoaufzeichnung von den Ereignissen jener Nacht gäbe, würde man, abgesehen von den tanzenden Flammen im Rosa Haus, ein paar Typen in das Haus der Gregsons hinein- und wieder heraushuschen sehen. Sie erbeuteten einen Ledermantel, der über dem Treppenpfosten hing, und Mrs. Gregsons Handtasche mit zweihundert Pfund Sterling, sechshundert in Traveller Cheques und zwei Flugtickets nach Gozo. Es ist immer ärgerlich, wenn einem die Handtasche geklaut wird, aber das Geld und die Tickets waren ein Hochzeitsgeschenk für ihre älteste Tochter, die am nächsten Tag heiratete! Ich hab davon erst Tage später gehört. Es ist fast zum Lachen, es war nicht mal der Dreizehnte. Es war um zwei Uhr morgens am Freitag, den neunten Juli.

Als wir ankamen – Nigel, Georgina, Henry und ich – wurden gerade die Leitern ausgefahren. Ich hatte eine dicke Schicht feuchtigkeitsspendende Nachtcreme im Gesicht und war barfuß, doch wenigstens hatte ich daran gedacht, mir einen Schlüpfer unter das Nachthemd zu ziehen. Vor dem Haus bildete sich eine Menschenmenge. Die Polizei hatte die Straße abgesperrt und forderte die Leute auf, zurückzutreten. »Treten Sie zurück. Bitte halten Sie Abstand.« Es war wahnsinnig aufregend. Man konnte ihre vier kleinen weißen Gesichter am Fenster sehen, sie klopften gegen die Scheibe. Na bitte, verriegelte Fenster. Und nie hat man den Ersatzschlüssel parat, der liegt immer unten in der Obstschale, nicht wahr? Zuerst holten sie Jed, Frauen und Kinder und so weiter. Das Kindermädchen war nicht da. Ich weiß nicht, wo Angestellte in der Hackordnung stehen. Es war wie eine Szene aus *London's Burning* und alle Frauen waren in heller Aufregung. Der Sexappeal von Feuerwehrmännern ist ein Klischee, aber es stimmt. Als sie unten ankamen, fingen die Leute an zu klatschen. Wenn man Jed kennt, weiß man, dass er am liebsten eine Zugabe gegeben hätte, aber sie trugen ihn zu einem Krankenwagen und holten Pandora. Der Feuerwehrmann hatte das Schlafzimmerfenster eingeschlagen und sie schnitt ihr dickes Bein an einer Scherbe. Es blutete stark, aber ansonsten lief alles glatt.

Nachdem ein anderer Feuerwehrmann Anna geholt hatte, stand sie eine Sekunde lang im Vorgarten, sah sich nach dem Haus um und fiel an Ort und Stelle in Ohnmacht. Ganz kurz dachte ich, dass sie nur so tut, aber es war schnell klar, dass nicht, und wirklich, man konnte ihr keinen Vorwurf machen. Die Haustür war eingetreten und schwarze Rauchschwaden waberten aus dem Flur. Als das Wasser die Flammen traf, gab es ein zischendes Geräusch. Es war nicht nur die Hitze, es war der Lärm und der Geruch. Während des Blitzkriegs müssen die Leute so etwas gewöhnt gewesen sein.

Chris kletterte die Leiter selbst herunter, der Feuerwehrmann hielt schützend wie ein Vater den Arm um ihn, falls er abrutschte. Er trug seine Wochenend-Chinos und ein Hemd, aber keine Krawatte, man sah, dass er zitterte. Sie legten ihm eine Decke um die Schultern und halfen ihm in den Krankenwagen. Als sie davonfuhren, hörte man ein Splittern, und ich sah, dass die Treppe eingestürzt war, und neue Flammen schossen aus dem Nichts empor wie Kerzen auf Kindergeburtstagstorten, die sich von selbst wieder anzünden – was eigentlich vom Hersteller unverantwortlich ist.

Nachdem das Feuer gelöscht und nur noch ein schwarzes, nasses Etwas übrig war, das wie verbranntes Haar und feuchte Schulblazer stank, gingen wir zu Brenda Donahue und tranken Kaffee und Brandy. Ich glaube, wir alle konnten einen Drink vertragen. Raymond war überdreht. Brenda hatte schreckliche Mühe, ihn ins Bett zu bringen, und einmal wurde er fast gewalttätig und schlug sie ins Gesicht, arme Brenda.

Wenn man es genau bedenkt, lauert hinter jeder verschlossenen Tür ein Unglück.

53
Der Morgen danach

Myrtle rief bei Brenda Donahue an. Raymond, der ans Telefon ging, hielt den Hörer verkehrt herum und schrie in die Ohrmuschel: »Großes Feuer, ganz heiß, große, starke Feuerwehrmänner, jetzt alles gut.« Endlich gelang es Brenda, ihrem Sohn den Hörer zu entwenden. »Ja? O Myrtle, oh, es tut mir so Leid. Es war so ein reizendes Haus, und die ganzen Glyzinien, na ja, ich weiß, so ein Unglück, so ein himmelschreiendes Unglück. Wir haben alle zugesehen, weißt du, die ganze Straße war auf den Beinen. Es war wie beim silbernen Thronjubiläum der Königin. Die Metcalfs kamen noch auf einen Kaffee rüber und wir brauchten alle einen starken Drink. Jo war völlig neben sich, sie sind sehr gut befreundet … Ja, die Cunninghams, genau, nein, niemand wurde verletzt, nicht ernsthaft, aber man hat sie ins Krankenhaus gebracht, nur eine Vorsichtsmaßnahme. Ja, Liebes, das musst du unbedingt, ich habe Garnelen-Wan-Tans im Gefrierfach, Raymond mag sie nicht. Wie hast du davon erfahren? Ich wollte dich noch anrufen, aber es war schon so spät.«

Myrtle hatte ferngesehen. Nach den Nachrichten gab es Neues aus der Region. Sie erkannte das Rosa Haus sofort, wie eine Mutter, die ihr verkohltes Kind unter den Brandopfern erkennt – was zum Teufel? Myrtle saß auf ihrem kleinen Schlafsofa, in einer Hand die Strumpfhose, in der anderen einen Vollkornkeks, und starrte auf den Bildschirm.

Auch Carlene hatte die Nachrichten gesehen. Sie wollte gerade zu den Cartoons umschalten, als der Mann sagte: »Mysteriöses Inferno in Südlondon.« Danny war bei der Arbeit. Es war acht Uhr. Sie schaltete trotzdem um. Sie sah lieber eine Wiederholung der *Teletubbies*. Als sie später mit Roxanne einkaufen ging, kaufte sie eine Tageszeitung. »Stromleitungen wahrscheinlich Schuld an Inferno. Die Familie überlebte das Feuer und wurde mit Schock und leichter Rauchvergiftung ins King's College Hospital eingeliefert. Der Leiter der Feuerwehr betonte die Wichtigkeit von Rauchmeldern. Nur dank der prompten Reaktion der örtlichen Feuerwehr konnte eine Tragödie verhindert werden.« Der nächste Artikel war ein Rezept für gebratene Taubenbrüste in Pernod mit Fenchel.

Carlene wusste nicht, was sie fühlte, sie beschloss, nicht darüber nachzudenken. Sie ging mit den Kindern über den Markt und gönnte sich einen praktischen Koffer auf Rädern mit ausziehbarem Griff für ihren Urlaub. Als Danny heimkam, stand sie in der Küche und kochte Fischstäbchen für die Kinder. Die Pfanne musste dringend geschrubbt werden und einmal züngelte eine Flamme unter dem Deckel hervor, als halte darunter eine feuerspeiende Echse ihren Winterschlaf. »Verdammte Scheiße, Carlene, willst du das ganze Haus abfackeln?«

Wurde sie rot, als er das sagte?

Carlenes Hand zitterte, als sie Teds Fischstäbchen klein schnitt und die geschwärzte Kruste unter dem Messer platzte. Schließlich gab sie Ketchup drüber und zerdrückte alles mit der Gabel. Danny schlich immer wieder zum Fernseher, aber bis zum Abend war das Feuer bei den Cunninghams keine Nachricht mehr wert: Was ist schon ein toter Hamster? Nibbles wurde von jungen Mädchen in Lewisham ausgestochen, die eine alte Dame überfallen hatten.

Im King's College Hospital ließ sich Chris seinen Pudding schmecken. Zu Hause bekam er nie Nachtisch. Da Anna keinen Appetit hatte, aß er ihren gleich mit. Chris fühlte sich fantastisch: Er war am Leben, seine Familie war am Leben, er hatte sie nicht im Stich gelassen. Er war ein Mann, ein Mann, der sein Haus wieder aufbauen und von nun an ein besserer Mensch sein würde. »So lange es uns nur gut geht«, wiederholte er. »Alles, was wir verloren haben, können wir neu kaufen, wir sind versichert, Liebling. Alles wird gut. Sie müssen nur die Brandursache herausfinden und dann können wir neu anfangen.« Manche Menschen fühlen sich nach einem solchen Schock unsterblich. Chris genoss jede Sekunde, die er nicht tot war. Was das Krankenhausessen anging, ach, von wegen ungenießbar. Es war Manna, das war es, die reinste Götterspeise. Nun, da hatte er Recht.

Jo rief das Krankenhaus an.

»Gehören Sie zur Familie?«

»Ja, ich bin Annas Cousine«, log sie.

»Egal: Besuchszeit ist zwischen sechs und acht.« Die Krankenschwester blieb gelassen, so etwas passierte täglich in Londoner Krankenhäusern – womit sie natürlich Recht hatte. Jo hatte das Gefühl, in Sachen Drama übervorteilt worden zu sein. In gewisser Hinsicht wäre es aufregender gewesen, wenn die Cunninghams in Lebensgefahr schweben würden, dem Tod nahe, und auf der Intensivstation künstlich beatmet werden müssten, statt auf der Station herumzuspazieren, sich Kleingeld für das Münztelefon zu leihen und sich über die veralteten, abgegriffenen Zeitschriften im Wartezimmer zu beschweren. »Wirklich«, giftete Anna vor sich hin, »was soll ich mit einer *Vogue* von 1993? Das ist so was von irreführend.«

Jed jedoch amüsierte sich prächtig. Er hatte sich mit einem jungen Pförtner namens Errol angefreundet. Errol hatte zwei Ohrringe und eine gebleichte Tim-und-Struppi-Tolle. Nach dem Mittagessen zeigte er Jed das kleine Zimmer, in dem die Vasen aufbewahrt wurden (Marmeladengläser und andere Gefäße) und kitzelte ihn durch – die seelische Verfassung des Patienten ist schließlich wichtig. Sie hielten sich ziemlich gut, abgesehen von Pandora, die in eine düstere Starre verfallen war und kein Wort gesprochen hatte, seit Jed ihr erzählt hatte, dass Nibbles bei lebendigem Leib verbrannt war. »Der arme, alte Nibbles, ich glaube, ich habe ihn schreien gehört.«

Ein Feuerwehrmann kreuzte auf, um Anna und Chris zu befragen: War vielleicht Alkohol konsumiert worden? Konnte eine Zigarettenkippe zwischen die Dielen gefallen sein? Konnte eines der Kinder mit Streichhölzern gespielt haben? Ja, aber nicht viel, nein und nein. Bevor der Beamte ging, hielt Chris – der versuchte, in einem durchgescheuerten Schlafanzug mit gelben Flecken im Genitalbereich seine Würde zu bewahren – eine kleine Dankesrede für die letzten Helden, während Anna dreimal gähnte. Genug war genug. Chris lief Gefahr, sentimental zu werden. Sie unterbrach ihn. »Wann können wir endlich nach Hause?«

Die linke Augenbraue des Beamten schoss in die Höhe. »Oh, Mrs. Cunningham, ich glaube, Sie unterschätzen den Ernst der Lage. Ihr Haus ist georgianisch: Rosshaar in den Hohlräumen der Wände, trockener Gips, Schmiere und

Staub unter den Dielen – die reinste Zündholzschachtel. Es wird Monate dauern, bis es wieder bewohnbar ist.«

Es war das erste Mal, dass Anna weinte, und als sie erst einmal angefangen hatte, konnte sie nicht mehr aufhören. Sie wurde so hysterisch, dass die nette Krankenschwester ihr eine kleine gelbe Pille verabreichen musste.

»Ich glaube, sie hat es jetzt erst begriffen, Sir«, meinte der Feuerwehrmann und zog sich zurück, während Anna sich aufführte wie eine Irre. Schließlich tat die kleine gelbe Pille ihre magische Wirkung und den Rest des Nachmittags schlief Anna, Pandora starrte an die Wand, Chris schrieb einen Brief an seine Versicherung und Jed jagte Errol durch die Personalaufzüge.

Zur Besuchszeit erschien Jo. Nigel wäre auch gekommen, aber er musste Georgina zu einer Party in Fulham fahren. Jo hatte beschlossen, das Trauma der Cunninghams praktisch anzugehen. Wie bei Flüchtlingen hatte es keinen Sinn, ihnen Blumen mitzubringen, sie brauchten Nahrung und Kleidung und Bargeld. Sie hatte allen Unterwäsche und einen Trainingsanzug von British Home Stores mitgebracht. Sie sahen darin aus wie eine sonderbare religiöse Sekte mit einer ungesunden Schwäche für Tischtennis.

Chris liebte seinen Trainingsanzug. »Jo, du bist so lieb«, stotterte er aufrichtig gerührt. Er hatte sogar Tränen in den Augen. »Das bekommst du natürlich wieder. Leider habe ich mein Portemonnaie zu Hause liegen lassen, ha ha.«

»O Chris«, sagte Jo voller Mitgefühl.

O Gott, dachte Anna. Wenn er diese Tapferer-Kleiner-Soldat-Nummer noch länger abzog, brachte sie ihn um. Vorläufig malte sie sich aus, was passiert wäre, wenn Chris es nicht rechtzeitig aus dem Fenster geschafft hätte: Sie wäre jetzt Witwe, hmm. Die Vorstellung war verlockend. Die schottischen Witwen aus der Fernsehwerbung schienen sich blendend zu amüsieren, während sie in Kapuzencapes durch die Gärten huschten und grinsten, als seien auf dem Weg in die Orangerie, um den Gärtner zu vögeln.

Jo überreichte Chris einen Umschlag mit zweihundert Pfund in Zwanzigern und ein kleines Portemonnaie mit Kleingeld »für das Telefon und den Schokoladenautomaten«. In ihrer Stimme schwang ein Hauch Selbstgefälligkeit mit: Sie hatte an alles gedacht, was für eine gute Freundin sie war. Chris führte sich auf wie ein Dialysepatient, dem soeben eine neue Niere versprochen worden war. Wenn er noch einmal Danke sagte, musste Anna kotzen. Nachdem Jos Vorrat an Wohltätigkeiten erschöpft war, ging sie nach Hause, nicht ohne mindestens zwanzigmal versprochen zu haben, alles zu tun, was in ihrer Macht stand, um ihnen zu helfen. »Oh, wir kommen schon zurecht«, sagte Chris tapfer und griff – um ihren gemeinsamen Kampfgeist zu demonstrieren – nach Annas Hand, doch die war zur Faust geballt.

Kurz vor dem Abendessen (Backfisch mit Broccoli und Dosenmandarinen in Gelee. Errol steckte Jed einen Extra-Nachtisch zu) kam der Arzt, um nach ihnen zu sehen. Mr. Samarawickreme meinte, dass sie noch Glück gehabt hätten, und Anna konnte sich gerade noch beherrschen, ihn nicht anzuschreien: »Glück? Glück ist, wenn man im Lotto gewinnt, nicht wenn man seinen ganzen Besitz verliert, Arschloch.«

»Nun«, fuhr der Arzt fort, nachdem er sich von ihrem körperlichen Wohlbefinden überzeugt hatte, »Sie können morgen nach Hause. Hoppla, Verzeihung, das können Sie natürlich nicht. Nun, ich bin sicher, es wird sich etwas finden ... Familie ... Freunde.« An dieser Stelle hätte er normalerweise die Wohlfahrt erwähnt, aber diese Frau hatte etwas an sich, dass ihm das Wort im Hals stecken bleiben ließ. »Also«, fuhr er fort«, »viel Glück«, und weg war er.

Chris hatte noch einen Plan auf Lager. Wirklich, grübelte er, dem Tod von der Schippe zu springen, war eine einzigartige Erfahrung. Sehr belebend. Der Plan war, eine Woche wegzufahren. Er hatte in einer Zeitschrift im Fernsehzimmer ein Hotel gesehen, und wenn es in den letzten vier Jahren nicht furchtbar heruntergekommen war, war es genau das Richtige. »Behagliche Unterkunft in idyllischer Lage an der Küste von Dorcester, diskreter, aber ausgezeichneter Service, diverse Kaminecken, authentische Steinfliesen und alte Tragebalken, Ententeich, ein zahmer Pfau und gepflegte Rasenflächen (Krocket auf Wunsch). Das Pocock Arms: altmodischer Charme verbunden mit modernem Komfort.« Ja, genau das Richtige. Sie waren wirklich gesegnet. Sie hatten einander, sie hatten die Metcalfs, sie hatten neue Trainingsanzüge und eine Lederbörse voller Kleingeld. Menschen hatten mit weniger die Welt erobert, dachte Chris verträumt.

Erst als ihm mitten in der Nacht einfiel, dass er keine Krawatte für ein exklusives A-la-carte-Restaurant besaß, wankte seine Zuversicht. Während er sich unter den geflickten und blutbefleckten Laken wälzte, die den Stempel »Eigentum des K. COLL. HOSPITAL« trugen, fragte er sich, ob Pfauen ein gutes oder ein schlechtes Omen waren.

54
Laientheater in Dorset

Chris setzte sich mit dem Notdienst von American Express in Verbindung und heulte ein mitfühlendes Ohr voll. Ich muss sagen, sie waren rührend: Am nächsten Tag kam per Kurier eine brandneue Platinkarte. Erstaunlich, was ein kleiner Plastikgegenstand bewirkt – und ich rede nicht nur von Vibratoren. Chris mietete einen schicken blauen Minibus und beschloss, wir sollten Urlaub machen.

Wir wohnten im Pocock Arms, einem sehr vornehmen Landhaushotel in der Nähe des Kreideriesen mit dem großen Schniedel, Cerne Abbas oder so. Dorset jedenfalls, und den Umständen entsprechend ging es uns ziemlich gut. Als sie erfuhren, was uns zugestoßen war, überließen uns die Besitzer, Bill und Heidi, eine Suite: zwei Schlafzimmer, ein Wohnzimmer und ein fabelhaftes Badezimmer mit Whirlpool. Als Gegenleistung für diese Großzügigkeit wurde natürlich von uns erwartet, leidgeprüft und vom Schicksal geschlagen auszusehen, was nicht leicht ist, wenn die Sonne scheint und man einen beheizten Pool und Tennisplätze zur Verfügung hat. Glücklicherweise gelang es Pandora, traumatisiert genug für uns alle zu wirken. Sie trauerte um Nibbles, sogar der Appetit war ihr vergangen. Ich versuchte ihr zu erklären, dass er wahrscheinlich sowieso bald gestorben wäre. Hamster leben nur drei Jahre und Nibs war alt geworden. Aber es half nicht. Sie führte sich auf wie die Figur in einer griechischen Tragödie, knetete apathisch ihre Hände und würgte beim Frühstück an ihrem Toast.

Weil das Wetter so schön war, fuhr ich in die nächste Stadt, um für uns alle Badesachen zu kaufen. Es gab dort ein halbwegs anständiges Marks und ich kaufte mir einen Badeanzug in Größe achtunddreißig: Ich fand Größe sechsunddreißig immer etwas knapp am Busen, aber diesmal bekam ich einen Schock. Seit Danny nicht mehr kam, aß ich mehr als sonst, um mich zu trösten, und dafür zahlte ich nun den Preis. Meine Oberschenkel sahen von hinten aus wie Shirley Temples Gesicht: alles voller Grübchen.

Ich schämte mich zu sehr, um schwimmen zu gehen, stattdessen jagte ich Chris über den Tennisplatz. Danach war ich am Verhungern. Wir tranken auf der Terrasse Tee. Scones mit Marmelade und Sahne, mmh. Ich fühlte mich wirklich wohl, bis Chris meine gute Laune ausnutzte und versuchte, mich in den Arm zu nehmen, und Sachen sagte wie: »Es wird schon alles gut, wir schaffen das schon, du wirst schon sehen.«

»Ich weiß«, fauchte ich und wand mich aus seiner Umarmung. Ich fühlte mich wie eine klaustrophobische Zehnjährige, die sich aus der Umklammerung einer aufdringlichen Großmutter befreit.

Ich muss sagen, der Service im Pocock war wunderbar, und das Essen, nun, die Michelinsterne muss man sich schließlich verdienen und das Pocock hatte drei. Wir hatten gerade zu Abend gegessen (Seeteufel und Langustenrisotto – köstlich), als der Anruf kam. Es war die Polizei. Sie hatten herausgefunden, wer versucht hatte, uns zu verbrennen, und ob es uns etwas ausmachte, wenn morgen ein Inspektor vorbeikäme, um sich mit uns zu unterhalten? Chris nahm den Anruf entgegen und sagte, das sei kein Problem und ob er nicht mittags vorbeikommen wolle, das Essen im Pocock sei hervorragend.

»Haben sie gesagt, wer es war?« fragte ich, und Chris sagte, der Beamte sei nicht »befugt gewesen, ihm diese Information zu geben«, und obwohl das Armagnac-Zwetschgen-Parfait sehr gut war, bekam ich es nicht herunter. Mir war nicht gut. Ich fühlte mich wie in der Nacht, bevor ich Chris geheiratet hatte: mir war irgendwie flau und mulmig. Als die Kinder im Bett waren und ich versuchte, in unserem Himmelbett einzuschlafen (ich hatte die kleine Praline gegessen, die sie immer auf das Kissen legten – feiner Zug), begann Chris zu spekulieren, wer der Brandstifter sein könnte. Er nahm an, es sei einer von den Irren aus der nahe gelegenen Klapse gewesen: ein Mann, wahrscheinlich schizophren, wahrscheinlich auf Drogen, und er verfiel in einen seiner pompösen Vorträge darüber, dass – obwohl jeder auf die Polizei schimpft – wir immer noch die beste Aufklärungsrate Europas hätten. Zum Glück schlief ich ein, bevor er seine Theorie mit Statistiken untermauerte.

Am nächsten Tag war es bewölkt. Chris versuchte die Kinder dazu zu bewegen, etwas für die Schule zu tun. Er gab ihnen Matheaufgaben und Pandora ein Aufsatzthema, dann fuhr er angesichts ihrer Begriffsstutzigkeit aus der Haut und die Stimmung war verdorben. Schon komisch, wie schnell man über den Schock hinwegkommt, dass man sie fast verloren hätte. Wir schafften es fast fünf Tage, nett zueinander zu sein, dann zeigten wir unser wahres Gesicht. Jed verdrückte sich und erst bei der Ankunft des Polizisten tauchte er wieder auf. Er hatte sich das Gesicht mit Filzstiften geschminkt. Es sah sogar ganz gut aus, aber sein Vater tobte. Ich schwöre, er hätte Jed die roten Lippen und grünen

Augenlider mit einer Lötlampe abgetrennt, wenn er eine parat gehabt hätte. Der Polizist hieß Detective Inspector Randolph – »Nennen Sie mich Alan« – und er hatte einen dieser Schnurrbärte, wie sie nur wirklich beflissene Polizisten tragen. Er war kleiner und dicker als erwartet und hatte abgekaute Nägel.

Wir unterhielten uns im Wintergarten. Die Kinder wurden zum Spielen auf ihr Zimmer geschickt und wir hörten sie auf dem Weg nach oben zanken: »Beweg deinen fetten Arsch.« – »Halt die Klappe, Schwuchtel.«

Nachdem wir Kaffee bestellt hatten, kam er sofort zur Sache. »Nun, Mr. und Mrs. Cunningham, Sie sind sicher erleichtert zu hören, dass wir eine Frau unter dem Verdacht der vorsätzlichen Brandstiftung festgenommen haben. Sie wurde gestern verhaftet und wird noch diese Woche vor Gericht gestellt. In Anbetracht der ernsten Lage gibt es keine Kaution und ich denke, sie wird bis zur Verhandlung in Holloway bleiben. Sollte nicht länger als ein paar Monate dauern.« In diesem Moment kam eine der kleinen Kellnerinnen mit einer Kanne Kaffee und Makronen herein.

»Eine Frau, sagen Sie, Alan«, sagte Chris grüblerisch. »Wie bizarr.«

Ich aß eine Makrone und schwieg. Ich wusste, dass der Polizist etwas auf Lager hatte, dass keiner von uns gern hören würde. Ich sah aus dem Fenster. Ein kleines japanisches Pärchen in Burberry-Trenchcoats war gerade angekommen. Sie sah nicht wie jemand aus, die mit Klempnern vögelte. Sie haben keine Ahnung, wie gern ich mit ihr getauscht hätte.

DI Randolph nippte vorsichtig an seinem Kaffee, damit nichts in seinem Schnauzer hängen blieb, und machte ein ernstes Gesicht. »Allerdings, Mr. Cunningham, und es fällt mir nicht leicht, das zu sagen, aber allem Anschein nach war es persönliche Rache – an Ihrer Frau.«

Es war einfach lächerlich. Es war wie die Laienaufführung eines Agatha-Christie-Stückes: Alle schwiegen, während ich noch eine Makrone nahm.

Chris hob sein Kinn vom Teppich auf und sagte: »Verdammt, Anna, was geht hier vor?« oder etwas in der Art.

»Heißt sie Carlene?« fragte ich. Ehrlich, ich war verrückt. Ich spürte einen Lachanfall in meiner Kehle aufsteigen. Ich hustete ihn weg und eine Makronenkrümel-Fontäne spritzte aus meinem Mund.

»Vielleicht sollten Sie und Ihre Frau sich kurz unterhalten. Ich warte an der Bar. Der Cumberland Pie sieht hervorragend aus«, sagte der Inspektor und watschelte hinaus.

Ich will nicht ins Detail gehen. Bis Alan Randolph seinen Cumberland Pie und ein großes Stück Bakewellkuchen vernichtet hatte, wusste mein Mann jedenfalls, dass er mit einer Ehebrecherin verheiratet war und es mir zu verdanken hatte, dass unser schönes Haus mehr oder weniger in Rauch aufgegangen war.

Ich war auf seine Reaktion nicht vorbereitet. Sein Gesicht nahm die Farbe schwarzer Johannisbeeren an und auf der Stirn trat eine Ader hervor. Ich sah sie pulsieren. Ich hatte meinen Mann schon wütend erlebt, natürlich hatte ich das, zum Beispiel als jemand mit einem Schlüssel den Lack seines Wagens zerkratzt hatte und als das Finanzamt ihn mit einem anderen Chris Cunningham verwechselt und ihm eine Rechnung über achtundvierzigtausend Pfund geschickt hatte – aber so hatte ich ihn noch nie gesehen. Der Zorn schien von seinem Körper Besitz zu ergreifen. »Du hast alles verdorben«, zischte er. Ich wusste nicht, was ich mit meinen Händen anfangen sollte. Ich hätte wirklich gern eine Zigarette gehabt. Ich saß einfach nur da und sah mir den vulkanartigen Ausbruch meines Mannes an.

Das Schlimmste war, dass er mich nicht sehen wollte, er sagte, er könne es nicht ertragen, mit mir im selben Zimmer zu sein. »Geh weg, Anna, verzieh dich.« Eine ungemütliche Situation. Wir saßen in einer öffentlichen Lounge und es waren andere Gäste anwesend. Heidi und Bill kamen herbeigelaufen, um zu sehen, was los war. So eine Szene erwartet man vielleicht bei der Heilsarmee, aber doch nicht in einem vornehmen Landgasthof. Bill führte Chris in sein Büro und verabreichte ihm einen Brandy.

Es wurde beschlossen, dass DI Randolph mich mit nach London zurücknimmt und Chris mit den Kindern in Devon bleibt. Ich glaube, Bill und Heidi hielten das für die beste Lösung. Ich wurde ins Büro zitiert.

»Was sagst du Jed und Pandora?« fragte ich.

Chris wandte mir den Rücken zu. »Die Wahrheit«, antwortete er und schlug seinen Kopf gegen den Aktenschrank.

»Bitte, Chris, warte damit, bis ich fort bin.« Es war ungewohnt, mich um einen Gefallen bitten zu hören, und es war noch ungewohnter, ihn sagen zu hören: »Wag es nicht, mir zu sagen, was ich tun soll, du Flittchen.«

Ich rief Jo vom Münztelefon an der Bar an. Alan Randolph bezahlte gerade sein Mittagessen. Als er mich sah, tat er plötzlich sehr interessiert am Inhalt seiner Brieftasche. Während ich wartete, dass Jo ans Telefon ging, rauschte er an mir vorbei. »Ich gehe nur kurz pinkeln, in fünf Minuten beim Wagen.« Ich hätte fast gefragt, welcher Wagen, aber es stand nur ein Streifenwagen in der Einfahrt.

Endlich erreichte ich Jo im Buchladen. Sie sagte: »Anna, es steht in der Zeitung, es war eine Frau. Nicht zu fassen, nicht wahr?« Ich fragte, ob ich bei ihr übernachten könne. Dass ich in London ein paar Dinge erledigen müsse. »Süße, natürlich, bleib so lange du willst.« Ich wette, dieses Angebot bereut sie inzwischen.

Während ich mit Jo redete, musste Chris nach oben gegangen sein, um den Kindern zu erzählen, was ich getan hatte, denn als ich durch die Halle ging, stürzte Jed die Treppe herunter und schlug mir ins Gesicht. Pandora stand hinter ihm. Sie sah mich an, sagte aber nichts, dann drehte sie sich um und lief wieder nach oben. »Chris, du Arschloch«, schrie ich. Das kleine japanische Pärchen, das an der Rezeption stand, wirkte schockiert. Ihre Münder formten zwei perfekte Os. Ich zuckte die Schultern und versuchte Gleichgültigkeit zu demonstrieren, während ich von einem Polizist in Zivil aus dem Gebäude geführt wurde.

Es sei nur gesagt, dass mir niemand nachwinkte. Im Auto schaltete Alan Randolph Radio 5 ein. Er machte ziemlich deutlich, dass er sich nicht unterhalten wollte, und nahm die Hände nur vom Lenkrad, um in der Nase zu bohren. Die Fahrt war todlangweilig, und weil ich hinten sitzen musste, kam ich mir vor wie ein ungezogenes Kind.

55
Gin und Mitgefühl

Es kam nicht in den Nachrichten, weil niemand ums Leben gekommen war (abgesehen vom Hamster, armer Nibbles), aber im *South London Sparrow* gab es unter der Überschrift »Mysteriöses Feuer« ein Foto. Anna wurde als Hausfrau, Mitte vierzig, beschrieben, was ihr nicht gefallen hätte.

Ich besuchte sie im Krankenhaus. Anna sah sogar im Krankenhauskittel noch bezaubernd aus. Wir gingen in den Aufenthaltsraum, damit sie rauchen konnte. Sie war sehr still und drückte die Zigarette ganz vorsichtig aus. Jed machte mit dem Rollstuhl wilde Vollbremsungen und amüsierte sich prächtig. Er war völlig in Anspruch genommen. Pandora schlief und als sie aufwachte, erzählte Jed ihr von dem Hamster, und sie drehte ihr Gesicht zur Wand und dicke Tränen quollen aus ihren Augen. Ich bot ihr ein Kitkat an, aber sie lehnte ab.

Am Sonntag bevor sie eine Woche in ein Nobelhotel nach Dorset fuhren, kamen sie zum Mittagessen. Es gab pochierten Lachs mit Petersilienmus und Zuckerschoten, gefolgt von meinem berühmten Waldbeeren-Dessert.

Alle in der Straße hatten sich zusammengetan und am Wochenende Kleidersäcke bei uns abgegeben. Manche Sachen waren ganz nett. Ich bunkerte eine Strickjacke von Jean Muir und eine Schlaghose mit Leopardenmuster für

Georgina – Pandora passte sie sowieso nicht. Anna rümpfte über die meisten Sachen die Nase, aber ich sah Jed einen roten Lurexpullover mit V-Ausschnitt stibitzen.

Um vier gingen sie. Es war eine gewisse Erleichterung, denn allmählich wurde ihnen klar, was sie verloren hatten. Während des Mittagessens ließ Anna ständig Messer und Gabel fallen und sagte Sachen wie: »O nein, meine Kenzo-Jacke«, und Chris beklagte den Verlust einer Erstausgabe von *Der Wind in den Weiden*.

Offenbar hatte jemand von der Feuerwehr sie im Krankenhaus besucht. Das Erdgeschoss war vollkommen ausgebrannt und weiter oben gab es Rauchschäden und Probleme mit der Bausubstanz. Die Kinderzimmer waren so gut wie unversehrt und wenn der Hamster nicht im ersten Stock gewesen wäre, hätte er überlebt. Arme Pandora, sogar Georgina hatte Mitleid und schenkte ihr einen Stapel *Smash Hits* für die Fahrt.

Bis Mittwoch wussten sie, wer es getan hatte. Das war den Zeitungen natürlich eine Nachricht wert! Schließlich wird nicht jeden Tag eine vierundzwanzigjährige attraktive Mutter zweier Kinder wegen Brandstiftung und versuchten Mordes festgenommen. Sie sitzt jetzt in Holloway, diese Carlene Leigh. Ich wette, jemand kümmert sich um ihre Frisur und bis zur Verhandlung ist der Haaransatz nachgefärbt. Jurys misstrauen Frauen mit dunklen Haaransätzen. Das ist dieses Myra-Hindley-Ding.

Sie rief mich vom Hotel aus an. Ich verstand nur ungefähr, was sie sagte, aber ich freute mich auf Anna. Pfff.

Sie kam mit einem Polizeiwagen und nichts als einer alten Ausgabe von *Country Life*. Keine frische Unterwäsche, kein Wäschesack, nichts. Es war kurz nach sechs, und wir nahmen den Gin in Angriff und sie erzählte mir, was passiert war.

»Weißt du Jo, ich habe eine Dummheit gemacht. Ich hatte eine Affäre mit einem gewissen Danny und deshalb ist das Haus abgebrannt. Es war seine Frau. Sie hat versucht, uns umzubringen.«

Was soll man dazu sagen?

Ich weiß noch, dass Nigel spät nach Hause kam und ich und Anna und die Kinder allein aßen. Pasta mit Pesto, grüner Salat und Baguette. Ehrlich gesagt, war ich schon etwas betrunken, als wir uns zu Tisch setzten, und Anna torkelte. Ich schickte sie nach oben, um ein Bad zu nehmen. Ich legte ihr mein niedliches weiß besticktes Baumwollnachthemd auf das Gästebett und sie kam noch auf einen Cointreau nach unten. Aber um halb zehn lag sie im Bett und schlief tief und fest.

Ich hatte die Kinder vor dem Abendessen über das Nötigste aufgeklärt. Ich glaube, sie waren nervös, denn sie lachten jedes Mal, wenn sich ihre Blicke trafen. Dann furzte Henry und Georgina gackerte hysterisch. Einmal dachte ich, Anna würde ihr eine runterhauen. Die beiden haben sich nie besonders gut verstanden. Als Nigel kurz nach zehn nach Hause kam, setzten wir uns in den Salon und ich erzählte ihm alles, was sie mir erzählt hatte. »Durchgeknallte Tussi«, sagte er, und ich wusste nicht, ob er Anna oder Carlene meinte.

Am nächsten Tag hatte ich einen entsetzlichen Kater. Ich konnte nicht einmal die Kinder zur Schule fahren, sie mussten den Bus nehmen. Bevor ich zur Arbeit ging, rief ich Sue an, um sie zu warnen, dass Anna im Haus war. Später erzählte sie mir, dass sie »Mrs. Cunningham« schlafend mit einer leeren Flasche Cava in einem Liegestuhl im Garten vorgefunden hätte. Ehrlich gesagt, ist es seither nur bergab gegangen: Meistens ist sie betrunken, sie ist undankbar, sie rührt keinen Finger, und ich fange an, sie zu hassen. Es gab Augenblicke, da habe ich mir gewünscht, sie wären alle verbrannt. Es wäre einfacher gewesen. Wir hätten trauern und uns an die guten alten Zeiten erinnern können.

Ich kann immer noch nicht glauben, was passiert ist, es ist alles so albern. Wenn ich so etwas im Fernsehen sehen würde – zweifellos mit Kevin Whatley in der Hauptrolle und, oh, jemandem wie Dervla Kirwin –, würde ich es höchst amüsant finden. Leider ist das hier kein TV-Drama, wir sind keine Schauspieler, die am Ende des Tages in ihr normales Leben zurückkehren. Es gibt kein Entkommen.

56
Vergeltung

Chris war in der Tat sehr, sehr wütend. Ein für ihn ungewohntes Gefühl. Er war immer ein so vernünftiger Kerl gewesen. »Der gute, alte Chris« – tja, das war einmal. Der Zorn hatte ihn bei den Hörnern gepackt, er war wie ein verwundeter Stier.

Menschen, die Wut gewohnt sind, sind auch gewohnt, darüber hinwegzukommen. Sie sind mit den Phasen der Wut vertraut: das Aufwallen und das Zertrümmern von Tellern, das Fluchen und Spucken, gefolgt vom Beleidigtsein und Schweigen. Wut ist wie ein Wirbelsturm: Irgendwann schwächt er sich ab und die Sturmwolken verziehen sich, die tobenden Wogen der Wut werden kleine Wellen des Grolls und nach und nach ebbt die Tide der Emotionen in das letzte Stadium des Vergebens und Vergessens … bis zum nächsten Mal.

Doch Chris kam nicht darüber hinweg: Sein ganzer Körper kochte, das Blut brodelte in seinen Venen. Natürlich wahrte er dem Personal im Pocock gegenüber eine zivile Fassade und er entschuldigte sich bei Heidi und Bill, den verständnisvollen, aber peinlich berührten Besitzern, für seinen Tourette-artigen Ausbruch in der Lounge. Doch des Nachts, wenn die Kinder schliefen und er allein Whisky trank, konnte er die eigene Bitterkeit schmecken.

Chris liebte seine Frau nicht mehr. Er hatte sie nie gemocht, nicht wirklich, aber er hatte sie immer geliebt. Jetzt nicht mehr. So einfach war das. Die Luftblase war zerplatzt und nun, da er sie nicht mehr liebte, hasste er sie und wünschte ihr den Tod. Er malte sich aus, wie sie bei einem Autounfall ums Leben kam, sah ihren blutgetränkten Körper auf dem Mittelstreifen liegen und bezweifelte, dass er zu ihrer Beerdigung gehen würde. In seiner Fantasie tötete er sie auf jede nur erdenkliche Weise: Manchmal fiel sie Fahrstuhlschächte hinunter, ihre Todesschreie verhallten in der metallenen Leere, andere Male sah er sie von einem überfüllten U-Bahnsteig stolpern und kopfüber vor den einfahrenden Zug stürzen – aber nein, Enthauptung war zu gut für sie, zu schnell, zu einfach, also steckte Chris sie in ein Krankenhausbett und ließ sie auf groteske Weise sterben, langsam und qualvoll an Knochenkrebs. Denn er wollte sie leiden sehen. Er ließ sie an einer Krankheit – etwa nekrotisierende Fasziitis – sterben, die sie von innen auffraß. Er stellte sich vor, wie ein Zeh nach dem anderen abstarb, wie die Fäulnis ihre Beine hinaufkroch und ihre Vagina verrottete wie alter Kohl. Seine Folterfantasien nahmen mittelalterliche Formen an: Sie sollte von wilden Pferden zerrissen, auf dem Scheiterhaufen verbrannt, zu Tode gesteinigt werden, aber bevor sie starb, wollte er sie nackt an einen Pferdewagen fesseln und durch die Straßen Londons schleifen, mit einem Schild um den Hals, das ihre Schuld anprangerte.

Doch wenn sie nicht starb, wenn er nicht seine Hände um ihren Hals legte und ihr die Augen mit seinen Daumen herausquetschte, sollte sie wenigstens einsam sein, sie sollte hässlich und unglücklich sein, sie sollte wissen, dass niemand sie liebte. Denn wer liebte Anna schon? Nicht ihre Mutter, nicht wirklich. Es gab nur ihn, die Kinder und, na ja … Jo wahrscheinlich.

Er hatte es den Kindern erzählt. Er war von sich selbst überrascht gewesen. Der Chris, der er einmal war, hätte seine Worte abgewogen, die bittere Pille versüßt. Stattdessen hatte er ihnen erzählt, dass ihre Mutter sie betrogen hatte. Er hatte nicht einmal gewartet, bis sie fort war, obwohl sie ihn darum gebeten hatte. Er war damit herausgeplatzt, während sie auf den Polizisten gewartet hatte. Er war froh, dass Jed die Treppe hinuntergelaufen und Anna ins Gesicht geschlagen hatte, und er war froh, dass Pandora sich nicht einmal von ihr verabschieden wollte. Anna verdiente Pandoras Zuneigung nicht. Alles war viel einfacher, jetzt, wo er sie nicht mehr entschuldigen musste, jetzt, wo seine Ergebenheit verpufft war. Die Wahrheit war, dass Anna ihre Tochter wie Dreck behandelt hatte.

Was Jed anging, nun, vielleicht vergab er seiner Mutter, aber das war seine Sache, und wie vom Blitz getroffen, wurde Chris klar, dass er und sein Sohn in den kommenden Jahren nicht viel gemeinsam haben würden. Jed konnte tun und lassen, was er wollte.

Diese neu gewonnene Klarheit war beängstigend, diese plötzliche Fähigkeit, die Dinge so zu sehen, wie sie wirklich waren. Chris fühlte sich wie ein Schauspieler, dessen Seifenoper plötzlich abgesetzt wird. Er musste seine Rolle nicht mehr spielen und er fragte sich, zu wem er Kontakt halten würde. Zu Pandora auf jeden Fall, aber die anderen, die Nebendarsteller und Komparsen, die waren ihm egal. Außer Jo vielleicht, er mochte Jo. Aber Nigel, wann waren er und Nigel sich je nahe gekommen? Sie hatten eine fast übertriebene Kumpelhaftigkeit zur Schau getragen, aber sie hatten ihre gemeinsamen Szenen nie genossen, es war immer ein Eiertanz gewesen. Chris sah seine Beziehung zu Nigel plötzlich mit den Augen eines pingeligen Theaterkritikers: »Leider waren die Darsteller von Chris und Nigel nie besonders überzeugend und überließen den Frauen das Feld.«

Seine Mutter hatte von Anfang an Recht gehabt: Er hätte sie nie heiraten sollen. Sie war ein Miststück. Sie war niederträchtig wie eine Märchenfigur, böse bis ins Mark. »Ich hab's dir doch gesagt«, sagte seine Mutter, als er sie whiskytrunken um Mitternacht anrief. »Warum kommst du nicht nach Hause?«

»Warum nicht?« dachte Chris. Ja, er beschloss, nach Hause zu fahren. Er würde seine Kinder nach Wales bringen, auch wenn das Haus seiner Mutter eng und muffig und geschmacklos eingerichtet war. Chris' Mutter wohnte in einem Bungalow voller Häkelteppiche und Strickpuppen. Es war das genaue Gegenteil vom Rosa Haus und darum genau das, was er brauchte.

Chris beschloss (nach einer halben Flasche Johnnie Walker), dass er sich nicht mehr abrackern wollte. Er hatte sich zwanzig Jahre abgerackert und was hatte ihm das gebracht? Eine untreue Schlampe/Kuh/Zicke von einer Frau und einen Haufen Kram, den er gar nicht hatte haben wollen und der schließlich verbrannt war! Wozu also das Ganze? Er beschloss, nicht zurück zur Arbeit zu gehen, was soll's, warum sollte er? Scheiß auf den Job. Er hatte keine Ahnung, was er tun würde, aber sein Bruder hatte einen Bauernhof. Er konnte auf dem Bauernhof arbeiten, er brauchte nicht viel: Was hatte er sich je gekauft? Er hatte alles für sie getan, die Hure/Dirne/Nutte. Genug war genug. Pandora würde es in Wales gefallen, es wäre dort leichter für sie. Schließlich gab es in Wales viele kräftige unauffällige Mädchen.

Was Jed anging, nun, vielleicht war das die Lösung. Die

frische Landluft würde die Homo-Hirngespinste einfach fortpusten. Für einen Moment sah er Jed mit einem Collie und einem Stab, aber diese Illusion wurde zerstört, als er zu seinem Sohn hinübersah, der Designer-Kleider für eine Papierpuppe ausmalte, die er gebastelt hatte. Jed redete mit sich selbst: »Ideal für eine Premiere oder auch einen klitzekleinen Lunch.«

Pandora schrieb einen Brief an ihre Mutter. Sie hatte sich im Badezimmer eingeschlossen und saß, einen Kugelschreiber und einen Notizblock des Pocock Arms auf den Knien balancierend, auf der Toilette. »An meine Mutter«, schrieb sie. »Verrotten sollst du, du bist eine Schlampe und mein Dad ist hundertmal mehr wert als du. Ich will dein Gesicht nie wieder sehen, ich will deine Stimme nie wieder hören, ich wünschte, ich hätte eine andere Mutter als dich. Voller Ekel, das Mädchen, das mal deine Tochter war.« Mehr hatte sie nicht zu sagen. Nachdem sie fertig war, zerriss sie den Brief, spülte ihn im Klo runter und stellte sich vor, es wäre der Kopf ihrer Mutter.

Jed malte inzwischen weiter. Er hatte ein tailliertes rosa Ballkleid mit Pailletten entworfen. Während er ein schwarzes Spitzenmieder hinzufügte, fragte er sich, ob der Klempner wohl süß war. War er blond oder dunkelhaarig? In Jeds Vorstellung war er blond und wenn er zur Arbeit ging, zog er sein Hemd aus und in den goldenen Härchen seiner breiten, starken Schultern glitzerte Schweiß.

Jed irrte sich. Wie wir wissen, hatte Danny sehr dunkles, fast schwarzes Haar, das er sich im Moment gerade ausriss. Was hatte das blöde Weib getan?

Die Folgen von Carlenes Tat waren katastrophal für Danny. Seit sie im Gefängnis war, musste er sich um zwei

Kinder kümmern – und um den verdammten Haushalt. Obwohl Danny wusste, wie man eine Waschmaschine reparierte, hatte er keine Ahnung, wie man sie bediente. Carlenes Vater war keine Hilfe: Natürlich konnte Danny frei haben, aber den Teufel würde er tun, ihn zu bezahlen. Schließlich war es seine Schuld, dass Carlene in Holloway dahinsiechte. Carlenes Dad hatte aufgehört, Witze zu reißen. Seine lustigen Stimmen waren verstummt.

Als die Polizei vor der Tür gestanden hatte – klopf, klopf, klopf (Danny hatte es noch nicht geschafft, die Klingel zu reparieren) –, war Carlene fast erleichtert gewesen, sie hatte nicht einmal versucht zu leugnen und die aufgerissene Lätzchenpackung lag noch neben der leeren Terpentinflasche im Lieferwagen. Danny wusste, dass Carlene ein bisschen beschränkt war, aber nicht, dass sie *so* beschränkt war. Sie war einfach mitgegangen, ließ sich Handschellen anlegen, gab den Kindern einen Kuss und ging. »Tschüß Danny«, sagte sie, als gehe sie nur mal eben zu Safeway. Es war sehr früh am Morgen gewesen. Die Kinder waren noch im Schlafanzug und aßen Frosties. Danny hatte keine Ahnung, was er mit ihnen anstellen sollte. »Wo ist dein Kindergarten, Süße?« fragte er Roxanne.

Er versuchte seine Mutter anzurufen, aber die wollte nicht helfen. Sie hatte ihr eigenes Leben. Sie war eine sehr fröhliche zweiundfünfzigjährige Witwe mit einem jungen DJ als Freund und auf dem Sprung nach Ibiza, vielen Dank auch. Dannys Schwester wohnte in Stevenage mit einem autistischen Siebenjährigen und sein kleiner Bruder war irgendwo in Nordlondon auf der Suche nach Crackpfeifen. Er war auf sich gestellt. Zum Glück war die junge Polizistin, die Carlene sanft zum schwarzen Polizeiwagen geleitet hatte, am Abend, immer noch in Uniform, zurückgekommen.

Nun, eines führt gewöhnlich zum anderen und als Roxanne am nächsten Tag um sechs Uhr morgens ins Schlafzimmer ihrer Eltern schlurfte, blickte sie zu ihrer Überraschung in zwei ertappte Gesichter. Frauen mögen Männer in Not und am Ende der Woche standen sie Schlange, um ihm zu »helfen«.

57
Zurück am Tatort

Heute fühle ich mich nicht besonders: Ich habe Sodbrennen und ich bin unendlich müde. Ich bezweifel, dass ich je wieder eine Affäre haben werde, die ganze Sache hat mich ziemlich mitgenommen. Ich bin einundvierzig Jahre alt, ich wage nicht, mich auf die Waage zu stellen, ich habe graue Haare, mein Mann und meine Kinder sind in Wales und reden nicht mit mir und die Frau meines Ex-Liebhabers hat mein Haus niedergebrannt. Tja, so sieht's aus. Noch irgendwelche Fragen?

Letzte Nacht sind sie wieder früh zu Bett gegangen. Ich schlich auf den Treppenabsatz, als ich hörte, wie sie das Licht ausmachten, und lauschte an ihrer Tür, aber da die seltenen nächtliche Grunzgeräusche ausblieben, ging ich nach unten und wischte mit einer Scheibe Brot eine fettige Bratpfanne aus. Wäre zufällig jemand hereingekommen, hätte er mich in einem Amnesty-T-Shirt ertappt, das kaum die Schamhaare bedeckte. Da ich noch nicht müde war, nahm ich einen Regenmantel aus dem Schrank unter der Treppe, zog ein altes Paar Turnschuhe von Georgina an und verließ das Haus. Ich wusste, wie man die Alarmanlage ausstellt, und schließlich bin ich ja kein Verbrecher. Ich kann kommen und gehen, wann ich will. Ich habe Schlüssel, wissen Sie.

Es war kurz nach elf. Die Leute kamen aus dem Pub. Ich erkannte ein paar von ihnen. Das dicke rothaarige Mädchen, das um die Ecke wohnt und einmal Silvester mit nackten Brüsten auf unserem Auto getanzt hat. Und den Typen mit dem rosa Haar, der bei ihr war, hatte ich schon mal gesehen. Ich stolperte über die Schnürsenkel, die ich nicht richtig hatte zubinden können, weil sie verknotet waren. Ich wollte mein Haus sehen. Ich wollte sehen, wie sie vorankamen.

Es sah schlimm aus. Die rosa Fassade war bis unter das Dach versengt, als hätte ein Kind sie in der Bonfire Night abgefackelt. Die Tür war runzelig und auf Schildern stand: »VORSICHT: EINSTURZGEFAHR – BETRETEN VERBOTEN.« Der ganze Vorgarten war voller Müll. Einiges davon gehörte uns, aber andere Leute hatten ihren Kram einfach dazugestellt. Eine große ausgeweidete Waschmaschine, die ich nicht wieder erkannte, und eine Tasche mit nassen Babysachen, die uns nicht gehörte. Alte Milchtüten und Getränkedosen, die Arbeiter im Vorbeigehen weggeworfen hatten, und ich war froh, dass es Nacht war, denn bei Tageslicht hätte alles noch schlimmer ausgesehen.

Plötzlich wurde mir klar, was ich verloren hatte. Es war nur der Fitzel eines Fotos, der mich daran erinnerte. Er war aus einem durchgeweichten Karton gefallen: ein Fragment vom ersten Weihnachtstag, wir sitzen alle an Jos Esstisch, Jed in einem Hochstuhl, und alle tragen Papierhüte und lächeln, sogar Pandora. Es war das Jahr, wo Jo statt des Truthahns eine Gans gemacht hatte. Sie tat es nie wieder, schlimmes Zeug, Gans, sollte Kinderreimen vorbehalten bleiben. Ich saß also einfach da und gab Acht, dass ich mich nicht an Glasscherben, Holzsplittern und Nägeln verletzte. Während ich dort saß, pinkelte ich. Ich trug nur ein T-Shirt unter dem Regenmantel und hockte mich hin wie eine alte Hündin. Dann ging ich wieder nach Hause zu Jo.

Ich muss ständig pinkeln. Sobald ich im Haus war, musste ich schon wieder. Manchmal muss ich mitten in der Nacht, dann pinkel ich in eine der alten Weinflaschen, die ich in Jos Stiefeln versteckt habe. Drei davon sind schon voll.

Ich würde gern meine Kinder in Wales besuchen, aber Chris ist noch nicht wieder bereit, mich zu sehen, und seine Mutter duldet mich nicht in ihrem Haus. Wie sie es genießen muss.

Ich vermisse mein Haus und ich vermisse meine Sachen. Vielleicht habe ich deshalb das Gefühl, als wäre eine Elefantenherde über mich hinweggetrampelt, und muss ständig rülpsen, damit ich Luft bekomme.

Natürlich wird sie davonkommen. Man hat mich gewarnt: »Mildernde Umstände«, murmelte mein Anwalt durch seine großen gelben Hasenzähne. Er ist circa elf Jahre alt und hat keinen blassen Dunst. Wenn man heutzutage unter postnataler Depression leidet und der eigene Mann einen betrügt, scheint es in Ordnung zu gehen, Benzin getränkte Lappen durch den Briefkasten der Geliebten zu stopfen, egal, wer zufällig unschuldig oben schläft. Unglaublich, oder? Hey, trau keiner Frau, die stonewashed Jeans trägt, sage ich.

Deshalb also bin ich in dieser Vorhölle: Ich bin in Ungnade gefallen. Chris ist total sauer auf mich. Ich habe ihn um Vergebung gebeten, aber er muss »darüber nachdenken«. Zweifellos tröpfelt seine Mutter Gift in die Ohren meiner Kinder und malt die Geschichte, die Chris ihnen erzählt hat, mit ihrer Gehässigkeit aus. Es ist wohl nur fair. Sie haben ein Recht zu wissen, warum sie mitten in der Nacht aus den Betten gezerrt wurden und von der Feuerwehr gerettet werden mussten. Ich erinnere mich deutlich an das Feuer. Jed war im siebten Himmel. Ich sehe noch, wie er mit einem breiten Lächeln auf dem Arm eines großen, behelmten Mannes in Sicherheit getragen wird. Da wusste er natürlich noch nicht, dass alles meine Schuld ist.

Sinead war in jener Nacht nicht da. Sie war zu einer weiteren Clan-Hochzeit nach Irland gefahren. Sie kam nie zurück, nicht nachdem sie gehört hatte, warum es passiert war. Ihr katholisches Zartgefühl war bis ins Mark erschüttert. Aber es interessiert mich einen Scheißdreck, was sie denkt.

Doch was mich wirklich belastet, ist der Gedanke, den Kindern gegenüberzutreten. Letztes Mal war Pandoras Blick voller Mitleid und Ekel. Wie oft habe ich sie so angesehen? Als sie sechs war und es keine Kinderstrumpfhosen mehr gab, die ihr passten? Als sie elf war und ihre Tage bekam? Als sie geboren wurde? Jeds Reaktion war irgendwie leichter zu verkraften, sie war so typisch. Nachdem Chris ihnen eine hoffentlich abgeschwächte Version der Ereignisse erzählt hatte, rannte er auf mich zu, sah mir in die Augen und sagte: »Meine Mutter, die Hure«, und schlug mir heftig ins Gesicht. Es war, als hätte er diesen Moment sein ganzes Leben geübt. Tief in meinem Herzen weiß ich, dass er mir vergeben wird. Später wird er davon erzählen und sich jedes schäbige Detail auf der Zunge zergehen lassen. Aber meine Tochter habe ich vielleicht für immer verloren. Pandora hat ihre Grenzen. Wie damals, als sie in der Schule drangsaliert wurde. Wenn sie nach Hause kam, waren die Blazer vollgerotzt und die Schuhe durchnässt, weil die anderen sie ins Klo geschmissen hatten, Tag für Tag ließ sie es über sich ergehen, bis ihr irgendwann der Kragen platzte und sie der Anführerin eins auf die Nase verpasste und ihr ein Haarbüschel ausriss. Offenbar hielt sie immer noch eine Handvoll blonder Strähnen in der Faust, als sie zur Direktorin zitiert wurde. Von da an war Schluss mit uringetränkten

Nikes. Die Schule zog einen Psychologen zu Rate. Pandora und diese Olivia sollten sich vertragen und sich die Hand geben, aber Pandora weigerte sich. Sie kann ganz schön hart sein.

Am Anfang, als sich die Asche meines verbrannten Hauses kaum gesetzt hatte, war Jo klasse. Sie war auf meiner Seite, sie konnte es nicht glauben, sie nahm an, es sei das Werk eines unausgeglichenen Psychopathen. Jetzt, wo sie die Wahrheit kennt, distanziert sie sich von mir. Nigel hält mich für eine blöde Schlampe und ihre Kinder verachten mich. Ich bin froh, dass sie fort sind, die Zicke und der Wichser. Wir alle machen Fehler, oder? Als ich gezwungen war, Jo die Wahrheit über mich und Danny zu erzählen, war das Verfalldatum unserer Beziehung längst überschritten. Komisch, wie Beziehungen enden. Bei mir und dem Klempner ging alles sehr schnell. Eines Tages war der Zauber gebrochen und ich verwandelte mich in einen Frosch.

Manchmal träume ich von meinem Haus, wie es war: wie die Sonne ein Zimmer nach dem anderen besuchte, seine anmutigen Bögen und verborgenen Schlupfwinkel, die hohen Decken und einundfünfzig Holzstufen. Doch wenn ich aufwache, ist alles verkohlt und blasig wie ein Patient mit Verbrennungen dritten Grades.

Alles ist birnenförmig – vor allem ich. Ich kann mich nicht mehr bücken, um mir die Schuhe zuzubinden: Ich bin fetter als ein Amerikaner in der *Oprah Winfrey Show.*

Letzte Nacht war mir heiß und ich konnte nicht schlafen. Jede Position war unbequem und schließlich stellte ich ein Bein auf den Boden und mein Bauch klappte zur Seite wie ein umgekippter Wackelpudding. Mein Bauch führt ein Eigenleben. Er wogt und wackelt und jedes Mal, wenn ich ihn im Spiegel erblicke, überraschen mich seine Ausmaße.

58

Eine Patt-Situation

Heute morgen aß sie kalte Ravioli aus der Dose. Ich versuche, sie dazu zu bringen, Obst zu essen, vielleicht etwas frisches Gemüse. Ihre Kleidung ist immer voll gekleckert. Den ganzen Tag sieht sie fern, Talk Shows, bla bla bla, und obwohl sie will, dass die Heizung voll aufgedreht ist, müssen Türen und Fenster sperrangelweit offen stehen. Sie sagt, mal ist ihr heiß, dann wieder kalt. Inzwischen ist es mir egal.

Bis jetzt ist es noch nicht zu Handgreiflichkeiten gekommen, aber es steht kurz davor. Wir führen einen stillen Krieg.

Am Anfang überschlug ich mich für sie. Ich ließ ihr Badewasser mit meinem besten Badeöl ein, von Jo Malone in Chelsea. Ich sorgte dafür, dass warme Handtücher bereitlagen, machte es ihr im Gästezimmer gemütlich, stellte einen tragbaren Farbfernseher hinein, Vasen mit frischen Blumen. Ich brachte ihr Tabletts mit verlockenden Mahlzeiten und selbst gepresstem Orangensaft ohne Kerne. Ich setzte Sachen, die sie mag, auf meine Einkaufsliste: dunkle Schokolade, Mangos, Räucherlachs, guten Brandy. Ich räumte ihr ein Schrankfach leer und legte Lavendelsäckchen in die Schubladen. Nicht, dass sie Kleider dabei hatte – deshalb bot ich ihr an, sich bei uns zu bedienen, und das tat sie.

Jetzt, wo ich nicht mehr die Mutter Teresa von SE5 bin, habe ich begonnen, Sachen zu verstecken: Die große Flasche

L'Eau D'Issey, meine Clinique Hautpflegeprodukte, meinen einzigen Chanellippenstift, Modeschmuck und meine Wolford-Seidenstrumpfhosen, die siebzehn Pfund kosten, liegen in einem Karton unter dem Bett mit der Aufschrift »Heizung und Beleuchtung«.

Neulich hatte ich ein Brathuhn gekauft. Als ich von der Arbeit nach Hause kam, hatte sie die Brust gegessen und die knusprige Haut komplett abgepult. Nigel und mir blieben nur die Knochen.

Als ich damals die Wohnung mit den drei anderen Mädchen teilte, hatten wir jeder ein Küchenregal für unsere Vorräte und hinterließen den anderen schnippische Nachrichten: »Wer meinen Tunfisch geklaut hat, soll ihn bitte ersetzen.« Mit einundvierzig habe ich keine Lust mehr auf diesen Kinderkram. Aber ich gebe zu, dass ich die Ingwerkekse von Fortnum auch in dem Karton verstecke und Nigel und ich sie manchmal heimlich essen. Wir kommen uns vor wie Kinder, die gierig und mit schlechtem Gewissen am Weihnachtsmorgen einen Strumpf plündern.

Letzte Nacht ging sie aus. Ich sah sie durch das Fenster. Ich dachte, sie geht in den Pub, aber sie ging bergauf und nicht bergab. Außerdem war es nach elf. Sie hätte die letzte Bestellung verpasst. Sie muss zu ihrem Haus gegangen sein. Es bietet einen traurigen Anblick, wie ein abgebrochener Zahn im Lächeln eines Cheerleaders. Es geht langsam voran. Offensichtlich dauert es länger, ein Haus zu reparieren, als ein Normalsterblicher braucht um durchzudrehen. Wenn die Sommerferien vorbei sind und die Kinder wieder in die Schule müssen, muss Chris zurückkommen und eine Wohnung oder so etwas mieten. Schließlich zahlt die Versicherung. Sie können nicht alle hier wohnen, die Kinder können sich nicht ausstehen. Früher habe ich Georgina gebeten, netter zu Pandora zu sein, aber sie sagt, sie sei »schwer von kapé« und »niemand mag sie und sie riecht«. Da hat sie nicht ganz Unrecht, sie riecht tatsächlich: nach feuchter Erde und Blut wie ein Dachsbau, während Jed natürlich nach Timotei und Maiglöckchen und irgendwie nach Erdbeershake duftet.

Auch Anna riecht: nach ungewaschenen Kleidern, abgestandenem Tabak und Alkohol. Als hätte man eine Pennerin im Haus.

Die Ferien vergehen wie in Zeitlupe. Wir haben heute eine Postkarte von den Kindern bekommen, also waren sie vor ein paar Tagen wenigstens noch am Leben. Zum ersten Mal seit Jahren machen wir keinen Sommerurlaub. Nigel sagt, im Herbst fahren wir nach Venedig. Wir verbrachten dort unsere Flitterwochen, allerdings war es damals sehr heiß und die Kanäle unter dem offenen Fenster unserer Hochzeitssuite stanken zum Himmel. Nachts kamen die Mücken und stachen mich in den Po und die Stiche entzündeten sich, so dass mein Hinterteil mit riesigen Pusteln übersät war. Oh, aber ich würde dafür sterben, nach Venedig zu fahren, Pusteln hin oder her. Ich will fort von hier, ich will fort von ihr. Die Gerichtsverhandlung ist im September. Bis dahin wäre ich gern in Harry's Bar und würde Pfirsich-Bellinis trinken.

Sie hat Fotos aus unseren Alben genommen, Bilder von ihrem vierzigsten Geburtstag. »Seht mal, wie glücklich ich da war«, sagte sie. »Chris hat mir ein Perlmutt-Schmuckkästchen und Rubinohrringe geschenkt und Danny hat mich in den Arsch gefickt.« Ich bin froh, dass sie kurz darauf ins Bett ging, und Nigel und ich hatten am Küchentisch eines unserer »Was soll nur werden?«-Gespräche. Wir aßen jeder ein Schinkensandwich und Nigel holte die eingelegten

Zwiebeln aus dem Schrank, doch in dem Glas war nur noch Essig. Mein Vater hatte diese Zwiebeln selbst eingelegt. Ich war sauer, aber Nigel tobte. An jenem Abend sagte er, dass sie ausziehen müsse, dass es ihm egal sei, ob sie in einem Karton vor der Waterloo Station wohne, denn dort gehöre sie hin. Er sagte, er besorge ihr einen Karton, eine Erstausrüstung Bier und setze sie eigenhändig dort ab. Ich sagte, geben wir ihr zwei Wochen, und dann leerte ich die Weinflasche. Ich war erschöpft, aber bevor ich ins Bett gehen und alles vergessen konnte, klingelte das Telefon. Nigel sprang auf. Er wusste, dass es Chris war.

Diese Anrufe sind ein Albtraum. Alles ist so schwierig. Ich weiß nie, was ich zu ihm sagen soll, es ist uns beiden so peinlich. Er kann nicht ewig in Wales bleiben, so sehr seine Mutter sich das auch wünscht. Er hat hier einen Job, die Kinder müssen zurück zur Schule, er kann sich nicht ewig drücken. Ich persönlich denke, er sollte das Rosa Haus verkaufen – vorzugsweise an Leute, die als Freunde nicht in Frage kommen. Ich glaube nicht, dass ich je wieder einen Fuß in das Haus setzen kann. Vielleicht wäre es besser, wenn sie fortzögen, muss ja nicht weit sein: In Kennington gibt es schöne Häuser, er könnte es sich leisten – ob ich einen Immobilienmakler anrufen soll? Wir redeten nicht lange und ich sagte nichts von dem, was ich eigentlich hatte sagen wollen.

Es gab einmal eine Zeit, da konnte ich mir ein Leben ohne sie nicht vorstellen. Ihretwegen war unser Esstisch die letzten zehn Jahre immer ausgezogen. Wir haben Platz für sie geschaffen. Ich weiß, dass Jed keine Rosinen mag, und wenn ich Brotpudding machte, ließ ich eine Ecke rosinenfrei. Ein Jahrzehnt habe ich die Cunninghams bewirtet und es ist an der Zeit, dass andere Leute ihren Platz einnehmen.

Ich will, dass normale Menschen mein Besteck benutzen. Verdammter Jed, von nun an wird mein Brotpudding in jeder Ecke Rosinen haben.

Endlich muss ich nicht mehr versuchen, mit der trübsinnigen Pandora Konversation zu machen – was interessieren mich ihre Cello-Stunden. Ich muss nicht länger ignorieren, dass ihr sexuell von der Norm abweichendes, rosinen-verachtendes Kind sich wieder einmal Georginas Lockenstab geliehen hat und wie ein präpubertärer, gelockter Oscar Wilde in meinem Esszimmer sitzt. Ich will, dass sie aus meinem Leben verschwinden.

Ihre Mutter weiß nicht Bescheid. Ich sagte Anna, sie soll sie anrufen oder ihr wenigstens schreiben. Sie hat gelogen: Sie hat Sylvia gesagt, das Haus sei von einem elektrischen Brand beschädigt worden und dass Chris und die Kinder den Sommer in Wales verbringen, während sie die Reparaturen beaufsichtigt – ha. Zum Glück neigt Sylvia nicht dazu, sich Sorgen machen. Was für schlechte Mütter wir sind. Neulich ist mir klar geworden, dass ich keine guten kenne. Ob ich Georgina sterilisieren lassen soll? Gott schütze das Kind, das sie jemals zur Welt bringt. Wenn es nicht zu ihrer Handtasche passt, wird sie es verstoßen.

Mutterliebe soll bedingungslos sein, aber das ist sie nicht. Wir mögen sie nur, wenn sie friedlich schlafen oder wenn sie es zu etwas bringen, in der Schule glänzen und Goldmedaillen gewinnen. Meistens frustrieren und nerven sie uns, weil sie nicht so geworden sind, wie wir wollten.

Annas Mutter ist eiskalt. Ich bin ihr kurz nach Jeds Geburt einmal begegnet. Das war vor mehr als neun Jahren. Ich glaube, seither war sie nie wieder hier. Sie hatte wunderschönes Haar und trug eine gelbe Leinenhose, was sich kaum eine Sechzigjährige leisten kann. Sie ließ sich nicht dazu herab, mit mir zu sprechen. Ich glaube, sie hielt mich für eine verirrte Schullotsin.

Meine Mutter bestand aus Widersprüchen. Ich glaube, sie fand ihr Leben als Frau eines hohen Offiziers beklemmend: Die Regeln und die Vornehmtuerei langweilten sie, stets wurde von ihr erwartet, sich von ihrer besten Seite zu zeigen, weshalb sie, glaube ich, anfing zu trinken. Es war ihre kleine Rebellion. Sie hasste es, sich die Haare machen und bei steifen Empfängen herablassend behandeln zu lassen. Weil sie klüger war, als ihre Rolle erforderte, war sie frustriert. Manchmal konnte sie sehr aufsässig sein. »Ich gehe nicht mit. Nicht in diesem albernen Kleid«, und sie zerrte an ihrer Bienenkorbfrisur und vergoss heiße Tränen, während mein Bruder und ich uns unter dem Küchentisch versteckten und mein Vater mit gequältem Blick umherlief. Bei diesen Gelegenheiten wünschte ich, sie würde den Barschrank öffnen, dann wusste ich wenigstens, dass sie in wenigen Stunden laut schnarchend im Bett liegen und nur ihre Füße unter der Daunendecke herausragen würden. Jetzt, wo sie nicht mehr so viel trinkt wie damals, spielt sie hervorragend Scrabble und löst das kryptische *Telegraph*-Kreuzworträtsel noch vor dem zweiten Frühstück. Meine Eltern nehmen noch immer ein zweites Frühstück, so sind sie, meine Eltern.

Mit meinem Vater habe ich lang und breit über die »Situation« geredet, was nicht leicht ist, denn er ist fast taub und es ist schwierig, am Telefon lautstark in die schmutzigen Einzelheiten zu gehen, wenn Anna nebenan ist. Er ist ein stoischer Mann, mein Vater, das musste er sein. Er hält viel davon, hart zu bleiben, loyal, beharrlich. Deshalb hat er meine Mutter nie verlassen, und deshalb habe ich so ein schlechtes Gewissen, dass ich Anna loswerden will. Mein Vater hat erwachsene Männer mit Schusswunden durch den Dschungel getragen, er hat seinen Feinden die Köpfe abgeschnitten und in einem Rucksack zurück zur Basis geschleppt, weil das sein Job war. Heutzutage sind wir alle so verweichlicht. Vielleicht würde ein neuer Krieg uns helfen, die Dinge wieder im richtigen Verhältnis zu sehen, und während ich das sage, muss ich fast lachen. Es ist unmöglich, sich Henry oder Jed im Gefecht vorzustellen. Damals investierten die Frauen mehr Zeit in ihre Kinder, aber Zeit ist ein Luxus, den selbst reiche Leute wie wir sich nicht mehr leisten können, und jetzt ist es zu spät. Ich gebe Annas Mutter die Schuld daran, was aus Anna geworden ist, obwohl es wahrscheinlich eher die Schuld ihres Vaters ist, und mir graut davor, was aus unseren eigenen Sprösslingen wird.

Neulich habe ich von meiner Tochter geträumt, und in meinem Traum wandte sie sich langsam, aber bestimmt von mir ab. Ich verliere sie täglich. Henry und Georgina sind keine Kinder mehr: In zwei Jahren geht Henry zur Universität oder nimmt sich ein Jahr Auszeit. Ich habe Angst, er könnte nach Australien gehen und dass jemand ihn am Bondi Beach ersticht. Ist alles schon vorgekommen. Was Georgie angeht, sie wird bald im West End clubben gehen wollen, und der Gedanke, dass ihr Bett um drei Uhr morgens noch leer ist, erfüllt mich mit Angst. Ich vermisse meine Kinder.

Es ist alles so verdammt lächerlich. Nur weil sie ihre Kinder nicht sehen darf, müssen unsere auch verbannt werden. Das ist unfair, verdammt unfair.

59
Nigel flippt aus

Nigel Metcalf hatte die Schnauze voll – im wahrsten Sinne des Wortes. Er hatte so lange die Zähne zusammengebissen, dass seine Backenzähne ihn umbrachten. Wann hatte sich Anna von einer Wichsvorlage in diese fette Nervensäge verwandelt? Es war ihm ein Rätsel, und zwar eines, auf das er gut verzichten konnte.

Nigel wusste, dass er in der Vergangenheit ebenso gedankenlos gewesen war, ebenso selbstsüchtig wie Anna jetzt, aber das war lange her. Außerdem hatte er eine Entschuldigung: seine tote Schwester. Anna hatte niemanden verloren, jedenfalls nicht so. Sie musste nicht durchmachen, was Nigel durchgemacht hatte. Okay, es war über zwanzig Jahre her, aber er würde nie vergessen, wie der Sarg seiner Schwester ins Grab geplumpst war. Es war die Schmach ihrer Beerdigung, die er nicht vergessen konnte: die verschieden großen Sargträger, der Vikar, der sich erdreistete, sie Liz zu nennen, was nie jemand getan hatte, die albernen Teddys, die ihre geistig minderbemittelten Freundinnen auf das Grab gelegt hatten – einer hielt einen herzförmigen Heliumballon in den flauschigen Tatzen. »Ich hab Dich lieb«, stand drauf.

Kein Wunder, dass es ihn ein bisschen aus der Bahn geworfen hatte. Doch jetzt war er clean. Nigel sah nicht mehr mit stark erweiterten Pupillen in den Spiegel, um nach verräterischen Pulverresten in dem transparenten Rotz zu suchen, der ihm ständig aus der tropfenden Nase lief. Es war leichter gewesen, als er gedacht hatte, seinen alten Freund Charlie aufzugeben. Er hatte die Reste seines letzten Päckchens entschlossen im Klo runtergespült. Es waren noch mindestens drei Linien gewesen, aber er hatte genug gehabt. Sein Dealer wurde damit nicht fertig. »Nigel, mein Sohn, dieses Zeug ist der feinsten Nase im Land würdig.« Er wedelte mit einem offenen Papierpäckchen unter Nigels Nase herum, als handle es sich um einen teuren Brie. »Gratisprobe.«

Phil der Dealer hatte sich den Nagel am kleinen Finger zu einer langen schmutzigen Kralle wachsen lassen. Er benutzte ihn als Miniaturschaufel für das weiße Puder, während er Nigel eine Gratislinie anbot. Es hatte etwas Verzweifeltes an sich: Nigel fühlte sich an Jo erinnert, die Georgina als Baby zum Essen überreden musste. Einen für Mama, einen für Papa. Nigel wandte den Kopf ab wie ein trotziger Zweijähriger.

»Du weißt, dass du es magst, komm schon. Du als Connaisseur des bolivianischen Muntermachers. Ich kann nicht glauben, dass du dir diese Gelegenheit entgehen lässt: zwei Gramm zum Preis von einem und vielleicht bin ich verrückt, aber ich leg noch ein paar Es drauf.«

»Nein, danke, Phil«, sagte Nigel. »Nett, dich kennen gelernt zu haben.«

Phil galt als Crack, bevor er begann, Crack zu konsumieren. Einer von Thatchers Jungs, mit vierundzwanzig ausgebrannt. Er trug noch immer Church-Schuhe und rote Hosenträger, aber sein Anzug glänzte und war fleckig. Phil ernährte sich ausschließlich von Kakao: Seine Hände zitterten zu sehr, um mit Besteck zu hantieren, mit dem Strohhalm kam er besser zurecht.

Anna hatte ihm nicht geglaubt, dass er clean war. Sie drängte ihn gleich nach ihrer Ankunft in die Abstellkammer und fing tatsächlich an, seine Taschen zu durchsuchen, bis er sie wegstieß. Sie sah schlimm aus. Sie stolperte über den Wäschekorb und fiel hin. Sie trug einen Jeansrock und graue Strumpfhosen mit Laufmaschen. Nigel kam sich vor wie in einer Szene aus *Einer flog übers Kuckucksnest.* »Ich bin so unglücklich, Nigel«, sagte sie in einem Haufen dreckiger Hemden und verkrusteter Schlüpfer sitzend.

»Ich weiß«, antwortete er, »aber wessen Schuld ist das?«

Da sah sie ihn müde an, als würde sie sich am liebsten in dem Korb zusammenrollen und inmitten der Schmutzwäsche ein Nickerchen halten. »Spiel nicht den Musterknaben, Mr. Schmutzfink. Ich weiß, was dein Pimmel treibt.« Sie sprach langsam und starrte unverwandt auf seinen Hosenschlitz, und als hätte sie telekinetische Kräfte, fühlte Nigel, wie sein Reißverschluss so heiß wurde, dass er ein Loch in seine Unterhose zu brennen schien.

»Ich weiß nicht, wovon du sprichst«, erwiderte er, und beugte sich so nah, dass er die warmen Dämpfe des Wäschekorbs riechen konnte, »und wenn ich du wäre, würde ich mein dreckiges Maul halten. Ich glaube, du hast schon genug angerichtet.« Sie würden nie wieder Freunde sein.

Meistens gingen sie sich aus dem Weg. Er ging früh aus dem Haus und wenn er zurück kam und sie im Wohnzimmer saß, verzog er sich in sein Büro oder ins Schlafzimmer.

Inzwischen war Nigel froh, dass er Jo zur Frau gewählt hatte. Es hatte hübschere Mädchen gegeben, aber sie erwies sich als vernünftige Investition. Seine Frau war vierzig und bis jetzt war sie weder neurotisch noch drogenabhängig oder krebskrank. Ja, sie war launisch, ihre Zunge konnte

Sabatier-scharf sein, sie hatte dicke Beine und Hängetitten, aber sie hatte sich nicht in eine hysterische Furie verwandelt. Er war dankbar. Vielleicht würde er ihr zum nächsten Hochzeitstag etwas ganz Besonderes schenken, einen Diamantring vielleicht. Sie verdiente es: das eheliche Equivalent der goldenen Uhr, die sein Vater für jahrelange Verdienste als Beamter bekommen hatte. »Ich liebe dich«, sagte Nigel an jenem Abend zu seiner Frau.

»Das wird aber auch Zeit«, antwortete sie, aber sie gab ihm einen Kuss auf die Nase und beim Sex sahen sie sich an.

Es wurde Zeit, dass Anna verschwand. Sie ruinierte sein Zuhause wie ein schmutziger Pinsel einen neuen Tuschkasten. Sie besudelte alles. Männer sind weniger sentimental als Frauen. Es sind immer Männer, die Säcke mit nicht stubenreinen Welpen in den Fluss werfen. Mit Ausnahme der unglücklichen Idioten, die sich hoffnungslosen Drittligateams verbunden fühlen, und der armen Kerle, die eine Schwäche für altersschwache Jaguars haben, sind Männer im Entsorgen besser. Anna war ein Riesenmülleimer voll mit miesen Erinnerungen. Es war Zeit, sie zu entsorgen.

»Es muss etwas geschehen«, sagte er zu Jo.

»Ich weiß, aber was?«

»Sag es ihr.«

Als die Kinder noch da waren, war Anna den Metcalfs wenigstens zahlenmäßig unterlegen, aber jetzt waren sie in Devon und es hieß Jo und er gegen Anna.

Nigel fühlte sich an das Video mit Cameron Diaz erinnert, in dem ihre Kidnapper sie loswerden wollen. Anna war wie eine ungewollte Geisel. Am bedauerlichsten war, dass sie nicht aussah wie Cameron Diaz.

Er hatte ein paar Mal mit Chris gesprochen, aber nur zufällig. Einmal hatte er angerufen, um zu sagen, dass er nach London komme, um die Möbel und Habseligkeiten, die das Feuer überlebt hatten, irgendwo einzulagern. »Aha«, sagte Nigel. »Gut … und äh, kommst du Anna besuchen? Möchtest du, dass Jo dabei ist?«

»Nein!« Chris musste bei dem Gedanken, dass er seine Frau sehen wollen könnte, fast lachen. »Um ehrlich zu sein, Nigel – und ich weiß, dass wir nie wirklich ehrlich zueinander waren –, ich glaube nicht, dass ich Anna je wieder sehen will. Ich werde natürlich Kontakt halten, sie wissen lassen, dass es den Kindern gut geht, aber mehr auch nicht.«

Das Ganze war so peinlich.

»Wie ist das Wetter?« Nigel war das Wetter was einem seekranken Matrosen das Land.

»Gut. Nun, eigentlich regnet es.«

»Tja, das ist Wales.«

Chris schickte Jo Haushaltsgeld für Anna: fünfundsiebzig Pfund pro Woche für Essen und Strom. Das war fair. Außerdem schickte er Anna jede Woche fünfzig Pfund Taschengeld. Sie gab es für Zigaretten und Zeitschriften aus.

Es war die reinste Invasion, sie war immer da: spionierte, kicherte, stolperte, pinkelte auf die Klobrille. Im täglichen Angesicht dieser neuen Anna kam es ihm vor, als sei die alte Anna eine fiktive Figur gewesen, die er in seiner Fantasie heraufbeschworen hatte. Aber er wusste, dass sie in Wahrheit ein und dieselbe waren: die blaue Tätowierung, die sich jetzt über ihren speckigen Rücken dehnte, war der Beweis – falls es denn einer Identifizierung bedurfte.

In Wahrheit war Nigel spießig: Er legte Wert auf Ordnung und teure Schuhspanner, alphabetisch geordnete CDs und nach Farben sortierte Krawatten. Das Zusammenleben mit Jo stellte seinen Ordnungssinn auf eine harte Probe, seine

Frau war eine hoffnungslose Schlampe. Doch ihr konnte er die Unordnung nachsehen, bei Anna war das etwas anderes. Das größte Chaos richtete sie in der Küche an. Jedes Mal wenn sie sich eine Tasse Tee kochte (etwa zwanzigmal am Tag, sonst hatte sie ja nichts zu tun), trug sie den tropfenden Teebeutel zum Mülleimer, statt ihn im Müllschlucker zu entsorgen. Sie ließ die Marmeladengläser offen oder drehte sie so locker zu, dass sie einem aus der Hand fielen und auf dem Boden zerschellten. Vor kurzem waren plötzlich alle Kaffeebecher verschwunden und Jo hatte Anna höflich erinnert: »Falls noch welche in deinem Zimmer sind, kannst du sie runterbringen?« Es waren siebzehn, mit unterschiedlich fortgeschrittenem Penicillinbefall. Ihm wurde schlecht. Außerdem hatte sie die Angewohnheit, wie zum Gebet vor dem Kühlschrank niederzuknien und mit ihren ungewaschenen Fingern Schinkenstückchen abzureißen, in kalten Nudeln herumzustochern und Zahnabdrücke im Käse zu hinterlassen.

Jo kochte nicht mehr so oft wie früher. Da die Kinder fort waren und Anna sich wahllos voll stopfte, wäre es reine Zeitverschwendung gewesen. Letzte Woche hatte sie Korinthenbrötchen gebacken, aber als sie Nigel die Dose anbot, waren nur zwölf leere Förmchen übrig. Wie viele Streichhölzer braucht es, um einem Kamel das Rückgrat zu brechen? Es war ein bisschen wie das Kinderspiel, wo man den armen Esel so lange belädt, bis er bockt. Nigels Belastungsgrenze war ebenso unberechenbar wie die des Esels. Jeden Moment konnte es so weit sein.

Es war ein heißer Tag gewesen, und als Nigel nach Hause kam, war Jo im Garten und schnitt verwelkte Rosen ab. »Wir könnten grillen«, schlug sie vor. »Ich habe noch Hühnerbrust in der Gefrierkammer. Sei so lieb und hol sie. Stell sie einfach fünfzehn Minuten zum Auftauen in die Mikrowelle, dann mariniere ich sie. Es reicht, wenn wir um neun essen.« Ach, wie nett und normal, dachte Nigel und trottete gehorsam zur Gefrierkammer. Die Hühnchenbrust lag auf dem zweiten Regal, auf dem ein Kübel Eiscreme bedrohlich schwankte. Als er nach dem Hühnchen griff, fiel das Eis um. Instinktiv bewegte Nigel seine Füße: Er hatte keine Schuhe an und ein Kübel voller Eis kann einem den Zeh brechen. Zu spät. Der Eimer fiel ihm auf den Fuß – und prallte problemlos ab. Er war leer.

Da war Nigels Schmerzgrenze erreicht. »Aaaaaah.« Er warf das gefrorene Hühnchen nach Georginas altem Fahrrad und stapfte fluchend die Treppe hoch, den leeren Eiskübel über dem Kopf schwingend, und weil Anna sich nicht die Mühe gemacht hatte, die Gefrierkammer richtig zu schließen, tropfte der Rest geschmolzener Eiscreme auf seine Stirn und lief ihm über die Nase.

60

Eine liederliche Nacht

Es war wohl unvermeidlich: Nigels Wut hatte sich seit Wochen angestaut. Schließlich platzte ihm der Kragen. Sie hätten ihn sehen sollen. Er stürzte mit hochrotem Kopf in mein Zimmer und wedelte einen leeren Eiscremeeimer vor mir hin und her. »Du egoistisches Biest. Mein Ben-and-Jerry-Cherry-Crunch-Crumble: Du weißt, das ist meine Lieblingssorte.« Und ob ich das weiß, ich weiß alles über ihn. Ich weiß von seiner toten Schwester und seinen Affären, seiner Eitelkeit und seinen Warzen. Ich weiß, dass er unter Verstopfung leidet. Mehr als einmal habe ich ihn mit vor Anstrengung blutunterlaufenen Augen von der Toilette kommen sehen.

Ich lag im Bett. Ich hatte zu lange in der Sonne gelegen und meine Haut spannte und juckte. Ich drehte mich um und hielt mir das Kissen über den Kopf. Ich wollte nichts hören. Dann merke ich plötzlich, wie er Sachen nach mir wirft: meine ganzen Klamotten, die auf einem Haufen auf dem Boden lagen – »Du faule Sau« – meine Zeitschriften – »Du blöde Schlampe« – Henrys Ghettoblaster, den ich aus seinem Zimmer geklaut hatte – »Du Parasit« – Schuhe und Teller und Becher mit Teeresten, die mir kalt in den Nacken tropften. »Ich habe die Schnauze voll, hörst du? Ich will, dass du verschwindest. Ist mir scheißegal, wohin, meinetwegen kannst du vom Bus überfahren werden.«

»Verflucht, Nigel«, nuschelte ich. Ich war im Halbschlaf, verdammt noch mal. »Ich steh auf wütende Männer.«

»Halt's Maul«, antwortete er. Er wirkte so verärgert, dass ich lachen musste. Daraufhin schlug er mich mit Wucht mitten ins Gesicht und plötzlich erinnerte ich mich an all die anderen Schläge, die ich eingesteckt hatte: Dannys verspielte Ohrfeigen, der wohl überlegte Ausrutscher meines Sohnes und jetzt das. Am liebsten hätte Nigel mich richtig verprügelt, aber er konnte sich gerade noch beherrschen. Ich spürte, wie ich feucht wurde. Ich hätte an Ort und Stelle mit ihm gevögelt, nur um ihm das Leben noch schwerer zu machen, aber er stapfte die Treppe runter und brüllte: »Was muss ich mir noch gefallen lassen?«

Danach fiel die Haustür ins Schloss und ich lag da und wartete, dass Jo hochkam, um sich zu entschuldigen. Ich wollte, dass sie mich so sah. Er hatte einen Aschenbecher über meinen Kopf geleert und ich wusste, dass ein großer roter Fleck auf meiner Wange prangte. Ich grub meine Fingernägel in die weiche Haut unter meinem linken Auge und kratzte mir übers Gesicht – nicht zu tief, ich wollte keine Narbe. Dann wartete ich inmitten von Zigarettenkippen und Asche auf Jo und schwitzte unter dem Gewicht der Schuhe und alten *Tatler*-Ausgaben. Sie ließ sich Zeit.

Als sie endlich kam, markierte sie den *bad cop*. Damit hatte ich nicht gerechnet. Ich dachte, sie würde mich vielleicht sogar in den Arm nehmen. Ich war völlig überrascht. Sie war gemein, sie sagte schreckliche Dinge. Ich glaube, sie wollte mich zum Weinen bringen, aber ich riss mich zusammen. Mit verschränkten Armen putzte sie mich runter wie ein schmollendes Kind, und sie meinte es ernst. Ich begann, Sachen nach ihr zu werfen. Ich war so wütend, so enttäuscht. »Oh, Anna, hör auf, hör auf.« Ich glaube, sie hatte Angst. Sie presste sich an die Tür wie die nervöse Assistentin eines Messerwerfers und zuckte jedes Mal zusammen, wenn ich den Arm hob. Als sie merkte, dass ich nicht müde wurde, ging sie. Ich hörte sie Badewasser einlassen und die Tür zum Bad abschließen.

Ich wusste, dass ich mich entschuldigen musste, aber am liebsten hätte ich ihr das selbstgefällige Gesicht zerkratzt. Ich kann diesen überheblichen Tonfall, den sie sich angewöhnt hat, nicht ertragen – und *er* ist genauso schlimm, Nigel, der Heuchler. In wie viele Mösen er seine dreckigen Finger schon gesteckt hat. Mösen, Mösen, sagte ich lachend vor mich hin, während ich »Entschuldigung« auf die Rückseite eines Umschlags schrieb, und meine Handschrift war ebenso kindisch wie ich mich fühlte.

Irgendwo habe ich gelesen, dass Gäste wie Fische sind: Nach drei Tagen sind sie ungenießbar. Ich bin nicht mehr gern gesehen. Wenn Maggie aus Mallorca wiederkommt, ziehe ich zu ihr. Ist mir egal, dass die Ärzte sagen, sie braucht Ruhe.

Sie ist natürlich eifersüchtig, immer gewesen. Jo hat nie einen Liebhaber gehabt. Sie ist eine frigide, verklemmte Kuh, mit der man nur Spaß hat, wenn sie betrunken ist. Jetzt, wo sie kaum noch trinkt, ist sie wieder dieselbe alte Streberin wie früher. Mit Mr. und Mrs. Metcalf, muss ich leider sagen, ist nicht mehr viel los.

Ich machte mir nicht die Mühe, das Zimmer aufzuräumen. Während ich Jo Sachen an den Kopf geworfen hatte, als zielte ich auf Kokosnüsse, war ich auf einen Teller mit ausgetrockneten Pommes getreten, der seit ein paar Tagen herumstand, und hatte Tomatenketchup über den hafergelben Teppich verteilt.

Es war halb neun. Ich beschloss auszugehen: Ich bin

erwachsen, ich kann ausgehen, wann ich will. Niemand hat mir etwas zu sagen.

Ich schminkte mich. Georgina besaß Unmengen Make-up. Ich durchsuchte den kleinen Weidenkorb, in dem sie ihr Superdrug-Make-up aufbewahrte. Ich trug Glitzergel auf Augenlider und Wangen, ich benutzte ihr blaues Mascara, band mein Haar zurück und malte mir die Lippen pflaumenrot. Da sie keine Grundierung hatte, schwärzte ich den dicken Pickel auf dem Kinn mit einem Filzstift und von weitem sah er aus wie ein Schönheitsmal. Ich sprühte mich mit etwas ein, das nach Teenager und Bonbons duftete, und nahm zwanzig Pfund aus ihrer Hello-Kitten-Handtasche im Unterwäschefach. Beim Anblick ihrer winzigen Schlüpfer verspürte ich das Bedürfnis zu spucken und das tat ich auch. Dann schloss ich die Schublade und schlich in Henrys Zimmer. Madame war noch im Badezimmer.

Obwohl Henry seit über vierzehn Tagen in Devon war, roch sein Zimmer noch immer leicht salzig – Wichse, nehm ich an. Bei einem früheren Streifzug hatte ich sein Geld entdeckt. Henry ist ein Hamster wie seine Mutter, während Tinkerbelle-Schlüpfer ihr Geld zum Fenster rauswirft. Sie wickelt ihren Vater um den kleinen Finger: »Komm schon, Dad, leih mir einen Zehner«, und arglos gibt er ihr einen Geldschein, den er sich zweifellos vorher zusammengerollt in die Nase gesteckt hat. Ich weiß seit Jahren, dass Nigel kokst. Als wir noch Freunde waren, folgte ich ihm immer ins Badezimmer. Damals hatte ich lange Fingernägel und schaufelte mir damit etwas von seinem Häufchen in die Nase. Fffft, und dann gesellten wir uns wieder zu unseren jeweiligen Ehepartnern und quasselten wie Gameshowmoderatoren. Ich wusste, dass er ein Problem hat, als er aufhörte zu teilen. Seit kurzem scheint er aufgehört zu haben.

Ich habe sein Krawattenfach, das Futter seiner Anzüge durchsucht, nichts. Nüchtern ist er viel langweiliger, früher hat Nigel mich amüsiert.

Henry versteckt sein Geld in einem alten Brillenetui. Er hat krankhafte Angst vor Einbrechern und glaubt, so kann er sie austricksen. Er ist wirklich unglaublich naiv. Ich fand das Brillenetui unter einem Stapel Winterpullover: Außerdem fand ich eine Packung Kondome und das Foto von einem Mädchen mit nackten Titten in derselben Schuluniform wie Georgina. Ich glaube kaum, dass das Foto für Henry bestimmt war, zumal es sich bei genauerem Hinsehen als Fotokopie heraus stellte. Ich nahm die Durex und die fünfundzwanzig Mäuse und stopfte das zerknüllte Bild in seinen Fußballschuh. Dann ging ich mich umziehen.

Ich war lange nicht mehr ausgegangen. So ist das, wenn man verheiratet ist und Kinder hat und in London wohnt. Früher gingen Chris und ich gern essen. Er war nie der Pub-Typ, er kam gern nach Hause – ha. Ich schnappte mir eine zerknitterte Ghost-Hose von Jo aus dem Wäschekorb – sie war dunkelgrau und hatte einen kleinen Senffleck auf dem Knie – dann überlegte ich, was ich drüberziehe. Früher hätte ich mich für ein knappes Hemdchen entschieden, aber dafür war ich zu fett, ich bügelte also notdürftig Nigel bestes weißes Leinenhemd.

Während ich mich fertig machte, sang ich die ganze Zeit vor mich hin. Lieder, die ich als Teenager auf dem Jahrmarkt gehört hatte. Unglaublich, dass ich vor fünfundzwanzig Jahren fünfzehn war. *»Oooowеее, chirpy chirpy cheep cheep.«* Ich trank Cinzano und sang: Der Abend war danach.

Ich stopfte das Geld, die Durex und meine Schlüssel in Georginas silbernen Minirucksack und schlüpfte in ihre rosa Plastiksandalen. Es funktionierte: Ich habe immer

Geschmack gehabt. Es war ein milder Abend. Ich brauchte keinen Mantel.

Ich sah Nigel mit dem Kopf auf der Brust in seinem Saab. Er parkte direkt vor dem Haus – Wichser. Ich tat, als bemerkte ich ihn nicht und überquerte die Straße. Vor dem Pub saßen die Leute an Holztischen. Jos Nachbarin war mit einem ihrer ekelhaften Möpse da und redete mit einem grauhaarigen Mann. Ich nickte ihr kurz zu, aber sie guckte nur überrascht. Von den anderen kannte ich niemanden. Hauptsächlich Studenten mit schmutzigen Fußnägeln und weiten Tarnhosen, Nasenringen und keltischen Tattoos um den mageren Bizeps. Ich ging einfach weiter.

Ich hätte ein Taxi bestellen können, aber ich war nicht ganz sicher, wohin ich wollte. Am Ende der Straße fuhren verschiedene Busse: Ich dachte, ich steige in den ersten, der kommt. Es war die Zwölf, ein richtiger Doppeldecker. Ich war lange nicht mehr Bus gefahren. Ich ging die Stufen hoch, aber oben saß ein Haufen schwarzer Mädchen im Teenageralter mit schicken Frisuren und lackierten Nägeln, mit Goldschmuck und Hundert-Pfund-Turnschuhen. Als ich umdrehte, lachten sie. Eine Sekunde lang wollte ich zurückgehen und ihnen die glänzenden Ringe aus den Ohrläppchen reißen, aber stattdessen setzte ich mich neben die Gepäckablage und nahm eine liegen gebliebene *Sun*. Ich las einen Artikel über eine Familie im Nordosten, die bei einem Brand in ihrem Haus ums Leben gekommen war: die Mutter und ihr Freund, die Oma und drei kleine Kinder. Es war ein Schulfoto der Kinder abgebildet: Stacey, Kelly und Shane, zehn, acht und sechs Jahre alt, alle leicht schielend. Die Mutter war erst achtundzwanzig. Ich habe nie Schulfotos von meinen Kindern aufbewahrt, sie sehen so künstlich aus. Pandora hasste es natürlich, sich fotografieren zu lassen, und wer kann ihr das verübeln? Wenn man aussieht wie ein Schwein, will man nicht auch noch den Beweis dafür sehen. Jed dagegen putzte sich heraus und strahlte in die Kamera, wie eine Sexbombe von Seite drei. Als er fünf war, machten wir Passfotos. Er ließ mich dreimal Geld in den Automaten bei Sainsbury's werfen, bevor er zufrieden war.

Die Busschaffnerin sagte, es koste ein Pfund zwanzig bis Piccadilly Circus. Ein Ort so gut wie jeder andere zum Ausgehen. Ich wollte nicht in der Nachbarschaft bleiben.

Wir gondelten durch die Walworth Road, vorbei am Marktplatz und weiter, vorbei am albernen Elephant-and-Castle-Einkaufszentrum und weiter, zur Westminster Bridge und zu Big Ben. Auf der Brücke standen noch einige japanische Touristen. Manche stiegen in den Bus, mit schlecht gefalteten Stadtplänen und winzigen wunden Füßen. Ich war ziemlich aufgeregt, seit Monaten war ich nicht im West End gewesen. Chris versuchte immer mich zur Oper zu überreden. »Hör auf«, sagte ich dann. Komisch, wie man so lange verheiratet sein und so wenig gemeinsam haben kann. Jo, die Verräterin, kaufte ihm einmal eine CD der drei Tenöre.

Durch die Downing Street mit seinen schäbigen kleinen Häuserreihen. Es ist so typisch britisch, nicht wahr, dass unser Premierminister in einem popligen Stadthaus wohnt, der Präsident der Vereinigten Staaten dagegen im Weißen Haus. Peinlich. Um den Trafalgar Square: der alte Nelson auf seinem Podest, zweifellos von Taubenscheiße bedeckt! Den Haymarket entlang, der wohl so heißt, weil dort früher ein Heumarkt war.

Wussten Sie, dass es Londoner Droschken alias Taxis gesetzlich verboten ist, ohne Heuballen durch die Stadt zu fahren? Das ist wahr. Nigel hat es uns vor Jahren erzählt, und wir saßen den ganzen Abend zusammen und dachten uns veraltete Gesetze aus. Ich schlug ein Gesetz vor, dass jeden Führer einer Pfadfindertruppe berechtigt, mindestens einen seiner Schützlinge ungestraft zu belästigen. Jo fand das nicht sehr komisch, Henry war vor kurzem eingetreten, der Idiot. Jed weigerte sich natürlich, ein Wölfling zu werden. Die einzige Organisation, der er angehört, ist der Boyzone Fanclub: Dreimal im Jahr bekommt er einen reizenden Newsletter, Anstecknadeln und Aufkleber, signierte Fotos ... Bevor ich weiter denken konnte, waren wir am Piccadilly Circus und der Himmel war dunkel wie eine Prellung.

Ich war nicht sicher, wohin ich wollte. Ich dachte, ich gehe erst in einen Pub und dann essen. Ich machte mir keine Sorgen, wie ich nach Hause kam, im West End bekam man immer ein Taxi. Ich presste Georginas Tasche fest an mich und trug keinen Schmuck. Mein Ehering war schon lange zu eng. Ich lief vom Piccadilly Circus über den Leicester Square. Die Leute pissten in die Eingänge und der Platz war voll mit Touristen, die aussahen, als hätten sie einen furchtbaren Fehler gemacht, und das konnte doch nicht alles gewesen sein? Die Szenerie war ungefähr so exquisit wie ein Hotdog mit einer Extraportion Röstzwiebeln. Ich war aufgeregt. Ich hatte wieder dieses Jahrmarkt-Gefühl. Ein Schotte mit Rotz am Revers wollte unbedingt ein Kohleporträt von mir malen. Als ich nein danke sagte, wurde er aufdringlich, so dass ich ihm erzählte, ich sei Zivilbulle und mein Name WPC Collindale und er solle sich lieber vorsehen. Ich war in der Stimmung für Lügengeschichten.

Hinter der Shaftesbury Avenue fand ich einen Pub, eine irische Kneipe neben einem Theater. In den kleinen Glaskästen vor der Tür hingen Fotos von Schauspielerinnen, und ich erkannte eine Frau, die auf der Schauspielschule ein Jahr unter mir gewesen war, in einem Dienstmädchenkostüm, für das sie zehn Jahre zu alt war.

Der Pub war ziemlich voll. Ich bestellte mir ein Bier und einen Brandy und setzte mich in eine Ecke. Ich wusste, es würde nicht lange dauern. Schlimmstenfalls hatte ich genug Geld, um mich zu besaufen, mir ein Stück Pizza zu leisten und nach Hause zu fahren. Und wenn ich mich besinnungslos betrinken wollte, konnte ich immer noch den Nachtbus nehmen.

Ich hatte das Bier fast ausgetrunken, als sich ein Mann neben mich setzte. Seine Augen waren rot, als hätte er geweint oder getrunken oder wahrscheinlich beides und er war unsicher auf den Beinen, aber er hatte einen Koffer, weshalb ich mich relativ sicher fühlte. Ich hatte mir zurechtgelegt, dass ich mit einer Freundin zum Theater verabredet gewesen war und mich verspätet hatte und sie ohne mich hineingegangen sein musste und dass ich hoffte, sie würde hinterher im Pub vorbeischauen.

Er fragte, ob ich etwas trinken will. Ich sagte, ein Bier wäre nett. Ich verkniff mir den Brandy, um ihn nicht gleich zu vergraulen. Er hatte graue Haare, aber davon viele, und er verkaufte Papierbecher für Getränkeautomaten – oder so ähnlich. Ich kann nicht behaupten, dass mich das interessiert hätte. Er war offenbar geschieden – er hatte diesen »Frisch-aus-der-Reinigung«-Geruch an sich. Seine Exfrau und sein Kind lebten im Nordosten und es gab einen neuen Mann in ihrem Leben. Er zeigte mir ein Foto, eine jüngere Version seiner selbst saß auf einem Stuhl mit einem Baby auf dem Schoß. Die Tapete hinter dem Stuhl war grauenvoll. Ich beschloss seiner Rührgeschichte etwas entgegenzusetzen: Ich erzählte ihm, mein Mann sei auf der Autobahn ums Leben gekommen und dass ich mit meinen fünfjährigen

Zwillingstöchtern bei meiner Schwester in Norwood wohnte. Dafür gab es noch eine Runde. Ich ging nicht oft aus, erzählte ich ihm, und überhaupt fühlte ich mich schuldig, wenn ich mich amüsierte, während Graeme nur noch ein Haufen Asche war. Seine Augen füllten sich mit Tränen. »Wir haben uns sehr geliebt«, sagte ich und war selbst ganz gerührt. Ich machte einige Fehler, ich nannte »Graeme« ein paar Mal »Gary«, aber da waren wir schon jenseits. Einmal ging ich auf die Toilette und übergab mich. Auf dem Rückweg kaufte ich neue Drinks und eine Packung geröstete Erdnüsse, um den Geruch zu überdecken. Als der Pub schloss, schlug er vor, essen zu gehen. Eine alberne Idee, keiner von uns war in der Lage, eine Gabel zum Mund zu führen. Wir hatten jeden Koordinationssinn verloren, ich hatte seinen Namen vergessen und konnte mich nicht erinnern, unter welchem Namen ich mich selbst vorgestellt hatte. Wir waren in einer Alkoholblase eingeschlossen, die nicht platzen wollte. Wir wankten aus dem Pub und ich wünschte, ich hätte eine Strickjacke dabeigehabt, denn ich zitterte. Er legte seinen Arm um mich und wir torkelten in eine Seitenstraße wie Kinder beim Dreibein-Wettlaufen.

Das Hotel hieß Strand Imperial Palace, was eine Lüge war, denn es befand sich nicht am Strand und es war mit Sicherheit kein Palast. Statt Kronleuchtern und Marmorfußboden gab es Neonbeleuchtung und einen Kunststoffteppich mit Zigarettenbrandlochmuster. Ich konnte nicht einschätzen, ob das Muster Absicht war oder nicht, da ich Schwierigkeiten hatte, klar zu sehen. Wir stiegen in einen sehr kleinen Fahrstuhl und als sich die Türen schlossen, wirkte sein Gesicht grün-rot gefleckt wie eine unreife Tomate. Bis wir den dritten Stock erreicht hatten, war mir klar, dass ich einen Fehler gemacht hatte. Sein Zimmer war nur ein paar

Türen weiter den Flur hinunter und der Schlüssel hing an einem dicken Metallklunker, was mich zum Lachen brachte: Ich war etwas hysterisch. Es war ein scheußliches Zimmer, nur ein Einzelbett und ein Stuhl und ein Fernseher auf einem Metallarm, der aus der Wand ragte – damit man im Bett fernsehen kann, nehme ich an. O verdammt, dachte ich, verdammt und zugenäht. Ich glaube, er hatte auch kein gutes Gefühl. Plötzlich waren wir beide sehr müde und wussten nicht, wie wir einander loswerden sollten.

»Wir müssen nicht, weißt du«, sagte er.

»Nein, keine gute Idee«, murmelte ich, und dann brach ich in Tränen aus. Wenn man nicht weiß, was man tun soll, ist weinen immer gut. Ich weine sehr dekorativ. Ich werde nicht von Krämpfen geschüttelt, ich bekomme keine roten Flecken und mir läuft nicht die Nase. Mir laufen einfach Tränen über das Gesicht und tropfen vom Kinn.

Eine weinende Frau bringt das Beste im Mann zum Vorschein. Sie lockt seine latente Ritterlichkeit hervor. Der hier war keine Ausnahme. »O Gott, tut mir Leid, ich wollte nicht ... hier«, und er bot mir eine kleine Whiskyflasche an. In letzter Zeit habe ich festgestellt, dass es nur eines Schluckes bedarf, um mich vom Suff ins Blackout zu katapultieren.

Als ich aufwachte, war es hell und ich lag in seinem Bett, doch ich hatte noch meinen Schlüpfer an. Das Einzige, was ich ausgezogen hatte, waren Jos Hose und Georginas Schuhe. Meine Blase platzte. Der Mann schlief auf dem Fußboden, er lag einfach in seinem Anzug auf dem Teppich und hatte sich ein Laken über den Kopf gezogen und ein paar Handtücher zu einem Kissen aufgerollt. Das Einzige, was ich wirklich von ihm sehen konnte, waren seine Füße: Er hatte seine Schuhe und Strümpfe ausgezogen und seine

Zehen waren wächsern und gelb. Das Zimmer stank nach Fürzen und Füßen und Whisky. Ich schlich ins Bad und pinkelte so schnell und so leise ich konnte. Ich hörte gar nicht wieder auf zu pinkeln, mindestens einen Liter. Seine Zahnbürste sah so eklig aus, dass ich mich dagegen entschied. Ich wusch mir nicht mal die Hände oder spülte, ich schnappte mir nur Hose, Tasche und Schuhe und schlich aus der Tür. Er war wahrscheinlich wach und stellte sich schlafend, was mir nur recht war. Im Flur zog ich mich an und sah auf die Uhr. Es war zwanzig nach sieben.

61

Weinflaschen im Schrank

Ich konnte das Geschrei hören – Nigel brüllte aus vollem Hals –, dann hörte ich ihn die Treppe runterpoltern und die Haustür zuschlagen und ich wusste, dass er fort war, denn ich hörte den Saab aufheulen.

Ich hasse es, wenn Nigel wütend Auto fährt. Es macht mir Angst. Ich denke immer, er tut etwas Dummes. Aber ich machte ihm keinen Vorwurf. Ich versuchte, mir zusammenzureimen, was passiert war, und überlegte, was ich tun soll, doch ich wusste, es gab nur eine Lösung.

Ich beschloss, es ihr zu sagen. Ich kippte einen Brandy und zog mich aus dem Sessel, als hätte ich Blei-Implantate in den Beinen.

Ich klopfte, wartete aber nicht auf eine Antwort. Schließlich war es mein Haus. Ich konnte tun, was ich wollte. Sie lag im Bett. Es sah aus, als sei ein Kleiderschrank auf sie gefallen, aber ich wusste, das war unmöglich, denn wir haben Einbauschränke. Ihre eine Gesichtshälfte war geschwollen und ein Kratzer zog sich vom Auge zum Kinn.

»O Gott, Jo«, stöhnte sie, »er hat mich geschlagen, Nigel hat mich geschlagen.«

»Das kann ich ihm nicht verdenken«, sagte ich, »wenn er es nicht getan hätte, hätte ich es getan. Wir haben genug, Anna, wir sind mit unserer Kraft am Ende.«

Während ich sprach, wusste ich, dass meine Worte wie abgelesen klangen, wie eine schlechte Seifenoper: abgesehen von meinen geschliffenen Home-Counties-Vokalen, meiner deutlichen Aussprache, hätte es eine Szene aus *East Enders* sein können, es war die reinste Farce. Sie schaltete sofort auf dieselbe Trash-TV-Masche um. Wäre ich Regisseur gewesen, hätte ich ihr Gesicht in Großaufnahme gezeigt, die vor Schock aufgerissenen Augen, die zitternde Unterlippe. Gott, sie war besser als sie es sich je hätte träumen lassen. Dem Theater war ein Diamant durch die Hände geglitten, als es Anna abgeschrieben hatte. Meine scharfsichtige, schmallippige Mrs. Danvers war dagegen Kindertheater.

»Du ziehst alle in den Dreck. Wir haben es immer wieder versucht, Anna, aber wir können nicht mehr.«

Ich meinte es ernst. Jahrelang habe ich Mütter verachtet, die nicht in der Lage sind, ihre pubertierenden Töchter in den Griff zu bekommen: schwache, kettenrauchende, feiste Frauen mit einstelligem IQ, zu begriffsstutzig, um Ärger zu riechen, zu leicht bereit, sich beim Sozialamt auszuheulen. »Bringen Sie sie fort, stecken Sie sie ins Heim.« Doch genau das wollte ich für Anna: Ich wollte professionelle Hilfe, jemanden, der wusste, was er tat, der kam und sie mitnahm. Sie verdarb alles. Hunderte von Gedanken schossen mir durch den Kopf, während ich Anna eine Standpauke hielt. Ich dachte die ganze Zeit, was für ein Jammer, dass es keine Besserungsanstalt für ungezogene Vierzigjährige gibt, die Stubenarrest oder ähnliche altmodische Strafen brauchten. Ich sah sie mit kahl geschorenem Kopf in irgendeinem Militärlager exerzieren.

Plötzlich fing sie an, Sachen nach mir zu werfen: CDs zischten an meinem Kopf vorbei, Schuhe prallten von der

Tür hinter mir ab, sie beschoss mich mit Apfelgehäusen und leeren Bonbontüten – es war lächerlich, der Wutanfall eines überdimensionalen Kleinkindes. »Halt's Maul, halt's Maul, halt's Maul«, brüllte sie und zog sich ganze Haarbüschel an der Wurzel aus. Einmal biss sie sich selbst in die Schulter. Ich duckte mich, um einem Kaffeebecher auszuweichen, verließ das Zimmer und schloss die Tür. Da mir nichts Besseres einfiel, nahm ich ein Bad. Ich holte das Johanniskraut-Lavendel-Badeöl von Jo Malone, das ich im Karton unter dem Bett versteckt hatte, und schloss mich im Bad ein. Irgendwann muss sie nach oben geschlichen sein und eine Nachricht unter der Tür hindurchgeschoben haben. »Verzeihung«, stand drauf, aber ich warf sie weg.

Ich blieb stundenlang in der Wanne und ließ heißes Wasser nachlaufen, wenn mir kalt wurde. Ich lag bis zum Hals in dickflüssigem hellgrauen Seifenwasser. Ich hörte sie durchs Haus poltern. Ich wusste, dass sie in den Kinderzimmern gewesen war. Georgina würde ausrasten, Privatsphäre ist in der Pubertät sehr wichtig. Während ich in der Wanne lag, traf ich einige Entscheidungen: Es würde wieder Normalität einkehren. Ich würde ein ernstes Gespräch mit Anna führen und sobald sie eine andere Unterkunft gefunden hatte, würde ich einen Flug buchen, um meinen Bruder in Deutschland zu besuchen. Hannover ist eine sehr langweilige Stadt und daher ideal für meine Zwecke. Die Deutschen sind ein gesittetes Volk, und ich fühle mich zu labil für ein Land wie Spanien oder Italien, wo die Leute laut werden und mit Besteck um sich werfen. Ich war etwas überrascht, als ich die Haustür erneut hörte. Sie geht selten auf. Kurz darauf kam Nigel zurück – er brauchte mehrere Versuche, bevor er das Schloss fand. Ich wickelte mich in ein Handtuch und sah von oben zu, wie er die Treppe herauftorkelte.

»Sie ist weg«, sagte ich.

»Ich weiß, Hallelujah verdammt noch mal, lass uns die Schlösser auswechseln und feiern.« Er hatte eine fast leere Flasche Scotch in der Hand.

»Wo warst du?«

Er war losgefahren, hatte sich einen Eimer Eiscreme von der Tankstelle am Ende der Straße geholt und Whisky vom Spirituosenhändler, dann hatte er sich vor das Haus gestellt und im Wagen getrunken, bis er Anna aus dem Haus kommen sah. Nigel sagte, er habe die Türen verriegelt und sich geduckt, als sie vorbeiging.

Allerdings waren Karamelleis und Whisky eine köstliche Kombination und auf Radio 4 hatte es ein lustiges Hörspiel gegeben.

Ich setzte ihn in mein schmutziges Badewasser und holte ihm einen sauberen Schlafanzug. Ich glaube, er war froh, als er im Bett war. Um halb elf schlief er und ich las eine halbe Stunde: *Kloster Northanger.* Normalerweise schlafe ich nicht gern, ohne die Haustür zu verriegeln und die Alarmanlage anzuschalten, aber Anna war noch nicht zu Hause. Ehrlich gesagt, war ich so erschöpft, dass es mir egal gewesen wäre, wenn ein Einbrecher uns in unseren Betten erschossen hätte. Kurz bevor ich das Licht ausmachte, griff ich unter dem Bett nach dem Karton, wo ich meine Leckereien vor Anna versteckte. Ich hatte dort einen Riegel Schweizer Schokolade von Marks and Spencer versteckt, aber es war nur noch die Silberfolie übrig. Ich begann zu weinen. Ich wagte nicht, Nigel aufzuwecken, ich hatte das düstere Gefühl, er würde ebenfalls anfangen zu weinen.

Nachdem ich eingeschlafen war, träumte ich vom Rosa Haus. Von außen sah es ganz normal aus, aber die Möbel und die Innenwände waren aus schmelzender Schokolade, und während sie schmolz, verwandelte sie sich in Blut. Als ich mitten in der Nacht aufwachte, hatte ich meine Tage bekommen. Hätte ich die Kraft gehabt, hätte ich wieder angefangen zu weinen.

Im Bad sah ich auf meine Uhr, es war zehn Minuten nach eins. Ich behalf mich mit einer Binde. Manchmal finde ich sie tröstlicher als Tampons, man fühlt sich wie ein Baby mit Windel. Ich war sicher, dass sie inzwischen zu Hause war, aber als ich über das Treppengeländer sah, um die Haustür zu prüfen, war sie immer noch unverriegelt und der Alarm blinkte nicht. Ich war eher verärgert als besorgt. Sie war nicht meine Tochter und inzwischen ist sie mit Sicherheit groß genug, um auf sich selbst aufzupassen. Ich ließ das Licht im Flur an, ging wieder ins Schlafzimmer und schloss die Tür.

Mütter haben einen leichten Schlaf. Als Henry klein war, war er schwach auf der Brust. Ein Husten und ich war in seinem Zimmer und schaltete den Inhalationsapparat ein. So etwas kann man nicht den Kindermädchen überlassen. Man kann schon froh sein, wenn sie dem Kind nicht Rauchringe ins Gesicht blasen. Außerdem war Henry Schlafwandler. Ich weiß nicht, wie oft er nachts murmelnd durchs Haus gewandert ist. Einmal hatten wir ein ziemlich lichtes Gespräch über Laugen und Säuren, Indikatoren und Neutralisatoren, bevor es mir gelang, ihn zurück ins Bett zu lotsen. Wir Mütter haben einen sechsten Sinn. Ich war also überzeugt, dass ich aufwachen würde, wenn Anna heimkam und ging dank Binde mit sicherem Gefühl wieder ins Bett.

Während ich einschlief, fiel mir ein Artikel über einen untreuen Ehemann ein, den ich vor etwa einem Jahr in einer Zeitschrift gelesen hatte. Er hatte mit seiner Geliebten im

Ehebett geschlafen. Eines Tages kommt die Ehefrau also nach Hause und bemerkt Make-up auf den Kissen und eine zusammengeknüllte Strumpfhose unter dem Bett. »Was geht hier vor?« weint sie. »Sag mir die Wahrheit.« Doch das tut er natürlich nicht. Er erzählt ihr, dass er manchmal das Bedürfnis verspürt, ihre Kleider anzuziehen, ihr Make-up aufzulegen und so zu tun, als sei er eine Frau. Es ist das Einzige, was ihm spontan einfällt. Seine Frau schimpft ihn zunächst pervers und nimmt ihm das Versprechen ab, es nie wieder zu tun, beschließt dann aber, seine Bedürfnisse zu unterstützen – so etwas sei normaler als man denkt. Sie kennt die amerikanischen Talkshows. Es gibt heutzutage nichts, was nicht normal ist. Der Ehemann sitzt in der Zwickmühle: Wenn er seiner Frau die Wahrheit erzählt, verlässt sie ihn und er sieht seine Kinder nur noch sonntagnachmittags bei McDonalds. Er beschließt also, mit der Lüge zu leben, und von da an sieht er sich jeden Mittwochabend gezwungen, Frauenkleider anzuziehen und sich von seiner Frau schminken und Audrey nennen zu lassen. Sie sehen zusammen fern und »Audrey« tut, als genieße er es, seine weibliche Seite auszuleben, obwohl er sich am liebsten von der nächsten Brücke stürzen würde. Strafe kann viele Gesichter haben. In Indien nennt man das Karma.

Als ich das nächste Mal aufwachte, dachte ich, es sei Morgen, aber es war erst Viertel nach zwei. Nigel schnarchte leise. Ich hatte sie nicht kommen hören, aber ich ging trotzdem nachsehen. Das Flurlicht war noch an und ich schlich auf Zehenspitzen zu ihrem Zimmer. Es war die reinste Müllhalde und stank wie eine Zoohandlung. Ich spürte Wut in meiner Kehle aufsteigen. Ich roch etwas, das mich an die Zeit erinnerte, als die Kinder klein waren. Als ich meine Augen für eine Sekunde schloss, fiel es mir wieder ein: Mit vier machte Henry plötzlich wieder ins Bett und zweimal pro Woche erschien er verschwitzt und weinend in unserem Schlafzimmer und fasste sich an den Po und ich musste das Bett neu beziehen und versuchen, nicht böse zu sein. Es war derselbe Geruch: Annas Zimmer stank nach Urin. Es war nicht die Matratze, die war trocken, der Geruch kam von woanders und wurde in der Ecke des Zimmer stärker. Ich befühlte den Teppich. Abgesehen vom klebrigen Tomatenketchup war auch er trocken. Inzwischen war ich auf allen vieren. Plötzlich wurde mir klar, dass der Gestank aus dem Schrank kam. Ich öffnete die Türen.

Ich bin nicht leicht zu schockieren. Vergessen Sie nicht, ich habe Kinder auf die Welt gebracht, ich habe Plazenta gesehen. Wenn man in London lebt, sieht man ständig schreckliche Dinge: Penner, die sich in die Hose scheißen, Unfallwagen mit Blut an den Windschutzscheiben, verletzte Motorradfahrer, deren Knochen sich durch das Fleisch ihrer Beine bohren – doch nichts hat mich auf den Anblick eines halben Dutzends Weinflaschen vorbereitet, die bis zum Rand mit trüber Pisse gefüllt sind. Ich schloss den Schrank und dann tat ich etwas Furchtbares. Schneller als eine Hexe auf ihrem Besen stürzte ich nach unten, verriegelte die Haustür und schaltete die Alarmanlage ein. Was auch geschah, sie würde dieses Haus nie wieder betreten. Dann ging ich wieder ins Bett und schlief wie eine Tote.

62
Ein absehbarer Unfall

Die verbannten Kinder der Metcalfs hatten ihre Zeit im Exil zur Hälfte hinter sich.

Georgina Metcalf hatte genug von Devon. Das Landleben hat einer Vierzehnjährigen (die stramm auf die siebenundzwanzig zugeht) wenig zu bieten. »Die Läden sind Kacke«, sagte sie zur elfjährigen Lucy Morris, die Georgina alles nachplapperte. »Ja, Kacke«, echote sie, obwohl sie sehr gut wusste, dass ihre Mutter bei dem Wort ausflippte.

Angela Morris war nicht sicher, ob es eine gute Idee gewesen war, Georgina mit nach Devon zu nehmen. Auf dem Papier hatte alles gut ausgesehen. Ihr Sohn Matthew verstand sich mit dem Sohn der Metcalfs. Henry war kein Problem – nur verklemmt, schüchtern und zimperlich. Angela Morris' Mann Grant war mit den beiden Jungs angeln gefahren und Henry war fast in Ohnmacht gefallen, als sie einen lebenden Fisch aus dem Fluss gezogen hatten, und dann völlig hysterisch geworden, als Grant den Fisch für das Mittagessen ausgenommen hatte. Der Junge hatte sich geweigert, den Fisch zu essen, und Grant musste zur Tankstelle fahren, um ihm ein Fertiggericht zu kaufen. Tage später hatte er noch immer Albträume: »Der Fisch, der Fisch.« Dennoch hatte er Manieren, auch wenn er ständig schniefte. Das Mädchen war ein anderes Kaliber. Sie machte Angela nervös. Georgina stellte mit ihren vierzehn Jahren höhere Ansprüche als Angela mit dreiundvierzig. Sie hatte keine Gummistiefel im Gepäck, um Himmels willen, und weigerte sich, vor zehn Uhr aufzustehen. Angela machte sich Sorgen um den Einfluss, den Georgina auf Lucy hatte. Lucy war immer ein so gutmütiges Mädchen gewesen – bis zu diesen Ferien – und nun imitierte sie diesen kleinen Wildfang und wurde von Minute zu Minute widerspenstiger und einsilbiger.

Trotzdem war es reizend in *The Orchards*. Das Gutshaus war idyllisch, das reinste Postkartenmotiv (wenn man den Siebziger-Jahre-Anbau wegschnitt). Die Kinder hatten reichlich Platz: ein Feld mit einem Bach und eine Schaukel und eine Scheune, wo sie Pingpong spielen konnten. Doch es gab kein Satellitenfernsehen und Georgina hatte sich wenige Minuten nach ihrer Ankunft beschwert. »Ihre Fernbedienung ist kaputt. Ich bekomme nur fünf Programme.« Georgina führte sich auf wie ein Geschäftsmann, der statt des Marriott ein Zwei-Sterne-Bed-and-Breakfast vorfindet.

»Mehr haben wir nicht«, sagte Angela heiter. Sie war eine fröhliche Frau und erwartete von allen, dass sie sich Mühe gaben. »Komm schon, Liebes, warum gehst du nicht spielen?«

Angela Morris trug kurze Hosen, denn es war Sommer. Sie hatte einen dicken Hintern und Wurstknie und hätte eine gute Pfadfinderführerin abgegeben. Das Gutshaus gehörte ihren Eltern, die in einem Bungalow in der Nähe wohnten und *The Orchards* das ganze Jahr über vermieteten. Angela und ihr Mann reservierten es immer für den ganzen August. Für Angela machten ihre Eltern einen Spezialpreis.

Angela war in dem Haus aufgewachsen. Eigentlich war sie ein Mädchen vom Lande, was man auch an der gesunden Gesichtsfarbe sah. Dass ihr Zuhause an Fremde vermietet wurde, verstörte sie, und immer, wenn sie das Gästebuch auf dem Tisch neben dem Münztelefon sah, zuckte sie zusammen. Das Haus war zugleich vertraut und fremd, dasselbe, aber anders. Das Nudelholz in der Schublade hatte ihre Mutter schon benutzt, ebenso die Küchenwaage und die zerbeulten Kuchenformen. Doch wirkte das Haus irgendwie nackt. Bis auf ein Fass feuchtes Salz und ein angeschlagenes Essig- und Ölset war die Speisekammer leer. Damals hatten die Regale unter hausgemachter Marmelade und eingelegtem Gemüse geächzt und die Keksdose mit dem Bild der viktorianischen Dame auf dem Deckel war immer schwer, wenn man sie anhob. Die besseren Sachen waren im Bungalow: die teuren Gläser, das Silberbesteck und das gute Porzellan. In ihrer Abwesenheit war das Haus mit Messern und Gabeln vom Flohmarkt ausgestattet worden, Geschirr zweiter Wahl und einer bunten Sammlung angeschlagener Gläser, von denen einige verdächtig nach Gratis-Dreingaben von der Tankstelle aussahen. Doch es waren die zahlenden Gäste, die das Haus in Schuss hielten, und Angela wusste, dass sie dankbar sein sollte. Es war nur, dass jedes Mal, wenn sie kamen, etwas anderes kaputt oder verschwunden und wieder ein neuer Fleck auf dem Teppich war.

Immer wenn Angela im Haus ankam, sammelte sie die handgeschriebenen Anweisungen ein, die überall klebten: Sie war hier zu Hause, sie wusste, wie man den Tauchsieder anstellte, vielen Dank auch.

Angela wollte, dass ihre Kinder etwas von der Freiheit kosteten, die sie als Kind genossen hatte: dass sie auf Bäume klettern, Kaninchen jagen, lange Radtouren machen konnten. In London war es schwierig, die Kinder unbeaufsichtigt zu lassen. Nach Devon zurückzukehren war wie eine Zeitreise in die Sechziger, es war so viel sicherer, solange sie alle zusammenhielten, solange sie vernünftig waren. Diese Georgina besaß ein Handy – albern, dachte Angela, aber gleichzeitg merkwürdig beruhigend. Die Kinder durften mit dem Rad in die Stadt fahren. In der Scheune standen rostige alte Klappräder. »Die sind doch Kacke.« (Georgina) Es war nicht weit, und die erste Meile war ein Privatweg, sie mussten nur eine befahrene Kreuzung überqueren und schon waren sie da. Angela wusste nicht, was sie in der Stadt wollten, aber es gab dort einen Plattenladen, ein Schwimmbad und ein Kino.

»Kannst du uns etwas Geld für McDonalds geben, Mum?«

»Ich verstehe nicht, warum ihr kein Picknick mitnehmt.«

Georginas Blick! »Ein Picknick … sonst noch was.« Oh, was für eine Prinzessin, außerdem mäkelig. Aß dies nicht, aß das nicht. Matthew fand sie toll, aber er war nicht ihre Kragenweite.

Sie hatte sich – natürlich – breitschlagen lassen, sie abends ausgehen zu lassen. Sie hatte ein ungutes Gefühl dabei. Ihr Mann Grant war für ein paar Tage zurück nach London gefahren, sie war bis zum Wochenende allein mit ihnen. Sie wollten sich *Deep Blue Sea* ansehen – Lucy durfte nicht, sie sah jünger aus als elf und der Film war ab fünfzehn. Natürlich weinte sie. »Das ist gemein.«

»Oh, halt den Mund, Lucy«, sagte Georgina, und Lucy lief fort und versteckte sich stundenlang in einem Baum.

»Aber du bist erst vierzehn«, sagte Angela.

»Na und?« antwortete Georgina. »Passen Sie auf«, sie steckte sich die Haare hoch und schminkte sich die Lippen mit erdbeerrotem Lipgloss. »Na los, fragen Sie mich, wie alt ich bin.«

Angela gehorchte.

»Fuffzehn«, antwortete Georgina mit aufgesetztem Cockneyakzent, »wollnse etwa meine Geburtsurkunde sehn, oda was?« Angela hatte keinen Zweifel, dass das Kind damit durchkam.

»Na?«

»Ich weiß nicht. Ich denke darüber nach.«

Aber sie waren so entschlossen, dass Angelas Vorsätze ins Wanken gerieten. Georgina bestach Lucy mit ein paar Bindis, drei Pfund und abwaschbaren Tattoos, sich zu fügen. Nach und nach machten sie sie mürbe, bis sie sich schließlich auf einen Kompromiss einließ: Während die Großen ins Kino gingen, würde sie mit Lucy die Großeltern besuchen. »Oh, da habe ich ja Glück gehabt«, knurrte das Mädchen, das früher gern so getan hatte, als sei sie eine Akrobatin auf einem imaginären Pferd. Nach dem Film würden sie sich um neun Uhr mit Angela auf dem Marktplatz treffen. Wenn sie nicht bei den Stufen der Turmuhr warteten, würde Angela sie umbringen.

»Ist das klar?«

»Ja, Mum«, sagte Matthew.

»Danke, Mrs. Morris«, stotterte Henry.

»Heil Hitler«, murmelte Georgina.

Angela hatte düstere Vorahnungen noch bevor sie ins Auto stiegen: Wenn sie nur ins Kino wollten, warum war Georgina dann aufgedonnert wie für eine Nebenrolle in einem Film über jugendliche Prostituierte? »An deiner Stelle würde ich eine Strickjacke mitnehmen, Georgina. Es könnte später kühl werden«, sagte Angela in ihrer besten Zeltpflock-und-Trosse-Stimme. Und Georgina, das sei zu ihrer Verteidigung gesagt, band sich sofort eine Jeansjacke um die nicht vorhandenen Hüften. Sie gehorchte nicht, sie wollte Angela nur keinen Anlass geben, die Fahrt abzublasen.

Angela fuhr vorsichtig. »Können wir Musik anmachen?« Das Radio war auf Classic FM eingestellt. Wie auf Stichwort stöhnten alle. Teenager sind so vorhersehbar. Sie versicherte sich, dass alle angeschnallt waren. »Schnallt euch an, hört ihr, SCHNALLT EUCH BITTE AN.« Ein Hauch von Hysterie lag in ihrer Stimme. Auf die Kinder anderer Leute aufzupassen war eine große Verantwortung.

Sie setzte Matthew, Henry und Georgina an der Ampel ab. »Und ihr habt Omas Nummer?« – »Ja, ja.« Ihr war mulmig, als sie davonfuhr. Vielleicht hätte sie Mrs. Metcalf um Erlaubnis fragen sollen, ach was, zusammen waren sie sechsundvierzig Jahre alt.

»Mach nicht so ein düsteres Gesicht, Süße.« Sie versuchte Lucys Knie zu drücken.

»Lass mich.«

Ihre Eltern wirkten zerbrechlicher als beim letzten Mal. Sie musste unwillkürlich daran denken, dass es nicht mehr lange dauern würde, bis alles – der Bungalow, die Möbel und das Gutshaus – ihr gehörten. Na ja, nicht alles. Angela hatte zwei Brüder.

»Wollen wir uns die Enten ansehen, Kindchen?« fragte Angelas Mutter Lucy.

»Du machst wohl Witze«, antwortete das Mädchen mit den flachsblonden Zöpfen

Angela fühlte sich schwach. Das war Georginas Einfluss. Lucy war besessen. Zum Glück hatte ihre Mutter nichts gehört. »Was sagst du, Kindchen?« Sie war mit einem Glas Rote Beete beschäftigt.

Lucy sah ihre Mutter an und antwortete mit der Begeisterung einer Angela-Brazil-Heldin. »Oja Omi, das wäre supertoll.«

Und so gingen sie zum Dorfteich und Lucy spielte die

brave Enkelin und warf den »Quack-Quack-Enten« alte Brotkrusten hin. Sie übertrieb etwas: »Oh, Mami, krieg ich ein Eis? Ach bitte, sag ja.«

»Warte nur, bis du wieder im Auto sitzt, junge Dame«, zischte Angela, als Lucy zurückgehüpft kam.

»O danke, liebste Mami, du bist die beste Mami auf der Welt.«

Die Temperatur war auf fast dreißig Grad geklettert, doch Angelas Mutter hatte eine »schöne, warme Mahlzeit« gekocht. Als sie sah, wie ihre Mutter mit knorrigen Händen das Gemüse servierte, fühlte Angela sich schuldig: Das Hemd ihres Vaters stand offen, und obwohl er sonnengebräunt war, konnte man die violette Narbe seines dreifachen Bypass sehen. Gott, o Gott, o Gott. Sie trank ein halbes Glas süßen deutschen Weißwein.

»Darf ich auch etwas?«

»Nein, Lucy.«

»Möchtest du eine Limonade, Liebling?«

»Au ja, Omi, ein feinesss Glasss Braussse. Krieg ich einen Ssstrohhalm?«, lispelte Lucy und klatschte in die Hände wie eine aufgedrehte Dreijährige. Sie trieb es wirklich zu weit. Angela verpasste ihr unter dem Tisch einen Tritt.

»Au«, winselte die Großmutter.

Um zwanzig vor neun brachen sie auf. »Was zum Teufel sollte das, Lucy?«

»Nichtsss. Ich weisss nicht, wasss du meinssst.« Angela war Sprachtherapeutin. Sie legte Wert auf Knacklaute. Lucy sollte im nächsten September auf dieselbe Mädchenschule gehen wie Georgina. Angela hegte ernste Zweifel: Wenn dort alle wurden wie Georgina, wollte sie die Schulgebühren zurück. Sie hielten auf dem Tesco-Parkplatz und gingen zum Treffpunkt.

Am Busbahnhof hatte sich eine kleine Menschenmenge angesammelt. Instinktiv fing Angela an zu laufen. Nach der üppigen Mahlzeit spannten ihre kurzen Hosen über dem Hintern: Sie sah aus wie ein joggendes Sofa. Am Kantstein saß ein Junge und stützte den Kopf in die Hände, von seinem Kinn tropfte Blut. Ein Motorrad war umgekippt, das Rücklicht war kaputt, und mitten auf der Straße lag Georgina und sah aus wie ein moderner Degas mit nur einem Bein: Das andere lag abgewinkelt unter ihrem Körper. Ihre Augen waren geschlossen und Matthew kniete über ihr. Henry schrie den Jungen am Kantstein an: »Du verdammter Idiot. Wenn du meine Schwester umgebracht hast, kannst du was erleben.« Sein Stottern war vollkommen verschwunden. Interessant, dachte Angela, immer im Dienst. Dann: »Was zum Teufel geht hier vor?« Angela war geschult und benutzte ihr Diaphragma als Resonanzboden – ganz zu schweigen von den Marktbuden, man hätte sie in Cornwall hören können: Angela hätte den Jungen mit dem aufgeschlagenen Kinn allein durch die Kraft ihrer Stimmbänder in Stücke reißen können. Er weinte: »Sie hat mich gefragt. Ich hab gesagt, ich hab keinen Führerschein. Sie hat gesagt, ich soll schneller fahren.« Es dauerte nicht lange, bis Angela begriff, dass er sie nicht angefahren hatte. Georgina hatte hinten draufgesessen. »OHNE HELM?« bellte Angela. »WIE KANNST DU NUR SO BLÖD SEIN!« Das reichte. Lucy würde auf die öffentliche Schule gehen. Sie wollte verdammt sein, wenn sie ihr Kind für zwei Tausender im Jahr auf eine Schule schickte, wo die Mädchen nicht nur zu Ludern, sondern auch noch zu dummen Ludern heranwuchsen.

In diesem Moment tauchte ein Krankenwagen auf. Henry stieg mit Georgina und dem Jungen mit dem aufgeschlagenen Kinn ein. Angela beschloss, mit dem Auto hinterherzufahren. Sie hatte keine Lust, Georginas Händchen zu halten. Am liebsten hätte sie dem Mädchen auch noch das andere Bein gebrochen. Lucy und Matthew folgten ihrer Mutter zurück zum Parkplatz. Lucy war bester Dinge. Jetzt, wo jemand anders den schwarzen Peter gezogen hatte, sprach sie auch wieder mit normaler Stimme. Hätte Angela es bemerkt, wäre sie erleichtert gewesen. Was zum Teufel würde Jo Metcalf dazu sagen? Ihr Mann Nigel war Anwalt. Würde er sie vielleicht verklagen? Damit wären die Schulgebühren futsch. Beide würden auf öffentliche Schulen gehen müssen.

Ein Lieferwagen versperrte ihnen die Ausfahrt. Angela fluchte normalerweise nicht, doch diesmal machte sie eine Ausnahme und ein Schwall angelsächsischer Schimpfwörter ergoss sich aus ihrem Mund und ein zarter Speichelfilm überzog das Innere der Windschutzscheibe.

Als sie im Krankenhaus ankamen, war Georgina schon geröntgt worden. Der Junge mit dem Motorrad saß noch in der Notaufnahme und blutete in einen Eimer. »Wie geht es ihr?« fragte Angela Henry. »Hast du mit eurer Mutter gesprochen?«

»N-nein, äh ...« Offenbar hatte Georgina ihr Handy verloren.

»Ich glaube, sie hat es im Kino vergessen. Wir waren bei McDonalds und sie ...« versuchte Matthew zu erklären.

»McDonalds! Aber der Film sollte doch erst um acht Uhr fünfundfünfzig aus sein. Was habt ihr da gemacht?«

»Wir wurden rausgeschmissen«, gab Henry zu. »Da waren diese Jungs und n-n-n-na ja ... es geriet etwas außer K-k-kontrolle, und dann ist Georgina auf das Motorrad gestiegen und ...«

»Ja, nun, ich glaube, wir sollten eure Eltern informieren«,

und Angela schleppte Henry zum Münztelefon am Ende des Flurs. Umsonst, sie kamen nicht durch: Anna hatte bei ihrem Tobsuchtsanfall früher am selben Tag Jo den Apparat im Schlafzimmer an den Schädel geworfen und seither war die Leitung besetzt.

Sie versuchten es weiter, aber es kam nur das Besetztzeichen.

Um elf waren sie wieder in *The Orchards*. Angela musste die schlafende Lucy aus dem Auto heben. Dann schickte sie alle sofort schlafen.

»Können wir noch einen Toast haben?«

»Macht, dass ihr ins Bett kommt«, knurrte sie.

Angela war so müde, dass sie versehentlich das Gästebuch vom Telefontisch stieß, als sic ein letztes Mal vergeblich versuchte, Jo zu erreichen. Während sie sich nach dem roten Kunstlederbuch bückte, fiel ihr Blick auf einen Eintrag von Georgina. »Scheißlangweilig.« Also wirklich, dachte Angela und sah sich »Ich bin ein kleines Monster« auf den jungfräulichen weißen Gips schreiben, in dem Georginas Bein steckte.

63

Zum Bersten voll

Die Leute spüren es, wenn man sich herumgetrieben hat. Sie riechen es. Böses Mädchen, böses Mädchen.

Ich hatte nicht mehr genug Geld für ein Taxi. Ich hätte sein Portemonnaie klauen sollen. Stattdessen musste ich auf den Bus warten. Um mich herum sammelten sich normale Leute auf dem Weg zur Arbeit. Es war ein herrlicher Morgen, doch ich wusste, dass mein Make-up eine Kruste an den Ohren bildete, und ich wünschte, ich hätte eine Sonnenbrille dabeigehabt. Ich hatte nicht einmal genug Geld für ein Päckchen Nurofen. Der Kater hatte noch nicht zugeschlagen, aber er lauerte: trockene Augen, steife Glieder. In einem Hauseingang hinter der Bushaltestelle schlief jemand in einem schmuddeligen hellblauen Schlafsack, eine schnarchende Glatze. Ich war versucht, mich danebenzulegen. Ich war völlig übermüdet. Bei Jo würde ich mir drei Eier braten und dazu Bohnen und Toast mit dick Butter essen. Ich hatte einen Bärenhunger.

Die Nummer einhunderteinundsiebzig kam und ich stieg ein. Das Oberdeck war fast leer. Es war ein perfekter Sommertag und die Sonne schien hell wie Säure, während wir über den Fluss Richtung Süden gondelten, Sehenswürdigkeiten links, Sehenswürdigkeiten rechts. Die ganze Architektur, die ganze Mühe. Allein der Anblick war ermüdend. Das National Theatre, das Hayward, das alberne neue Kino, das nur 3-D-Filme über Affen und Fische zeigt. Ich nickte kurz ein. Als ich aufwachte, umkreisten wir Elephant and Castle und ich hatte mir auf die Schulter gesabbert. Ich war noch sie so hungrig gewesen. Hoffentlich war Speck im Kühlschrank. Ich sah mein Frühstück im Geiste vor mir: Eier, Speck und Bohnen. Ich fügte noch dicke gegrillte Pilze hinzu – lecker – und Tomatenketchup – schmecker. Ich versuchte mich darauf zu konzentrieren, was ich essen würde, um mich von meiner Blase abzulenken, die aus allen Nähten platzte. Da der Bus noch recht leer war, konnte ich die Hand zwischen die Beine pressen wie eine Fünfjährige.

Schließlich erreichten wir meine Haltestelle und ich humpelte den Berg hinauf. Der Urin rann zwischen meinen Fingern hindurch. Auf der anderen Straßenseite war ein Durchgang zum Kirchhof, wo die Penner ihre Tennent's-Frühschoppen veranstalten. Ich lief hinein. Mit jedem Schritt verlor ich mehr Flüssigkeit. Als ich endlich meine Hose runterziehen konnte, war sie durchnässt. Ich lehnte mich an die Wand und ließ es heraus, einen großen, gelben schäumenden See, der um Georginas Schuhe wogte. In diesem Moment kam ein Hund um die Ecke und schnüffelte neugierig an der Pfütze. Es war entwürdigend. Ich war erleichtert, als ich aufstehen konnte, und tat, als sei nichts geschehen. Vielleicht würde ich nach dem Frühstück ein Bad nehmen.

Den Saab konnte ich nicht sehen, doch Jos Auto stand noch vor dem Haus. Mist. Ich hatte mehr oder weniger damit gerechnet, dass beide bei der Arbeit waren. Ich wollte keine Szene, bevor ich etwas gegessen hatte. Ich esse nicht gern in ihrer Gegenwart, sie legen Wert auf Besteck und darauf, dass man den Mund beim Kauen schließt. »Denk an deine Manieren, Anna, wir sind doch keine Wilden.« Ich suchte nach Ausreden, doch mir fehlte die Kraft. »Anna, Anna, wo warst du nur?« – »Ich war zu Besuch bei der Königin!« Ach was. Ich würde ihnen die Wahrheit sagen, das würde ihnen die Sprache verschlagen. Manchmal ist Ehrlichkeit die beste Taktik.

Andererseits, dachte ich, während ich das Tor öffnete, vielleicht würde sie gar nicht fragen. Eine Sekunde lang fühlte ich mich wie ein Teenager, der fürchtet, diesmal zu weit gegangen zu sein. Dann fiel mir wieder ein, dass ich erwachsen bin, ich kann tun, was ich will. Sie können mir schließlich nicht das Taschengeld streichen. Allerdings bin ich finanziell etwas knapp. Chris schickt mir ein Almosen, und wenn ich nichts mehr habe, bitte ich bei der Bank persönlich um eine Auszahlung von unserem gemeinsamen Konto. Ist das nicht demütigend? Kein Wunder, dass ich Geld aus Jos Portemonnaie, Nigels Innentaschen und Henrys Strumpffach klaue. Letzte Woche habe ich einen Fünfer aus Sues Plastikportemonnaie genommen. Man muss die Unterschicht kurz halten, sage ich immer.

Die Haustür war zweimal abgeschlossen. Das war merkwürdig. Ich schloss auf und ging hinein. Es war völlig still. »Hallo.« Ich rannte, um die Alarmanlage auszuschalten. Man muss schnell sein, die Nummern eingeben, bevor die Sirene losgeht. »Hallooo.« Wieder keine Antwort. Vielleicht hatte ich Glück. Vielleicht war in meiner Abwesenheit ein Mörder eingestiegen und hatte sie im Schlaf erstochen. Wenn ja, würde ich ein paar Stunden verstreichen lassen, bevor ich die Polizei rief: Ich brauchte Ruhe.

Die Kaffeebecher auf dem Küchentisch waren noch warm. Vor kurzem waren sie also noch am Leben gewesen und hatten Gold Blend getrunken. Unter einem Marmeladenglas lag eine Nachricht: »Sind in Devon, Georgina verletzt, rufen an.«

Ich warf die nassen Sachen in die Wäsche und zog summend ein altes T-Shirt von Nigel an, dann ging ich wieder in die Küche, um mir ein Festmahl zu bereiten. Manchmal gibt es nichts Schöneres, als allein zu sein. Auf dem Tisch lag ein Zwanzig-Pfund-Schein für die Putze, doch ich beschloss, sie anzurufen und ihr zu sagen, dass sie erst nächste Woche wieder zu kommen brauchte.

»Hallo Sue, hier ist Anna. Jo hat mich gebeten, Sie anzurufen und Ihnen zu sagen, dass Sie in den nächsten Tagen nicht zu kommen brauchen. Sie und Nigel sind übers Wochenende aufs Land gefahren.«

»Das hat sie mir gar nicht erzählt.« (Freches Biest.)

»Nein, es kam ganz überraschend.«

»Soll ich nicht trotzdem kommen?« (Du kannst mich mal.)

»Nein, sie lassen den Flur streichen, Sie würden nur Ihre Zeit verschwenden.«

»Aber sie hat mir nichts davon gesagt.« (Na und?)

»Warum sollte sie auch. Es geht Sie einen feuchten Dreck an.«

»Aber...«

»Nichts aber, bleiben Sie einfach zu Hause.«

Dann legte ich auf. Ich war unschlüssig, ob ich von dem Zwanziger eine Flasche guten Champagner oder drei Flaschen anständigen Wein kaufen sollte, doch da mein Motto dieser Tage lautet: Quantität geht über Qualität, wusste ich im Grunde, wie meine Wahl ausfallen würde.

Es waren nur noch zwei Eier da, was mich leicht verstimmte, doch ich fand vier Scheiben Frühstücksspeck und eine Dose zuckerfreie Bohnen (Georginas – man furzt davon trotzdem) und, Freude über Freude, ein kaltes Würstchen. Das aß ich, während ich den Rest zubereitete. Ich gab mir Mühe: brutzelnder Speck, der Grill auf Höchststufe, heiße Milch für den Kaffee – ich war so aufgeregt, dass ich schon wieder pinkeln musste. Als endlich alles fertig war und ich mich mit Messer und Gabel an den Tisch setzte, klingelte das Telefon. Ich ließ den Anrufbeantworter anspringen. Es war Jo.

»Wir sind auf der Autobahn. Oh, Anna, Georgina ist verletzt, sie liegt im Krankenhaus, ein Motorradunfall. Bitte kümmer dich ums Haus, sei vorsichtig, mach keine Dummheiten.«

In diesem Moment fiel mir ein, dass ich die Pfanne auf dem Herd vergessen hatte. Ha. Ich schnitt ein Stück Bacon ab, schob es auf eine Ecke Toast mit Bohnen und dippte alles ins weiche Eigelb. Ahhh, köstlich.

64

Der Sieben-Uhr-Anruf

Um sechs Uhr stand ich auf und sah noch einmal in ihr Zimmer, albern eigentlich: Als hätte sie sich durch die Katzenklappe zwängen können. Sie war natürlich nicht da. Ich hob ein paar Sachen vom Boden auf: das Telefon, eine Flasche Lea and Perrins. Ich fragte mich kurz, ob ich die Polizei rufen sollte, doch das war Unsinn: Einundvierzigjährige Frauen dürfen über Nacht fortbleiben und es ging ihr bestimmt gut. Anna war immer auf den Füßen gelandet, während wir Normalsterblichen Laufmaschen kriegen und über unebenes Straßenpflaster stolpern, kann Anna Speck braten, ohne Fettspritzer auf ihre Seidenbluse zu bekommen. Andererseits, dachte ich, hat ihr Glücksstern sie seit einiger Zeit verlassen. Was, wenn ihr etwas zugestoßen war? Was, wenn sie überfahren worden war und mit Gedächtnisschwund im Krankenhaus lag – und für eine Sekunde wurde mir klar, was für ein Segen diese Möglichkeit wäre. Ich ging nach unten, um die Waschmaschine anzustellen. Seit die Kinder fort waren, gab es kaum schmutzige Wäsche, eigentlich nur Unterwäsche – meine großen, praktischen Damenschlüpfer und Nigels marineblaue Jockeys. Ich stellte den Sparwaschgang ein und wünschte, sie wären hier, und noch mehr, ich wäre dort. Nur wegen der verdammten Anna machten wir keinen Sommerurlaub. Ich war so sauer, dass ich eine große Schale Müsli und zwei Scheiben Toast mit massenhaft Butter aß, und mit jedem Bissen hasste ich sie mehr.

Früher hatte ich nettere Freundinnen, normale Frauen. Sie war schon immer ein Unruhestifter.

Um sieben klingelte das Telefon. Die Verbindung war schlecht, und ich wusste, es sind schlechte Nachrichten. Niemand ruft normalerweise um diese Zeit an. Ich dachte sofort, dass meiner Mutter oder meinem Vater etwas zugestoßen war, und das schlechte Gewissen, sie diesen Sommer nicht besucht zu haben, traf mich im Solarplexus. Doch als ich das Piepen hörte, wusste ich, dass jemand von einem Münztelefon aus anrief. Anna, dachte ich, aber es war Angela Morris und sie klang aufgelöst. »Jo, hier ist Angela, regen Sie sich nicht auf, es geht ihnen gut. Es geht um Georgina, sie liegt im Krankenhaus – seit gestern Abend. Sie wird wieder gesund, aber sie hat eine leichte Gehirnerschütterung und ein gebrochenes Bein. Wir hatten keine Ahnung. Sie ist bei einem Jungen auf dem Moped mitgefahren, ich hatte keine Ahnung. O Jo, es tut mir so Leid, wenn es nur eines von meinen gewesen wäre. O Gott, was für ein Albtraum.« Und das war es, es war ein Albtraum.

Um halb acht hatte ich Nigel aufgeweckt, geduscht, eine Reisetasche gepackt und Kekse, Äpfel und ein Dreierpack Ananassaft in eine Plastiktüte geworfen. Es ist eine lange Fahrt nach Devon. Ich überlegte, ob ich Pralinen einpacken sollte, doch es kam mir unter diesen Umständen frivol vor und ich entschied mich stattdessen für ziemlich ungenießbare Lutschbonbons: Es schien angemessener, praktischer. In Notfällen muss man praktisch denken.

Ich bin zu nichts zu gebrauchen, wenn mein Zuckerpegel sinkt, und wenn ich Straßenkarten lese, muss ich meine fünf

Sinne beisammenhaben. Nigel verwandelt sich am Steuer in ein Klischee und ich werde zu einer stammelnden Idiotin, wenn es um Autobahnausfahrten geht, obwohl ich eigentlich einen hervorragenden Orientierungssinn habe. Ich hatte den Namen des Krankenhauses auf die Rückseite eines Umschlags geschrieben.

Nigel sagte dauernd: »Wir verklagen sie. Lächerlich.« Er hatte keine Zeit gehabt, sich richtig zu rasieren, und an seinem Kinn klebten blutige Klopapierfetzen. Ich hinterließ Anna eine Nachricht – ich weiß nicht, warum – und etwas Geld für Sue. Ich versuchte nicht zu weinen.

Nigel fuhr mit zusammengepressten Lippen und sah aus wie eine Oma mit Stecknadeln im Mund. Er war wütender als ich. Dann fiel mir ein, dass er dasselbe schon einmal durchgemacht hatte, als seine Schwester vom Pferd gefallen war, und man erst dachte, es sei nichts Ernstes und sie würde »bald wieder zu sich kommen«, und während seine Mutter in die Kantine ging, um etwas Warmes zu trinken zu holen, starb sie. Als sie aus dem Krankenhaus nach Hause kamen, lag im Badezimmer noch das Handtuch, mit dem sie sich am Morgen abgetrocknet hatte. Es war furchtbar, dass ich die Sache mit Elizabeth vergessen hatte, und alles was ich tun konnte, war die Hand auf sein Knie zu legen und ihm zu versprechen, dass alles gut würde. Mir fiel nichts Besseres ein.

Viele Leute schienen in den Urlaub zu fahren: Autos voller Koffer und Sonnenschirme – das Leben geht weiter. Wir durchleben unsere persönlichen Dramen, aber alles andere geht normal weiter, ich stellte also das Radio an und Zoe Ball trällerte ein Liedchen. Nigel sagte nichts, er kaute nur an den Fingernägeln. Wenn Henry das tut, schreit er ihn an. Ich saß einfach da und vergewisserte mich, dass ich den Umschlag mit dem Namen und der Adresse des Krankenhauses hatte, und hasste mich dafür, dass ich sie fortgelassen hatte, und hasste Anna, weil es ihre Schuld war.

Ich telefonierte mehrmals von der Autobahn aus. Sie ging nicht ran, ich wusste nicht, was ich tun sollte. Jeder Atemzug fiel mir schwer, als bräuchte mein Körper seine ganze Kraft, um zu Georgina zu gelangen. Ein Stein drückte mir aufs Herz und ich wünschte, ich hätte sie diesen Sommer nicht so oft angeschrien. Diese albernen Streitereien: um Make-up, das Bauchnabelpiercing, die Lügen über den schwarzen Jungen – all das war ohne Bedeutung. Ich wollte zu ihr und sie in die Arme schließen und nie wieder gehen lassen. Liebe bedeutet Leiden. Es gibt so viele Schreckgespenster, wenn man eine Familie hat.

Georgina war noch nie im Krankenhaus gewesen. Wenn ich drüber nachdenke, war sie noch nie ernsthaft krank. Einmal musste ich mit ihr zur Ambulanz, weil sie sich eine getrocknete Erbse in die Nase gesteckt hatte und meine Nägel nicht lang genug waren, um sie herauszuholen, aber nichts Ernstes. Georgina kann mit Schmerz nicht umgehen: Als sie ihre Tage bekam, legte sie sich drei Tage mit einer Wärmflasche ins Bett. Abgesehen von Husten und Erkältungen ist sie selten krank und wenn, tut sie meisten nur so. Georginas schwache »Camille«-Darstellungen überschneiden sich in der Regel mit Französischtests und Geländelauf. Henry ist dagegen ständig krank: Er hat's mit den Nebenhöhlen, seine Zähne erfordern ständige Aufmerksamkeit und ich bin schon mehrmals mit ihm beim Hautspezialisten gewesen. Armer Henry – er hat es nicht leicht, das Leben hat es auf ihn abgesehen: Er hat sich schon den Arm, einen Zeh und das Handgelenk gebrochen. Als ich Anna gegenüber neulich Henrys Handgelenk erwähnte, sagte sie: »Wahrscheinlich hat er es sich beim Wichsen gebrochen.« Ich war so sauer, die Bemerkung war so überflüssig. Zicke, Zicke, Zicke! Ganz ruhig, Jo. Meine Finger waren so verkrampft, dass ich aussah, als hätte ich Lepra – ganz ruhig.

Gloria wurde vom Auto überfahren und Elizabeth wurde auf offener Straße gefunden. Wir können nicht noch ein Familienmitglied auf diese Weise verlieren, das wäre nicht fair. Der Blitz trifft nicht dreimal dasselbe Haus. Mir wäre es lieber, wir sterben alle zusammen. Wie verkraften Eltern den Tod eines Kindes? Nigels Eltern sind nie darüber hinweggekommen, das weiß ich. Für einen Moment stellte ich mir Weihnachten ohne Georgina vor, ohne das enttäuschte Gesicht, wenn sie ein Geschenk öffnet, das sie sich nicht gewünscht hat. »Büchergutscheine.« – »O Gott, doch keine Slipper.« Einmal kaufte ich ihr Taschentücher mit ihren Initialen, nur zum Spaß. Sie war wie vom Donner gerührt, bis sie merkte, dass es ein Scherz war. Im Moment würde ich ihr jede Haarfarbe der Welt kaufen, ich würde ihre Hand halten, wenn sie sich die Zunge piercen lässt, wenn sie nur am Leben bleibt, um weiter finster dreinzublicken, verächtlich zu schnauben und mit den Türen zu knallen. Es wäre mir egal, ob sie jemals einen Schulabschluss schafft.

Gelegentlich muss man daran erinnert werden, wie sehr man seine Kinder liebt. Von nun an wird meine Familie Vorrang haben. Ich werde die Cunninghams aus meinem Leben entfernen wie die Warzen von meinen Händen. Das hatte ich vergessen. Mit fünfzehn hatte ich Warzen, große Warzen. Wir versuchten alles: rieben sie mit gelber Salbe ein, vergruben Fleischstücke im Garten – vergeblich. Am Ende ließ ich sie herausschneiden. Ich habe sie nie vermisst. So wird es auch mit den Cunninghams sein.

Der gestrige Abend schien schon so lange her.

65

Dinner in Devon

Kurz nach der Mittagszeit erreichten die Metcalfs das Krankenhaus in Totnes. Eine Radarfalle hatte Nigel mit hundert auf der A385 geblitzt. Na und?

Georgina war auf der Kinderstation. Am anderen Ende des Zimmers versuchte ein weiblicher Clown, die kleineren Kinder aufzumuntern. Einige weinten und der Clown wirkte schlecht gelaunt. »Hört ihr wohl auf rumzuheulen, haltet endlich die Klappe.« Die weiß-rote Clownschminke um den Mund war verschmiert, so dass sie aussah, als hätte sie kürzlich einem kleinen Waldtier den Kopf abgebissen. Georgina lag im Eckbett an der Tür.

»Ihr müsst mich hier rausholen. Ich rechne jeden Moment damit, dass Gaby Roslin auftaucht«, war das Erste, was sie sagte. Sie hatte nur eine leichte Gehirnerschütterung. Georgina war wieder ihr altes oberflächliches, egoistisches Selbst. Ihre Eltern waren erleichtert: Bestimmt konnte Georgina das Krankenhaus verlassen. Die Ärzte gaben grünes Licht und die Schwestern waren froh, sie von hinten zu sehen. Das Mädchen war von Anfang an eine Plage gewesen: verlangte Pret-A-Manger-Sandwiches, kleckerte Nagellack auf die Bettwäsche, rief den Krankenhaus-DJ an und beschimpfte ihn als Wichser. »Ja, Mr. und Mrs. Metcalf, selbstverständlich dürfen Sie Ihre Tochter mitnehmen.«

In diesem Moment kam Angela Morris. Sie war sehr nervös und zerknirscht. Sie wollte nichts davon hören, dass sie direkt nach London zurückfahren wollten, sie sollten doch zum Abendessen bleiben und in *The Orchards* übernachten. Georginas Sachen waren sowieso noch im Gutshaus und Henry war natürlich auch da. Plötzlich hatte Jo große Sehnsucht nach Henry. »Na gut. Aber wir wollen Ihnen keine Umstände machen.«

»Ehrlich«, erwiderte Angela, das Gesicht vor Aufrichtigkeit verzerrt, »mir ist das alles so unangenehm, ich würde mich besser fühlen, wenn ich Ihnen wenigstens etwas zu essen anbieten könnte.«

Die Metcalfs folgten dem BMW der Morris'. In der halben Stunde, die sie bis *The Orchards* brauchten, fragten Jo und Nigel Georgina über ihre Ferien aus.

»Es war die Hölle auf Erden. Angela Morris ist eine blöde Kuh!« Georgina hatte die Beine auf dem Rücksitz ausgestreckt und lehnte mit dem Rücken an der linken Autotür. »Sie mussten meine Lieblingsjeans zerschneiden, Mum. Ich bin stinksauer.«

»Keine Sorge, Liebes, wir kaufen dir eine neue.« Jetzt trug Georgina eine von Matthews Tarnhosen.

»Dieser Matthew ist so ein Idiot. Er stinkt nach Schweiß und läuft rot an, wenn er lacht, der Spinner.«

»Wie ist das Mädchen so?«

»Eine Nervensäge. Mum, ich habe mein Handy verloren. Es war sowieso Kacke – kann ich eines von diesen ganz kleinen bekommen, auf denen man Internet bekommt?«

»Mal sehen, Süße.« Jo hatte nicht die Absicht, Georgina ein teures neues Handy zu kaufen, aber sie erwischte Nigel dabei, wie er seiner Tochter im Rückspiegel zuzwinkerte. Sie konnte ihn um den kleinen Finger wickeln. Plötzlich war Jo müde. Sie hatte Kopfschmerzen. »Hast du die Nummer sperren lassen?«

»O ja, Mum, das war natürlich das Erste, woran ich gedacht habe, als ich aus dem Koma erwacht bin.«

»Du warst nicht im Koma, Liebes.«

»Als ob dich das interessiert.«

»Okay, Schluss jetzt.« Irgendetwas lief hier falsch.

Wenigstens war das Wetter gut. Plötzlich bog Angela Morris von der Hauptstraße auf einen Privatweg ab und sie holperten hinterher, bis das Gutshaus in Sicht kam. »Wie reizend«, sagte Jo und plötzlich entdeckte sie Henry. Er wirkte größer. »Mum, Dad«, und er ließ einen Tennisschläger fallen und rannte ihnen entgegen, na bitte, es ging doch.

Es ist schwierig irgendwo anzukommen, wenn es noch zu früh für Alkohol ist: Drei Uhr ist zu spät für einen Drink zum Mittagessen und zu früh für einen abendlichen Aperitif. Sie würden ein paar Stunden Tee trinken und Ingwerplätzchen essen und höflich Konversation machen müssen.

»Mein Mann kommt heute Abend nach Hause. Er arbeitet in London, doch am Wochenende kommt er gern zurück.« Nigel ging mit den Jungs spazieren, Lucy malte mit Filzstiften Cartoons auf Georginas Gips, während Angela und Jo in der Küche plauderten. Angela erwähnte, dass *The Orchards* ihren Eltern gehörte, doch sie verschwieg, dass es meistens vermietet war. Ebenso wenig ließ Jo sich anmerken, was sie wirklich von Georgina hielt. »Ein hübsches Mädchen.« Jo zog ein wenig über Anna her, ließ aber die unappetitlichen Einzelheiten weg. »Traurige Geschichte.« Vier Becher Earl-Grey-Tee später hatte Jo ihre Fehlgeburt gebeichtet und Angela hatte gestanden, in ihrer Jugend unter Essstörungen gelitten zu haben. Jo gefiel, dass Angela zu ihrem dicken, in unvorteilhafte Khakishorts gezwängten

Hintern stand, und Angela gefiel, dass Jo einfach aufstand und anfing, Kartoffeln zu schälen, als das Gespräch aufs Abendessen kam. Zusammen hörten sie die Archers. Keine von ihnen hatte etwas für Ruth übrig. Dann fragte Jo, ob sie mal telefonieren dürfe, und Angela sagte, natürlich, im Wohnzimmer.

Jo war überrascht, dass sie Kleingeld zum Telefonieren brauchte, aber sie hatte ein paar Zwanzig-Cent-Stücke im Portemonnaie. Sie wählte ihre eigene Nummer. Br, brrr, br, brrr. Anna ging nicht ran. Jo hörte ihre eigene Stimme: »Tut uns Leid, im Moment ist niemand da, um Ihren Anruf entgegenzunehmen, bitte hinterlassen Sie Namen und Nummer und wir rufen zurück.« – »Anna, Anna, ich bin's, Jo. Wo bist du?« Sie versuchte es mehrere Male, dann fiel ihr Sue ein. Es war ein Freitag, Sue musste zum Putzen da gewesen sein. Sie wählte ihre Nummer, Sue ging sofort ran. Sie wohnte ja auch in einer sehr kleinen Wohnung. »Sue, hier ist Jo. War Anna zu Hause, als Sie heute da waren?«

»Ich war nicht da.«

»Wie bitte?«

»Ich bin heute nicht da gewesen.«

»Aber es ist Freitag. Sind Sie krank?«

Es piepte. Jo stopfte vierzig Pence in den Schlitz.

»Sie sagte, Sie renovieren – unmissverständlich. Sie wissen ja, wie sie ist, Mrs. Metcalf, man kann nicht mit ihr diskutieren. Wo sind Sie? Sind Sie nicht zu Hause?«

»Nein, wir sind in Devon.«

»Ja, natürlich. Sie sagte, Sie fahren übers Wochenende weg. Haben Sie es nett?«

Piep, piep, piep.

»Ja, Sue.« Die Verbindung wurde unterbrochen. Jo war übel. Was hatte Anna vor?

Angela machte ein Hühnchen. »Bratkartoffeln oder Püree?« fragte sie.

»Äh, Bratkartoffeln.« Ach was, sie konnte jetzt sowieso nichts ändern.

Grant kam mit dem Taxi vom Bahnhof. Er war sehr groß und hatte eine Glatze.

»Und was machen Sie so, Grant?« fragte Jo.

»Ich bin Gynäkologe«, antwortete er, als sei es eine ganz normale Beschäftigung für einen erwachsenen Mann, das fleischige Innenleben fremder Frauen zu untersuchen, während sie zurückgelehnt die gänsehäutigen Beine spreizen.

»Ach herrje«, sagte Jo und fragte sich, ob er ihr ansah, dass sie dringend einen Abstrich machen lassen musste.

Grant zerlegte das Hühnchen. Er arbeitete sehr präzise, fast zärtlich. Jo ertappte sich bei der Frage, wie er wohl im Bett war. Die Morris' waren körperliche Gegensätze: Angela klein und mopsartig, Grant lang und dünn und spitz wie ein Windhund. Die Kinder wirkten nett: unkompliziert, heterosexuell und arglos. Es war fast wie Urlaub, obwohl Jo Anna nicht aus dem Kopf ging, ein vages Gefühl der Unruhe, als könne man sich nicht erinnern, ob man das Badezimmerfenster geschlossen hat, bevor man aus dem Haus gegangen ist. Sie entschuldigte sich ein paar Mal und versuchte erneut, zu Hause anzurufen. Vergeblich, entweder war Anna von ihrem nächtlichen Streifzug nicht zurückgekehrt oder sie ging einfach nicht ans Telefon. Warum nicht? Jo trank noch ein Glas Wein, um die Sorgen zu vertreiben, und war plötzlich fasziniert von Grants langen, weißen Fingern, die eine Orange teilten. Sie musste wirklich einen Abstrich machen lassen. Sie kam in ein Alter, wo man diese Dinge ernst nehmen musste. Ob Grant Angela persönlich untersuchte? Zu Hause mit einer Taschenlampe?

Jo merkte, dass sie Gefahr lief, zu viel zu trinken und goss sich Wasser ein. Sie wollte sich nicht verplappern. Sie wollte nicht, dass die ganze Anna-Saga herauskam. Es war zu anstrengend. Nigel schien sich zu amüsieren. Er hatte diesen selbstzufriedenen Gesichtsausdruck, den Männer bekommen, wenn andere Männer sich aufrichtig für ihren Job interessieren.

Grant und Nigel redeten viel. Das Einzige, was sie aussparten, war Grants Beruf, schließlich aßen sie noch. Heimlich war Nigel fasziniert: Wie viele verschiedene Vaginas hatte dieser Mann gesehen? Fühlten sie sich alle anders an? Waren manche wesentlich größer als andere? Wie waren orientalische im Vergleich zu, sagen wir, nigerianischen? Was war das Komischste, was er je in einer Möse gefunden hatte? Roch er hinterher jemals an seinen Fingern?

Nigel merkte, dass er besser Jos Beispiel folgen und auf Wasser umsteigen sollte.

66

Und dann

Nachdem ich gefrühstückt hatte, ging es mir hundeelend. Vielleicht war es die fünfte Scheibe Toast. Ich hatte entsetzliche Verdauungsprobleme: Rülps, furz, Pardon! Jedes Mal wenn ich aufstieß, konnte ich die Bohnen riechen. Ich war so voll, dass ich kaum gehen konnte, aber da ich entschlossen war, ein Bad zu nehmen, schleppte ich mich keuchend wie ein alter Zug am Geländer die Treppe hoch.

Die Waage in Jos und Nigels Badezimmer reizte mich, doch ich ahnte, dass sie etwa zweihundert Kilo anzeigen würde und widerstand der Versuchung. Ich drehte die Wasserhähne auf und wühlte in Jos Karton nach ihrem teuren Schaumbad. Als ich mich hinkniete, furzte ich dramatisch und machte mir dabei etwas in die Hose. »Hoppla.« Das Johanniskraut-Lavendel-Badeöl von Jo Malone mit der kleinen Schleife um den Hals war fast leer.

Ich hatte zum Frühstück ein Glas Sherry getrunken. Es schien zu dem Zeitpunkt eine gute Idee, aber jetzt war ich da nicht mehr so sicher. Mein Frühstück drohte mit Zugabe und ich wollte es auf keinen Fall wieder sehen. Ich legte mich auf den Teppich und versuchte ruhig zu atmen. Zeit für ein Bad, Anna – Badewanne, dann Bett, o barmherziges Bett. Mein Rücken schmerzte. Ich musste mich nachts verrenkt haben.

Jos Nachricht auf dem Anrufbeantworter hallte in meinem Kopf wieder: »Sei vorsichtig, mach keine Dummheiten.«

Yes miss, no miss, three bags full miss ...

Dann bekam ich Schluckauf – Mist. Hicks, ich hielt die Luft an: Ein – eins, zwei, drei, vier. Aus – zwei, hick, drei, vier – aber davon wurde mir schwindelig. Das letzte Mal, als es mir so schlecht ging, hatte ich eine verdächtige Falafel gegessen. Lebensmittelvergiftung. Na toll, Salmonelleneier, BSE-Speck, verfaulte Pilze. Mein Brustkorb hob und senkte sich und ich würgte, dann zwang ich mich aufzustehen, schwankte ins Badezimmer und machte einen Fosbury Flop in die Badewanne. Das war schon besser. Sie war so voll, dass ich fast schwamm, mein dicker Bauch ragte in die Luft. Ich blieb im Wasser, bis es kalt war, dann zog ich mich heraus, wickelte mich in eines von Jos Lieblingshandtüchern und setzte mich auf die Toilette.

Ich beschloss, in ihrem Bett zu schlafen: Für ein paar Tage war ich die Hausherrin. Später würde ich mir eine Pizza bestellen und hier oben essen. Ich würde einfach im Bett bleiben. Ich konnte lesen und fernsehen, es wäre wie Urlaub. Ich konnte Ruhe gebrauchen, mein Abenteuer hatte mich erschöpft.

Als ich von der Toilette aufstand, strömte Wasser über meine Beine: So ist das in meinem Alter, beim Baden läuft Wasser in die Möse und zehn Minuten später läuft es einfach wieder aus. Das Handtuch war triefnass. Als ich mich nach einem frischen Handtuch bückte, bekam ich diese Bauchschmerzen und ich brüllte wie ein Ochse mit vier gebrochenen Beinen, der versucht aufzustehen.

Ich schwitzte, als der Schmerz nachließ, doch aus meiner Kehle drangen noch immer sonderbare Geräusche. Ich grunzte, es klang lächerlich, aber als ich versuchte aufzuhören, bekam ich keine Luft mehr. Grunzend schleppte ich mich also zu Jos Bett, legte mir ein Kissen zwischen die Beine und fragte mich, ob mich letzte Nacht im Suff jemand überfahren hatte, denn so fühlte ich mich. Ich hatte schon oft einen Kater, aber der hier übertraf alles. Die Schmerzen im Rücken waren wohl die protestierenden Nieren. Ich sah sie vor mir, geschrumpft und braun wie kleine Comicmexikaner, die in der Wüste verdursten. Ich wusste nicht, ob ich kotzen oder scheißen musste, mein Magen zog sich zusammen, als versuchte eine große Hand, den Alkohol herauszuwringen. Ich hatte dieses schreckliche Ziehen in den Gedärmen, als hätten sich meine Innereien in flüssigen Beton verwandelt. Ich erhob mich auf alle viere und biss in ein Kissen, das nach Jos Haar duftete.

Das Ganze war höchst sonderbar, aber ich rechnete damit, dass es vorübergehen würde. Dass ich mich bald besser und nicht schlechter fühlen würde. Wie man sich täuschen kann. Auf dem Nachttisch stand ein Braun-Wecker. Jedes Mal, wenn ich draufsah, war es zehn Uhr. Das konnte nicht so weitergehen – doch das tat es: Schmerz und Übelkeit kamen in Wellen, bis mir plötzlich in einem lichten Moment klar wurde, dass ich ein Kind bekam. Das war um 10.55 Uhr.

Ich holte nasse Handtücher aus dem Badezimmer. Einen Krankenwagen zu rufen, kam nicht in Frage. Ich wollte keine dummen Fragen beantworten, ich wollte nicht fremden Männern in grünen Schlafanzügen meinen Namen sagen müssen. Ein Kind, ein Kind bekommen – was für ein merkwürdiger Zeitvertreib für einen sonnigen Samstagmorgen!

Ich wusste jetzt, dass ich Wehen hatte. In den kurzen Minuten zwischen den Kontraktionen konnte ich nicht glauben, was passierte. Ich war einundvierzig. So etwas passiert einundvierzigjährigen Frauen nicht, es passiert vierzehnjährigen Mädchen in Sozialwohnungen, während ihre Mütter vor dem Fernseher hocken. So etwas passiert auf Schultoiletten und auf dem Land, aber doch nicht mir.

67
Oh, Anna

Am Morgen machten wir uns auf den Weg zurück nach London. Georgina konnte es gar nicht erwarten, nach Hause zu kommen. Sie machte es sich hinten im Saab gemütlich, ihre Krücken im Kofferraum. Angela hatte uns ein paar Kissen geliehen, damit sie es bequem hatte. Henry würde bis zum Ende der Sommerferien bei den Morris' ausharren müssen. Ich versprach, ihn anzurufen, sobald die Prüfungsergebnisse da waren. Als er mich umarmte, fiel mir auf, dass er größer war als ich, was ich irgendwie tröstlich fand. Ich vermisste ihn, noch ehe wir zu Hause waren. Er schien erwachsen geworden zu sein: Seine Haut war besser und auf der Oberlippe zeichnete sich der Schatten eines Schnurrbarts ab. Wir hielten bei einem Zeitungskiosk in Totnes und kauften Georgina einen Stapel Zeitschriften und sie beschäftigte sich die ganze Rückfahrt mit Quizfragen und Pop-Kreuzworträtseln. Wir erlaubten ihr sogar, Radio 1 zu hören. Grauenhaft. Hippe Volksverdummung und alberne Melodien, die wie Kleinkinder im Laufstall klingen. Sie war sauer auf mich, weil ich die besonders blöden mit meinem La-la-la-di-du übertönte. Wir hatten noch immer kein Gespräch unter vier Augen geführt, das über fremde Jungs mit Motorrädern. Irgendwie hatte ich den Moment verpasst. Ein gebrochenes Bein war wohl Strafe genug. Georgina kommt immer davon.

Wir aßen in einem Little Chef zu Mittag, die Bedienung (männlich, siebzehn) hatte Mitleid mit der verkrüppelten Georgina und gab ihr einen Eisbecher aus. Sie wurde schon immer für ihre Ungezogenheit belohnt. Was soll man da als Mutter tun? Und die ganze Zeit schien die Sonne wie im Reiseprospekt. England sah aus wie ein junges Mädchen, aber ich fühlte mich wie Chicken Licken: Bald würde der Himmel über mir einstürzen. Es war dieses Bittersalz-Gefühl, wie am Abend vor meinen Abschlussklausuren, in den Sekunden vor dem ersten Ultraschall. Ich fühlte mich wie beim Countdown zu einer Katastrophe. Mein Fleisch schlackerte um die Knochen und ich musste mir Mühe geben, nicht mit den Zähnen zu klappern.

Ich wollte einfach für immer im Auto sitzen bleiben und nie zu Hause ankommen. Ich wäre glücklich gewesen, den Rest meines Lebens auf der Autobahn zu verbringen. Doch die Fahrt verging wie im Flug. Ich glaube, wir mussten nicht einmal an einer roten Ampel halten. Eben waren wir noch in Devon und im nächsten Augenblick winkte uns Peckham mit seinem hässlichen kleinen Nikotinfinger herein. Es war ein Schock, wieder in London zu sein, obwohl es erst vierundzwanzig Stunden her war, seit wir die Stadt verlassen hatten. Devon kam mir vor wie ein Traum, jetzt schlug uns die Realität ins Gesicht. Endlich wurden wir langsamer. Während wir durch Earl's Court krochen, sah ich einen Mann gegen eine Mauer pinkeln, ich sah einen Jungen eine Flasche nach einem Hund werfen und ich sah die fetteste Frau, die Sie sich vorstellen können: einen Wal in orthopädischen Schuhen mit offenen Beinen. Georgina schrie, als sie sie erblickte. Es hatte uns aus einem Constable-Idyll in ein Werk von Hieronymus Bosch verschlagen. Wir überquerten die Chelsea Bridge und bogen rechts nach Vauxhall ab. Nigel verriegelte die Türen und ich schloss mein Fenster, nicht so sehr aus Angst als wegen des Gestanks. Südlondon stank wie vergammeltes Fleisch.

Sie hatten angefangen, das Ende unserer Straße aufzureißen. Wir sahen ein Loch und einen leeren Bagger, aber keine Arbeiter. Brenda Donahue ging den Berg hinauf. Ich ließ das Fenster herunter und sagte: »Hallo.« Raymond drehte sich um und dabei fiel ihm das rote Eis am Stiel aus der Hand und Brenda musste ihn davon abhalten, es aufzuheben. Die Leute hatten die Fenster geöffnet und ein Mädchen versuchte sich auf einem winzigen Balkon zu sonnen, während ein Mann einen Kohlesack aus dem Kofferraum seines Wagens hob und schrie: »Hast du an die Würstchen gedacht?«

Da vor unserem Haus ein silberner Renault parkte, hielt Nigel ein Stück weiter. Wir stellten Georgina auf ihre Krücken und sie humpelte anmutig zu unserem Haus. Ich hatte die Schlüssel. Nigel trug die Taschen. Ich schaltete die Alarmanlage aus und drehte den Schlüssel, aber die Tür ließ sich nicht öffnen. Sie war von innen verriegelt. »Mach schnell, Mum, ich muss mal.« Georgina versuchte, ihr gesundes Bein über das gebrochene zu kreuzen. Sie hätte hinfallen können. Ich befahl ihr, sich auf die Mauer zu setzen, während ich Annas Namen durch den Briefkastenschlitz rief. »Anna, ANNA!« Nigel war dafür, ein Fenster einzuschlagen, aber die Fensterläden waren herunter gelassen. Dann fiel mir ein, dass ich einen Kellerschlüssel hatte. Ich benutze den Eingang nur, wenn ich vom Supermarkt komme – die Gefrierkammer ist da unten, deshalb. »Du bleibst hier, ich laufe hoch und öffne die Haustür von innen«, sagte ich zu Georgina. Ich wollte nicht allein ins Haus gehen, was albern war, denn ich bin eine kräftige Frau und wenn gerade Teenager bei uns eingebrochen waren, konnte ich sie sehr wohl umbringen. Doch Nigel kam trotzdem mit. Das Schloss zum Keller ist rostig. Wir müssen dringend die Fugen dichten, da unten ist es ziemlich feucht. Wir zwängten uns an der Gefrierkammer vorbei und ich nahm mir vor, später zu Sainsbury's zu fahren. Wie die jungen Leute am anderen Ende der Straße hatte ich Lust auf Würstchen. Es war noch genug Zeit, den Tag zu retten.

Die Küche war in einem furchtbaren Zustand: eine fette Schmeißfliege summte um eine ölige Pfanne und auf der Arbeitsfläche lagen Eierschalen, sie hatte die Kühlschranktür offen gelassen und die Milch war sauer geworden. Auf dem Boden lag ein Paar von Georginas Schuhen. Sie war also zu Hause. Nigel ging nach oben, um Georgina hereinzulassen, und ich begann aufzuräumen. Mein Frühstück vom Vortag stand noch auf dem Tisch, die Frühstücksflocken waren in der Schale angetrocknet und der Anrufbeantworter zeigte fünf Nachrichten an. Ich drückte aus Gewohnheit auf Start und hörte meine eigene, leicht hysterische Stimme. Ich löschte das Band. Die Toilettenspülung ging und Nigel kam herunter, um den Kessel aufzusetzen und die Tür zum Garten zu öffnen. In der Ferne hörte ich Donner und innerhalb weniger Sekunden verdunkelte sich der Himmel. Im Garten regte sich nichts. Alles schien zu warten.

»Ich glaube, ich nehme ein Bad«, sagte ich zu Nigel. Er hatte den Kopf in die Hände gestützt. Er erinnerte mich an Henry, als er klein war und noch nicht wusste, wie man Verstecken spielt. Er dachte, wenn er einfach mit geschlossenen Augen da steht, sehe ich ihn nicht. »Ich lass das Wasser für dich drin.« Er reagierte nicht. Ich ging die Treppe hoch. Georgina hing schon am Telefon im Wohnzimmer und sprach mit einer ihrer Freundinnen. »Du musst vorbeikommen, ich habe mich so gelangweilt.« Ich ging weiter. »Mum, kann Lydia bei uns übernachten?« – »Ja, Liebling.« Wer zum Teufel war Lydia?

Die Tür zum Gästezimmer war geschlossen. Das Schwein war also in seinem Stall. Ich fühlte mich müde, verschwitzt und klebrig und mein Haus hatte zu viele Stufen. Ich bin zu alt für all das, dachte ich, und dann schlug mir der Geruch entgegen: wie an einem heißen Tag in einer Metzgerei, wie Henrys Nasenbluten, wie der tote Fuchs, den wir einmal am Ende vom Garten gefunden hatten. Die Tür zu unserem Schlafzimmer war ebenfalls zu. Mir fiel auf, dass die Farbe abblätterte, das ganze verdammte Haus musste renoviert werden. Ich stieß die Tür auf und bereute es sofort.

Sie saß mitten auf unserem Bett. Eine der Gardinen war heruntergerissen und der Stuhl auf Nigels Seite umgestoßen. Dann sah ich das Blut und die Federn und ich dachte, deshalb hatte sie keine Zeit, ans Telefon zu gehen, sie hat hier oben Hühner geopfert! Überall war Blut, auf den Laken, auf der Bettdecke, auf dem Teppich. Ihre ausgestreckten Beine waren voll davon. Es sah aus, als hätte sie ein mannsgroßes Stück rohe Leber mit ins Bett genommen und sich darin gesuhlt. Sie hielt etwas im Arm. Es war in ein T-Shirt gewickelt. Gegen meinen Willen ging ich näher heran. Schwarze Haarbüschel schauten aus dem Bündel heraus. Annas nackte Brust hing aus Nigel Schlafanzugoberteil. Sie sah zu mir auf und lächelte. »Ich weiß nicht, was mit diesem Baby los ist, Jo. Es will einfach nicht trinken.«

Ich streckte die Arme aus und sie gab es mir. Das Baby war perfekt. Es lebte nur nicht.

»O Anna, was hast du getan?«

Sie legte die Hand über den Mund und kicherte. »Tut mir Leid, ich wusste nicht wohin mit der Plazenta. Ich habe sie in deinen Hut getan und unterm Bett versteckt.« Ich gab ihr das kleine steife Baby zurück und sah aus dem Fenster, das den Garten überblickte. Nigel stand im Regen. Ich klopfte ans Glas. Er sah hinauf und winkte. Dann ging ich nach unten. Ich musste unbedingt Lydias Mutter anrufen und ihr sagen, dass es uns heute Abend doch nicht passte.